最强联姻

著———— 苏尔流年

河南人民出版社

图书在版编目（CIP）数据

最强联姻 / 苏尔流年著. — 郑州：河南人民出版社，2017.9（2018.2 重印）
ISBN 978-7-215-10908-7

Ⅰ. ①最… Ⅱ. ①苏… Ⅲ. ①长篇小说–中国–当代 Ⅳ. ①I247.5

中国版本图书馆 CIP 数据核字（2017）第 063236 号

河南人民出版社出版发行
（地址：郑州市经五路 66 号　邮政编码：450002　电话：65788067）
新华书店经销　　河南新华印刷集团有限公司印刷
开本 880 毫米×1230 毫米　1/32　印张 9.75
字数 280 千字
2017 年 9 月第 1 版　　2018 年 2 月第 2 次印刷

定价：39.80 元

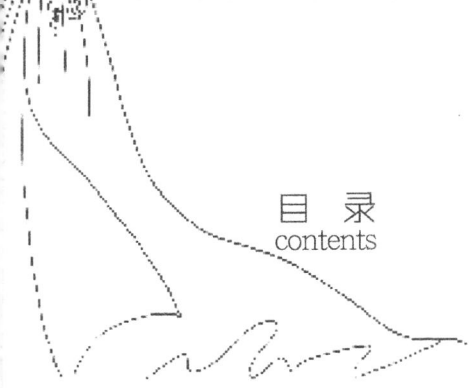

目录
contents

楔子
斯人若彩虹，遇上方知有　001

一
祝你生日快乐
001

二
人或来，人或往
015

三
从我走向你
028

四
以我余生度你
060

五
心动的声音
072

六
仿佛再无来日
085

七
爱是世间灵药
098

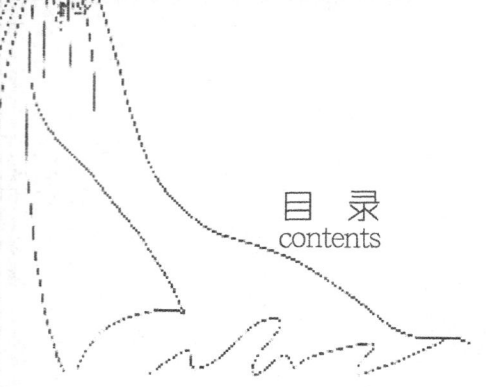

目录
contents

八
眼前人是心上人
133

九
爱是并肩而立，是为你遮风挡雨
164

十
爱是永不止息
193

十一
以我之姓，冠你之名
218

十二
圆满是你的名字
231

番外
圆月弯弯
282

番外
吹不散眉弯
299

楔　子
斯人若彩虹，
遇上方知有

46°34′39″N, 8°00′19″E。瑞士阿尔卑斯山，艾格峰，海拔3000余米。

早前出去的一支探险队，有多人失联。恶劣天气影响救援，时间拖得越久，失联者生还的希望越是渺茫。

位于半山的大本营里人心惶惶，都在等待着最后一支派出去的救援队伍能带来好消息。

年仅19岁的霍灵均跟随学校的登山队，看着这座欧洲三大险峰之一，只觉得人如蝼蚁。

很快，最后一支救援队回来了。走近时，领队微摇头，霍灵均便明了又是坏消息。

时间一分一秒飞过，一群人面色益发暗沉。就在气氛越来越凝重之际，有一个黑点在苍茫风雪中进入霍灵均的视野。

不止他一个人发现了，一时间大家都振奋起来。回来的，是失联的探险队里的其中两个人。其中一个人背着受伤的另一个人。

这样恶劣的环境里，背队友下山需要坚韧的毅力和出色的能力。霍灵均脸上不由得带了几分敬重。

很快,背人的那个摘掉了护目镜,露出一张十分漂亮的脸。出乎众人意料,竟然是个女人。

一个眸光澄澈坚定,丹唇杏面,极为年轻的女人。

那天的风不比记录在气象史上的许许多多极端天气里的更强,那天的雪虽然疯狂肆虐,可也没有无数灾难片里的雪暴那样凶残。

可那日的风雪从那刻起,吹乱了霍灵均此后余生。

那是他第一次遇见他的妻子,那个在后来的数十年里如树般和他一起枝叶四延、并立共老的顾栖迟。

祝你生日快乐

医院灯光晦暗,顾栖迟总觉得自己的排椅像个冷气制造机。明明是初夏,她坐在那里一动不动,却觉得一阵又一阵的寒意爬上脊背,一路爬进她的心底。

手里的那张手术通知单被她攥了一刻钟,早已不再平整。看到通知单上那个力透纸背的签名,她嗤笑一声,落寞和讽意从眼底慢慢渗出来。

通知单上签的是她助理颜淡的名字。多么可笑……

她的名字这些年载着娱乐圈给予的无数荣耀登上过各大纸媒、网媒,可此刻在这个晦暗无光的角落,她却要借用别人的名字,去杀死自己无法出生的孩子。

她将掌心贴在平坦的小腹上,眼睛微闭感受那个胚胎的存在,睁开眼就看到助手颜淡向她小跑着过来。

颜淡一脸要生要死的纠结,顾栖迟已然明白:"上午片场方城摔那一跤,人给摔残了?"

颜淡尽量客观地答:"看他现在爬都爬不起来的样子,应该很严重。"

顾栖迟晒笑:"所以他准备请长假休养,让整个剧组停工陪他躺尸?"

颜淡的声音加上身体都有些颤巍巍:"顾导,他还没死,离死透更差十万八千里,躺尸这事儿存在根本性技术困难……"

顾栖迟狠狠瞪她一眼,淡漠的表情似乎能将整个医院廊道冰封。

"呵。"顾栖迟唇畔的弧度果然更为讥诮,"告诉他,下午无法复工的话,这辈子都别想出现在剧组里了。"

这是要赶尽杀绝?投资方是座大山,顾栖迟也不是矮峰。夹在中间的颜淡有些惶恐，不得不提醒顾栖迟："顾导，方城是带资进组，而且他的戏份已经拍了大半，一旦停工……"

颜淡话还没说完，就被顾栖迟打断，她丝毫不为所动："让他带着他的资滚回去好好养他娇贵的金身，免得体力不支日后死在假摔的路上。"

跟了顾栖迟这么多年，颜淡不是第一天见识顾栖迟直接粗暴的说话方式，可还是觉得惊悚。照理说，顾栖迟这种性格在娱乐圈是很难生存的，可偏偏这些年她在圈内地位愈发稳固，甚至率直的性格也成了她的一块金字招牌。她执导的第一部电影，已经传出了一个选角标准就是扛骂。

颜淡这下连墙壁都不敢扶，就差双手合十叫顾栖迟一声祖宗："顾导，方城和尹半夏搭的戏份已经基本拍完，如果现在换人，尹半夏的档期说不定无法配合重拍，她马上要回美国完成期末考试，这点在签约的时候她的经纪人已经做了说明。"

顾栖迟闻言抬头瞥了颜淡一眼，眸底尽是怒意。人都有规避风险的潜意识，颜淡预见到自己会被虐得哭爹喊娘，很有先见之明地闭了嘴。

方城这个新晋的偶像小生，颜淡有所了解。简言之有靠山，人任性。至于靠山是谁，足够BBS八卦版里开扒筑起高楼。

方城带资进组。进组前，瞄上正叱咤影坛的顾栖迟，蓄意接近了几回。颜淡挡回去的来自方城的礼物和邀约不在少数。方城的算盘打得倒精，无非是想得到顾栖迟的垂青，戏里得导演照顾出个彩，戏外再和顾栖迟炒个CP扩大知名度……

颜淡想起这堆杂七杂八的事儿就头疼，怪只怪现今这圈子竞争太激烈。礼物挡回去了，可方城贼心不死，他甚至还想挤掉男一的位置，从男二晋升男一。

结果自然是失败了。想打破顾栖迟的原则，简直是活够了。想拉着顾栖迟炒作，那简直是嫌死得太好看。

颜淡觉得方城这人吧，胃口很大，可自身素质太渣，没掂量清自己几斤几两。

顾栖迟是谁？影后、票房灵药、新晋导演……她现在的头衔很多。

在这个看脸的时代，顾栖迟有一张明艳且拥有超高辨识度让人过目难忘的脸。颜淡虽然暗地里一直吐槽她毒舌，可也不得不承认，顾栖迟有骄傲的资本。

她既有业内对于演技的肯定，又有各大奖项加持。比得了美，扮得了丑，可唯独难低头。顾栖迟的顽固程度堪比泰山上的巨石。

方城可真是自杀式作死。想搭女导演的顺风车炒作，失败后又蓄意制造事故拖累全组进度。上午片场他在平地里那一摔……倒地的姿势实在虚假得销魂。

连颜淡这样被顾栖迟骂惯了智商有所降低的人，都觉得他那一摔简直是侮辱目击者的智商。放眼整个娱乐圈，很少有人敢挑战顾栖迟的耐心，这个打头炮的新手，既然不成功便只能成死人了。

电影《念念不忘》开机已经近两个月。这是影后顾栖迟转型导演的处女作，加上改编自畅销小说，从选角开始，就备受关注。

顾栖迟要开了方城的消息，在她将那张手术通知单揉烂扔进垃圾桶，赶回外景地的路上，就已经被人捅到投资方的耳朵里了。

制片人在电话里苦口婆心地劝她："顾导，小不忍则乱大谋啊，这演员不能随便换啊。"

顾栖迟只漫不经心地嗯了一声。

制片人和她合作多次，也算了解她的性子，知道她这是典型的敷衍了事没往心里去。只好继续劝说："不然我们和编剧商量改下剧本，让他死于非命泄愤？你看是路上走着掉下来一个花盆砸死好，还是喝水被呛死好？"

颜淡坐在保姆车上通过免提听到制片人的话，忍着笑，仔细观察顾栖迟的脸色。正接电话的顾栖迟脸上此刻只写着一句话：你闭嘴最好。

颜淡异常担心顾栖迟毒舌发作，逼得制片人眼泪汪汪地用剩下的生命去怀疑人生，更明白顾栖迟眼下一定懒得继续听这通电话。于是颜淡便主动替顾栖迟接手这通电话，顺带安抚制片人。

制片人比颜淡印象中更絮叨。

他哭诉了半天夹在投资方和顾栖迟之间的悲剧人生，末了对颜淡感叹："顾导拿到第一个女主角资源的时候，那部电影的制片也是我，那会儿她是多么温柔的一个人啊,温柔得好比风平浪静的太平洋啊!可她现在不说话我都觉得是黄果树大瀑布啊。"他以一种无限遗憾外加不可追忆的口吻问颜淡,"你老实告诉我,顾导这段时间是背地里丢了男人还是悄无声息地有了?"

颜淡咳了一声,很担心电话漏音,被顾栖迟听到,她瞄了顾栖迟一眼,简单说了两句就火速挂了电话。放下手机,才发现顾栖迟一动不动地盯着她看。

颜淡反省了一分钟,没想起自己哪儿做错了,只好开口试探,"你还有话和制片讲,需要我回拨过去?"

顾栖迟摇头,突然下令:"到外景地之后订个最便宜的生日蛋糕,要简单的,能简陋当然更好,今晚用。"

生日蛋糕?颜淡琢磨了半天,也没想起最近身边有谁要过生日,而且顾栖迟点名订最垃圾的蛋糕,难道是要送给她的仇人膈应对方?

可颜淡琢磨了下,在她的认知中,眼下活着的人里,似乎也没有顾栖迟的仇人,而且以顾栖迟一贯懒于交际的作风,她应该也不至于有这样幼稚的想法。

颜淡摸了摸耳朵,鄙视自己以小人之心度君子之腹。

等傍晚颜淡取回蛋糕,顾栖迟也踩点儿勘景完毕。她们刚要上车回城,制片人的电话又追了过来。顾栖迟扫了一眼屏幕,对颜淡说:"你接。"

颜淡顺从地接了起来,制片人的声音一反下午时的哭天喊地,明显轻松了许多。她捂住话筒转问顾栖迟:"制片说晚上投资方之一的远达组了个饭局,问我们要不要出席?"

"不去。"顾栖迟扔了两个字。

颜淡丝毫不意外这个答案,但也没放弃:"制片说投资方对于换角这事儿态度有松动,如果你今晚配合出席,可能就和平解决了。"

顾栖迟打开车门坐进后座,车内光线有些晦暗,可颜淡还是清晰地看到她瞬间黑下去的脸:"我觉得我们还是别去了,大不了就是继续用方城嘛。"

颜淡嘴上这样说,却巴不得顾栖迟马上反驳她,一口应下饭局。

这部电影是顾栖迟执导的处女作,顾栖迟为这部片子付出的心血不止一滴两滴。之前迫于投资方的压力配角选取不合她意,她已经做出了巨大的妥协。

颜淡快要哭的模样看得顾栖迟眉头紧锁。

事事顺遂那便不是人生。就当怜香惜玉一回。顾栖迟咬牙，最终还是松口，声音清冷："只此一次，最后一次。"

穿廊雕花，走道狭长，盏盏红灯透出的光晕打在廊柱上。会所的装饰典雅精致，是古朴的中国风。

颜淡送顾栖迟到约好的楼层后，极有耐心地对顾栖迟嘱咐了一番才放顾栖迟进包厢，并且承诺过一会儿就打电话给她制造及时抽身撤退的机会。

顾栖迟一进包厢，制片人就热情地迎上前给她安排座位。房间内的气氛和顾栖迟想象中很不相同，有些过于安静，她甚至从已就座的人的动作中看出些许不自在。进来了就不能随便出去。这尴尬的气氛让顾栖迟骑虎难下。她忍着心理上的不适调动面部表情，微笑着同有过几面之缘的远达副总打招呼，极尽客套。

她扫视一圈，发现整张桌子只有远达副总身旁还空出一个位置。

这架势看起来是还有人要过来……大概来人分量还不轻。她带着疑问看向制片人，正巧见对方笑眯眯地站起身，视线越过她看向她身后。

"霍帅，就等你了。"开门的声音和制片人的声音叠在一起滑进顾栖迟耳朵。

霍——顾栖迟乍听到这个字，脊背一僵。

霍帅……圈子里，没有人不知道这个名号。

全无这晚会冤家路窄的准备，顾栖迟此刻很想找个替身演员替自己坐在这里。很快她便听到来人温润清澈的嗓音："抱歉，刚从纽约飞回来，机场高速有事故，堵车，让大家久等了。"

霍灵均话落那刻，顾栖迟彻底僵在了座位上。制片人的目光这才转向她，嘴角的笑意完全藏不住："好事，顾导。怕你太激动，没提前告诉你，霍帅愿意加盟我们的片子，替代方城，是不是很惊喜？"

惊是很惊……喜就算了。

制片人看一眼远达的副总，继续笑着对大家说："霍帅一来,哪怕客串几分钟,阵容立马不同。魏总他们也都很满意，同意换掉方城。"

是了，有颜有粉有演技的霍天王加盟她的新片，她这个菜鸟导演大概是该"感激涕零"。

顾栖迟觉得自己眼珠都要瞪出来了，这惊喜来得着实奇妙。想起那张被丢进垃圾桶的手术通知单……她很想立刻夺门而出。

可现实是，在外人眼里，站在她面前的这个超级巨星，是她圈内的前辈，并且自愿加盟她的电影……N双眼睛正锁在顾栖迟身上，等她含笑迎接。

可她的声音却如她的面色一样平静，侧身面向"祸端"霍灵均说："方城接的那个角色是个无情无义、忘恩负义、六亲不认的社会渣滓，霍帅真的不再考虑考虑，坚持要自毁形象参演吗？"

霍灵均微微一笑，昏黄的灯光打在他精致的脸上，似真似幻。他的语调极其温和不具攻击性，狭长的眸子闪着认真诚恳的光，很斯文，很和善，可他越是这般模样，顾栖迟越咬牙切齿。

霍灵均说："我不介意，我喜欢挑战不同的角色。更何况，我早就想和顾导合作了。"

他单手解开自己的袖扣，慢条斯理地挽起袖子。小臂微弯撑在桌面上，领口大开的白衬衫吸引所有人的注意力，举手投足间尽是祸国殃民的姿态。

顾栖迟看了几秒钟，转而换了一个感激涕零的表情。

"那好，霍帅既然屈尊加盟，我回去一定和编剧商量改下剧本，让这个角色坐拥商业王国，迎娶白富美，指点万里河山。"

制片人在旁边打哈哈："小顾真幽默。"

他刚说到"真"，顾栖迟的手机就开始欢唱起来。脱身的机会来了，顾栖迟拿起自己搭在椅背上的风衣，立马告辞奔出了包厢。无视身后或灼热、或探究的目光。

走得迫不及待，打死不会回头一般。从上车起，顾栖迟的脸色就别扭得很，颜淡又不敢多问，一路往顾栖迟在城中的公寓安静地开。刚过一个红绿灯，顾栖迟突然发话："停车。"

颜淡乖乖将车停下,然后她听到顾栖迟发出第二个指令:"下去。"

颜淡闻言火速开门滚下车,随后又看到顾栖迟从后排下车换到驾驶位上,车尾急速一甩连人带车迅速消失在她视线之内。

公寓楼下的地下停车场很空旷。

顾栖迟的两个车位,已经被人占了一个。她下车才看清那个车牌号——HLJ119,和她料想的一模一样。

这世界上把火警号码当车牌招摇过市的人,她只认识一个,更遑论前面那三个缩写字母:HLJ。隔着空气,她的视线和这三个字母、三个数字剧烈碰撞。

不多时,她又折回车上,将颜淡下午取回的那个她一度决定扔进垃圾桶的蛋糕,摔到这辆车牌号很嚣张的跑车挡风玻璃上。

蛋糕糊作一团,挂在跑车前挡风玻璃上有些滑稽、突兀。颜色看起来很是精彩。

顾栖迟想那人看到这一团七彩的奶油,一定会明白她委婉地、诚恳地、真心实意地表达的四字问候:生日快乐。

助理北方有事休假,傍晚是经纪人Albert接霍灵均回住所。

"三十几个小时不睡的滋味好受吗?"路上Albert不断瞄后视镜,特别好奇霍灵均那张悲喜不明的面具后面到底藏着哪种情绪。

霍灵均怎么听,都觉得Albert的话音里透着些幸灾乐祸。路两旁是迅速后退的街灯,霍灵均倚在椅背上,神情萎靡,完全不似包厢内神采奕奕:"再这样明目张胆地挖苦我,小心我开了你。"

Albert微撇嘴:"是,我怕你,你是我的衣食父母,我时刻对你感恩戴德。今晚回哪边?"

霍灵均唇一掀:"明知故问,有意思吗?"

Albert接:"我知道的事儿是有点儿多,杂志拍摄时间协调来协调去才尽早完成赶回来,推掉别的工作帮她协调各路投资方还亲自赶去救火,问题是顾导她知道吗?"

霍灵均刚想说什么，Albert又状似漫不经心地提起："貌似连她身边的小助理都不知道你是她的谁吧？"

霍灵均闻言捏了捏自己的眉心说："你最近胆子越来越肥了。"

Albert有些恨铁不成钢："别说我不仗义没提醒你。你要知道接下那个二手角色有可能在片场被她虐死，顾导最近可是名声在外，片场最擅长骂人。"

霍灵均顿时笑了起来，把Albert的话反复回味了几遍，想起顾栖迟之前在包厢里说要改剧本时那表面眉眼微扬，实则内心暗涌要咬人的模样，更多了几分期待。

霍灵均道："骂人？你对她粉转黑再转粉也不是一天两天了，你难道不想近距离听听她怎么骂？"

Albert扶着方向盘的手顿时有些僵，感觉透窗而来的风都在往他身体里灌，整个人凉飕飕的："我可没霍帅你那么变态。"

他变态？霍灵均笑了。变态说不上，但是秘婚两年了。他打算让世界不日就知道……霍灵均对顾栖迟有意思，闲杂人等少费力去觊觎。他上她的戏，是借机公开两人关系的大好时机。

到地下停车场Albert将霍灵均场放下来，就启程离开了。霍灵均进电梯之前，瞥到不远处跑车挡风玻璃上的那一团东西，原本因为疲乏下压的唇角，忍不住再度翘起来。

顾栖迟还真是……三十年如一日的幼稚，一如当年那个用树枝不断戳趴在树上午睡的猫的执着模样。

顾栖迟的公寓在最顶层，单层只有她一个住户。霍灵均上楼之后，象征性地犹豫了几秒，还是决定不敲门直接输密码进去。密码没换，他有些满意。

他换好拖鞋走到客厅，看到顾栖迟盘腿坐在沙发上，膝上放着笔记本，认真地盯着屏幕。

最近的行程很紧，上次他回N市，还是一周之前。那个时候顾栖迟在外景地留宿蹲守了半个月，两人不曾碰面。

傍晚遇见时她表现得和他并不相识，此刻的她表现得像是傍晚不曾见过他，更没有一丝一毫毁他车容的愧疚感。

她只是很平常地指了指一旁矮几上的几个保温桶，甚至都没有抬眼看他："妈让林叔送来的，你自己看着处理。"

刚下飞机，家里的生日祝福电话便已来过，这件事霍灵均自然知道。

顾栖迟依旧全神贯注地盯着面前那十二寸屏幕。

霍灵均盯着她看了一分钟，才问出口："我突然参与进你的电影，很生气？"

顾栖迟穿的家居服衣领松松垮垮，肩膀半露，白嫩的肌肤都在他视线之内。

她把目光从笔记本上挪开："你接什么戏是你的自由，没有理由向我报备。我们一向互不干涉。这次不过有些巧，刚好你无、意、间接了我的戏，工作有了交集罢了。"

"无意间"三个字她强调得实在有些刻意。

她说："我本来也没确定要换你，即便制片方和投资方的意见如此。你知道我这人做事一向坚持原则，没人真能强迫我。"

顾栖迟顺手把笔记本屏幕转到一个能让他看清的角度："微博热搜榜里，你要替代方城的消息已经飙到第一位。我发自肺腑地谢谢你，友情赞助，为我的处女作增加热度、曝光率。"她突然想起什么，话一顿才接口，"一直是我在废话连篇，惜字如金的霍帅不说两句？"

霍灵均唇一勾，真的配合地说了句："到时候不用口下留情，我受得了。"

这意思是听闻她嘴毒，他忍无可忍还能再忍？

顾栖迟这下很想将笔记本扔到他身上，不过想想扔过去也无关痛痒，还是作罢："霍帅真善解人意，极具牺牲奉献精神。那不如说说，想好要怎么死了吗？"

她刻意停顿了一下，浮想联翩的空间够了才补充："我是说戏里的角色怎么死。"

霍灵均失笑，走过去坐在她身旁："不是说要改剧本让我迎娶白富美，指点万里河山吗？"

他靠过来，顾栖迟就驮着笔记本往外挪一分。

霍灵均状似无意地伸出手去拿她身后的剧本，很自然地又靠她近了一分，把她挪远的距离再度缩近。

他紧咬不放让顾栖迟白费力。顾栖迟咬牙，直接从沙发上跳下去："对，有疑问，是要改剧本，让你死前大梦一场，绝世美梦。"

她说话的时候，眼里带着星星点点的亮光，有些璀璨，过于明亮。

霍灵均握拳抵在唇畔咳了声。

她从来不知道自己这副模样多有杀伤力。没有观众，她不加遮掩地退避三舍，着急要和他划清界限的模样，他看到都能笑出来。

霍灵均忍了又忍，还是没忍住："你那电影，难道是恶搞喜剧片？"

顾栖迟原本移回电脑屏幕上的视线再度移到他身上，踢了踢无辜的矮几："抱着你的保温桶滚远点儿。"

霍灵均自然没让她如意："妈在电话里特地嘱咐我，看着你喝两碗她精心煲的汤。"

顾栖迟沉默，霍灵均很有耐心地继续说："不是我的保温桶，至少其中一个你有份。我的良心不允许我独占，我没办法自私地抱着它滚。"

这就是粉丝眼里温润如玉、风度翩翩、体贴温柔的霍帅、霍大神、霍天王？

说得多么冠冕堂皇。顾栖迟咬牙，不能任由自己败下阵来："那好，桶留下，你自己滚，这是我家。"

顾栖迟放完狠话就去书房审编剧发来的最后几场戏的剧本。

顾栖迟撤退，霍灵均揉了下太阳穴，疲惫地躺倒在沙发上。他身形长，占据了整个沙发。久未休息，眸一动，双目顿觉干涩刺痛，这些年的高负荷工作本身不断透支身体，躺下来就觉得难以再度爬起来坐直。只有想到不远处的顾栖迟炸毛的模样，他的心情才能从疲乏中转向晴好。

霍灵均颀长的身躯微微蜷缩着窝在沙发上，自顾睡得昏天暗地。直到次日清晨颜淡到楼下来接顾栖迟，他都没能醒。

顾栖迟盯着他审视了几秒，他微蹙着眉熟睡的模样，更像彼此走进对方生命前，她从屏幕和家人那里听闻来的那个霍灵均。

寡言、冷静。

在叫和不叫之间犹豫了半晌，顾栖迟最终选择放弃。

她只将地毯上的薄毯往霍灵均身上一扔。就让他窝在沙发上继续睡，睡到四肢僵痛好了。反正在霍灵均眼里，她一向冷血，一向都没有人情味的。

等顾栖迟下楼上车，颜淡在去往片场的路上喋喋不休，内容无非是——霍灵均加盟《念念不忘》。

"顾导，从前几年开始，就一直有粉丝在刷求你和霍灵均合作的话题，没想到终于成真了，我在微博看到消息的时候，也很开心。可惜不是搭对手戏演情侣，有点儿遗憾。像霍灵均这样国民度高、忠粉多、口碑又好的艺人，一般人都喜欢得要命。戏里女主角抛弃方城还比较简单，这一下子换了霍大神，实在太有挑战性了……"

顾栖迟忍无可忍插了一句："有种东西，叫职业操守。人设摆在那里，编剧提供了一切合理性，这就觉得挑战性高，只能说明演员演技够烂。"

颜淡："……"

好在她是打不死的小强，不怕打击，缓了几秒钟后便继续在顾栖迟耳边念叨："霍帅为什么愿意来演电影里的男N呢？他应该很忙，档期很紧张啊。我记得扒出的小道消息说他手头有好几个本子。"

顾栖迟瞪她。

颜淡主动交代，外加真诚地恳求："是，我是他的千万脑残粉……之一。顾导，可以的话，还拜托您对我男神温柔点儿。"

男神？顾栖迟突然有些可怜颜淡。粉这样一个阴晴不定、闷骚的人做男神，这审美是下滑到了什么地步？

顾栖迟唇角一扬，声音格外柔和："放心，我一定好好关照他。全方位的，事无巨细。"

一大早拍的是女主尹半夏四年后回国参加同学聚会的戏份。

聚会结束前，尹半夏将遇到高三那年，将"永远在一起"的誓言刻在操场围墙上的男N——霍灵均。

这样玛丽苏的情节和长得这样玛丽苏的男人，顾栖迟有些想删了这场戏。

霍灵均昨日才刚敲定加盟，昨夜蜷缩在沙发上睡了一整晚，今早她走时他还在熟睡，此刻却准时现身且精神奕奕。

顾栖迟突然对这部电影生出些不满，开始怀疑自己此前数月的劳动成果。她把副导演摁在摄像机那儿盯镜头，自己招呼来探班的编剧韩青，一起到片场旁的化妆间沟通后续剧本，希望眼不见为净。

韩青作品不多，小说作家出身，以鲜明的个人风格和出其不意的剧情反转出名。顾栖迟和她自学生时代便相识，颇为熟稔。

剧本商定了一会儿，已为准人妻的韩青还是没改八卦本色："迟，霍灵均怎么会突然过来，是刷的你的友情卡？不记得你们有什么交情啊？"

顾栖迟站起身推推化妆间的椅子："你的记忆准确，没有交情。投资方推过来的，你可以等他下戏问他为什么那么想不开。"

韩青迫不及待地点头："前几天见我师父，他还说他这几天要开机的本子，原本找了霍帅，但是被他以档期不合推了。我师父的本子啊，不用想就知道是好戏，我原来以为霍帅推掉是有更好的选择，没想到是来这里做男N提携新人。我实在好奇理由。"

顾栖迟蹙眉，眼微眯着看韩青。

韩青立马摆手："我没有贬低我们这部戏的意思，真的没有。"

顾栖迟不置可否。

韩青只好卖力地转移话题："会不会是他看上了尹半夏，所以屈身来做配角捧她？"

韩青不知道是不是自己的错觉，好像她这句话蹦出来后，顾栖迟看向她的眼神里杀气更盛了。

韩青一时心情复杂，她可是个孕妇啊，为什么顾栖迟这人就不会怜香惜玉呢？时时刻刻要杀要剐是想哪样？她不过就是合理推测了一下并将推测出的内容表达出来而已。这好像完全不犯法吧？

颜淡急急忙忙冲进来的时候，顾栖迟刚刚将目光从韩青身上收回来。

"顾……顾导。"

顾栖迟皱眉,看着面前差点儿被颜淡撞翻的凳子:"今天把'稳重'两个字写五十遍。"

颜淡知道她就是那么一说,自己听过就算了。

颜淡横冲直撞地过来找顾栖迟,真的见了她,又不知道该怎么组织语言了。倒是韩青好奇:"外面怎么了?"

颜淡挠头,看着顾栖迟说:"顾导,您快出去看看吧。尹半夏这巴掌继续扇下去,霍帅的脸就不止是肿起来那么简单了。"

"什么意思?说清楚。"顾栖迟不明所以,眼神犀利。

颜淡抖了抖满身的鸡皮疙瘩:"尹半夏扇霍帅巴掌那场戏,霍帅坚持不借位,真打。可是尹半夏下不了重手,次次NG,还不如直接狠打,一次到位……"

她说到最后,只剩下蚊子哼的声音,见顾栖迟眉心紧锁,颜淡立马又把音量提起来:"好不容易副导过戏,霍帅自己觉得不如意,建议副导继续。"

颜淡:"霍帅这样的咖位……真打出问题,多半会出事儿的……"像她这样的粉丝见了路透和花絮,会想黑死尹半夏,这很容易引起粉丝间的撕逼。

闻言之初,顾栖迟觉得霍灵均也许是意有所图。可回到拍摄现场,看到他立在那里鼓励尹半夏继续扇的从容模样,又觉得自己想太多。

这人是戏痴,人人知晓。他对每场戏吹毛求疵的程度,大概鲜有人匹敌。

顾栖迟一出现,副导立刻向她发射求救信号,顾栖迟点点头示意他听霍灵均的,然后旁观霍灵均和尹半夏对戏。

男人棱角分明的侧脸被打过之后,未见红肿,手印消失之后,脸色显得更为苍白。一旁围观的Albert起身走向顾栖迟,刚想开口让她劝霍灵均那个老顽固却见她走向一旁的颜淡。

"间隙给你男神送水的时候,里面加几滴白酒。"颜淡有些发愣,顾栖迟拍她肩膀,"颜淡,你这是心疼他到四肢僵硬了吗?"

颜淡连忙摆手否认:"好,不过为什么要加白酒啊,顾导?"

顾栖迟瞪她,颜淡不等回答就跑远了。不远处听墙角的Albert却反应过来了。别人不知，他却是知道的。霍灵均沾酒即醉，醉了就倒。颜淡代表顾栖迟，霍灵均即便发现那水有异也一定会喝的。顾栖迟这意思，是要放倒霍灵均？放倒之后呢，戏还怎么继续？不拍也好，Albert甩甩头，不拍霍灵均就不用继续挨巴掌，也免得他继续吹毛求疵，自虐无下限。

滴酒放倒这招很好。Albert忍不住在心里转了几个弯，很纯洁地想到一个字：迷奸的迷。

人或来，人或往

霍灵均睁开眼，首先看到的是刺目的灯光，而后他感觉到颊边覆着留有余温的毛巾。他下意识闭上眼睛，眉一蹙，耳朵里就钻进一声鄙夷的笑。

"这个世界上如果能找出一个比你酒量更差的人出来也是奇迹。"顾栖迟坐在卧室一角，见他醒来便站起身往外走，临近门口才回头，"Albert卖力地哭喊你无处可去，我才建议他把你从片场打包扔到这里，人道主义救援而已，没有一丝一毫欢迎你光临寒舍的意思。"

她把房门关得震天响，可以说不是关门，而是摔门。

霍灵均撑起身体，望一眼半开的纱帘外层层铺陈开的夜色，忍不住想起她漆黑耀眼的眼睛。他记得之前在片场正和尹半夏搭戏，颜淡送来一杯水，他喝了，然后……

沾酒即醉可真是人生的重大缺陷，于他大概比迷药还好用。右脸有些酸痛，他将毛巾扔到一旁，下床。

等他进客厅，意外看到长姐霍之汶的女儿商流沙大咧咧地盘腿坐在跷着二郎腿的顾栖迟身侧。一大一小，皆离传说中的淑女相去甚远。

商流沙看看顾栖迟，又看看霍灵均，而后打招呼："Hello，舅舅，我不是天上掉下来的，是妈妈送我过来的，所以你脸上不需要挂着见到鬼的表情。我是天真烂漫的小姑娘不是鬼，你同意吗？美死了的舅妈。"六岁的商流沙能言善辩，拍马屁的功力也是一流。

酒醉不曾头疼，可看到眼前这个小魔童，霍灵均头皮阵阵发紧，连太阳穴也跟着欢腾起来。

"阿姐什么时候和你这么熟，连流沙都往你这里掖？"他边往衣帽间走边问顾栖迟。

顾栖迟没回答他的问题，轻描淡写地给商流沙下令："流沙，去，咬他舌头，舅妈不想听他说话。"

商流沙利落地站起身，眼珠一转琢磨半晌，而后得出结论——她和舅舅霍灵均的身高差距有些过大，咬这动作实施起来比较困难，几秒后小姑娘灰心地坐回去："舅妈，你高，你上。"

闻言，霍灵均脚步一顿，狭长的眼睛微弯，莫名期待顾栖迟的反应，丝毫不介意她们正在讨论如何咬他。

等他心里绕过了曲折的十八弯，顾栖迟才极无所谓地哼了一声："牙疼，咬不动。"

前一晚霍灵均就和母亲说好今日回霍宅。一是长辈要为他补过生日，二是因为很久不见他们两人，父母有意见，回去讨饶。

这段婚姻关系并未公之于众，为了掩人耳目，顾栖迟带着商流沙先他一步离开。

顾栖迟车开得有些慢，没多久，他就在车河中看到她的SUV。他换了辆低调的普通轿车，新车牌也是初次使用。跟在她的车后，正大光明。

过了几个路口，她突然将车靠边停了下来。

霍灵均看到她开门下车，她车后他车前夹在中间的那辆帕萨特也跟着停了下来。

顾栖迟走到中间那辆车旁，从容地去敲对方车门。霍灵均透过一旁昏暗的路灯，看清那个拿着相机被她招呼下车的人——自称娱乐圈第一狗仔的将深。

刚刚离开公寓，顾栖迟就发现身后有车跟踪。进入娱乐圈多年，被狗仔跟踪的情况，顾栖迟并不陌生，但今夜流沙跟着她，她不能冒险，不能像平时甩狗仔那样一路狂飙。为了安全，她只能如常行驶，甚至比平时更慢了一些。比起被偷拍到生活隐私，她更不想车毁人亡。

尾随的车一直阴魂不散。等到了车流稀疏的路段，顾栖迟还是决定停下来和后面的人好好聊一聊。

她敲车窗的时候,能够很清晰地看到对方脸上的诧异。等人下了车,顾栖迟这才认出他是被众多网民捧上神坛每日求爆料的资深狗仔将深。

面对将深的局促不安,顾栖迟很是亲和,满脸温和无害。长卷发随着夜晚的凉风有几缕从耳侧轻轻荡了下来,顾栖迟拢了下发尾,问将深:"想好刊发照片的标题了没?"

将深手指摩挲着自己的相机,看着顾栖迟精致的脸,带些挑衅:"影后秘藏私生女?"

顾栖迟摇摇头:"太 OUT,老旧得要死。换个吧,建议你用'公然出柜,女明星重口恋女童'。"

将深:"……"

他没有进一步的反应,顾栖迟摇摇头,无限惋惜:"觉得太残暴?弟弟你既然这么纯良,还是改行吧,爆点没有,点击率就没有,这样扫出来有何用?"

她特别语重心长:"改行吧,不然我担心你会丢了饭碗。"

保密措施做再多,也总有纰漏。霍灵均抓住方向盘的手,指节分明,他想要停车同狗仔周旋,却知晓那不是顾栖迟所期望看到的场景。和他的关系,至少在这段时间内,她依旧只字不愿提。

他眸色一暗,最终还是加速超车驶离现场,以免引人注意。

到了霍宅外,他停下车等她,眼睛一眨不眨地盯着后视镜。等视线内出现车前照灯的光,他才下车,站在围墙外等顾栖迟现身。

顾栖迟一下车,就看到霍灵均被灯光拉长的身影,显得孤单孑立。她推推流沙,小姑娘就先一步跑进霍宅院内。

霍灵均手里拎着一个漆盒,走到她身旁。顾栖迟看一眼,不用想就知道里面一定是古砚。

霍家很多人都有收藏的癖好,霍灵均的父亲喜欢收藏古砚,霍灵均收藏软笔字帖。收藏的物件被存放得十分妥帖,在霍家像是建了两座小型博物馆。

"路上跟那人说了什么?"霍灵均和顾栖迟并肩往里走,难掩好奇。

顾栖迟从口袋里掂出一张记忆卡，在霍灵均面前晃了晃："说了什么不重要，重点是他相机里的这个已经在我手里。"

"美人计？"

顾栖迟啐他："恶俗。"

他的笑一寸一寸落在她四周，在迈进霍家大厅的前一刻，他自然而然地牵起她的手。顾栖迟一僵，而后释然。

他们都是演员，最擅长的不过演戏。偶尔合作扮几次婚后甜蜜夫妻，不是难事，次数多了，她已经从最初的生硬进化到信手拈来。

她表情几不可查地细微一变，霍灵均却已经捕捉到，松了手。他神情过于一本正经，语调过于镇定深情："你不喜欢，我就不做。"

顾栖迟抬眼看他："差不多就可以了，别入戏太深。《念念不忘》里的台词是：你不喜欢，我就不提。你记忆力不太好，八个字都记错了。"又走了几步，顾栖迟补充，"你下次有感而发想对台词的话，记得提前跟我打声招呼，我好有个准备。"

霍灵均脸上的表情一垮到底。

顾栖迟无视他的黑脸，眉毛微挑："过会儿妈要是问我为什么最近都不过来，你记得说我次次都想过来全被你耽误。她要是问我什么时候能排开工作考虑孕育下一代，你记得反问她为什么不把你生成女儿，那样你就能生。她要是问我最近你表现得怎么样，你记得答除了不让我过来看他们和不能生之外，其余都做得特别好。"

霍灵均适才荡到谷底的心情，闻言再度漾起："你跟我有仇？"

每一条都好像是要坑死他。

顾栖迟瞪他："有意见？有意见好说，自己吞回去，自食还能果腹，一举两得。"

霍灵均站在原地，不再往前走了。

顾栖迟又回头催他："我有点儿紧张，开个玩笑缓解缓解，你还当真了？"

霍家家族根系庞大。霍灵均的父亲霍岐山这一支主要从商，他一手创下顾栖迟所属经纪公司星城娱乐在内的囊括快消、餐饮、建筑等的霍书集团。其母纪倾鬓则是 N 大的退休教授。

进门，纪倾鬓已经招呼商流沙分食水果。她间或挪开视线瞥顾栖迟和霍灵均一眼，眸中都是审视。

顾栖迟暗捏霍灵均的掌心，嘴唇几乎未动，细弱的声音从她微开的唇缝中滑出来："别失忆，记住我说的话。"

霍灵均回握了她一下，知道她指的不是那玩笑本身，而是那话里顾栖迟提到的霍母可能问及的事情。

等他们和父母打过招呼，比他们早到的霍之汶拉顾栖迟去了阳台。顾栖迟乐得离开长辈视线，离开的速度类似于逃窜。

霍岐山已退居二线，唯一的儿子霍灵均又涉足娱乐圈，如今在霍书集团担当重任的，正是长女霍之汶。

"刚刚跟老二咬耳朵说什么？"霍之汶趴在栏杆上往楼下的花园看。

"没什么，阿姐你看错了。"顾栖迟本能地否认。

霍之汶明显不信，却也不纠结这个问题："你们这样很好，在同样的领域，达到同样的高度，彼此更能理解对方，生活的步调会更加一致，这样才能长久。这几年霍家唯一的乐事，大概就是和你们顾家的这场联姻了。"

顾栖迟刚想说什么，突然口袋里的手机嗡嗡震动两下。她掏出来，看到颜淡发来的短信：看到霍帅微博了吗？

颜淡似乎不放心，或是猜到她懒得翻微博去看，于是复制了霍灵均那条一发出就引发粉丝群地震的微博：找到一个持之以恒欺负你的人，是这个世界上让人觉得开心的事之一。

他很少发博，微博历来长草。这样一条，无疑有轰炸粉丝圈的效果。被欺负？受虐狂吗？矫情。顾栖迟暗骂，这人是又犯什么病！

她看到颜淡补发的又一条短信："顾导，虽然霍帅今天在片场被尹半夏扇了 N 巴掌，但是为什么我看到微博脑补的那个人却是你？你那酒……挺管用的。"

我甚至已经在脑海里演绎了一遍你把霍帅抵在墙角玩壁咚的画面。你和霍帅有一腿？"

颜淡碰到跟霍灵均相关的事儿，胆子倒是大了。顾栖迟咬牙，想都没想顺手回了颜淡一条："不是一腿，是两腿。"

顾栖迟在霍之汶的印象里一直是冰冷的，此刻她眼睛紧盯着手机，唇角微掀的模样带着几分平日里鲜少见到的娇俏之色。

霍之汶回身往楼下的大厅看，目光放得有些远，牵着商流沙的霍灵均，和此刻在她身侧的顾栖迟一样，霍灵均的每一丝笑都极为浅淡。自从他的孪生妹妹霍之零车祸离世，霍灵均和父母的关系就陷入一种僵局，尤其是和父亲霍岐山，两人之间通常寡言冷语。寡言是霍灵均，冷语来自霍岐山。

霍之汶作为长姐和长女，对此一向焦心，却始终无能为力。之零死前违逆父母的意思，坚持解除同顾家的婚约，当时家里支持她的人，霍灵均是第一个，也是最为坚定的一个。

之零最后成功了，婚约因为她的离世彻底解除。可父母总觉得如果霍灵均不支持妹妹霍之零远走，也许那场事故就可以避免。霍之汶知道父母的想法偏执，却不知道那个因为之零离世打成的死结，要如何解。

如今霍灵均和霍岐山依旧父慈子孝，但总有些什么，和过去不同了。人人避而不谈，人人亦心知肚明。

霍灵均很耐心地听商流沙讲从学校听来的笑话。不同于女儿商流沙的一惊一乍，霍灵均喜怒都很浅淡。他越来越擅长隐藏自己的情绪，这是霍之汶不想看到的。

"老二很喜欢流沙。"霍之汶的声音将顾栖迟的视线重新拉回她身上，"他一定没对你说起过自己喜欢小孩子吧！他这样的人，最怕给别人压力。他可能是怕你多想，会无形中带给你怀孕生子的压力。其实我一直不明白，为什么你们决定隐瞒两个人的关系？父母之命有时候并不是坏事，你因为特殊的职业，会有所顾忌，大家都理解。栖迟，你们隐婚这两年，爸妈并不赞成，可是他们选择了理解。一开始可以说是为了你们的事业，后来呢？你进霍家门，已经快两年了。"

隐瞒？顾栖迟不知道该怎么对霍之汶说明缘由，那并不是初衷。

可是当时没有即刻公开，后来反而更不知道怎么对外说起已婚的消息。更遑论霍顾两家的联姻，最初定下的对象并不是她和霍灵均，而是霍家老三霍之零和她的哥哥顾栖颂。

如果霍之零没有遭遇车祸离世，如果霍之零没有另有所爱决心放弃和顾栖颂的婚约，可能她早已是自己的嫂子了。而她和霍灵均的关系……不会是夫妻。顾栖颂和霍之零结婚，他们就是姻亲。偶尔在某些家族聚会上见个面，因为工作关系在某些场合碰个头。关系大抵只会比路人甲、乙好那么一点，仅此而已。

"阿姐，很多事不是几句话就能解释清楚的。"顾栖迟攥着手机笑得略微勉强，"就像你一直都很明朗，但是一母同胞的他却闷得要死。"

除了偶尔贱一点，偶尔很贱一点之外。

霍之汶摇摇头："原来老二做人这么失败，你是嫌他无趣？这我得提醒提醒他。老二过去很疯的，长大之后的确脱胎换骨了一样，不说话的时候，很冷很酷。时间也差不多了，去大厅吧？"她问顾栖迟，"有时间考虑下我的建议，给老二个名分。不然我总觉得你将来会甩手走人……"

霍之汶的语气像开玩笑，顾栖迟这个听众却无法把它当作笑话来听。

在外人看来，这段婚姻里她一直是置身事外随时可能抽身而去的那一个吗？

收到顾栖迟发回的信息，颜淡原本天人交战的脑袋瞬间充血只剩下一个认知：短短一天而已，顾栖迟竟然就把霍灵均给潜了！

她抱着这个让人有些崩溃的认知去刷霍灵均微博下的评论。

"我爱你，我妈爱你，我爸爱你，我猫爱你。而且我们一致欢迎你到我家做客，别老在电视机里待着，怪累的。"

"233333，说，那个人是谁？！"

"谁敢欺负我男神，站出来我保证不打死你。"

"为毛有种要公开的预感，都别拦我，让我提前哭一哭。"

…………

身为粉丝，颜淡觉得自己戳鼠标的手移动得很是艰难。她洁身自好的男神，绯闻绝缘体霍灵均去哪儿了？她的高岭之花，鄙视潜规则的性冷淡顾导去哪儿了？太幻灭了！

等顾栖迟和霍之汶下来，霍灵均已经被霍岐山带进书房。

顾栖迟按纪倾慕的意思敲门进去的时候，正看到霍灵均垂首提笔。他的字她见过多次，或遒劲，或精瘦，或如拂柳，又似蛟龙。人说字如其人，每个人的字都自成风格，可霍灵均却并非如此。

他字形多变，风格不一。一如他的人，有时让她觉得如千层寒霜，有时又如暖阳一抹。

他写了一个"行"字，霍岐山点点头没说什么，看到她进来便摆摆手示意霍灵均他们一起出去。

书房的门一关，顾栖迟感觉霍灵均松了口气。她看他一眼，霍灵均立刻耸耸肩："小时候练字被罚多了，对书房有阴影。"

顾栖迟当时没说什么，进客厅前却突然蹦出一句："今晚演技有点儿烂，发挥失常啊霍帅。"

霍灵均笑："我就不能有怕的东西？"

原则性问题之外，霍岐山很少过问儿女私生活，纪倾慕却没那么好打发。顾栖迟设想的那些问题，她一个都没有问。纪倾慕问的是："我看到消息，最近你们两个人在一起工作？"

这个没有办法骗人，顾栖迟也不知道自己为什么一向直接、强势，一进霍家就秒变小白兔。完全丧失战斗力，任人宰割，这非常不科学。

她点点头有些懊恼："是，在拍同一部电影。"

纪倾慕将手中的浆果装盘："是个合适的机会。"

她没说对什么而言合适，顾栖迟却并非领会不了。是个机会，自然而然地公开他们的夫妻关系。还是立在一旁的霍灵均先开了口，他推推顾栖迟的肩膀，递给她装盘的浆果："把这个拿给流沙。"

顾栖迟乐得跑路。她一离开，纪倾慕看向霍灵均的眼神就更加意味深长，她对儿子说："我不懂你们。"

霍灵均没多解释什么，在纪倾慕转身要离开厨房的时候，才淡淡开口："妈，我是你生的，你应该知道我有很多缺点，我要给她更多时间，一一看清楚。这样的问题，以后问我，别为难她。"

霍灵均的行程有些满，饭后便被北方接走给上一部后期制作中的作品配音。

商流沙跟着霍之汶。

顾栖迟便一人从霍宅返回公寓，路上她的手机不断震动。

隔几秒钟，震一下，她继续选择无视。隔一分钟，又震一下，她咬牙摸出来，单手查看短信。几条短信均来自备注"神经病"的人。

第一条：不谢谢我替你解围？

第二条：我猜你很想回第一条四个字——莫名其妙。

第三条：友情提醒，骂人不道德。背地里骂人，尤其不道德。

第四条：知道你手机没坏。

第五条：你觉得有负担，下次我可以自己回去。

第六条：谢谢你。

很是聒噪！很是婆婆妈妈！顾栖迟突然想起之前杂志上见过的某篇关于霍灵均的专访标题：高冷症候群。

记者是瞎了吗？这难道不是话痨？

她一边骂，一边连自己都没意识到唇角翘起。

次日一见到顾栖迟，颜淡就忍不住从后视镜里偷瞄她。

方城摔伤那天，顾栖迟曾去过方城入住的那家私密性极高的医院。该私人医院对客户的忠诚度极高，安保和私密性甚佳。她挂的是妇产科。

她们打着探视方城的幌子而来。也因此避免了外界对顾栖迟突然现身医院的些许猜测。连她这个没有陪同顾栖迟跟医生会面的助理，都不知道顾栖迟当日在医院内究竟做过些什么。

跟在顾栖迟身边多年，她知道有些事情自己不该问。她的分内事是听顾栖迟差遣,顾栖迟让她预约妇产科,她便照做。

妇产科……颜淡现在却有了些联想,猛烈的、清晰的、自认为豁然开朗的联想。在顾栖迟说和霍灵均有"两腿"之后,颜淡觉得自己突然明白了顾栖迟近来暴躁的原因。自以为发现真相喜出望外的颜尔摩斯一激动,没留意前方路面塌陷的一个坑,车轮碾上去,颠簸之下自己下巴差点儿磕上方向盘,车身也吭哧几下才恢复平稳。更为悲剧的是,坐在汽车后座的顾栖迟头都没抬就无情地通知她:"未来半个月,稳重两个字每天写五百遍。"

简直惨无人道!

半月光阴倏尔划过。

在《念念不忘》里,顾栖迟启用的女二是年近三十的女演员时一。

很多人并不看好在圈内沉浮多年,年龄偏大却没有建树,人气一般的时一,顾栖迟却力排众议,坚持非她不可。

戏里霍灵均的角色在历尽沧桑之后幡然悔悟,没有出路地爱着女主角,而时一的角色则是用整个青春年华不能自拔地爱着戏里的霍灵均。

都爱过,但不是相爱,所以没有结果。

编剧韩青执意要将原本因为方城参演删掉的戏份重新加回到霍灵均身上,比如现下这一场,毒瘾发作的霍灵均,被前来道别的时一撞破。

镜头内,霍灵均从出租屋的硬板床上跌下来,双目赤红,辗转呻吟。他的指节因为强忍体内的躁动和地面摩擦,已经磨破皮向外渗血,苍白的颜色里夹着刺目的鲜红,配着他颤抖不已过于清瘦的身躯,显得格外落魄。

时一推门将霍灵均的所有窘状尽收眼底。她看着面前这个自己爱了整个青春的男人,看看看着就笑出了眼泪。眼底的哀痛和嘲讽一样浓重,短短几秒钟,不甘、不悔、遗憾、解脱……种种情绪在时一脸上一一掠过。

顾栖迟坐在监视器前,更加肯定自己当初的决定是正确的。

一条过。

时一走到顾栖迟身旁的折叠椅上坐下。霍灵均销假回归的助理北方也迅速上前给霍灵均披上大衣，一阵嘘寒问暖。

"顾导，明天我就能杀青了，今天收工之后，招呼大家一起去山前的生态园坐坐？我请客。"时一不像组里其他人怕顾栖迟拒绝。

顾栖迟用无所谓的声音反问："不怕破产？"

时一闻言一乐："那我就当您答应了。"

剧组难得聚餐，大部队早早出发直奔影视基地不远处的生态园。顾栖迟坐在车内没发话，颜淡只能看着大家三五成群上车走远，一会儿就没剩几个人了。

颜淡略微有些着急："顾导，我们还要等人？"

顾栖迟还没回答，颜淡的注意力就被敲车窗的声音吸引过去。后座的车门打开，一个颀长的身躯坐了进来。对自己此前的推论过于自信，再加上这半月在剧组里霍灵均一向待人亲和，颜淡此刻有些胆大，直接转身笑眯眯地问霍灵均："霍帅这是上错车了？"

顾栖迟随口补刀："睁眼睡错人的都有，何况天黑上错车。"

霍灵均一样笑眯眯地看回去，温和地和颜淡打招呼："你好，颜助理，我是霍灵均。"

废话……顾栖迟在心中腹诽。

礼貌……颜淡在心里认可地肯定。

"方便我搭个顺风车吗？"他语调温柔得能滴出水，转问顾栖迟，"顾导？"

"不方便。"顾栖迟咬牙，"我助理车技不太好，怕车毁人亡连累霍帅。"

霍灵均摇头，无视她的不友好："这么说我以后得争取每日都搭顾导的车，我的运势一向好，可能类似于吉祥物。有我在，顾导可以放一万个心，绝对一路顺风。"

吉祥物……顾栖迟没理他，这人真是自我认识深刻，外加脸皮厚到公元前。

到了生态园后门，颜淡去泊车。顾栖迟被迫和霍灵均站在一起，四目相对。

微风吹动一旁的树叶，唰唰声不断入耳。顾栖迟身上的衣衫很单薄，风一吹，她身上一冷。霍灵均将自己的风衣脱下来往她身上一披，见她伸手去脱，即刻摁住她的手："别逞强，进去再给我。"他嗓音有些哑，累的。

顾栖迟没有理会他,坚持把衣服扒下来扔给他:"敬业到为了配合戏内角色短期内暴瘦二十斤,你现在这瘦骨嶙峋的模样,没有风衣遮一遮,还能见人吗?"

她神情唬人,霍灵均却因为捕捉到她话里的关心而微笑:"这么帅的一张脸,怎么不能见人了?"

顾栖迟干笑:"脸呢?跟你的助理北方一样,被你扔了?"

霍灵均不再坚持,跟着她的脚步往前走:"这可真是污蔑,被扔掉的是我,顾导难道不应该继续发挥人道主义援助精神同情一下?"

信你才有鬼!顾栖迟快步推开包厢门,将霍灵均甩在身后。包厢内过于吵闹,很多人上前同霍灵均寒暄,他一时间难以脱身。

顾栖迟略微吃了一点东西,扫了眼霍灵均身旁热情的人群,很快从包厢内闪身出来。

她刚走几步,就在廊道尽头的阳台上遇到请客的时一。时一正盯着手机屏幕,听到声音才向她看过来。

时一叫她:"顾导。"

顾栖迟点点头,难得语气温和:"进去吧,刚刚还有人找你。"

她话落准备下楼,却被时一从身后再度叫住:"顾导,我刚刚收到一条消息,我的经纪人发来的。今晚会有营销号在微博爆我的料,希望不会影响到我们的电影。"

顾栖迟问:"你曾经杀人放火?"

时一摇头。

"被小三?"

时一笑着再度摇头。

"吸毒?"

时一依旧否认。

顾栖迟总结:"出轨的、插足别人家庭的都能复出,身价上涨,你不是这样的丑闻,能有什么影响。"

时一望着她,目光沉沉,忽而唇角下压露出倦意:"您应该知道的。两个多月前,我刚举行了婚礼。"她略显局促,"但是其实我领证已经五年,当初我跑龙套,一直在圈子里挣扎,却没人记得住我,他也一贫如洗,除了是我的老公之外什么都不是。那个时候我们关于婚礼有很多美好的设想,可是办不起,为了让设想成真,我们努力了五年。就这样的事实……没什么能被舆论攻击,但是经纪人却让我准备好接受网友对我不诚实的谩骂。"

顾栖迟并不喜欢过于煽情的桥段,但也不排斥别人真情流露。她想告诉时一,人攻击人从来都不需要理由,很多人把自私当作自由。骂人的人,只代表他们自己。他们骂出的话,何必用心听,并不是所有的人都会对别人恶言相向。

人不披荆斩棘过,不算成长。身正,亦不畏人言。

想到她自己那一堆隐秘的私事,她没有将话说出来。都是成年人了,她觉得时一可以应付这些情况。

颜淡看到顾栖迟离开,也跟着小跑着下楼,边走边在后面喊:"顾导,稍微等等我!"

顾栖迟有些头疼……为什么跟了她几年了,颜淡还是一点儿都不像她。她一转身,看到颜淡一头扎进路过的一个男人的怀里。颜淡被撞得有些懵,虽说她是肇事者。

顾栖迟冷冷地冲她吼:"抓紧道歉滚过来!"

颜淡向身前的人微鞠了一躬致歉,而后火速跑去找她的靠山顾栖迟。

顾栖迟看着她诚惶诚恐的模样,原本想教导的话又吞了回去,换了更为温和的方式:"最近练字完全没有成效。未来半个月别写'稳重'了,换个词,写写'杀气',每天两百遍。"

颜淡一脸被鬼压身的样子。

顾栖迟看了她两眼,继续沿着古朴的台阶走。还没走几步,突然被人从身后扯住手腕。顾栖迟整个人被这突然袭来的力道拽停,紧接着,顾栖迟就听到一道颤音:"阿迟?"

三 从我走向你

顾栖迟溢出一丝冷笑,她已经很久没听到"阿迟"这个称呼了。当初从有些人嘴里喊出来,她觉得无比缱绻动听,为什么现在听到只觉得别扭恶心呢?

人果然是善变的动物,爱着爱着就散了,喜着喜着就厌了,她自己也不例外。

回忆更是个神奇的东西,瞬间就能把人变成神经病。前一秒,她还翘着唇角逗颜淡。下一秒就感觉眉梢眼角都被冻僵,动一下都艰难,更别提笑了。

她没回头,先是狠狠地甩开那只拉住自己手腕的手,对颜淡说:"去开车。"

"阿迟。"那人还在叫她。

顾栖迟僵在原地,吸一口气,控制自己的情绪,而后缓慢地转身望向背后那人。记忆开闸,她觉得自己的手有些抖。她不想回首,可脑海里那些纷繁的影像却在不断侵袭她的神经,让她无处可逃。

"我们会有两个孩子,一个随你姓,一个随我姓。省得到时候你来我家,说我家人多,欺负你。"

情话怎么能随便说呢,说多了真是打脸。她有那么一刹那很想问问眼前这个久未见面的男人,脸疼吗?下一秒,却在看到颜淡将车开过来之后,像真的面对一个普通老朋友一样,转身问他:"郑森林,很久没见,要喝一杯吗?"

真的坐进熟悉的店,顾栖迟感觉到对面郑森林注视的目光,突然有一丝后悔。她的手指勾住咖啡杯,视线在窗外的夜色中游移,最后定格到郑森林的脸上。她对郑森林说:"有件事我想做很久了。"

顾栖迟站起身,端起咖啡杯泼向郑森林。咖啡浇了郑森林一脸,他一动不动,只静静地盯着顾栖迟,似乎并不意外她的举动,反而笑出声来。

顾栖迟道:"我无话可说,只此一件事想做。两年前,你消失得够彻底,没有机会,现在如愿,后会无期。"

她转身就走,郑森林并未起身追。顾栖迟迈出去两步,他才发声:"阿迟,当初算我甩了你吗?"

顾栖迟停住脚步:"是,所以我记仇,以后见你一次大概会泼你一次。"

郑森林扶着桌沿站起身,被咖啡浇过的上半身显得很狼狈。他看向顾栖迟的眼神很沉、很深:"我以为你会过来打我。"

顾栖迟哂笑:"打你?各奔东西之前,我记得郑先生说是我动机不纯,无法继续。我是动机不纯啊郑先生,我一直是个混蛋,你现在一脸愧疚地看着我干什么?你再这样下去我会以为你想重温旧梦。"

郑森林唇微张,欲言又止。

顾栖迟瞬间变了脸色,她嗤笑一声:"路上碰到个前女友就想破镜重圆,没想到郑先生现在这么随便。"

郑森林迅速拦住她:"不是巧合,不是偶然,我是特地到那里找你的。"

顾栖迟沉默,而后笑了起来:"所以呢?我应该感动还是十分感动?"

面前的男人眼波轻颤,听到顾栖迟说:"知道我最恨什么吗?""两年前傻了吧唧被人甩的顾栖迟,我最不喜欢她。"

在霍灵均的印象里,顾栖迟很少主动打电话给他。所以手机屏幕亮起的时候,他看到上面显示的名字,一度怀疑自己眼花了。

等他到了顾栖迟所说的地点,只看到她裹成粽子立在十字街口。她现在这副模样,让霍灵均想起某次顾栖迟去西藏拍戏时的一段往事。

她去的地方偏远,霍之汶联络不到她,让他帮忙。

霍之汶几日联系不到的人,他一个电话过去,竟然就联系上了。他很快交代完霍之汶要他转达的信息。挂电话之前,霍灵均想到西藏那边的气候和温差,又嘱咐她:"多穿一点,把你自己包成粽子,那样暖和。"

顾栖迟没有理会他。霍灵均又接着说:"胖一点也没什么。你不在我眼前,我见不着你的模样又不会笑你。"

那个时候顾栖迟说什么来着？她说："你除了吃还能想点儿别的吗？"

吃……就因为他提到粽子？真是时常被她几句话弄得哭笑不得。

车是被顾栖迟糊过蛋糕的那辆。顾栖迟一看到车停，眉都没皱一下，很坦然地拉开门坐进去。想找人聊几句，可有时候又很悲哀。比如今晚，她琢磨一圈，能聊上几句的，竟然只剩霍灵均。

她坐在座位上不说话，霍灵均开得很慢，也不问。这种时候，他还是很符合粉丝眼里那个体贴的形象的。顾栖迟反省了下最近和他的交锋，自感略微刻**薄**、**尖酸**、**无理**了一点。她的各种毛病在面对霍灵均的时候从来都暴露得很彻底。她检讨了下，不知道该不该客套下让他体谅，结论是无碍。男人嘛，听几句狠话又死不了。

一路无话开回顾栖迟公寓的地下停车场。从摁指纹进入停车场，再到摁密码进入公寓，两人一前一后，无声倒也和谐。

直到在沙发上落了座，霍灵均还是不出声，安静地拿出剧本来看。顾栖迟瞄一眼，不是《念念不忘》，而是部外语片《Only》。

霍灵均没有避她，顾栖迟倒没听闻他拿到了《Only》的本子。这部好莱坞大片是科幻巨制，筹备期声势浩大，发行方也是实力过硬的乔纳。

大陆近年内不乏前往好莱坞发展的演员，但无非是在电影中做做人肉背景，戏份少得可怜。顾栖迟不知道这部片里，霍灵均接到的角色是否也是如此。

她踱去厨房打开冰箱拿出几罐啤酒。她向来讨厌红酒的味道，没办法躲在酒窖内慢慢品，她简单粗暴地活了太多年，大概只适合牛饮啤酒。

她开了一罐，倚靠在厨房吧台上，一点点往胃里灌，被悄无声息移过来的霍灵均伸手夺走手中的啤酒罐时，毫无防备。

她下意识地瞪霍灵均："这是我的私人财产。"

霍灵均摇了摇手中那罐被她喝掉大半的啤酒："不良嗜好。"

顾栖迟伸手去抢："你这种沾酒即醉的人，不会懂。"

她一开口，霍灵均就感觉到酒气扑鼻，眼底流转的光华停了下来："我以为你这辈子的出息仅限于不爽就骂，看不惯就打，原来还会借酒消愁。"

他突然觉得好笑，脑袋被酒气熏得有些晕："顾栖迟，你是不是真的从来没觉得，其实你自己活得特别像个男人。"

顾栖迟危险地眯起眼："你什么意思？"

还是个很容易炸毛的"男人"。霍灵均笑了下，转身离她远远的："安慰你，没看出来？你活得这样男人，至于因为一个男人影响心情吗？"

霍灵均的话很粗暴，可顾栖迟听着却觉得挺舒心。是没什么大不了的，她大概真是庸人自扰。她本意是想找人吐槽一番，可霍灵均不同她多说什么，只安静地陪她度过这个夜晚，她觉得已是很好。

时一仅剩的戏份拍得很顺利，很快杀青。到尹半夏和霍灵均的最后一场对手戏，又出了问题。

进组以来，霍灵均还没见过顾栖迟骂人，这次一次性补全。

尹半夏的台词刚说了半句，就被喊卡。顾栖迟毫不留情，甚至可以说是讥讽："这辈子没见过男人？"

顾栖迟把这话扔给了尹半夏，颜淡在旁边听到不知道为什么有些幸灾乐祸。

顾栖迟说："你整个人就差直接挂到霍灵均身上了，全世界你只认识这一个男人，饥渴到这种程度。"

尹半夏的眼顿时有些红，可顾栖迟的话还没说完："你的角色是打定主意和他老死不相往来，你看看你演了些什么？脸上就差写着和他滚一辈子床单。"

剧组里的每个人都对顾栖迟的语言方式颇为习惯，没有受到任何影响。大家以为顾栖迟说新人两句就算了，没想到炮口直接又对准天王霍灵均。

"你抱她的时候稍微贴紧一点，她会大喊你非礼吗？"

她最后这句话冒出来，场内的闲杂人等都吓得往外撤，唯恐被战火波及。换拍间隙，颜淡继续殷勤地往霍灵均眼前凑。

"顾导脾气一向这么直接粗暴，习惯就好。"她使劲儿为顾栖迟辩解，"她人不坏的，就是不会说软话，只会放狠话。一般人自尊被伤两次，也就觉得自己不需要自尊那东西了。后来大家就都觉得顾导很有先见之明，替他们甩掉了包袱。"

她冲北方挤挤眼，而后放低声音一脸"我懂得"的神情看向霍灵均："霍帅，您应该了解我们顾导啊！"

霍灵均眉头一挑，连顾栖迟的助理都要来勾引他的助理了吗？

这日傍晚，娱乐圈第一狗仔将深又在微博放猛料。某一线男星已经有主。

一时间，吃瓜群众纷纷猜测，此男星是谁。奈何一线男星多为未婚，候选范围实在过大。直到凌晨，八卦论坛上传了几张霍灵均送新晋小花尹半夏回家的照片，网友纷纷对号入座，认为将深微博里提到的那个一线男星是霍灵均。

很快，各种所谓了解内幕的人士现身，匿名爆料。诸如"霍灵均为提携女友客串某片""霍灵均惹女友不快，追至剧组被扇耳光"等等消息堆满各大网媒的版面。大概是霍灵均出道十余年鲜有绯闻，和尹半夏的这一则一经出现便神速发酵。

有人质疑是剧组炒作无下限，更有人质疑是尹半夏这个新晋小花捆绑天王炒知名度上位，恬不知耻。

大多数粉丝理性沉默，持观望态度。坚持偶像一天不亲口承认，便一日不信。还有的粉丝已经在双方微博下留言，声明即便认为不配，也仍会祝福。

短短几个小时，尹半夏连同霍灵均的名字迅速登上热搜榜成为人们茶余饭后的谈资。一时间，BBS被这两个名字屠版，话题榜被这两个名字承包。

有人扒出霍灵均之前的访问，在回答是否会公开恋爱和婚姻状态的问题时，霍灵均当时给出的答案是要看女友，妻子是否愿意公开；有人翻到他年前上谈话节目做嘉宾被主持人问及理想型时给出的答案——率直、简单；更有粉丝以他最近一系列饭拍路透照片为素材开始研究他的表情，企图探知他的内心世界。

种种迹象和认知让某些坚持偶像单身的粉丝有些惶恐，再联系此前霍灵均发的那条似乎意有所指的微博，渐渐地舆论偏向绯闻是真。

送人毕竟不假，而且以霍灵均混迹娱乐圈多年的资历，他一定拥有强大的公关团队和关系网，着实没必要配合一个新晋小花炒 CP；以霍灵均的咖位更加没必要去新人扎堆的青春片里演男配;何况以霍灵均的地位,谁敢随便多次扇他耳光?即便演戏都不太可能敢下此重手……

但若是为了配合女友,一切便都合情合理起来。事态发展到这一步,开始有很多粉丝在微博艾特尹半夏,强硬表示要其对男神好一点儿。

分析得很有道理。顾栖迟看完网络大V发布的长微博,自己也觉得霍灵均和尹半夏正在热恋中了。

这条绯闻的迅速发酵,倒让时一隐婚多年的消息淹没,鲜有人议论,也算积德。连同《念念不忘》这部影片,也因此重新挤进话题榜久居不下,于她毫无损失。

顾栖迟盯了会儿屏幕就合上笔记本,僵坐在二百坪的空旷室内,久了,突然觉得腹部隐隐作痛。

这样冰冷的感觉,提醒她那日在医院所逃避的事情。纵然他还在她体内,但她已失去了这个孩子。她没有期待过这个孩子的来临,她可能更愿意用酒后乱性来定义那晚的耳鬓厮磨。可她刚刚知晓这个孩子的存在,面对的就是她已经失去他的结果,她做不到完全无动于衷。

孩子停育,这场因为救火才缔结的婚姻又能走向哪里,会不会一样急停?

霍灵均的理想型是简单、纯粹的女人。可她既不简单,又不纯粹,不懂柔情,更不会服软。

霍灵均那句话说得对,她一直活得像个男人。这些年她倾心相对的人,教会她一步步成长为无坚不摧的女人。难过不需要肩膀,不需要她本人之外的其他支撑。每一个男人想要从女人那里得到的被依赖、被需要的满足感,在她这里都是妄想。

微开的窗刮进凉风,她起身去拉窗帘,将凉风连同明亮的月光一同关在窗外。刚坐下,就有电话进来,是在国外游学的哥哥顾栖颂。顾栖迟深吸一口气接了起来。顾栖颂的声音从来沉静如水,喜怒都是同样的音调:"我看到你们的新闻,很凶残的屠版,我的眼睛很被动。"

"是他的,不是我们的,并且是无中生有。"顾栖迟一口咬死。

顾栖颂轻笑:"统一口径吗?"

顾栖迟一怔。

顾栖颂紧接着为她释疑:"无中生有。我妹夫霍灵均刚刚也这么告诉我。"

"巧合。"顾栖迟惜字如金。

顾栖颂有些无奈:"我的大导演,能好好说话吗?别这么言简意赅,好吗?"

顾栖迟夹着听筒移回卧室:"可以。你的声音几天没听更像公鸭了。"

"……你还是继续惜字如金好了。"顾栖颂不再废话,"我后天回国,需要我的时候记得招呼一声。陪聊、陪愣、陪吃,随便你需要什么,只要不是陪睡。"

她可没面临人生灾难需要拯救。

顾栖迟依旧像以往无数次做过的那样啐他:"第一次发现你这么有自知之明,还知道自己年老色衰陪睡没市场。"

顾栖颂轻笑:"少嘚瑟,等我回国再收拾你。"

顾栖颂这么一打岔,顾栖迟的心情好了很多。

等霍灵均结束配音工作再度光临她的公寓时,她罕见地正在煮意面。

霍灵均在市郊的那套房子,顾栖迟曾经住过一晚,但那里色调暗冷,使本就空旷的房子显得更加冷清,她本能地拒绝搬入。她住惯了自己的一亩三分地,近一年都是霍灵均不时地往她公寓跑。为了掩护二人的关系,他甚至也在这个小区买了一套房,而且就在她楼下。只是内里空空如也,极度缺乏生气。

身后的脚步声很轻但足够顾栖迟听清楚。她不出声,继续搅拌调制的酱料,没有理会霍灵均的入侵。

霍灵均的耐性比她更好,他走过来,旁观她下厨。周围的一切都过于安静,安静到虽然隔着一段距离,顾栖迟也能感觉到霍灵均的呼吸声。这种沉默很是磨人。顾栖迟没有耐力可以和霍灵均在长久的沉默中各安其事,无动于衷。

"进门之前有认真查看四周吗?"最终还是顾栖迟先一步破功,她停下手上的动作,"霍帅如今火上加火,正是一众媒体娱记追逐、跟踪的目标,围追堵截的人不少吧?确定没带双眼睛进楼?"

霍灵均倚靠在厨房连通的吧台一侧看着她,以及她面前装盘的意面,没有回答顾栖迟的问题,而是很诚恳地点评:"卖相……很难看。"

他这样直接点评她的厨艺,顾栖迟的火爆脾气瞬间被点燃:"劳你操心,没请你看,劳烦您挪眼。"

"这就急了?"他指指自己的侧脸,"急了咬这儿。"

顾栖迟眼睛里有个大写的"滚"字。

霍灵均只笑。

顾栖迟没多看他,从置物架上抽出钢叉,几乎是将叉子扔到了意面上:"建议霍先生有点身为绯闻中心人物的自觉,我怕明天的新闻标题是我第三者插足,或者你脚踩两只船。正被传热恋期,被拍到夜宿其他女明星家总不是好消息,这种时候,霍先生难道不应该低调些回自己家?有个词怎么说来着……低调攒人品。"

霍灵均微眯双眼,顺手夺下她手中的托盘。等顾栖迟反应过来,她适才费心烹制的意面已经被他倒进了垃圾桶。"这个时间不适合吃这个。"

顾栖迟闻言太阳穴猛地一跳。

她想怼回去,胸腔充盈着无数怒火急欲喷薄而出。她耗费时间和精力制作出炉的东西,他竟然自作主张轻易地就将它们丢弃。

顾栖迟咬了咬牙:"给你个善意的提醒,今晚你要有空最好提前留下遗书,万一我哪天被气疯说不定会兽性大发动刀见血。"

她气极也不过是放狠话,说完猛地转身。

霍灵均看着她的背影,突然上前将她打横抱起。很久没有过这样亲密的接触,顾栖迟下意识想要挣脱,可霍灵均力气大,态度强硬,她摆脱不了。

"别乱动。"他说,"Albert已经在微博发声明,我和尹半夏在剧组就在你眼皮底下,关系如何你最清楚。那晚不止尹半夏,时一也是我们送回去的,我问心无愧。"

顾栖迟被他放在客厅沙发上之后,才看清矮几上放着的那个纸盒。上面的Logo是她最常光临的糕点房的,她没有透视眼,但她无比确定,里面是她喜欢的蓝莓慕斯。气消了大半,顾栖迟淡淡地扔了几个字出来:"你不需要向我解释，我没有误会。等你开口的是跟随你多年的粉丝。"

霍灵均点头，唇角的弧度带着明显的纵容："你可以选择不听，但这是我作为丈夫的义务，有任何可能的误会，都要及时解释清楚。"他扫一眼那个带回来的纸盒，叮嘱道，"只能吃一个，别贪吃。"

顾栖迟原本伸向纸盒的手就这么停了下来，这人管得太多："你的糖衣炮弹我一个都不想碰，少贿赂我。"

霍灵均摇摇头，忍不住伸手揉乱她的长卷发，像纵容闹脾气的商流沙一样："好，随你喜欢。"

还没等顾栖迟表达不满，霍灵均已经闪身进了厨房，在她倚靠在沙发上睡着之前，再未出来。

讲真话，顾栖迟很多时候是很讨厌霍灵均这个人的。他勾起了她身上的很多恶劣因子，并且还进一步用他无可挑剔的品质来反衬她的恶劣。他若是芝兰玉树，那她就是一堆经不起修饰的黄土。好像无论她做了多么恶劣的事情，他都能够云淡风轻地包容。

她很讨厌这个人，因为越了解，她越觉得她是他生命中的一块短板。他可以有更好的选择。

顾栖迟是被霍灵均从睡梦中叫醒的，霍灵均拿手在她眼前晃："醒醒。"

他将一碗蔬菜粥推到她面前。粥的香气扑到她鼻尖，卖相也极佳，很是勾人食欲。顾栖迟看向霍灵均的眼睛，只看到一片云淡风轻。霍灵均交代："赔你的，赔你我倒掉的那份意面。如果难吃，我允许你直接把这碗粥扣在我脸上，别留情。"

顾栖迟似乎没反应过来现下是什么情况。直到霍灵均的声音再度响起："愣着不动，等我喂你？"

很小的时候，从母亲迟归年那里，顾栖迟听说过这样一段话：一个男人最可恨的地方，在于他会将一个女人宠得无法无天地作，在她习惯之后，又因为她的作而无情地离开她。忘了是他一手将她宠成他如今厌弃的模样。

在迟归年嘴里，她的父亲顾时献就是这样一个可恨的男人。经历过郑森林的背弃，顾栖迟现下很怕霍灵均给予的宠溺。宠溺，一人宠，足够另一人溺毙其中。更何况，宠溺不等于爱情。

她没有把握全身而退，她怕自己再度折戟。

这晚，顾栖迟入睡前，霍灵均还在书房研读剧本。

可她半夜从梦中醒来，却正置身霍灵均怀中。暖意从他的身体向她的四肢百骸一点一点扩散，她冰冷的四肢都被这种温暖团团包裹。

顾栖迟不知道霍灵均是什么时候从书房进到卧室躺她身旁的，她睡得很安心。她努力回想也想不起来，是从什么时候开始，他们从婚后最初的相敬如宾变成了眼前这样和寻常夫妻越来越相似的关系。他成了她生活的一部分，她的选择是默许。

就像此刻这张床，霍灵均和她各占一半，她已经习惯。霍灵均的手臂扣在顾栖迟腰侧，掌心微贴在她的小腹。这样的姿势，突然让顾栖迟罕见地眼眶发热。她原本已经打算告诉他孩子的存在和失去。可那晚霍之汶提到他对孩子的喜爱，让她开始犹豫。

亲情的遗失她早已习惯，也已经千疮百孔，她不会在乎身上多出一个流血的洞，可她见过霍灵均站在霍之零墓前萧索的身影。她虽然心狠，但并不擅长雪上加霜。她不想再在这个男人身上补开一枪。

如果那是新生，她可能会损他两句告诉他，可那是注定失去，对任何人而言，都无能为力。

随着Albert在微博发表声明澄清霍灵均和尹半夏的关系，新闻爆料被归为假消息，最终这个事件被网民定义为炒作。

小花旦尹半夏提了知名度，电影提了关注度，不是炒作，炒作这个词估计都得有意见。

霍灵均和尹半夏的最后一场对手戏，前一日夭折在顾栖迟的震怒中。今日续拍，片场的一众工作人员都小心翼翼，身为焦点人物的尹半夏涉圈不深，看向顾栖迟的眼神有些畏畏缩缩。唯一还能应对自如的，大概只剩下霍灵均。

颜淡打量了下四周，觉得也只有霍灵均的助理北方还算是个没变木偶的正常人,能聊上几句。

"你跟着霍帅多久了?"她自来熟,笑眯眯地问北方。

她笑得一脸灿烂,北方没好意思拒答,虽然实际上他的回答和拒答没什么区别:"记不清了。"

颜淡看他那满脸禁欲的模样,直接问道:"人人都爱霍帅,你一直在他身边,性向还正常吗?"

北方唇瓣微动:"……"

颜淡等了又等,终于等来这个白白嫩嫩的小助理的回答。他反问道:"顾导还不是杀死一片。你跟着顾导,难道性向已经变了?"

颜淡点点头,冲他眨眼睛:"有前途啊弟弟,还会现学现用。"

她厚颜无耻地伸手:"不过版权费多少还是出一点儿吧。"

上次被训斥过,今天尹半夏在讲台词的时候更加吃力了。她本身台词功底不强,更何况需要随时观察顾栖迟的反应,更束手束脚。哪怕有老戏骨霍灵均带她,她都感觉自己不在道上。

第一次尹半夏直接念错词,出乎全场意料,顾栖迟只是摆摆手示意继续,没有骂一句。

第二次尹半夏抢拍,霍灵均的词还有一句没说完,她就已然转身。再度出乎全场意料,顾栖迟只是淡定地开口说了两个字:"重来。"

顾栖迟没动声色,尹半夏却也没得到多少安慰,霍灵均站在场中,能够清晰地感觉到她的紧张和颤抖。他拍拍小姑娘肩头,转身向顾栖迟走过去。整个片场所有人的视线都随着他的脚步转移。

他人前还是那副温和极有耐心的模样,站到顾栖迟身侧才问:"顾导,方便说几句话吗?"

副导演主动让位,其他人闻言也都纷纷退开几步,留下一个相对私密实则是在众目睽睽之下的空间。霍灵均也没客气,直接坐到副导演让出的位置上。他的声音很低,只够顾栖迟听得到:"她在害怕,被你吓得。"

顾栖迟侧身看向他:"你是想劝我对她好点儿?"

霍灵均摇头，突然伸出手握了一下她的手，而后急速松开："不是，我是想劝你温柔些，和别人没有关系。"

"劝我温柔和对她好有什么不同？"顾栖迟话落就看到他眉梢绽开晃眼的笑，挂在他那张近日急速瘦下去的脸上，让她觉得分外不舒服。

霍灵均语调依旧没有起伏："目的不一样。你昨晚睡得不好，这条过了，今天才能早些收工。"

顾栖迟愣了三秒，霍灵均已经站起身重新走向尹半夏。她能感觉到自己心底的波动。她并不习惯，也不想有这样的感受。

等副导演回来坐下，顾栖迟撑着脑袋说："卫导，这场戏你来掌镜。"

副导演有些踟蹰，万一拍出的效果顾栖迟不满意，怎么办？他那纠结的模样顾栖迟看一眼就懂："有点儿自信，难不成你想一辈子只做副导演？"

副导演立刻挺直身板，目标理想他还是有的。顾栖迟点头准备撤退，身后传来尹半夏的声音。

"顾导。"尹半夏明显底气不足，"这场戏我总是吃不透，你能不能……"

顾栖迟一向干脆利落，同样也不喜别人拖泥带水。她刚要发火，想起霍灵均说的"温柔些"，又忍了下来："讲戏？上周的剧本研读会上，这几场戏难道我们没有仔细分析过？"

尹半夏摇头："不是，顾导。我是想问，你能不能和霍帅搭一下这场戏，让我实地观摩下到底应该怎么把握女主角的情绪。除了导演，您本身也是和霍帅旗鼓相当的影后，您能不能，演一下让我学习一下？"

"不能。"顾栖迟拒绝得彻底。

她态度强硬。剧本里面的每句台词顾栖迟都记得清清楚楚。她怎么能忍得了让自己置身这幕戏中，听霍灵均近在咫尺深情地望着她说剧本里的那句台词——"我爱你"。

想起该"温柔些"，她又叹了口气，建议尹半夏："杨林戏好，你可以让她搭给你看。"

自从霍灵均现身剧组，顾栖迟觉得自己这个导演越来越不称职。前期投入的心血那样多,最近她置身事外将工作丢给别人的时候却越来越多。

在休息室坐了一会儿,顾栖迟感觉到腹部那种时有时无的痛感开始变得频繁。不能再拖下去了,明知留不住,她应该一早放手。

她打电话给自己的医生 Burke,再次预约手术时间。电话刚挂断,又再度响起。看到号码,顾栖迟眉头一跳。

她接听,疗养院的护工对她说:"顾小姐,迟女士的病情有些变化,你能不能今晚过来看看她?"

顾栖迟觉得自己的小腹坠疼得更加厉害了,声音有些哑:"我马上过去,先别告诉小顾先生,他在国外,平白担心,容易出事。"

护工应下。顾栖迟拉开休息室的门往外走。

颜淡就立在门口,接到顾栖迟取车的命令也没多问,还顺手替她拿了一件外套。可她车开了出来,却被顾栖迟从驾驶位赶了下去。最终只能看着顾栖迟驾车扬长而去。

顾栖迟离开时脸色苍白得过分。颜淡觉得自己像个白痴一样,只能站在这里担心。她不应该放任顾栖迟一个人离开,下次顾栖迟再赶她,她应该死皮赖脸坚决不听。这么长时间,她早就明白顾栖迟是个纸老虎,不是吗?

疗养院在市郊。

这些年混迹圈内,顾栖迟养成了一些习惯,比如驾车上路的时候,总会不自觉地去瞄后视镜。艺人鲜有隐私,可她并不想让自己母亲的生活被曝光。

疗养院里,迟归年所在的病房很空。她一进门,护工就退了出去。迟归年近些年越发缺乏安全感,总要拉上窗帘才能入睡,见不得刺眼的阳光。

顾栖迟觉得自己的眼睛几乎就要看不清迟归年陷进病床上的单薄的身影了。面前这个中年妇人做错过什么呢,怎么会变成这样一个苟延残喘见不得光的弃妇?她不过是懦弱,不过是过于依赖那个抛弃她的男人。

顾栖迟慢慢走到迟归年身旁坐下。迟归年浅眠,听到声响,微睁开眼睛。

她还能认出自己吗?

"夏至。"迟归年开口，顾栖迟握住她的手，迟归年问，"是你吗？"

顾栖迟答应："是我，妈。"

她和顾栖颂生在节气，乳名取自二十四节气中的夏至和立冬。她的胸腔中溢出满满的温情，却在下一秒，被迟归年的话击得粉碎："你爸爸呢？"

迟归年满眼迷茫："他怎么不来看我，又出差吗？"迟归年时而清醒时而糊涂，糊涂的时候，她记不得顾时献已经不再是她的丈夫。

顾栖迟心疼了这个躺在床上的女人二十余年，却也恨其不争二十余年。做一株攀附别人活得毫无尊严的凌霄花，她怎么会这样心甘情愿？

她不想刺激她，转移话题："妈，大哥很快就回来了，他会来看你的。"

迟归年微笑："立冬和你们爸爸越来越像了。"说完她又闭上眼睛，似乎这几句话，已经耗尽了她的全部气力。

几句话，都和顾时献有关。顾栖迟睫羽不停抖动，她努力控制着那些在她心底翻江倒海不断肆虐的东西。这个房间太过压抑。顾栖迟吸了口气，猛地站起身想要离开。她怕自己再在这个病房里多停留一秒，就会忍不下那种冲动，骂醒这个一生都在执迷不悟的女人。迟归年那样单薄，她经受不起刺激。

顾栖迟只能把所有情绪硬生生吞回自己的五脏六腑。她的手撑在迟归年病房外的墙壁上，很凉，和她僵冷的身体一样没有温度。她走得很慢，总觉得每走一步，脚上都能多一寸伤口。

两年前迟归年差一点离开人世的时候，她都没有像现在这般觉得自己疲乏得不堪一击，全身上下似乎每一处都在疼，眼前的一切渐渐不再分明。她不允许自己倒在这个地方。顾栖迟是无坚不摧的、是生猛的、是心狠的、是极作却不知悔恨的、是能够得到幸福的。

感觉到大腿间渗出的黏稠时，她突然有些同情自己。如果她真的足够好，为什么这世界上有那么多人会义无反顾地离开她。眼前的黑雾弥漫，她走不动了。倒下去的那一刻，却摔进了一个意料之外的温暖怀抱。

她看清那人侧脸的时候，顾不得惊讶，顾不得怨恨，更无力推拒……她只来得及攥紧男人的手臂，连想嘱托的话都没来得及说出，就彻底陷入了黑暗。

好像经历了一场疲于奔命却最终在山巅一脚踩空的旅程。顾栖迟醒来那刻，全身像是被碾压过一样痛，眼前的黑雾散开，第一个进入她视线的，是她并不愿意见到的郑森林。

坐在病床旁的郑森林在她睁眼的刹那心底一沉：近三年，他不曾坐得离她这样近。近六年，他不曾在她眼底见过这样的神色。总觉得她下一秒就会启唇吐出那个字：滚。

他犹豫了下，紧紧锁住眉梢眼角那些压境的黑云，开口的声音极低，唯恐惊动了什么："这里很安全，很隐秘，不会给你造成困扰，你可以放心。我还没有通知任何人，我想等你醒来自己做决定。"

顾栖迟避开他的视线，咬牙问："它已经不在了，是吗？"

是个问句，却没有夹带多少不确定。那个结果她已预想过多次，真的来临已然平静。不是不疼，是疼得让人麻木，尤其是在她见过迟归年之后。

郑森林身子微僵，拳头攥得更紧，没有给出答复。她失去了属于另一个男人的孩子，这样的认知正在一点点摧毁他努力积攒了两年才敢再次出现在她面前的"厚颜无耻"。

他在努力回来的路上，而她已然走向他人身旁。

顾栖迟不想对他冷言相向，但那并不容易做到，她侧脸对郑森林说："我不相信你出现在我妈妈那里是巧合，是代表你姐姐去验收成果吗？看看手下败将如今有多惨淡，还是代表你未来的姐夫去慰问被他遗弃的糟糠妻？"顾栖迟嗤笑一声，不知要讽刺谁，"谢谢你送我进医院，郑森林，也请你别再在我面前做出一副大爱无疆的模样，请你收起你那些无处可用的同情心！"

她轻咳一声，声音更加喑哑低沉："我之前说过再见你一次泼你一次，不是说说而已，我从来不喜欢说空话。"她顿了一下又继续，"我不管你有什么居心，恳请你别再出现在我妈的视线范围之内。她活着不缺你的关心，死了见到跟你有关的哪怕一朵白菊花，可能都会觉得恶心。"

顾栖迟说这些话的时候眉头深锁，郑森林的心被她几句话斩碎，丝丝泛疼。

顾栖迟的泾渭分明，爱恨两极，他再清楚不过。原本，他自信地认为，他终生都在爱的那一端,却没想到,真正的人生刚刚开始,他就成了她心头横亘难移的恨。

郑森林利落地走了,在顾栖迟开口说出"滚"字之前。

顾栖迟挣扎着拿起床畔的手机,不知什么时候已经关了机。等她开了机,果然进来数条短信,有工作进度的汇报,还有数条来自颜淡,询问她的去向。

顾栖迟看了一眼时间,已经深夜两点半。她没有即刻回拨给颜淡。

她的声音,适才同郑森林说话时已经很是嘶哑,此刻怕是任何人听到都会觉得有异。现在这样晚,她也不想打扰颜淡,回了条"明天见,安好",就将手机扔到一旁。

病房里只亮着一盏角灯。她躺在冰凉的床上,有些怀念近些时日那个温暖的怀抱。

经历过现实的严寒,人总是会屈服于温暖。想起下午片场霍灵均短暂的那一握,和她说早些收工时认真的表情,她又撑开眼皮将手机摸回来,给备注为神经病的人发去一条短信:临时有事,今晚不回家,没丢。

收到顾栖迟短信的时候,霍灵均已经将手边的剧本揉得边角全是褶皱。

从他结束下午那场戏,就再未见过顾栖迟的身影。他回到她的公寓,等到晚上九点,依旧不见顾栖迟的踪影。他的每一通电话拨过去,提示音都告诉他对方已关机。

什么心情?他问自己。是怒,还是急?哪一个占上风?自从顾栖迟走进他的生活,这是第一次,他失去她的消息。

霍灵均这才发现,他们这段夫妻关系脆弱到在这个人口数百万的城市里,都能够轻易失去彼此的消息。

她总是擅长惹怒他。从她的只言片语,到大小动作,他越来越习惯纵容,可这一次却很想很直接地表达自己的愤怒。他迫不及待地想要面对面让她看到自己的不快,可她偏不让他如愿。

"没丢。"看到这两个字,他又禁不住莞尔一笑。

笑着笑着霍灵均的脸又阴沉了下来,当他突然认识到这叫"傻笑"的那刻。

他深吸一口气，先去阳台把顾栖迟快要养死的那堆盆栽挨个浇水，内心稍微治愈一些，又折回书房开始写他自幼心绪不宁时练的《三字经》。

性本善、性本善……笔尖收拢那刻，他的脸突然更黑了。笔下的宣纸上，无数个性本善的最后，突然冒出来三个字——顾栖迟。

一向自律的霍灵均，再没有了练字的心情。在继续等待的时间内，霍灵均努力思考顾栖迟于他是什么样的存在。她的嚣张，她的自信，她的果决，她的外强中干……她的方方面面他都领教过太多次。

等陌生的手机号码打进他的私人手机时，他已经重新恢复了平静，他接起，对方开门见山："我是将深。"

将深语气里的笃定，霍灵均并不喜欢。和娱乐圈第一狗仔，他并无旧可叙，直觉告诉他应该切断这通电话，他还没有挂断，却被对方先一步猜到意图："先别急着挂，我这里有些东西，我想霍帅也许有兴趣买下来。"

将深笑得有些意味深长："霍帅近一年不是通过别人出面，买过很多差一点就被爆出的照片吗？其中一份，大概还是我的作品。可惜当时我还是个菜鸟，没有扒到背后出资买断的人是霍帅。"

霍灵均眼底闪过一丝意味不明的光，有些狠，有些凌厉。对这种过度侵犯他人隐私为手段，且不断拿爆料相威胁以谋取私利的狗仔，他一向没有好感。

紧接着，将深又说："我原本以为，是哪个对顾影后用情颇深的铁杆粉丝做的呢？霍帅可真是用心良苦。"

霍灵均脸上挂着风雨欲来的表情。隔着听筒，将深看不到，自顾自往下说："霍帅也别急着否认，我自然是下了一番功夫才得出的结论。顾影后性格直爽，我和她打过交道，也算有点儿交情，自然不想爆她的丑闻。这辛苦拍来的东西不见人倒是不可惜，但是拍的过程中浪费了很多人力物力，我呢，需要些补偿。想来想去，觉得霍帅做这个献爱心的人最合适。"

通话还在继续，霍灵均感觉到手机震动，屏幕再度亮起，彩信里显示几张图片。有年轻男子怀抱着女子狂奔的，也有男子候在病床前掌心贴上女子侧脸的……

如果女主角不是顾栖迟，他只会是一个纯粹的看客，从这几张照片里解读出来的只会是情深如许。可照片的女主角是他的妻子顾栖迟，霍灵均看过照片后，脸上的神情俱是风雨欲来。

"将深。"他的声音低沉，掷地有声。

将深："您吩咐？"

很久不曾有过这样的情绪，连霍灵均都对这样的自己有些陌生。他开口所言的每一个字，脸上勾勒出的每一丝表情都很是冷硬。他从来不喜欢威胁别人，但他更不能无视他人伤害他身边的每一个人。

"我是霍灵均，记住这个名字，让你明天不得已离开这座城市的人，就叫这个名字。"

顾栖迟从来没奢望自己的私生活能完全不被外人探知。这个圈子里，每隔一段时间，都会有人被推上风口浪尖。身为公众人物，既然得到万众瞩目，自然也要承受被万人议论的压力。有得亦有所失，很公平。

这家医院并不是她此前预约的那家，她刚赶走郑森林闭眼没多久，护士便进来查房。看向她的眼神，带着八卦色彩。

娱记媒体能被公关拿下，但没有人能够保证路人不会私下传播此事。

社交网络如此发达，即便医生护士有保护病人隐私的职业操守，可人都有纰漏和八卦之心，天下没有不透风之墙，也许明天，她流产的消息还是会从某些小道流出，搞得人尽皆知。

人尽皆知的话，自然也包括她想排除在外的霍灵均。

郑森林既然说这个地方安全，不会让她受过多困扰，也就意味着他为此做过努力。她对他关于感情上的信任一分不剩，但是对他的行事作风，还算了解一二。

到了这一刻，顾栖迟发现她最担心的……竟是霍灵均知晓这件事。他爱孩子，她担心他无法接受。也许霍夫人那三个字，她并没有想象中那般排斥。

颜淡夜里醒来看到顾栖迟的短信，便拨了过去，了解到顾栖迟在医院，急忙追问地址。

夜里下了一场雨,清晨时分颜淡披着一身湿气推开顾栖迟的病房门。她进门,看到顾栖迟望着木制储物柜上那个白色方瓷瓶里插着的一株薄荷草发呆。

顾栖迟一觉醒来,薄荷草就已然在方瓷瓶里了。味辛、性凉。是她喜欢的植物。凭空出现?顾栖迟以手扶额觉得稍微一思考就会头疼。她眉一蹙,颜淡就狗腿地上前替她拖起胳膊。

"你的伞路上被风吹走了伞盖?"顾栖迟看了她两眼,不知道该用落汤鸡还是落水狗来形容她的狼狈,最后决定温柔地改问颜淡这个问题。

颜淡摇头:"不是啊,顾导。我怕跑慢了还没到病房人醒了发现是自己做梦呢,你还失踪着,我还没找到你。"

把顾栖迟弄丢那种噩梦太可怕。

顾栖迟扯起嘴角笑了,把手臂从颜淡手中抽出来:"这么说是脑袋还在,智商被风吹走了?"

她看着颜淡,眉皱得死死的。颜淡还没来得及回复她,顾栖迟突然咳了起来,咳得撕心裂肺,缓过来才继续瞪颜淡:"把你身上那一身抓紧换了,没看出来你对患感冒有这么深的执念,别到时候烧起来再抱着我的大腿喊爸爸。"

说起曾经的糗事,颜淡脸立马烧了起来,迅速脱掉自己被大雨淋湿的外套。

顾栖迟没多说的事情,她也没问,先按照顾栖迟的意思和两位副导演以及监制沟通顾栖迟未来几天的摄制工作,然后再去和医生商量能否出院回家静养。

这城市已经许久没有这样大片乌云压境,大雨滂沱。密集的雨水冲刷林立的建筑,洗净所有尘埃。

霍灵均往车窗外看,只能看到不停打在窗户上的雨水。一层一层,不断冲刷玻璃。就好像他此刻云雾弥漫的心城,连他自己都看不清掩在最深处的是什么。

他想起将深传过来的照片上那些场景,以及医院内顾栖迟单薄苍白的脸。

拿到医院的地址不难,查到她的病房号更加简单,看到她和别人在一起,他只是觉得心跳放缓,有些酸,有些失措。得知就这样失去一个孩子,他一度觉得呼吸困难,像困兽想挣扎,却没有方向。两年时间,他虽从未说起,但期待一个意外，期待她能带给他一份珍贵的礼物。

婚姻的起因并不是爱情，可他在认真经营，做好了到白头的准备，并不打算中途易人。他在很多事情上，观念有些保守，例如夫妻间的准则。Albert曾说他"三从四德"，他并不觉得这样有什么不对，这是对她起码的尊重。可顾栖迟大概是他此生迄今为止遭遇到的最大的劫难。让他每次以为良辰美景将至，结果出发后才发现，入目的是断壁残垣。

她喜欢味辛、性凉的薄荷草，就像他从她身上品出来的味道。辛辣，偶尔凉薄。辛辣让人上瘾，凉薄也会让人心冷。

从小霍岐山待霍灵均的家教就很严，比如此刻明明愤怒到极点，可他依旧能用平静的外表掩饰内心的天翻地覆，没有拳脚相向，没有恶言相加。他此生从未有过这样的经历，同和他女人有牵扯的男人并肩坐在一起，在医院停车场车内。

郑森林等了很久没有听到霍灵均发声，才不得不抢先问："你和阿迟是什么关系？"

阿迟……霍灵均在听到这个称呼的时候，机械地转身看向这个外形英俊的男人，面不改色地回："和你同她那种桥归桥路归路不同的关系。"

郑森林紧握的拳一松："霍先生年少时一定也动过心，应该知道即便分道扬镳，年少时爱过的那个人，地位总是和后来人有所不同。"

霍灵均笑，像是听到了举世无双的笑话般。

"是特别，毕竟那是提醒自己不再愚蠢的经历。"他在不相干的人和厌恶的人面前一向鲜有耐心，想要快速结束对话，"我现在和你坐在一起是因为什么？郑先生该不会以为在这么糟糕的天气里我会有心情听你追忆往昔吧？"

郑森林表明立场："我不会放弃，我也不觉得你是我的情敌。"

霍灵均点头："没想到郑先生这么有自知之明。你的确不是我的情敌，要做我的情敌，郑先生似乎还不配。"

气氛从有微波微澜暗中涌动急转为剑拔弩张，可霍灵均不把话说完，显然感觉不痛快："希望郑先生以后离我的霍太太远一些。"

他看到面前的男人在听到那三个字的时候，眼底翻腾的情绪。

他把手搭上车门把手，看着面前这个溃不成军的男人继续说："爱过的人最终没有在一起，只是因为不够爱。苦衷也好，障碍也罢，都是瞎扯。所以没什么你能挽回的。男小三这样让人鄙夷的角色，希望郑先生没有兴趣去尝试。"

霍灵均开门下车，长腿刚迈出去，却听到身后回过神的男人追问，带些破釜沉舟和不确定的试探："霍先生既然对阿迟这般胸有成竹，又何必多此一举来灭我威风？你确定她爱你吗？"

郑森林大胆地猜测，不知道能否击中眼前这个男人的软肋："那个孩子，如果没有意外，你确定阿迟会为你生下来？"

霍灵均背对着郑森林，还是沉稳理智的腔调："我相信我的女人，她即便不会，也有她的原因。这场离间戏，郑先生唱错了地方。"

为什么没有一拳砸在郑森林的脸上？霍灵均直到回到公寓，还在后知后觉地思考这个问题。

如果没有在病房外遇到郑森林，也许他会忍不住，在病房内等到顾栖迟醒来，大吵一架。可他碰到了郑森林，怒火便被引到了这个男人身上。

幸好。郑森林出现了。

他并不是圣人，他有所求，亦有自己需要宣泄的情绪。可在这个时候，顾栖迟身体正承受着痛苦，并不是他追根究底的合适时机。

他可以等。等她好起来，再给他一个解释。他愿意再一次包容她，在她身体疲惫的时刻，不给她增添更多精神上的压力。他首先要做的，是自我调整。所以只给她留了一株薄荷，给她时间和空间，让她想好怎么向自己交代这件事。

颜淡将顾栖迟从医院接回家，看到来开门的霍灵均时，嘴巴大张。她此前自作聪明，有过很多脑补和猜测，但顾栖迟一直没漏过风声，霍灵均也并无更多和顾栖迟交往过密的表现。

她实际上并没有将那些猜测当真，只是自娱自乐。顾栖迟说的话，她也当玩笑听。可此刻看到霍灵均一身家居服站在她面前，她脑海里只能想到两个字：捉奸。她这是捉了大众情人霍帅和国民女神顾栖迟的奸。

等霍灵均把顾栖迟打横抱起时,颜淡直觉自己头顶顶着一个西瓜大小的问号,一双填满八卦色彩的眼睛闪个不停,几乎丧失行动能力。

她直勾勾地盯着眼前这一双人,说不出话来,最后被霍灵均无情地关在了门外。对着那扇绝情的门,颜淡捂着自己那颗受伤的心脏……忍痛决定从此对霍灵均粉转路人。

顾栖迟历来知道霍灵均体贴起来有多吓人。等她从昏天暗地中睡醒,便看到霍灵均默默地坐在床侧,然后她被他扶起半坐,被动地接受霍灵均一勺一勺喂进来的杂粮粥。

她唇一动,刚想主动说些什么,霍灵均就停下了手中的动作,不再喂她:"四肢现在恢复记忆了?自己动手。"

顾栖迟的太阳穴跳得有些欢……适才的吞咽有些猛,猛咳了起来,刚被霍灵均喂进去的粥就这样被呛了出来,其中一滴还溅到了有洁癖的霍灵均的绒线衫上。

眼下说什么都有些欲盖弥彰,可她总觉得应该说些什么来证明自己的清白。顾栖迟头疼地想了一圈,最终在想起那株薄荷草的时候哑火。她迟疑的一刹那,霍灵均已经起身出了门。他离开的背影越来越远,沉稳如旧。

从她进门,他便惜字如金。顾栖迟即便迟钝,也明白这些不寻常。她有时粗线条,可并不是完全没心没肺。想到他耐心给自己喂粥的样子,她有些躺不住了,硬撑着慢慢下床。

她找了一圈,客厅没人,厨房没人,于是带着期待移向书房,里面依旧没人。她有些累,挪不动步,便顺势在书房内的软榻上坐了下来。她往后一倚,抽了下搭在一旁的薄毯,却不小心将一旁角柜上的台灯和一连串的物件顺带了下来。

轻飘飘的几张照片落在她眼前。顾栖迟紧攥着自己抽出来的薄毯,闭了闭眼再睁开,确定那是被偷拍的自己。

保安打电话询问是否联系过私人医生晏沉上门的时候,顾栖迟依旧在书房内望着那些照片发呆。

这些明显远距离偷拍以致分辨率很低的照片,最早的一张,距离现在已近三个月，是不请自入的方城被她轰出酒店房间的那一晚。

最近的那张，时间就在昨晚，是郑森林伸手触碰在病床上昏睡的她的脸。

心跳渐渐失速，薄毯下身体的体温也在迅速下降。顾栖迟扯了扯刚刚拽住的薄毯一角，明亮的双眸在晦暗的灯光下，慢慢变成一片死寂。这些照片此刻出现在这个地方，再联系霍灵均的异常，顾栖迟觉得自己已经有了答案。

她记得自己从卧室出来是要寻找霍灵均的，可此刻，她却不确定，她的主动还有没有继续下去的必要。

她还未动，就听到书房门开的声音。适才她找了一圈都没有找到的霍灵均，就在同样找了她一番之后，推开了书房的门。

顾栖迟的眉微拧，看着霍灵均的视线在她和软榻以及地面上的那些照片上扫视一圈。他没有说话，眉眼深邃如常地望着她，面部没有一丝平静之外多余的表情。

死水微澜。顾栖迟突然就想到了这四个字。

晏沉还在外面，她收拾好自己的情绪，见霍灵均长腿迈开已经走到她身前。

他的脚踩在那些照片上，毫无迟疑。霍灵均微俯下身，将她打横抱起踢开书房的门，忽略她象征性的挣扎。等在客厅里的晏沉，闻声跟随他们进入卧室。

霍灵均的唇抿得很紧，把顾栖迟放在卧室的床上之后，还没忘摁压她的被角，只是视线，却再没和她相对。

"交给你。"他对晏沉简单交代三个字，就起身离开了卧室，甚至离开时关上了主卧的门。

晏沉是顾栖颂的朋友，平日相当寡言。一方面是因为他早年声带受损，声音如今听起来有些刺耳，另一方面也是因为他生性不喜说话。

顾栖迟每次都会习惯性地嘱咐："别对我哥说起这件事，他太爱大惊小怪。"

晏沉摇摇头，眉目有些纠结，替她调试点滴的速度："如果他不问，我不会多嘴。如果他问，我不会隐瞒。"

顾栖迟知道在顾栖颂和自己之间二选一，晏沉永远会站在顾栖颂一边。

想起刚刚离开的霍灵均，她也没有想要软磨硬泡逼晏沉松口的兴致。反倒是晏沉难得见她一脸温和无害不具攻击性，觉得有些新鲜："和他吵架了？"

吵架？结婚这么久，他们从没吵过。顾栖迟否认，思绪万千："不是，忙，没时间吵。"

晏沉耸耸肩，开启情感专家模式，一向寡言的人唠叨起来到是和顾栖颂很像："吵架也没关系，小吵怡情。就连我和你哥的兄弟情，都是这样吵出来的，不用不好意思承认。"

顾栖迟蹙眉，不知道晏沉为什么这么笃定她和霍灵均有异："我和他看起来像是明显有问题？"

晏沉立马嗯了一声，把棉球放在床畔的置物柜上："我看到的两张脸上，怨气都很重。"

顾栖迟勉强笑出声，如果手边还有空余的抱枕，她大概会随手扔到晏沉脸上。送走晏沉之后，霍灵均又在阳台上站了将近半小时，吹足了冷风，才关好窗户慢慢向主卧走去。

霍灵均此刻并没有太多话想对顾栖迟说。他怕自己忍不住话里带刺，或者表情会有难以掩饰的伤人伤己的残忍。可他也清楚地知道，如果今夜他选择转身离开，留顾栖迟一个人在这里，那么两人之间的鸿沟，便不再是背对背这样的距离。他无法允许自己撤退，站在离顾栖迟数步之遥的位置盯着她看，还未开口，就见她慢慢睁开双眼。

霍灵均冷淡的神情每看一眼都似剜骨，顾栖迟想到那些她无意间扫下来，后又被他踩在脚底的照片，觉得自己无论如何都洒脱不起来。

她的唇有些颤，这一刻甚至担心霍灵均先开口。她觉得自己被自私的情绪捆缚得很紧，无力挣脱。她担心在这场拉锯中她会受伤或者她等来的又会是一个被人放弃的结果。她想要赶在这些恶果出现前先一步撤退自保。

"旁观的观众走了，粉饰太平也没有必要了。"她的音量出乎意料得低，小心翼翼地抬起扎针的手背，将上半身艰难地倚靠在床头上。

顾栖迟不敢停下来，继续说："你对我失望，是应该的。"

她嘴角慢慢溢出一丝浅笑，笑意却未达眼底："薄荷草是你放的？在医院里你应该等我醒过来,让我知道我的隐瞒失败了。"

"孩子应该是几个月前,我们醉酒那次,酒后乱性来的。我们之间的亲密行为只手可数,也算中奖。"

"到现在,我应该对你坦白。如果TA没有自己选择离开我,我并不确定是否会留TA下来。做女儿失败,做人妻子失败,我毫无信心能做好一个母亲。"

她的镇定和理智在霍灵均的平静中渐渐毁于一旦:"其实也没什么可坦白的,你连我这些时日见过哪些人都找人拍得一清二楚,怎么会到现在还不知道呢?我解释,好像也是多此一举。"

小腹一阵抽疼,似乎是在惩罚她的言不由衷。

顾栖迟别开眼不再看他,眉头拧成一道死结,音量渐渐放开:"你忍了我的任性、荒诞、嚣张这么长时间没有提离婚,看到我和其他男人牵扯没有翻脸,其实也挺难为你的。即便没有爱情,我知道你挺在乎身为男人的尊严的。你看就连现在这样的境况,我们的关系如履薄冰,我即便知道自己其实有错,但还是很难承认。我就是这样一个自私的人,做不好别人的妻子。有人对我太好,我还会多想,想他是否另有所图。"

她的手臂不知道什么时候被牵动,下方的输液线出现回血迹象。她觉得从小腹蔓延开的抽痛渐渐布满全身,更狠下心直接将手背上的针头撕下来,药水一滴一滴顺着针头砸在地板。

水滴氤氲一片,像流下的眼泪。她把手移到薄被之下,以此掩饰指尖的颤抖。等待霍灵均出声,给她解脱。

可霍灵均给她的沉默是那样漫长;他一直安静地等她说完所有她想说的话,一直到他眼底灼烧成一片殷红,才开口说:"疼吗?"

他问的不是流产有多疼。他想要离她远一点,可脚下却动弹不得:"用这一堆话,来贬低你自己,说你是个混蛋,疼吗?看到那堆照片,不问我,就认为我是一个无耻的派人跟踪你的人,得出这样的认知,疼不疼?"

顾栖迟猛地转头重新直视他。

霍灵均的表情有些决绝,他目光里的惊痛让顾栖迟全身更加僵硬:"你想听我说什么？是不是我在计划离开你，听到这样的消息，反而能让你松一口气？"

他的眉眼渐渐缓和下来，甚至染上笑意："你希望我歇斯底里地质问你为什么和前任牵扯不清？还是希望我说对你失望透顶，然后在你眼前将整个卧室砸烂？或者我应该表示，我们夫妻本就是貌合神离，我们本就是因为父母之命结合，我无所谓？也许你希望从我口中听到，我有多么卑鄙地雇用了谁，跟踪了你多久，拍到了多少东西，对你有多大的影响。霍太太，我是对你很失望。"

他艰难地转身，留给她冷寂的背影："一个人连自己都不教爱，连自己都不心疼，怎么可能爱别人。"

刚刚算是吵架？霍灵均一离开，原本空旷的室内显得更为萧索冷清。

手背上还残留着针头撕下来后黏在皮肤上的医用胶带，像打在手面上的补丁，不断地在挑战顾栖迟吹毛求疵的审美。

此时的胶带多余，且无用。就好像她的自以为是，多余，且无用。她想开心一点，唇角却似压了千斤重，动弹不得。

这样一个苍白、憔悴、发丝凌乱、拼命想笑却笑得像哭似的女人，外人旁观起来一定会觉得极度可怕，想要敬而远之。她想她如果是霍灵均，一定会觉得厌恶至极。

有那么一瞬间，顾栖迟想要跟出去看看霍灵均是否彻底离开，不见踪影，可下一瞬，她选择忍住，重新平躺下来滑进被窝。

他走或者不走，她现在都无法坦然相对，何必自寻烦恼。

颜淡接到陌生号码的来电时，正在微博里和一个新近注册匹处留言说顾栖迟整容的小马甲撕逼。她护主心切，自己背地里偶尔吐槽几句顾栖迟有悖于淑女的性格就算了，但完全见不得别人说顾栖迟一句不好，更何况是整容这样的污蔑。

她瞪着屏幕的眼睛不断喷火，越想越觉得可气。

娱乐圈历来容易生事，人言可畏，社交网络上很多人披着马甲打着爆料的旗号胡编乱造，偏偏总有些路人不明就里，信以为真。

颜淡噼里啪啦满腔激情地敲着键盘。她跟着顾栖迟，耳濡目染下毒舌能力渐长,接起电话来也不自觉带了些大姐大的语气:"谁,路过报名,限时三秒!过期不候,老娘正忙!"

三秒过了,电话那端终于有人出声,一字一句把她的亢奋情绪完全浇灭。

浇得她透心凉,悔飞扬:"颜助理,我是霍灵均。"

颜淡觉得自己夹在耳朵和肩膀之间的手机正在逐渐下滑,搞不好就要掉下去砸到自己的脚。有句话说得太对了,搬起手机砸自己的脚。

颜淡立刻把手从键盘上抽回来,双手捧起手机,语气软绵绵的,无限诚恳:"霍……霍帅,刚才是自动答录机的声音,那不是我,那真的不是我本人。"

霍灵均无视她的欲盖弥彰,嗯了一声,进入正题:"麻烦你今晚到水榭小区这边来。"

颜淡这个立场不坚定的花痴,之前被霍灵均关在顾栖迟公寓外还发誓要脱粉,现在又狗腿地表示听凭使唤:"好,我马上过去。"

顾栖迟和霍灵均有染她现在是确定了,霍灵均有自己的工作团队,需要她的一定是顾栖迟,可顾栖迟此前说得是今天都不再需要她,放她自由,给她不禁疑虑道:"是顾导出什么事了吗?"

霍灵均没有回答她这个问题,只是末了补充:"另外麻烦你来的路上路过谷雨餐厅把我订的餐带过来。"

颜淡机械地应下,刚要挂电话又突然想起来:"那个——霍帅。"

"嗯?"霍灵均的声音实在温柔至死。

颜淡有些踌躇道:"我过去,这电灯泡瓦数是不是有些大啊?会不会影响你们?"

"没关系。"霍灵均竟然一本正经地回复,"如果你觉得做灯泡刺眼,可以关灯点蜡烛。"

自从那晚颜淡带着一堆粥和小菜上门,公寓内就只剩下休养的顾栖迟和颜淡两两相望,一连数日都是如此。颜淡是个藏不住话的人,忍来忍去最后还是破功:"顾导,是霍帅让我来照顾你的,给我开门他就走了。"

顾栖迟嗯了一声。

"他好像不是很开心,有心事。"

顾栖迟又嗯了一声。

"这些食物都是他特意嘱咐我带过来的。"

顾栖迟抬头看她。

"顾导,你继续瞪我,我想说的话也不会被吓回去的。"

顾栖迟抬起手臂捏捏自己的眉心,末了继续狠狠瞪她:"我最近对你太好了,以至你忘了我其实是灭绝师太?话太多了,上次没写完的'杀气'别写了,再换换,这次写'哑巴'。"

就不能换一招虐人的方法吗?难道要培养她做书法家?这真是莫名中枪……颜淡异常有礼貌地给顾栖迟鞠了一躬,她觉得让她穿越回周总理过世那一年,她对她特别崇敬的总理顶多也就鞠那么深的一躬:"顾导,我这说的都是实话,霍帅人真的很好。"

她在心里呐喊:你要珍惜啊……

顾栖迟淡淡地掀唇,不动声色地轻浅微笑:"是不是反衬得我特像个无理取闹、不识好歹的渣?"

颜淡再傻也觉这话不太对,哼唧了一声就僵在顾栖迟眼前,不敢再多言。

顾栖迟抱臂盯着她,有些无奈,有些头疼,有些自己都不太明白的烦躁:"你难道没看出来我正很艰难地、很顽强地、很努力地避免想起你刚刚提到的这个人吗?"

颜淡眼睛一亮,像发现新大陆一样:"顾导,你想他?"

顾栖迟瞥她一眼:"滚,你这什么汉语听力水平!"

颜淡笑眯眯地坚持:"你就是这么说的没错啊。"

顾栖迟没好气:"滚!"

颜淡锲而不舍:"不丢人啊,顾导,别不好意思。"

顾栖迟冷脸,瞬间脸色就冷到能将人冻僵,开口就是直戳颜淡死穴的威胁:"你想失业?"

又休养了一段时间,复工的第一天,正赶上《念念不忘》剧组完全杀青前的最后一个开放媒体探班日。

顾栖迟穿了一件军绿色的风衣,卷发随意地搭在肩头,黑超遮脸就准备出门前往影视基地。

刚进公寓的电梯,电梯关门下行运行了没几秒,就停在她楼下的那层。顾栖迟突然就觉得手抖。她暗骂自己一句,觉得站得太直太挺,腿有些疼。

电梯门开得一瞬间,她心脏怦怦直跳像是要即刻蹦出来,挤得她嗓子干涩,难以发声。

笑。她命令自己。等她抬起头看清那个正迈进电梯内的人,却又瞬间泄了气,脸上失望的表情溢于言表。

Albert 进入电梯的时候,镇定地扫了她一眼,刻意站得离顾栖迟极尽所能的远,而后才开口:"早安,顾导看到我好像很失望啊,该不会电梯停在这层,你觉得进来的会是霍帅?"

顾栖迟站得像棵挺拔的树,安静地呼吸,安静地微笑,出乎 Albert 意料之外的坦诚:"是,我的确以为会是他,这层只有一个单位,户主是他,我觉得进来的是别人才奇怪吧,小 A?"

这称呼……原来他就是一字母。Albert 嘴角一抽,忍了下来,觉得自己也算是为霍灵均的私生活操碎了心:"这几天他一直住在这里,现在人就在地下停车场。"

顾栖迟捏着手机的五指有些僵硬,Albert 无视掉她的抵触情绪:"你是不是以为他和你吵完架就转身走得很彻底,离你十万八千里?不是,他还在离你最近的地方,大概也没有让你知道的打算。"

顾栖迟敏感地抓住 Albert 话里她认为不合理的地方:"我们没有吵架。"

只是彼此冷静一下。

他人走了还记得关照她。

她也仍期待见他。

顾栖迟的语气太过肯定,Albert 霎时语塞,末了突然笑出声:"算我没说。但是,能不能请顾导帮个忙?"

顾栖迟侧身看他，Albert笑得更加扭曲："他的审美观一向有问题，装修竟然只要搬进一张床。虽然这个单位之前买来是为了打掩护，可真的住进去不至于这么简单布置吧？你能不能帮我劝劝他。"

Albert渐渐笑里又渗出无奈："我是处女座啊，你知道只在空旷的室内看到一张床对我来说有多纠结吗……"

电梯到达地下停车场，半封闭式的车库过于静谧。顾栖迟的高跟鞋踩上去，打出一拍拍铿锵有力的节奏。

她不喜欢这种张扬的感觉，Albert还在等着她快步跟上，可她瞄到不远处停车位上的那辆车时，突然有些怯场、心虚。

最近这些时日，她觉得自己越来越具备反省的能力，沉思之后，竟然有了愧疚感，那种她多年不曾有过，如今已经极度陌生，并且让她觉得不知所措的东西。

她踩在停车场地面的脚步不自觉就更狠了一些，可脚步再狠，也剁不碎从身体内渐渐弥漫开来的心虚。偏偏Albert一直看着她，她突然迟疑，他却更直接地审视她起来。此时认怂还真不是顾栖迟的风格。

遮面的黑超给了她些许安全感，顾栖迟跃过Albert，无视从自己SUV内探出头来的颜淡，深呼一口气走过去敲了敲安安静静泊在那里的黑色轿车的车窗。

玻璃从外不能视内，顾栖迟不知道此时坐在内里的霍灵均是什么表情。

是冷峻？是他惯常的温和微笑？还是她最不想看到的面无表情？是看她，还是干脆摆头无视？

等待的滋味总是难挨，哪怕只有四秒钟。等面前那扇车窗摇下来的时候，顾栖迟已经有想要偃旗息鼓、急速撤退的打算。

Albert和颜淡在热切地围观，霍灵均摇下车窗，只是如常一问："有事？"

时间倒退到几天前，顾栖迟是坚决想象不到那次对峙之后，他们之间会是这样的开场白。可她这人有一项技能：越是心虚，越是无耻地理直气壮。

"有。"顾栖迟很自觉地拉开车门，睁眼说瞎话，"车被颜淡捣鼓坏了，我想搭车。"

她语气太过理所当然,已经点火等待出发却莫名担上"捣鼓坏了车"罪名的颜淡差点喷出血来,连即将上车的Albert脸色都瞬间绿了一层。

霍灵均眯眼看她。顾栖迟有些得寸进尺,抬抬下巴示意他移动身体挪位置:"准备让我坐你大腿上?我怕擦枪走——"

霍灵均原本移向车内座椅的眼神"嚯"地瞥向她。

顾栖迟于是改口:"怕压断你的腿,你去里边坐。"

而后她特地对颜淡说:"你修好车之后跟上来。"

戏要做全套。

车厢内空间有限,可顾栖迟和霍灵均之间,却硬生生被划开了一条"鸿沟"。

Albert看后视镜,瞄到霍灵均一脸隐忍,顾栖迟抱臂一脸僵持。

霍灵均的声音极度严肃:"我们现在的关系,恐怕不适合顾导搭车。"

他的平静让顾栖迟微微不安,看到霍灵均离她极尽所能的远,顾栖迟蹙眉,心情不畅:"别离我那么远,我又不会吃了你。"

霍灵均将要出口的一句话即刻被她堵死,他的脸更阴沉了,像地下停车场内黯淡的光线。

出乎顾栖迟的意料,霍灵均道:"我们之间是我说几句实话,顾导就可以很多天不联系我,所以我们不熟,不方便顾导搭车。"

死一样的静默。Albert连车都始终没敢打火,唯恐瞬间火光冲天,引火烧身。

顾栖迟太阳穴一跳,在这一秒极度讨厌名为"男人"的这个物种,尤其是挂牌"霍灵均"的这一个。把哭闹的商流沙给她哄,估计都比和他对垒强。末了,顾栖迟淡淡一笑,很是僵硬:"方便,霍帅和我不熟,可我和霍帅熟,不好意思,麻烦你了。"

到了基地,Albert迅速熄火停车,而后开门下车。车内只剩下顾栖迟和霍灵均,气氛顿时又有些诡异。顾栖迟头疼得更加厉害了,她突然想不通到底为什么要将自己陷入这种别扭至极的境地。微一沉思,她咳了一下:"Albert说你虐待他的审美观,室内只有一张床。"

暂时蛰居那里，难道要布置全套家当？自找麻烦不是他的作风。

想起顾栖迟今早独辟蹊径的做法，霍灵均绷了许久的脸忍不住松懈下来。

他极少说这样的话，却觉得此刻自己最需要的就是敞开心扉表达："我在楼下等了八天，才等到这个巧遇搭车。你好好想想，除了那张床之外，你有没有别的话想要跟我说。"

顾栖迟隐约觉得他突然柔和下来的话反而像威胁："想清楚了，别乱说。我等你想到今天的群访结束。"

男人是导致这个世界不和谐的一大因素之一。

霍灵均拍拍手轻松地步入片场，顾栖迟跟在后面却总觉得心惊肉跳。这该死的反应！

到了媒体群访时间，顾栖迟选了离霍灵均最远的那一侧站位。

尹半夏和游未是《念念不忘》的男女主角，都是电影新人，现场的媒体抛出几个问号之后，火力便集中在了场上咖位最大的顾栖迟和霍灵均身上。其中自然也包括此前传得沸沸扬扬的尹半夏和霍灵均的绯闻。

无论媒体怎么发问，霍灵均的回答都异常肯定，毫不模棱两可。

关于已被澄清的那次夜送，他说："就像我的经纪人说过的一样，我和小尹在同一剧组共事，举手之劳载她一程，我想各位如果路上遇到事故救人却被歪曲成肇事者，就会明白我不想再回答关于那个不实报道的任何问题。"

关于是否未来有发展的可能，他说："发展成前后辈的可能？这个有，下一个问题。"

他游刃有余，顾栖迟却没想到下一个问题会抛向她且让她棘手："顾导，今天我们杂志来得早，碰巧看到你从霍帅的车上下来，您觉得霍帅送您是不是也是因为举手之劳？"

立在一旁的颜淡和Albert脸色骤变，在场的宣传也试图阻拦这个问题。

顾栖迟仔细看对方的脸，正要开口，霍灵均那端却已经接手。只是在顾栖迟看来，他的所作所为完全不是解围，而是火上浇油。

他说："大家是希望再为我们的戏炒一则绯闻出来？"

他笑得人畜无害:"如果对电影的关注度有利,我可以配合。"

他微一停顿,语气诚恳:"顾导是我的理想型,送她是举手之劳,不过我期待已久。"

一句话真真假假,难以辨清,但现场还是有很多人吸气,毕竟这句话如果断章取义,那绝对可以演变出一则再度震惊娱乐圈的报道。顾栖迟眉梢一挑,配合地笑,皮动肉冷。

还没等她回神,又有媒体放出了更为辛辣的问题:"霍帅,几年前,您和现在已经退圈的影后沈蔚被爆不合,甚至有片场发生争吵的爆料。既然霍帅的理想型是顾导,顾导和沈蔚在我看来戏内角色风格差不多,为什么会对她们一喜一恶,有截然不同的看法?"

沈蔚。顾栖迟下意识地转头看向霍灵均。她认得那个唇角下压的表情,还记得他蹙眉前手指微屈的习惯。种种迹象都在表明,眼前这个男人正极度不悦。

沈蔚退出娱乐圈已经五年,可这个名字每每被人提及,仍能引起一片惊叹。

她从童星起步,年幼出道。二十一岁那年,便凭借一部争议性与话题性颇高的影片《欲》拿下电影界三大奖项的影后,成为史上最年轻的大满贯得主。

她以迅疾的速度迈向事业巅峰,却在最红火的时候毅然决然地选择了急流勇退,甚至当时尚未同经纪公司约满,面临高额解约金的赔偿。

有太多人好奇她退圈的原因,有太多媒体试图窥探她离开娱乐圈之后的生活,可沈蔚消失得是那样彻底,任凭众人翻天覆地找寻,都不见踪迹。

沈蔚这个名字,对很多人而言是触不可及的传说。这两个字,于顾栖迟而言,却是无意间见过的,夹在霍灵均收藏的那堆字帖里的一张便笺。

不合?如若不合,谁会妥帖并小心地收藏对方的名字?沈蔚事业的转折点,让她骤然大红起来的那部影片《欲》,男主角就是当时正在上升期的霍灵均。

他们此前甚至签在同一家经纪公司ME。顾栖迟是坚决不相信不合之说的。对她和沈蔚一喜一恶?听到参访者扔出的这些词句,顾栖迟渐渐笑得有些疏离。真要一喜一恶二选一的话,霍灵均恶的那个真会是沈蔚吗?

工作人员出面回绝记者的这个问题,霍灵均侧身看到顾栖迟脸上清楚写着的心领神会和距离感,突然眸一闪开口追答这个他原本打算回避的问题:"顾导和沈蔚不同。"

他并没有打太极,双眸微垂的模样异常认真。Albert在旁边却有些着急,拿不准霍灵均会说些什么,会不会增加他今天的工作量。在顾及顾栖迟的感受之下,万一他随口扔几个炸弹出来呢?

他唇角翘起的弧度依旧让人觉得暖:"沈蔚是沈蔚,顾导是顾导。我说过顾导是我的理想型,那么自然,沈蔚就不是。"

霍灵均看向发问的那个人:"我和沈蔚曾经是很好的合作伙伴,既然她选择了离开,今天在这里提起她并不合适。我尊重她的选择。"

结束群访坐在休息室里,顾栖迟突然想起此前媒体大肆追踪霍灵均和尹半夏的绯闻时,霍灵均曾经对她说过的那些话。

"你可以选择不要听,但这是我作为丈夫的义务,有任何可能的误会,都要及时解释清楚。"

又联想起他刚刚所说的"顾导是我的理想型,那么沈蔚自然就不是"。这是解释?等脑海里蹦出来他数小时前说过的"你好好想想,除了那张床之外,你有没有别的话想要跟我说"时,顾栖迟已经没有办法平静地坐在休息室里等他前来宰割。

霍灵均是强效病毒。顾栖迟受毒害已久,已经没有了清晨时那种趾高气扬向他步步靠近的勇气。想起沈蔚,想起霍灵均的笑和他意味深长的话,她觉得嚼一口空气都能被呛到。

"今天约在电视台的那个访问几点开始?"顾栖迟只好转移目标问颜淡。

颜淡刚开口:"下午。"

即刻便被顾栖迟打断:"我们现在出发。"

"可约定录制的时间是在下午,现在才上午。"

顾栖迟瞪她:"我愿意早到,你有意见?"

颜淡立刻摆手,意见她自然不敢有,她可不想继续练字了。顾栖迟的车甩尾离开得过快,禁不住让人联想起落荒而逃四个字。Albert哂笑一声,抱着看戏的态度对一旁的霍灵均说:"真难得,一向磊落洒脱的顾导都被你吓跑了。"

霍灵均的声音像淬了冰碴,对一旁的助理北方说:"北方,揍他。"

北方自然不敢:"霍帅,您就饶了我吧,就我这体格,和他没法比……"

Albert脸一黑连踢带吼地把北方赶到一旁去,而后尽量自然地问霍灵均:"她知道沈蔚和你的关系?"

霍灵均摇头,伸手扯开自己的衣领:"不清楚,原本我以为她不知道我和沈蔚有关联,所以没有和她提起过。"

但看她今天的表现,应该是耳闻过。

"适恋的一男一女,别人有些联想很正常,万一顾导和那些不明情况的人一样,耳闻了些有悖事实的内容,产生了误会怎么办?"

霍灵均极肯定:"你以为她是八点档狗血电视剧里疑心重、智商低、不听解释、自以为是的苦情女主角?她是有可能误会,但和你以为的误会一定不同。"

霍灵均略微思索了一下,狭长的黑眸眯成一条线:"她很可能以为是我单恋不成,所以恼羞成怒下翻脸,以致差一点到了绝口不提对方的地步,现在多半正在可怜我。"

Albert嘴角略微抽搐。霍灵均很认真地重复,眸子清澈见底:"你没有听错,是可怜我因爱生恨,不是误会我余情未了。"

身为单身狗的Albert心灵略微受到了伤害:"这么相信她?"

霍灵均很直接地继续在他伤口上撒盐:"我只是相信我自己的表现,不是一个枕畔有人,心里却藏着个白月光,偶尔还无耻地拿出来怀念一下的那种人。我看着她的时候,她也经常看我的眼睛,她又不是瞎子,自然看得清我眼里装的是谁。"

Albert摸向自己心口。霍灵均这还是个正常的男人吗?吊死在一棵树上还洋洋自得,"三从四德"还引以为傲,就没见过比他更出息的男明星!

有一种爱情叫正在宣传期。

圈内太多明星有影视剧或者电影上档就炒作恋情的情况。等戏下档,就急忙撇清,说得好像和对方交情全无的模样。作品上档期内,却不见任何澄清的只言片语,只见层出不穷引人误会的暧昧。

明星们从炒作中坐收渔利,更有的甚至利用完绯闻的热度之后反过来责怪局外人乱点鸳鸯谱。

刚到电视台,颜淡就拿刷到的微博话题榜给顾栖迟看。

"霍灵均喜欢顾栖迟。"

"霍灵均理想型。"

"沈蔚退圈。"

"沈蔚霍灵均不和。"

……

一次访问,轻松就承包了话题榜和热搜榜。

顾栖迟点开第一个话题,在人气最热的第一娱乐发布的那条微博下看到点赞最多被顶在上面的那条评论,正是——有一种爱情叫作正在宣传期,让我们记住这部电影的名字《念念不忘》。

下面那一条则是:尹半夏牌中国好炮灰,你值得拥有。霍帅要努力追我们顾美人啊。

再下面那条则是:都赞我,让霍帅看到我才是他应该喜欢的女人。

排在第四位的才是:盼星星盼月亮,终于要等来霍嫂,配一脸!

……

顾栖迟随手又刷了几条来看,她翻到最后将页面翻转到话题榜的内页,指尖停在"沈蔚霍灵均不合"几个字眼上,最后却还是没有点进去看。

她把ipad扔到一旁,在颜淡期待她说些什么的时候起身走向洗手间。刚走到电视台录影棚T2区的拐角,就听到不远处传来的细碎的交谈声。其中一道声音顾栖迟甚是熟悉——来自被她开掉的极为稀奇的一个人种——方城。

方城正和邀他上节目的编导聊得甚欢:"像霍灵均那种当年迅速蹿红的明星,谁知道背后使了什么手段顶替别人的角色上位。"

顾栖迟原本准备绕开的步伐闻言一顿。

"谁都知道他出身有来头,这种人在腐败的环境里长大,毒、娼没碰能干干净净的才怪。整天道貌岸然的,私生活还不知道乱成什么鬼模样。"

诋毁别人还这样不知遮掩。顾栖迟微捏拳,向她的目的地继续走去,在连通着洗手间的连廊上略微观察了一下却又停了下来。

方城结束和编导的对话,心情舒畅地走向洗手间。刚要拐进男洗手间的门,就被人从身后猛地一踹直接像条狗一样趴到了地上既而滑进洗手间内。

那张他无比珍视的、做过无数次手术的脸,狠狠地撞向了地面。不过瞬间,他已经感觉到有温热的液体顺着他的鼻翼往下流。背上的闷痛还未消失,他刚要开骂诅咒偷袭者的时候,突然又有一脚踹在他的腰侧,紧随其后的,是砸向他身体各个部位的打击。

对方脚风凌厉,出招迅猛。

方城被揍得疼了,放弃了挣扎,只捂住脸:"别打脸,你个王八蛋,老子告死你。"

呵……虽然为了拍上一部戏,练过半年的武术,但久未动手,有些生疏。

顾栖迟深吸一口气,踩着方城的后背微俯下身,语调轻快无畏:"告啊,让大家都知道你个一米八的男人,实际上就是一个嘴贱一无是处怂到家的人!管好你自己的嘴,少咬人。如果你觉得有困难,我可以代为管教。另外,别告错了人,我是觉得你连鸭都不如的顾栖迟。"

毕竟不久前才刚刚重创一场,这样酣畅淋漓地大动干戈,并非无关痛痒。

顾栖迟返回录影棚的时候,就感觉到一阵抽痛从下肢蔓延开来。并不严重,却大有缠绵不休的架势。她转了转手腕,有些后悔刚刚踩轻了。既然动手就得下狠手,应该让方城那个渣滓更疼,好好长长记性。

顾栖迟乍回来,颜淡即刻将她的手机奉上。她离开这一会儿,手机就没停下来过。信息电话不断,一直处于震动中。

顾栖迟将手机接过,无视那一堆未接来电,先点开未读信息,两条均来自她的爷爷顾青峦。

顾老爷子一把年纪了,做事一向很有原则,从来不会发超过五个字的短信,而且历来是言简意赅地下命令。和父亲顾时献不同,对于爷爷顾青峦,一向天不怕地不怕的顾栖迟历来带着几分敬畏。

"回老宅。"

"今晚。"

顾栖迟从心底生出些许抗拒，目光和镜子内的自己相对，镜中"顾栖迟"眼底的难过让她觉得陌生且惊奇。唇齿微抿，等她意识到自己做了什么的时候，她已经将短信发到她备注为"神经病"的那里。

"今晚忙吗？"

几乎是在短信刚发出的同时，顾栖迟的手机铃响。不知道是谁更沉不住气。顾栖迟深吸一口气，在一波波的铃音中挤出一个无比温柔的音调接听，听起来非常若无其事，好像此前那条信息她完全不知一样："有事？"

顾栖迟很确定她听到的霍灵均接下来的那句话里夹杂着分明的挑衅："找我有事的难道不是你吗？"

霍灵均的声音依旧没什么变化，顾栖迟却总觉得里面带着些幸灾乐祸的味道："刚刚问我今晚是否忙，难道不是有事相求？这么说是我理解错了？那我挂了。"

顾栖迟顿了两秒，霍灵均却也言之无信，依旧在线。

"那你究竟忙还是不忙？"顾栖迟咬咬牙，不自觉生出一丝怨念。

霍灵均手指微动摩挲着手机后壳，想象顾栖迟在电话那端明明心虚，还要装作怒目圆睁的模样，禁不住微微一笑："晾我那么多天，这就是你想好的答案？除了那张床之外，你还想和我探讨一下今晚是否忙？"

他又重复问了同一个问题："你想好了，真没别的话想和我说？"

天下唯男子难养也。顾栖迟一颗心被烹来烹去，各种滋味杂陈。她单手撑着额角，假传圣旨："霍先生想太多，是爷爷想见你。"

霍灵均嗯了一声，很诚恳，好像他真的信以为真："那麻烦你帮我告诉爷爷，我今晚行程很多，没法推掉。用一个字来说，忙。"

等霍灵均真的干脆利落地切断通话，顾栖迟斜睨了颜淡一眼，左手撤下换上右手撑额。

霍灵均真不仗义！吐槽完她又觉得霍灵均很无辜……谁让她拉不下脸真的明说是求他陪自己去见长辈呢？

颜淡接到顾栖迟的眼神，未免练字之类的下场，先一步躲远，主动去和节目组的编导沟通访问流程和访谈中的具体问题。

自从顾栖迟的前经纪人舒盟产退，颜淡除了身担助理的工作之外，也开始涉足顾栖迟的经纪事务。

录节目提前看台本，是最基础的工作。《名利场》这档节目，是现下卫视台最热的一档明星访谈。顾栖迟平日里甚少上综艺，访谈接的也不多。节目组很久之前就接触过顾栖迟，这次合作的促成，一部分是顾栖迟考虑到新电影的宣传。另一部分原因是《名利场》的制片人兼主持人宋依临在娱乐圈是个特立独行、风格独树一帜的人物。

更确切地说，她最初并非娱乐圈的人，却因为与当红小生沈斯夜的婚变事件，在大众面前混了个脸熟，因此知名度不低。

宋依临此前是沈斯夜相恋多年的圈外女友，恋情曝光之后两人被爆结婚，而后又被爆闪离，离原因是第三者插足，沈斯夜劈腿嫩模。

舆论一时间纷纷讨伐，甚嚣尘上。半年之后，宋依临结束全球旅行回国，转发了婚变"连续剧"的后续，媒体爆出她和沈斯夜压根没有结过婚，她予以确认。

此时，宋依临开始出道涉足娱乐圈，做起主持人。她的娱乐圈生涯并不好走。人人皆骂她靠炒作起家，人人皆损她没有底线。可正是她没有底线的麻辣访问，后来又被众人称道。数年之后，她的节目成为电视台的常规标杆节目。

开始录制后，颜淡就站在下面看。她已经看过台本，问题并不辛辣，但她怕宋依临临场发挥，访问会完全脱离台本出现过于隐秘的内容。

顾栖迟耳闻宋依临已久，录制当日却是第一次和她碰面。

圈内对于宋依临毁誉参半，顾栖迟只是觉得此人很是特别，并未掺杂更多的情感在里面。宋依临开始问的问题很是柔和："进入娱乐圈之前，对自己的职业生涯有过什么样的规划，或者说幻想。"

顾栖迟没有迟疑，答得很快："幻想有过，而且是真的不切实际，觉得自己立刻就会遇到好导演，能和最好的演员不停地合作，能接到源源不断的让大家过目难忘的角色，随便演一演就有奖杯捧，能接拍最高档的广告分分钟杀进福布斯名人榜。眼高于顶，自我感觉良好，实际上那个时候除了会做梦之外一无是处。"

宋侬临还没继续问，顾栖迟自己又进一步补充："但现在看来，这个故事至少也告诉大家，梦还是要做，也许就实现了。"

宋侬临点头："之前见到游未，他说你确定他来演《念念不忘》男主角的时候说过一句话，Do or Die？这是你的座右铭？"

"可能游未记混了。"顾栖迟着实不记得自己此前对游未说过这样的话，"我喜欢汉语，我很怀疑我的原话是否如此。"

…………

访问循序渐进，颜淡担心的情况并没有发生，一切都在按照台本走。

等访问进入末尾，宋侬临却很神秘地说节目组为顾栖迟准备了惊喜，录制现场灯灭，顺时陷入一片漆黑。

一幅幅如画的风景照片在《名利场》内景棚内的电子屏上划过，VCR里响起一个顾栖迟异常陌生的声音："顾栖迟，你不认识我，但我喜欢你很久了，我今天是来表白的，希望你能听我讲一个故事……"

果然是宋侬临的作风。出其不意，不放过任何制造爆点的机会。站在场下的颜淡闻言立刻腿抖起来，像是受到了巨大的惊吓，第一反应就是和编导沟通，中断这个环节的录制。一直到结束工作送顾栖迟去顾宅探望顾青峦，颜淡路上都还不遗余力地洗白自己："台本里没有那部分，真的，顾导你一定要相信我。"

顾栖迟不知道在想什么，没有给颜淡回话，颜淡于是又重复一遍："我真的没想到啊，顾导。"

顾栖迟这才淡淡地说："我有误会你？我哪个举动让你觉得我认为你和节目组沆瀣一气？我没有误会你，而你一直在不断地解释，这种行为叫什么知道吗？给你十秒钟用你的大脑想想看。"

浪费生命？多此一举？蠢？颜淡想了一圈都觉得没有好词，干脆放弃，而后就听到顾栖迟淡淡地说："又不是女同胞跟我告白搞突袭，你至于吓成这样？"

颜淡："……"

这要是她眼睁睁看着一个女性在大庭广众之下向顾栖迟告白却没有阻拦的话，回公司汇报工作的时候，总监会不会以她玩忽职守之罪拆了她？

顾青峦一向不喜佣人太多，顾栖迟进入顾宅，也只见到守在门厅的老伯。

老伯告诉她顾青峦在书房。顾青峦从来不会无事召唤她，顾栖迟拿不准老爷子又要训示什么，迈出的步子异常沉重，短短一段路耗时许久。她刚准备敲开书房的门，木门突然被人从内里立开，她惊愕地抬头，撞进了一双似笑非笑的桃花眼。

瞳孔微微收缩彰显她的诧异，霍灵均微低下头，温热的气息尽数打在她耳后，引起一片战栗。舌头不争气地打结，顾栖迟出声那刻恨不得将其咬断："行程很多，没法推掉？"

"忙？"

霍灵均点点头，依旧坦然，声音紧贴着她的耳郭："是很忙。可我从你短短几句话里听出来，爷爷想我想得要命，一日不见如隔三秋，怎么舍得不来？"

霍灵均耳语完起身，靠在书房的门框上，眼神幽深如井，波澜却写在顾栖迟眼里。他已经退后一步，顾栖迟却还是下意识地伸出手臂抵在他胸前推他："连爷爷都惦记上了，不怕奶奶从墓地里爬出来找你算账？站一边去儿，书房不需要门神。"

她话音刚落，从书房内传出一个有些刻意的咳嗽声，顾栖迟眉一皱，轻拍脸颊挤出一个笑吟吟的表情绕过霍灵均走进去，随后从后背伸出手举了一个拳头作势要扔给霍灵均。

顾栖迟的脚步声有些沉重，正盯着木桌面看的顾青峦推推镜框，拎起桌面上那张生宣纸托在手上。不用他说，顾栖迟自然知道那又是出自霍灵均的手笔。

每个长辈都喜欢霍灵均的字，每次见到他，都习惯性地让他挥墨几笔。连他此前唯一出过的一本游记的封面标题，都是他自己写的毛笔字剪影。

霍母纪倾慕曾经说过，所有人，除了已经故去的霍之零，都曾以为霍灵均日后会走和纪倾慕一样的道路，终身浸在校园里，为人师，做学术，可没想到他却出人意料地选择了演艺圈。

除了她的公寓，其余她所涉足过的地方，几乎都留下过霍灵均的墨宝。

"寂静欢喜。"顾青峦读出生宣纸上的那四个字，接着对顾栖迟说，"夏至，你闲下来的时候应该跟着小霍练练字，就当磨磨性子。家里的每个女孩子走路行事都很斯文，唯独你从小沉不住气。"

顾栖迟不置可否，她亦知道顾青峦叫她来，肯定不是为了这老生常谈的一件事。顾青峦将生宣纸折起来搁在书桌一旁，又从身后的书架上抽出一本老旧的相册来，递给顾栖迟，道："最近老眼昏花，你帮爷爷从里面挑一挑你奶奶年轻时的照片。昨晚梦到她告诉我想拍婚纱照，真是被我惯坏了，已经走了几年了还是忘不了难为我。给鬼拍照的摄影师我再神通广大也没能耐找到，你从里面挑一张最漂亮的照片，我找人给她做一张婚纱照下次扫墓的时候拿给她。"

不像霍岐山颐养天年将公司托付给霍之汶，顾青峦比霍岐山年长一辈，却依然奋战在一线。顾栖迟的父亲顾时献，如今也只是握有部分集团的管理权，万事还要听命于顾青峦。在顾家，顾青峦是绝对的大家长。顾家人近乎人人以他为依靠，却也近乎人人惧怕他，可这样一个叱咤风云数十年的人，却也有软肋。

顾栖迟自心底微微爬升起酥麻的感觉，这本相册她此前不曾见过，里面都是已经故去的奶奶卫眠的独照。

有些是摆拍，有些像是他人抓拍的留影。那个百废待兴的年代里正当年华的女子，一颦一笑都带给人明媚的暖意。顾栖迟翻了几页，最后对着两张照片拿不定主意。

顾青峦不知道什么时候已经离开，霍灵均不知道从何时已经立在她身侧。他指向一张被她排除在外的照片："选这张吧，这张奶奶笑得最开心。"

也最像顾栖迟。顾栖迟即刻摇头："不好。没听到爷爷刚才的话吗？爷爷喜欢淑女，要选奶奶温柔斯文的照片。"

霍灵均伸出手直接将那张照片从相册内抽出来："爷爷喜欢的是奶奶，奶奶开心，他自然不会不喜欢。何况你现在脑袋里已经天人交战，诱发选择障碍症了吧？听我一次，别继续为难你的脑细胞了。"

霍灵均一脸正义，顾栖迟无从拒绝。沉思两秒，她最终还是耸耸肩回身将相册插回书架不再为难自己。再回身，却只见霍灵均的头渐渐低下来，右臂撑在书架上，架出一个狭小的空间，将她笼罩其内。

咫尺之距，温热的呼吸喷薄而来，清晰的心脏跳动声渐渐充斥双耳。连他额前新搭下来的刘海，都似乎有撩拨人心的力量。顾栖迟的太阳穴又重新开始欢腾地跳跃，不想成为霍灵均的色下之鬼。

她克制着自己的眼神，极尽所能地云淡风轻："饥渴了？先忍一忍，别饥不择食啊，这里的一堆书里还有你的颜如玉正看着你呢。"

她胳膊往后伸，随便摸出一本书递给霍灵均："别靠我更近了啊，我怕我忍不住咬你。"霍灵均不接，顾栖迟就随手将书扔向一旁的地面。他带来的压迫感太强，顾栖迟越发觉得不自在。

他说："爷爷在外面，你以为我会上演十八禁？"

霍灵均的视线从她的眼睛一路下移到她脚上踩的高跟鞋，而后微弯下腰，手心握向她的脚腕，将她脚上的高跟鞋脱了下来拎在手上。

顾栖迟有些愣怔，没有阻止他的动作。

"现在你没办法跑路，走不掉也没地方可躲，说句我想听的话吧，看在我百忙之中抽空听你的召唤，跟你来看爷爷的份儿上。"

他的双眸黑沉沉，满脸似笑非笑地站在那里，旁观失了鞋的她。

顾栖迟看他一眼就忍不住别开目光。

霍灵均也不急："我以为过了这么长时间，你已经很了解我的性格了，我其实很内向、很含蓄、很羞涩。你难道不能善解人意一次吗？一定要我先脸红心跳地对你说我喜欢你喜欢得要死？"

五　心动的声音

顾栖迟大脑有三秒钟的空白，很多呼之欲出的词汇在脑海里转来转去，最后定格成霍灵均棱角分明的脸庞。

他的笑，此刻随着她的心跳在她眼眶内慢慢律动。一动一深。

她的高跟鞋还挂在霍灵均指尖，而身在爷爷顾青峦的书房，她的确是无处躲、无处逃，只能直面。

霍灵均围圈起的这一方空间，狭窄得像此刻顾栖迟难以运转的闭塞的大脑。她从霍灵均的眼睛里看到自己脸上的些许惊诧。

不多，仅仅维持了几秒。时间短到她根本来不及捋清楚现下的情况。

她手指微伸重新从身后的书架上摸出一本书，用实物在手的充实感来遮掩自己内心渐渐失控的云卷云舒。

她不想轻举妄动，总感觉身体随便动一动，就要摔进某个深渊里，再无路可退。不动感情，就会有安全感。迟归年动了情，如今躺在病床上残喘度日；顾栖颂动了心，结果却永失所爱。

她身旁跟爱情相关的一切，最终都没有好结果。顾栖迟曾经愿意相信自己是不同的那一个，但她少时那一场伤筋动骨的付出，最终换来的却是同样不圆满的结果。

人总是一朝被蛇咬，十年怕井绳的。

喜欢你……

这样的话，顾栖迟下午录节目时意外地被告白。当时她有些恼火，可不知道为什么，同样的内容从霍灵均嘴里蹦出来却让人觉得熨帖很多。

她好像并没有觉得这话过于离谱，她甚至觉得他这么说有些理所当然。她也没有像之前那样啐他讲台词，或者装聋作哑当作没听到他的话。

从不咸不淡到对峙疏远，再到如今的突飞猛进……似乎主动权都掌握在霍灵均手里。这个认知不是那么美妙。很多问题依旧横亘在她和他之间。

她在心底默数到十，才理直气壮地问霍灵均："明明很突兀，但是我为什么觉得你这么说还挺正常、挺顺其自然的，霍帅这么聪明，来解释一下原因？"

霍灵均似乎笑得更畅快，攥住她刚抽出来的那本书的一角，而后手指不断往另一端移动，直到完全将顾栖迟的手置于他的手心之内。

刚刚说自己会脸红心跳、内向、羞涩的男人，此刻姿态大方，一脸闲适："我这么好，你并非无动于衷也很正常。生气不会持续很长时间也不需要人苦恼怎么哄好，又比较善解人意，长得能带出去见人还能再带回来。对方做错了事，还会主动替她找原因。"

霍灵均说完，再度蹲下身，重新握住顾栖迟的脚踝，小心地将高跟鞋替她穿回去："除了你之外的很多女人，都挺想对我投怀送抱的。"

顾栖迟下意识地往回抽脚，眼微翻摇头："这句话没说的时候，你的确有点儿像个好……自恋的人，这句话一出口，性质立马变恶劣了。你这是污蔑我的女同胞倒贴。"

霍灵均起身，慢条斯理地解开自己衬衫的第二颗纽扣，像亮起的远山明水一般笑："倒贴我有什么好处？白送一个凶悍的你？"

对别人心软就是对自己心狠，这话真是没错，顾栖迟扶着书架，随口一回："凶悍你还喜欢，受虐体质还是重口味？"

霍灵均猛地伸出手臂攫住她的腰，他身上清新的草木香几乎是劈天盖地绕在她身旁："不是玩笑。"

他认真地说："顾栖迟，这不是你在看镜头里的某个场景。不需要你审视点评。你只需要安静地听一听你的心。我不是在演戏。就算是影帝，也演不来真心。"

他忍不住伸出手指触碰她的唇，意料之内遭到顾栖迟阻挡。

他耐心十足："你擅长口是心非，我知道。不过别骗你自己，那样非常不道德，特别不道德。"这缱绻的音调，这柔和的灯光，这相依的空间……顾栖迟的大脑最终还是忍不住嗡的一声响，热度渐渐从被霍灵均蹭到的唇蔓延至全身。

霍灵均的唇慢慢凑过来，慢动作拉扯一般在她眼前逐渐放大。快要贴上她柔软唇瓣的那刻，却蓦地刹车停了下来。

顾栖迟高跟鞋只有鞋尖还落在地面上，她伸手撑了霍灵均手臂一把，而后就听到面前的这个男人说："未免你在爷爷面前喊非礼或者性骚扰之类毁我形象。这个吻先算你欠我的。"

霍灵均话落离开书房，顾栖迟待脸上温度略微冷却后，才跟在他后面走出书房，把那张选定的照片拿给顾青峦。

老爷子摩挲着照片上女子的脸，笑容里盛满追忆。他指了个座位让顾栖迟落座，又招呼佣人带霍灵均去酒窖挑选他珍藏的佳酿。

顾青峦知道霍灵均沾酒即醉，顾栖迟听到他的指令有些抵触，看向霍灵均的时候，却见他摆摆手示意无碍。霍灵均乍一离开，顾栖迟的脊背便紧绷了起来。

"夏至，你爸爸最近想要去看你妈妈，需要疗养院的地址。"顾青峦放下照片，不断地捏自己的眉心，没有更多的过渡，终于提到了他叫顾栖迟回来的真正目的。

顾栖迟嗯了一声，语调略微冰冷："我不欢迎他，还请爷爷转告他不必去，到时候碰上我，被赶出去不会好看。"

顾青峦语调里带些遗憾："你要顾及你妈妈的想法，他们从法律上而言，还是没有离异的夫妻。"

"您也知道仅仅只剩最后一层法律上即将被解除的夫妻关系。"顾栖迟接口，"她已经很惨，顾时献没必要去看她。"

"我问你地址，是想告诉你这件事，你知道他想知道的事情，没必要一定要通过你。"顾青峦的语调渐渐有些激动。

室内温度很高，但每次话说不下去，需要她来演戏以维持平和的时候，顾栖迟总会觉得四肢冰凉。唇畔微笑的弧度她怎么翘似乎都不对: "我妈那个人很古板,不知变通。她一梦好几年,是在等着顾时献去看她。可真见了会怎么样,爷爷你难道想象不出来吗?"

顾青峦原本握在手中的瓷杯被骤然放置在桌面上,发出清脆的声音,年迈的音调带着难以压抑的似要狂奔而出的怒气: "你妈妈现在过世,也要葬进顾家墓群,夏至,你不要不懂事!"

顾栖迟心底的暖意慢慢流失: "爷爷,我不是生下来就是这样不懂事的,我也想知道我怎么就长成现在这样浑身带刺的人了?小时候,我好像也曾经是个爸爸疼妈妈爱的孩子。"

她觉得自己脸上的微笑实在挂不住,僵硬得无法让人直视: "两年前您怎么答应我的?您忘了的话,我还记得。您和霍老爷子之间结成姻亲的约定,我帮您完成了。然后顾家这一堆让人恶心的事情,便都和我妈没有关系了。我从这里把我妈搬进疗养院的那天,就发誓再也不会让顾时献去打搅她。"

"是我嫁了您就反悔?顾家的面子,真的比什么都重要吗?真的这么重要的话,您有个出轨成性的儿子,您怎么就不知道好好管教一下,让他行为检点些别丢顾家的脸呢?"

原本置于桌面的茶杯被顾青峦彻底扫了下去。

顾栖迟双手垂在身侧。未来半年,她想顾青峦都不会想再看到她。她在心底对顾青峦默声说对不起,人却不加留恋地转身离去。

一抬头,却看到目光深深的霍灵均。

秋末的天有些凉。

顾栖迟站在顾宅门前,肩头披着霍灵均刚刚脱下来搭在她身上的风衣。风衣上还沾染着霍灵均的体温,有些过于温暖,她冷了许久,乍汲取温度都觉得身体在发颤。

他的戏已经杀青。可这么看,她总觉得他还在继续瘦下去。她看着不忍心。

不合时宜的地点,不合时宜的心情。顾栖迟却突然想讲个故事给霍灵均听。

顾宅的灯光都在身后,顾栖迟从回忆里翻出自己刚进娱乐圈的往事: "我刚出道的时候,在一部电视剧里演一个小丫鬟。有次剧组会餐,我被人在酒店的洗手间拦了下来,那个老男人递给我一粒药丸,问我有没有时间玩一玩,玩得好的话,下一部戏就能做主角。你猜我当时怎么回答的?"

顾栖迟根本没打算等霍灵均的答案:"我说,好,但我只对跟你老婆玩有兴趣,先生方便引见吗?我一向不喜欢圈里很多新人不择手段上位,觉得都被带坏了,可他们不择手段,只是为了自己想要的东西。不像我,本身已经是个坏女人。"

她的声音依旧如常,眼睛却因为过度隐忍被红色填满,却还是笑给霍灵均看:"老爷子身体不好,我还这么气他。"

顾栖迟眼底翻涌的情绪让霍灵均不忍再看,他站在离她一步的地方,弯腰从地上捡起一块不规则的石头,而后靠近她从后面将她圈在自己怀里。

顾栖迟不需要的安慰,他正巧不擅长给。

霍灵均拎起顾栖迟的手臂,掰开她紧攥的右手心,将石头放进她掌心,而后大手包裹住她握紧石头的手慢慢将她手臂举高。

身后的胸膛是暖的,包裹着她右手的掌心也是暖的。石头脱离掌心被抛出去的那一刻,顾栖迟的心一动。

"砰"的一声,和石头撞上顾家老宅玻璃的声音重叠在一起,震动了她整个人。

顾栖迟随后听到身后的男人温和的声音:"小时候我爸训我和之零,我偶尔会拿石头砸厨房玻璃搞破坏,以此来表达自己的委屈。我爸欺负我,我就欺负玻璃。他那时也总是很生气。"

他们没有急着逃离案发现场,霍灵均的声音依旧在她耳畔延续:"你不是个好女人,我从小也不是个好男孩,是不是还挺般配的?"

顾栖迟此刻看向他的眼神有些迷蒙,霍灵均咳了一声问:"还要砸第二块吗,霍太太?"

他的语调带些少年时的调皮。顾栖迟却在他温暖的怀抱里,微微一笑,笑出忍了很久的眼泪。

颜淡不知道什么时候被霍灵均打发走了。自称很忙的人做起了司机，速度比莽撞上路时的颜淡还要快，却很稳。车窗外的风吹在顾栖迟湿润的眼角，掀起细密的刺痛感。

车并未行驶在从顾宅回公寓的路上，甚至前行的方向都和公寓南辕北辙，顾栖迟不知道霍灵均要将车开往何处。

今日已经过于感情用事，她现下很想缩回到自己的保护壳，不再以这样有些狼狈甚至她最不喜欢的脆弱模样示人。有任何赢得别人同情的可能，她都不想要。

眼底的湿润转眼风干，她关了车窗回身问霍灵均："我们要去哪儿？"

霍灵均将车开进城中 CBD 内最繁华的路段，车速慢慢降了下来。

顾栖迟望向窗外，近在咫尺的高楼已然静默着耸立眼前，星星点点的灯光透过大厦的窗倾泻下来。

霍灵均将车拐进地下停车场："你今晚心情不好，每个人心情不好的时候，都应该对自己好一点儿，想办法让心情变好。我们去一个能让人心情好起来的地方。"

顾栖迟淡淡扫了他一眼："英明的、内向的、善解人意的霍先生，顾栖迟不是七岁的小姑娘，已经过了好骗的年纪了，她根本不信世界上还有这种地方存在。"

霍灵均找到停车位停车熄火，替她解开安全带："我带你过来，是为了让你相信。"

"下车吧，早过了七岁的煞风景小姐。"

他绕到顾栖迟那侧替她打开车门，顾栖迟五官挤来挤去，犹豫不过三秒，最后还是将自己的手扣进霍灵均的掌心。被他一路牵进电梯。

温顺了一路，一直到达顶楼的餐厅，顾栖迟才停下脚步。

"当你老了？"她蹙眉，"这餐厅的名字透着浓浓的偶像剧味道。"

霍灵均勾了勾唇，推她一把："放心，里面没有偶像剧女主角能收到的玫瑰花和戒指，你不会被恶俗致死，场子已经清过了，里面只有一个服务生大叔。

友情提示，别惹他，他脾气不见得比你好。"

这话明显带有贬低人的意味……被贬低的顾栖迟眸色森森，对霍灵均绕过旋转门入内的身影咬牙数次，而后才在他回望过来的时候乖乖跟了上去。

霍灵均站在餐厅的外延窗前。这座大厦是这座城市的地标建筑之一，位于顶层的这家餐厅，视野极其开阔。霍灵均招手，顾栖迟走了过去，站到他身边，两人并肩而立。顾栖迟顺着他的视线往下看，天朗气清，即将夜深的城市一片流光溢彩。

像条流动不息的光河。

"只是来看夜景？"顾栖迟平静地直视窗外的夜色。

霍灵均垂眸看她，语调有些慵懒："很多心情不好的人往往选择借酒消愁，你如果要喝，我沾酒即醉没法作陪，但是看夜景这件事，我和你，我们两个人可以一起做。"

顾栖迟依旧一动不动地看着窗外，霍灵均看了她三秒钟才出声："在想霍灵均这人可真是爱夸大其词？不过看夜景而已，却渲染得像是要做什么特别的大事一样？"

顾栖迟眸色一凛，不置可否。

"这就失望了？其实不是，你还可以继续期待。"他卖了个关子，"我带你过来，其实是为了吃。"

顾栖迟抬眸又一凛，眼睛似乎在说——这两者有什么不同？

霍灵均眼睛闪着笑，有些狡黠："有不同。夜深人静，餐厅里没有闲杂人等，是个沟通夫妻感情的好地方。"

怎么沟通？活塞运动？顾栖迟听完他这句话僵了一瞬，不以为意地笑了一下，最后打趣道："饥不择食到这种地步？"

他虽说得正经，顾栖迟听过却依旧没有当真，语调明显是调笑，拿不准霍灵均究竟在玩什么把戏。霍灵均像此前在顾宅外那样从背后圈住她。反抗效果不佳，顾栖迟默认他的行为。

"不逗你了，我需要解压的时候，经常会来这里，去后厨剁几十个牛排，心情就会好很多。要试试吗？"

他问得诚恳，顾栖迟差一点就要点头答应。要这么疯狂吗……深更半夜在某餐厅后厨剁牛排解压？

她刚要回神拒绝，就见霍灵均脸上挂着得逞的笑，举手投降："刚刚那件事不是真的，骗你的，那是变态杀人狂练习杀人时才会做的事情。"

他说了一堆的假话，想要调动她的情绪，最后这句问话才是真心真意："现在有没有心情好一点？"

他随后手一拍，那个传说中的服务生大叔才慢条斯理地现身，规矩地端过来两个骨瓷杯。

顾栖迟随手接过其中一个，里面没有什么玄机，仅仅是一杯温水，掀开杯盖就见上面飘着一片脆嫩的薄荷叶。

"老板。"服务生大叔将另一杯递给霍灵均，声音中气十足，很是洪亮。

顾栖迟闻声，手一抖从杯内溅出几滴水。她的脸上写满诧异。

"端回去吧。"霍灵均吩咐服务生，下巴微抬指向顾栖迟，"认清楚，这是老板娘。"

"老板娘好！"中年大叔服务生裴安很上道。

霍灵均点点头，继续宣扬他助纣为虐的价值观："以后不管是她进餐厅吃白食还是想要打砸抢，都开绿灯，积极配合。除了……她要杀人的时候必须阻止之外，其他的随她高兴。"

他说的就好像这些事真的会发生一样。顾栖迟哭笑不得道："霍灵均，你这样在我面前黑我合适吗，我是会无故打砸抢的人吗？我又哪里表现得像是要杀人？"

她转念又问了一个问题："什么时候还搞起副业开餐厅了？老实交代，这该不会又是骗我的吧？"

顾栖迟话落的瞬间，还未走远的服务生裴安突然脚步不稳撞到餐厅内的木椅，刺耳的"哗啦"声传过来，在夜深寂静的餐厅里渐渐扩散，堪比恐怖片音效。

霍灵均点点头似乎陷入沉思。顾栖迟眉一拧，这么说是猜中了？

她望着霍灵均如墨的眼，抿唇确认："真是你借来冒充老板的场地？"

这人难道是戏演多了留下了后遗症？顾栖迟觉得自己此前逐渐失控的心跳瞬间恢复了正常。

刚要复苏的少女心刹那又老到七十岁。她环视一圈，笑呵呵的："这个地段寸土寸金，餐厅的日租挺贵的吧？"

霍灵均掩住眼底的笑，面容平和好看，让人挪不开眼："租的话大概是有些贵。"

"为了变个传说中至今我都没看出来的魔术，租这地方代价过高了吧？"顾栖迟叹口气一低头在包内翻找卡包，模样洒脱，"AA吧，租金我付一半。浪费这么多人民币你也挺可怜的。"

遍寻摸不到要找的东西，顾栖迟蹙眉的瞬间，被霍灵均揽身抱入怀中。一秒、两秒，第三秒僵硬离她远去，手臂立刻松垂下来。她的手臂被霍灵均收拢在他的臂膀下，顾栖迟包袋内的杂物随着手臂松垂散落一地，杂乱无章。

这一方胸膛顾栖迟是再熟悉不过了，她没有挣扎："霍帅现在是得了抱我成瘾这种病？不知道名医有没有听说过这种疑难杂症。"

霍灵均温热的气息再度扑在顾栖迟耳后，无视她的话："不需要AA，既然租金那么贵，我陪一晚，老板娘是不是考虑下给我免租？"

顾栖迟脑子运转慢了一拍："真是你的餐厅？"

霍灵均捉着她的手搁置在自己腰侧："是，你也是货真价实的老板娘。"

顾栖迟仰起脸，眉微挑："爸妈知道吗？"

霍灵均摇头，依旧是清淡平和的表情："除了之零，现在只有你知道。"

顾栖迟心底一动，开始同情心泛滥："没偷没抢，为什么要藏着这处私产？"

霍灵均唇角带笑："可能是为了方便当守财奴。"

他身上的风衣起了些褶皱，挂在他高瘦的身躯上显得整个人更为劲瘦骨感。

顾栖迟抬脚毫不留情地踩他一下，声音清脆："说实话。"

顾栖迟这般不客气，霍灵均很想笑："我想等我退出娱乐圈的那一天，再告诉大家我对另一种生活的规划，除了演戏之外，我还有其他想做的事情。"

等他退出娱乐圈那天……顾栖迟觉得自己脑袋运转的速度更慢了，她眼神微一闪烁，随后追问："为什么？"

霍灵均好脾气地笑，没有正面回答顾栖迟的问题："看来你的心情真的变好了，既然这样，先陪我做件事情。"

霍灵均微退后一步，伸出右手勾起顾栖迟的左手。这样的姿势，顾栖迟并不陌生。她虽在生活中没有做过，但是戏里演过无数次。

她的身体一样有预感，霎时僵硬成石。世人都知道，身为全能艺人，顾栖迟有一个致命的缺陷——不会跳舞。

一动，便四肢僵硬。她的语调带着赤裸的挑衅："别想不开，不怕我踩死你吗？"

霍灵均波澜不惊："我相信善良的顾导会脚下留情。"

顾栖迟觉得自己再度开始头疼："我怕我胳膊不小心打你脸上，毁你容，我赔不起。"

霍灵均笑了下，看到顾栖迟脸上的恼意。他将顾栖迟的手往前一拽，将她整个人都拽到身前，此刻她完全触手可及："一直忘了说，孩子的事情，你一样很难过，所以我不怪你没有提前告诉我，那不是你的错。之前谈崩那天，后来停车场你过来搭车那次，我的脸立该像死灰一样难看，可是你一丁点都没想要哄我。就当现在我请你哄我，嗯？用陪我跳舞的方式。"

顾栖迟一怔……他的话在她心上拉扯，很是顽强。

那一个被他用舌尖拖长的"嗯"在她耳畔回响，威力十足。

他的每个字每个眼神，都让人特别心慌。顾栖迟瓮声瓮气："哄？那是妈妈对女儿，男人对女人惯用的手段，霍帅既不是我女儿，也不是我女人，我做不来这件事。"

她的眉拧得死死的，随后又禁不住咄咄逼人："你是没怪我，但是你在恨我吧？天下人都知道我是舞盲，霍帅您行行好别跟我演偶像剧了。即使接的戏里有这样的桥段，我也会咬牙演完，事后去揍编剧，好好和他探讨下和我有什么仇，为什么要这么赤裸裸地为难我，何况这不是戏。"

很安静。霍灵均没有即刻答话。

餐厅里突然响起舒缓的音乐，像是古老岁月里缥缈轻吟的赞歌。

《Somewhere in time》翻译成中文"似曾相识"，出自《时光倒流七十年》那部老电影。

是顾栖迟再熟悉不过的曲调，她在大学时，曾无数次在琴房里弹起过。

这首曲调，缱绻缠绵，能轻易温柔她整个人。

思绪刚刚落定，就听到霍灵均道："好，顾栖迟温柔又成熟，稳重又御姐，偶像剧太幼稚，我们不演，那些事也不再提。不过我又想起另外一件。"

又是哪个旧账？顾栖迟觉得自己的心怦怦跳。

"在爷爷书房里，你欠我的那个吻，现在方便还了吗？"

顾栖迟："……"

又是死一样的安静。顾栖迟很想冲上去咬花霍灵均那满脸明媚笑靥。她定定地看了霍灵均五秒，而后靠近他再度轻轻落下一脚："在爷爷那里，你说喜欢我喜欢得要死，不是我幻听对吗？"

"最先开口说喜欢的人，按传说中来说，不都是卑微到尘埃里吗？"

"你觉得你这是要债吗？"

"霍灵均，你这是理直气壮地耍流氓！"

她踩完话毕转身就跑，却在霍灵均想要抓住她的手臂时，突然刹车。

这一次，她的双脚很无情地踩在霍灵均的双脚上。她动作快得以至于霍灵均目光里还存有她离开的背影，顾栖迟抬起手臂勾住他的脖颈，柔软的唇瓣，狠狠贴上了霍灵均的唇："我没有欠债的习惯。"

一直到再次进入电梯，顾栖迟都不敢看霍灵均，只一味强调："刚刚那叫咬，不是吻。别搞混了。"

霍灵均淡淡一笑，舔了下刚刚被她咬过的地方："我知道，我不会会错意，你放心，我一定不产生别的联想。"

顾栖迟回身那刻刚好看到他的小动作，立马做出恶心状："怎么刚刚就没咬死你呢！"

霍灵均再度淡笑，好说话得让人挑不出毛病："你可以再咬一次，我不介意，不用为我的生命安全考虑。"

顾栖迟瞪他："无耻。"

霍灵均点头："嗯，除了无耻还混蛋。"

"龌龊。"

霍灵均附和："对，不仅龌龊还下流。"

顾栖迟忍不住吼出声："霍灵均！你再说一个字，我就要揍你了。"

她戴好墨镜，拉上卫衣连帽，头也不回地出了电梯，身后的霍灵均微做遮掩紧跟其后。

两人各怀心事，谁都没有看到不远处角落一闪而过的闪光灯。

整晚受到太多冲击。从顾青恋书房内霍灵均的表白，到顾宅外霍灵均拉着她做坏事砸碎顾宅厨房的玻璃，再到霍灵均带她到市中的餐厅，最后到她大脑一热啃他那一口。

不过须臾，顾栖迟的情绪已经绕过太多个关口，紧张、讶异、心灰、释然、愉悦……不断交替出现在她的脑海中。

这一晚的经历，甚过过去两年内她走过的风风雨雨。

坐进车里冷静下来的顾栖迟渐渐分清了她的哪一种情绪，是因霍灵均而起。

身体内的躁动因子都提醒她再冒一次险，要紧紧抓住近在眼前的东西。可下一秒，又有潜藏在身体里的镇定因子跳出来提醒她保持清醒。

不动感情，才能独善其身。

她调转视线，看向此刻坐在驾驶位的霍灵均。封闭的地下停车场不见月色，只有黯淡的灯光，不够明亮，却足够看清霍灵均那张温和带笑的脸。

她不愿意承认，可她的心此刻随着霍灵均的笑，一下又一下，越来越快地跳动着。难以自抑。

顾栖迟歪在副驾驶位上，回想过去这几个小时，只想起自己的别扭和霍灵均的沉默包容。

这不是个好兆头……她明明是个洒脱的文明人，现在竟然越来越觉得自己像个既无理取闹又矫情的女流氓。

霍灵均可真是破坏力十足的一种动物。顾栖迟扶额——开始无比忧心她的一世英名。等霍灵均将车驶出地下停车场，顾栖迟才轻咳出声："去淮南路。"

霍灵均没问去那里做什么，就像他说完"喜欢"那两个字之后，也没有逼迫顾栖迟表态。

淮南路偏离城区，当霍灵均按照顾栖迟这个人体导向仪发出的指令抵达南山疗养院的时候，已然明白到在这里的原因。

这家私立疗养院口碑位居 N 市之首，一般夜里有门禁，不允许进入探视，可顾栖迟很多次都是这个时间出现，留守的值班人员已经习以为常。

这样晚，迟归年一般已经入睡。顾栖迟每次前来，也不过是握一握她的手，看一看她的模样，而后静悄悄地离开。她的手已经握住了门把，却又缩了回来转身对霍灵均说："你确定在爷爷书房里说的那句话没说错？"

霍灵均的视线从她的手扫到她的唇，最后停留在她平静的眼眸上，想要伸手去碰她却又顿了下来："我可以再重复一遍，在你不会无视的前提下。"

顾栖迟声线绷紧，放得更低更轻："这条路我一个人曾经走过很多遍，我原本不稀罕另外一个人和我一起走，不需要别人给我支撑。"

她的表情有些古怪，在笑和不笑之间拼死挣扎一般："但我也是一个有心的人，有人对我好，我看得到，也感觉得到。我虽然没说过，但这样的人不多，所以我都忘不了。"

她忽而侧身让出一块位置，伸出手臂："请吧霍先生，这里面是你的一号情敌。"

仿佛再无来日

　　为了不打扰迟归年，顾栖迟在进入房间之前，已经脱下了高跟鞋。脚踩在地板上有些凉，而霍灵均攥住她右手的掌心有些暖。

　　出乎她的意料，迟归年是醒着的，没有像以往她夜里过来时那样熟睡着。

　　每一次，顾栖迟都怕迟归年是醒着的。她担心，迟归年虽醒却不够清醒，会连她都认不出来。次次心怀忐忑，总不是愉悦的事情。

　　迟归年看了看他们，而后眨眨眼。顾栖迟突然眼底一涩——她明白过来迟归年担心这是梦境，看到的是他们的幻影。

　　"夏至，你来了。"迟归年有些孱弱的声音传入顾栖迟耳中的时候，她感觉到霍灵均攥着她的手，更紧了一分。

　　顾栖迟扯着霍灵均往前走了两步，刚想开口，霍灵均从她手中接过鞋子，俯身放到她身前："既然妈还没休息，穿上吧，地上很凉，它就是有声音，妈也不会介意的。"

　　他提到"妈"这个称呼过于自然。在顾栖迟的印象里，他和避世休养的迟归年根本不曾碰过面。可下一秒迟归年的反应让她更加疑惑，迟归年看着霍灵均，温和地笑："你也来了。"

　　霍灵均点头："有事耽搁了，打扰您休息了。"

　　不像是初次见面，语气里带着显而易见的熟稔。顾栖迟不明所以，下意识地掐了霍灵均一下，霍灵均全无反应。

　　迟归年一直看着他们，顾栖迟虽然动作不大，却也足够迟归年看得分明。

　　她笑了笑，是顾栖迟很久没见过的温婉模样："上半年你在外地拍戏，一去几个月，小霍来看过我几次。"

顾栖迟呼吸一顿。霍灵均从没提过。她也不曾向他提起迟归年的情况，更遑论迟归年静养的地方。顾栖迟又忍不住唇角一沉。

看见顾栖迟的反应，迟归年微摇头："你们结婚前，我和小霍已经见过一面，他来顾家拜访你爷爷，以及我。他说在娶你之前，征得我的认可是对你的尊重。"

顾栖迟呼吸有些重，从霍灵均手中挣脱开："为什么这些事没有人告诉我？"

她扬起的脸有些倔强，霍灵均重新攥紧她的手："只是我的义务，没什么可说的。"

顾栖迟深呼一口气，霍灵均看着她颤动的睫羽，眉峰渐渐舒展开，转而问迟归年，带些调笑："妈，她是感动了？"

"不是。"顾栖迟直接否认。

她再度挣开霍灵均的手，走到迟归年身旁，从床畔角柜上的瓷瓶内抽出一支茉莉："你们聊得这么好，那先聊着，我出去一下，妈，你早点休息。"

这不是近来第一次落荒而逃。顾栖迟身上不止有不愿跳舞一个软肋，还有一个是怕别人对她过于好。她会因此而不安。

她倚靠在房间外的楼梯口，久不能平复自己想要"咬"霍灵均的心情。

从迟归年那里顺来的茉莉花，绿茎已经被她近乎弯折揉烂，等霍灵均出现在她身边的时候，花瓣也已经被她撕得只剩一片。

辣手摧花她毫无愧疚感，回顾这两年来的婚姻生活，她禁不住微微泄气。

"还有什么没告诉我的？"她好不容易找回自己的声音。

空荡的楼梯间里，戴着一颗被填满的心，霍灵均站在她面前摇头："这么容易感动？"

他笑，额上还带着因为找她跑出来的汗珠："那些真的都是我的义务，我不是雷锋，也不会做事不留名，我做过的，或早或晚都会让你知道。我会求回报。"

顾栖迟继续蹂躏那一枝茉莉："投资回报率似乎很低。"

霍灵均点头，突然向她伸出了手。顾栖迟抬头看他，霍灵均继续笑："你偷来的这枝花，难道不是要送我的？"

"我该夸你聪明吗?"顾栖迟眯起眼。

"那我就要多谢夸奖。"

"滚,皮厚。"

霍灵均许久没见过顾栖迟这样笑,明晃晃的,远胜于她的倔强和骄傲。

顾栖迟没好气地把那枝茉莉摔在霍灵均身上:"我对自己人一向苛刻,如果你以后被我发现有任何不道德的行为,例如出轨,我大概会撕了你,能接受吗?如果你以后想开了,想脱离苦海离我远远的,我也可能会关你一次再放你走,能接受吗?我可能还是会很别扭,也不温柔,依旧不善解人意,坏脾气不知悔改,这样你都无所谓?"

顾栖迟眉蹙成山,自顾自解读:"过了一分钟了你还没把茉莉摔回来,看来是真想不开了。"

她顺着楼梯往下走:"我其实也不是突然发现你这人还行,打算将就一下的。等我再用下五层楼的时间思考,到时候就算考虑蛮长时间了。"

她性格一向过于棱角分明,这一次也不例外。

过了许久,顾栖迟还是没忍住吼了出来:"霍灵均,难道你现在不该拦着我,说这五层楼的时间有些多余,我其实不用继续考虑了?"

还没开始下楼,霍灵均的口袋传来了震动。他有事必须要走,反而令顾栖迟松了口气。

赶跑了坚持要先送她回家再去处理工作的霍灵均,顾栖迟在疗养院附近等了一刻钟,颜淡就驱车赶来了。

顾栖迟罕见地坐到了副驾驶位,颜淡偷瞄了她一眼又一眼,猜不透她异常的行为。经验告诉她,与顾栖迟言,最好沉默以对。

颜淡觉得自己应该保持智商水准,即便再好奇,也要忍住不问。

不止坐在副驾驶位上反常,顾栖迟竟然还扫了扫她一眼,笑眯眯地说:"淡淡,最近谁虐待你了,怎么瘦了?"

颜淡面部渐渐松动露出笑容,不管顾栖迟本心是什么,"瘦了"这个词听起来实在是太美妙了,好听到让她直接无视掉前面那个"淡淡"。

她油门一加,车瞬间飞起,窗外的流光快速后退。心情飞扬了半分钟,颜淡觉得情况有些不对。又思索了半分钟,她还是没出息地改不了"受"欲,小心翼翼地问顾栖迟:"我最近没犯错误啊,顾导,你别吓我,我怕被你夸。要杀要剐给个痛快,糖吃完了,挨打我也是怕疼的。我很怕疼啊……"

颜淡吐出最后几个字的时候,声音里甚至带着些凄厉,顾栖迟眼底的笑意却璀璨如初:"收起你那满脸的欲哭无泪。"

顾栖迟眸色一转,眯着眼意味深长道:"不喜欢瘦,难道你喜欢我叫你颜胖?"颜淡眼睛差点掉到下巴上,不敢再轻举妄动。

顾栖迟仍旧没有暂停的意思:"没关系,你要是这么想,我也可以满足你,谁让我现在心情非、常、好。"

她伸手拍拍颜淡的肩膀,语带鼓励道:"好好开车啊,颜胖,你开车技术最好了,你是中国最好的司机,你还是星城娱乐最好的助理和经纪人。"

颜淡耳朵都听傻了。是谁在微博刷"女神顾栖迟求嫁"?这明明是妖孽顾栖迟再生!

中国好司机颜淡一路都在认真开车,快回到顾栖迟公寓的时候,才想起还有正事要交代:"明后天电影就要杀青了,后期剪辑制作的排期都在ipad里,记得看一看。"

"还有下午刚收到消息,最近有个本子找我们,导演是在大陆势头正猛的商陆。这个本子是部高配古装片,女主角非酱油非花瓶。剧本我刚从公司那里拿回来,就放在后座。你下车的时候拎回去看两眼。"

"总监的意思是《念念不忘》后期再过两三个月赶一赶差不多能完成,再加上是团队集体工作,最后你来把关。商导的这部片子正巧是两个多月后开机,时间上来得及。公司也有投资这部影片,很多演员在争取片子里的角色。"

商陆?顾栖迟眉心微拧。

这个人与她同期进入娱乐圈,在海外有亮眼的摄影师履历,回国跨界导演之后,火的程度更加一发不可收拾。处女作上映之后,从罕有关注度的新锐导演迅速跻身亿元导演俱乐部。到如今,执导的影片一年一部,票房最高者已经突破十亿大关,位列华语片票房前一榜单三甲。

商陆的电影作品可以分为前后两个阶段。以五年前为界。第一阶段,女主番电影。第二阶段,群戏。

顾栖迟看过商陆前期执导的每一部电影,她身为新人的时候,私下里做功课就曾以此为素材。商陆第一阶段的每一部电影,除了都是女主番之外,女主角都是一个人——已经退出娱乐圈五年的沈蔚。

自从沈蔚告别娱乐圈,商陆的影片,便再没有女主角。

顾栖迟捏了捏眉心,问目光殷切的颜淡:"有已经签约的演员吗?"

"有,已经被爆出来的演员,有歌坛天后,影坛新人,闻姜。"

商陆的选人果然特别。

"还是群戏?"

顾栖迟问,颜淡立马摇头:"我们的原则是不接配角,商导这部片子,男女主角色吃重,主配划分鲜明。男主角还没有被爆出来,但是已经有很多小道消息,主要集中在两个人身上。"

颜淡用余光瞄顾栖迟,唇一勾:"有人说是时钟,还有人说,商导也有接洽霍帅。"

颜淡说到霍灵均的时候,明显带着憧憬。顾栖迟右手手指敲了左手手背几下,终于放话:"接。"

颜淡愣了。她还准备了一万字来美化这部电影,只希望劝服顾栖迟接这部电影。她已经做好了长久抗战的心理准备,可这仗还没开打,一向硬得像石头,挑剧本慎重无比的顾栖迟竟然在未看一眼剧本的情况下就软了。这科学吗?

接机大厅人来人往客流众多,霍灵均没办法现身。他在机场侧边的停车场等了半个小时,才等到有人敲他车门。

左丘坐进来的时候,裹挟着车外冰冷的空气。有些湿,有些凉。

久未相见,激动难免,左丘一坐稳便将拳头捶向霍灵均的肩。他动作幅度很大,力道却温和。自从霍之零的葬礼结束之后,这是霍灵均第一次见到霍之零生前的恋人,也是他的兄弟左丘。

霍之零离世近三年，左丘也离开这座城市近三年。当年左丘离开时，拒绝他送，如今左丘回来，他不能不接。

物是人非的滋味总是难挨，何况他们失去的，是那样鲜妍美丽的风景。

当初那一场车祸让他们痛失霍之零，左丘是唯一一个在霍之零尚有神志时到达现场的人。霍灵均从未问过左丘，之零是否留有遗言。他们的话题里，都默契地避开了这个名字。

如今左丘归来，之零却再无笑的机会。

当初之零和左丘的恋爱，他是唯一的见证人，所以在霍之零提出要解除和顾栖颂的婚约时，他义无反顾地站在了霍之零这边。此刻见到左丘，霍灵均有很多话想问，但每每想起离世的霍之零，始终开不了口。

左丘在N市的所有房产均在三年前处理掉。酒店过于冷清，霍灵均带他回顾栖迟公寓楼下的那套房子。

房间在Albert的干预下添了些许摆设，但依旧简单。

刚放下行李，左丘就倚在墙壁上，皱眉笑："怎么瘦成这个模样，我忍了几十分钟了，不能不说。"

霍灵均从冰箱里拿出水递给左丘："接的角色需要瘦骨嶙峋，单靠化妆不够真实，就刻意减了体重。"

"一直这么拼，我真担心你会英年早逝。"左丘话落又走到他刚刚搁置好的行李前，拉开其中一个方格掏出一个药瓶，没有避讳霍灵均，当着他的面打开倒出两片，借着霍灵均刚刚递来的水吃了下去。

霍灵均的眼神带着探究和担忧，左丘摇头，云淡风轻地解释："容易紧张、不安，吃点药会好一些，正常身体需求，没什么。"

霍灵均手指攥紧，脸色更淡了一些："从什么时候开始的？"

左丘很配合，没有隐瞒："没多久，在外面有时候会想起之零，这样会更轻松一些。"

他突然提及霍之零，霍灵均不知该如何接口。倒是左丘又问起："之前的邮件里，你告诉我你结婚了，新娘是谁，什么时候让我见一见？"

顾栖迟回到公寓洗漱完毕，就抱着笔记本看之前粗剪出来的先行预告片。

《念念不忘》是一部电影，于她却也是一场修行。原本她没有打算跨界进入导演的行列，韩青拿着《念念不忘》的本子找到她的时候，话里话外透着女主角是以她为原型写的，是为她量身打造的。

可韩青不知道，现在的她早已演不了这样的角色，她演不来心如死灰的场景。这些年她接的所有的角色，都有一个共同点，就是绝不像自己。她可以演虚假的东西，却没办法将真实的自己和角色重合在一起，放到大众眼前供人品评。电影里的女主角尹半夏，在被初恋分手，对方远走异国之后，站在学校的天台上喊："祝你在美利坚遇到的每个姑娘都是你妹！"

一遍又一遍，好像能穿透往的人生。顾栖迟摁下暂停，她想把这句台词从预告片里删掉。指尖刚离开键盘，就听到玄关方向传来的开门声。

八天。这是八天后霍灵均再次涉足她的公寓。顾栖迟摇了摇自己松松垮垮的马尾，刚想起身跳下沙发，可转念一想又决定继续看预告片。

霍灵均走到她身前的时候，屏幕里的画面刚好变换。

偌大的机场人来人往，面部消瘦的霍灵均，颓废得异常性感。他的眼底翻涌着溢满而出的柔情，声音轻颤，一字分明地说："我爱你。"

"我爱你"三个字骤然钻入耳中，顾栖迟下意识地锁住了笔记本电脑。

镜头外的霍灵均走到她身旁落座，将她膝盖上的笔记本电脑拿到一旁："我说的那句台词是洪水猛兽，还是恶毒的咒语？"

霍灵均解开贴近领口的两颗纽扣，抱臂侧身紧盯住顾栖迟："你好像很怕听到一样。"

笔记本被他扔到一旁，顾栖迟也没恼，探出身子端起玻璃矮几上的白瓷杯，轻轻抿了一口。有些烫，她禁不住舌头一缩："你解读错了，我只是觉得这个角色的悲剧结局，是他应得的，没什么值得可怜可惜的，他越表现出悔悟，我就越是觉得厌恶。"

霍灵均点头，微微一笑："这个角色本身的人设就不怎么好，后悔是世界上最无用的东西之一,失去的那一刻他已经明白这个道理。可惜他是用亲身经历才明白这个词——悔之晚矣。代价高昂,也算对得起他曾经对不起的其他人。"

他话落,不动声色地往顾栖迟身边挪了一点,极快地伸出手摸了一下顾栖迟的脑袋,在顾栖迟炸毛之前又飞速收回,极其语重心长道:"顾导,你要注意从中汲取教训。"

霍灵均说得那样理所当然。

顾栖迟从他肆无忌惮的目光中爬出来的时候,正好瞧见他看了一眼乱糟糟的厨房:"这部电影在告诉你,珍惜我,免得日后后悔。"

顾栖迟上身微微后仰直视他,同样语重心长:"我小时候,老师就教过我这样一个道理。自我感觉良好不算优点。"

她的脸光洁无比,斜睨那一眼带着些强势:"你觉得我对你很差?或者对我还有什么不满,一起说说吧,说实话,骗人不道德,这是你教我的。"

霍灵均语调一扬,笑里渗出明显的期待:"我说了你就会改吗?"

"当然不会。"顾栖迟猛摇头,力度之大好像唯恐霍灵均看不到的模样,"不是说喜欢我吗?情人眼里出西施,在你眼里我哪儿有什么缺点,别为难你自己现编了。"

早知顾栖迟的性格多面多变。她的强势,他能呵护相对;她的无赖,霍灵均有些头疼。

他正在思索,顾栖迟却突然问:"知道那个角色人设不好为什么还要接?观众很容易入戏过深,骂的时候分不清角色和演员本身。因为饰演奸角、人渣、反派而被骂到关闭微博的不止一个人,通俗些来说,接这个角色等于费力不讨好。"

霍灵均不言语,眼底的波澜却在渐渐翻涌集聚。顾栖迟依旧没有刹车,继续说:"戏份还不多,还是从电影新人那里拿来的二手。"

他的理由已经那般显而易见。

顾栖迟话落那刻,霍灵均突然欺身上前。他的动作过于迅猛,顾栖迟下意识地后退,在最初那刻丢盔弃甲,城池便已全盘失守,再无抵御的可能。

她只能眼睁睁看着自己溃堤千里。霍灵均的上半身慢慢下压,顾栖迟被困在他臂膀和沙发之间，退无可退，只得后仰贴向沙发。

顾栖迟喉咙微动，呼吸即刻紧绷如弦，唯恐惊动什么。

霍灵均的眼底涌出炽热的星光。他的胳膊触碰到她的身躯，所到之处，引起一片灼热。他洞开的领口低垂，漏出内里劲瘦的胸膛，他进一步俯身，唇瓣清浅地贴在顾栖迟耳后："真不知道为什么？"

顾栖迟耳后流过一阵酥麻，声音不自觉地喑哑，依旧坚持："不知道。"

他的手进而下移滑向她的脚踝。温热的气息随着薄唇贴向她的侧脸，尽数打在她的脸颊上，第二个吻。

"这样也不知道？"

身体过于诚实，经不起更多的撩拨，顾栖迟咬牙忍住战栗："你再这样无节操不道德地色诱导演，只有一个结果，删戏。"

霍灵均眸色一闪，更为深邃黑沉，声音更为低沉，像电台里听过的可无限回味的男主播的声线："好，亲一次删一秒钟？"

顾栖迟瞪他，深呼一口气驱散心底被他撩拨起的欲望："从我身上滚下去。"

"删一分钟？"他略微妥协。

顾栖迟拒绝："删一小时你倒贴日后任我召唤都不行。"

顾栖迟偏头，睫毛在他眼底一颤又一颤，像刷在他心头，禁不住让人心痒。

她坚持："下去。"

霍灵均突然笑了，顾栖迟能够清晰地感觉到胸腔的震动。

他提醒她："你已经向我坦白好感了，虽然用词很委婉，但是我听得懂，行动上也主动吻过我了，虽然你含蓄地说那叫咬。"

他的身体未动分毫："夏至。"

这是她的乳名，只有至亲的人才能唤。

顾栖迟心弦一颤，余音犹存。

"这是两情相悦，你不必脸红。"

霍灵均可恶的地方就在于用绅士的姿态做流氓的事情。顾栖迟半夜醒来后，给《霍灵均使用手册》添上了这样一条。

禁欲斯文的男人一旦狼性大发，后果不堪设想。身体有些酸软，顾栖迟往他身侧靠了靠，动作刚停下来，就听到霍灵均问："激动得睡不着？"

顾栖迟张张嘴，懒得反驳，干脆装睡。她的动作太过明显，霍灵均拢了拢扣在她腰侧的手臂，突然道歉："对不起。"

"晚了。"顾栖迟也没客气。

"想歪了，不是为了今晚。"他一下下轻拍她的背，声音很是清明，"我明知你一贯骄傲又口是心非，我转身离开，是我的错。我原谅你，我已经对你说过了。"

他的动作停了下来，声音却在继续："别装睡了，现在轮到你对我说，你也原谅我。"顾栖迟睁开眼睛，室内无光，只能看到霍灵均的大致轮廓。这个面容英俊的男人，此刻正固执地攥着她的手，似乎她不开口，他就会越攥越紧。

哪有人这样道歉？明明是威胁。顾栖迟不说话，霍灵均便一直等。寂静的室内，她贴在他胸前，连他心跳的频率都能清晰地感知。她调整呼吸的频率，与他同呼同吸，末了"嗯"了一声。

霍灵均依旧不放过她："重复我的话，很简单，就四个字，我原谅你。"

顾栖迟揉了揉眼睛，蹙眉："现在是凌晨，大哥，我要睡觉。"

她翻身，离开他的怀抱。霍灵均又伸手把她勾了回来，自嘲地笑："我上辈子是欠了你多少债？"

顾栖迟这下睁开眼，撑着疲惫的眼皮，突然报备起近期的工作动态："我刚刚接了部戏。商陆的《江山如画》。"

室内光线无比暗淡，霍灵均的任何表情她都无法捕捉。她说："听说商导找过你。"

霍灵均"嗯"了一声。

顾栖迟唇微张，觉得自己要说出的话特别艰难，好像唇齿都变得重如千钧，比骂人啐人难度高太多："我会接，是因为觉得你有机会是我的男主角。"

"够直白了吗？霍帅。您老现在可以行行好饶了我让我睡觉了吗？"

次日清晨顾栖迟醒来的时候，床畔已然没了霍灵均的身影，她睁开眼睛看了眼天花板，稍微和自己仍旧困顿的大脑抗争了一下，又再度闭上眼睛。

电影最后需要补拍几个空镜头，时间定在下午。心头大事放下大半，她整个人都觉得轻松多了。

昨夜霍灵均一点一点侵入她的秘境，没有激烈的冲撞，更没有难耐的呻吟，每一寸动作交缠都温柔缱绻。

此刻回想起昨夜的耳鬓厮磨，顾栖迟耳朵的温度渐渐升高。他们婚后夫妻生活不多，但无论是此前公式化的偶尔破戒，还是现在像刚恋爱时的试探纠缠，都显得无比契合。

欲，着实令人丧志。她遇到的这个男人演技好，某种技术活也不弱。

翻滚的画面一点点攻占顾栖迟的脑海，她翻了个身，还是从床上坐了起来。

刚起身，一旁的手机就嗡嗡震了两下。她多年的习惯是休息的时候不接电话，颜淡也就养成了发短信的习惯。

顾栖迟滑开锁屏，就见颜淡发来的一条短信：看霍帅微博，有大事发生。颜淡有时候用词夸张，经常像个围观八卦的小粉丝一样亢奋。

顾栖迟对她所说的大事没抱多大的期望。点开微博，客户端页面消息那里有数万条提醒。她无视掉消息提醒，先习惯性地看话题榜，排在第一位的，竟然是娱乐圈的一大喜讯。

"程冬青黎罗领证。"

程冬青和黎罗都是去年刚刚爆红的偶像演员，此前因为参演一部古偶相识，因戏生情。那部剧碰巧大爆，两人戏里戏外CP粉都不少。

此时宣布修成正果，自然引起轰动。

程冬青配图有戒指和结婚证的微博发出不过三小时，已经有六十万点赞。

话题榜里排在第二位的，竟然是"霍灵均抢婚"。顾栖迟手一顿，这才想起八卦杂志里见过的盘点，霍灵均似乎和程冬青有私交。

她和霍灵均没有婚礼，也不曾办过婚宴。除了亲人之外，连很多至交好友都不清楚两人的关系，对对方的朋友，更是完全陌生。

程冬青是港籍演员，内陆市场还没打开，近些年资源有限，所以她鲜少接触。

她点开那个话题，这才发现很多人转发了程冬青公布婚讯的微博，并且艾特了霍灵均。附加的语句无非两种，一种是希望霍灵均抢婚，另外一种则是问他好基友已婚，他待何时。

顾栖迟点进霍灵均微博，这才知道颜淡所说的大事指的是什么。

霍灵均翻牌了一个转发程冬青微博并问他何时有好消息的粉丝，而后附言：姑娘已有，勿惦。

顾栖迟嘴角一抽，手指不听使唤差点儿点赞。他这条微博的点赞人数，已经直逼程冬青公布婚讯那条微博。顾栖迟没忍住好奇心，翻起了下面的评论。

热门评论里的粉丝留言，都和段子手有的一拼。

"大家好，我的名字叫勿惦，我就是勿惦姑娘。"

"今夜我们一起失恋，哭条黄河出来，霍帅你这么善解人意会免费送纸吗？快递我点名只要顺丰，都别赞我，我承认，我其实就是一被男神已恋爱消息逼疯的少女，心痛到除了打广告想不起别的来。"

"程公子一条公开婚讯的微博引发了天台拥挤案，有谁要上天台记得走快些，慢了在你身后八百米跑第一的我可能会外加引起踩踏案。"

"都跟我一起唱，万人陶先生TV。没有一点点防备，也没有一丝顾虑……"

"防不胜防啊！只要你幸福，我都会捂着这颗玻璃心祝福。PS：真的不等我大学毕业了吗？"

…………

顾栖迟忍不住笑了起来，不知道霍灵均微博经常长草，为什么还能圈养出这样多可爱的粉丝来。

他这样几个字宣布结束单身，一定会引起媒体的诸多猜测，女主角是谁，他和女主角如何相识、相知、相爱。

顾栖迟笑得呼吸加重，停下来那刻抬头，却见霍灵均不知道何时倚靠在卧室门旁优雅地亮起两条长腿审视她。祸水当前，她承认自己肤浅，定力不足，当即别开眼。

霍灵均开口道："自己点了自己笑穴？接了古装戏的人技能就是多到与众不同。"顾栖迟笑意收敛，从床上跳下来，无视霍灵均的打趣，末了沉声说："新技能是吃人不吐骨头，想试试吗？"

霍灵均无所谓地摊手，表示随时接招，而后身体脱离墙壁的支撑，直立在卧室门口："睡醒了就出来吃饭，然后收拾一下你自己，过会儿有客人上门。"

顾栖迟去摸拖鞋的手蓦然顿住，很是奇怪："这是我家，为什么我不知道要来客人？"

霍灵均点头，笑得恣意："上楼摁错楼层去别人家门前输密码一直被提醒错误却没发现异常的事情你都干过，这点事儿不知道也很正常。"

顾栖迟的脸立马变色，漂亮的脸闪着不悦，霍灵均甚至怀疑她会把手里的东西当作武器扔过来。

可到最后她都没有反击，只问："男的女的，老的还是少的？"

霍灵均转身出卧室，带着笑意的声音随后飘过来："我的朋友，男的，你不用有压力，还做你的顾栖迟，不管你是何种样子，他都会爱屋及乌。"

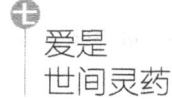

爱是世间灵药

变成霍太太之后，顾栖迟还是第一次见到霍灵均的朋友。

见到左丘的第一眼，顾栖迟本想要温柔一笑，最后却不知道怎么的，嘴角的笑显得寡淡而又凉薄。左丘神色一绷，顾栖迟就知道不好。

她演戏的时候从来入戏快且表情自然灵活，此刻却没法当作演戏，一呼一吸都有些艰难。那感觉如同她第一次拍亲热戏，上身半裸在众人眼前。

霍灵均的手搭扶在她的肩膀上，向左丘介绍："这是我太太，顾栖迟。"

顾栖迟又笑了笑，这一次略微自然些。

霍灵均紧接着又向顾栖迟介绍："我的好朋友，左丘。"

左丘这个名字一出，顾栖迟神色又重新僵硬起来，脑海里似乎有些东西炸开。她眼睛微眯对眼前这个人多了些探究和审视。

这两个字她并不陌生，虽然这张脸她此前从未见过。她不知道此刻该说些什么，该笑还是该冷淡相对。她不知道应该怎么努力才能对这个人生出一些好感，哪怕他是霍灵均的朋友。

这两个字曾经和霍之零联系在一起，她在霍家和顾家都有听过。

原来顾栖颂的情敌，是霍灵均的朋友。顾栖迟心里塌了一块，速度过于迅猛，完全是下意识地本能反应。

霍之零当年的悔婚，顾栖迟印象深刻。那纸婚约霍之零虽当作束缚排斥，去追求自由恋爱，但是于顾栖颂而言却是得来不易的成全。

霍之零的抗拒，结束了顾栖颂的梦想，但直到霍之零离世，顾栖颂鲜为人知的单恋依旧未完。

感情没有办法勉强。如果她是霍之零，真爱当前，她的选择会和霍之零一样。

霍之零和左丘，没有任何过错。道理虽如此，可她顾栖迟从来都是个护短的人，对外人历来残忍。尤其这一次，这个人侵犯的是她曾经相依为命的顾栖颂。

她"噢"地后退一步，因顾及霍灵均，又微停解释："我去厨房，你们先聊。"

面前的梳理台摆放着很多霍灵均早起买好摆盘的食材，顾栖迟拧开水龙头，水流带走了她情绪里的部分焦躁。

左丘一定知道她是谁，知道她是他手下败将的妹妹。

那么霍灵均呢？如果他知道顾栖颂对霍之零的感情，知道她知晓左丘的另一个身份，就该明白这一场她毫无准备的碰面会有多僵持，多让人觉得难堪。

阳光透过厨房的百叶窗打进来，被切割成一片一片，就像她此刻有些茫然的思绪。她做了很长时间寡情、不称职、别扭的顾栖迟。

刚刚决心真正地走到那个对她好的男人身边，对她历经失败的感情再努力最后一次。仅仅出现这样一个外人，她就要再度放弃转身吗？

顾栖迟深吸一口气，对自己说：相信霍灵均。默念三遍，她才挺起胸膛离开厨房又走了出去。

一进客厅，霍灵均不知去向，只剩左丘坐在沙发上。顾栖迟迟疑了一下，还是走到他身旁。呼吸间荡着一丝丝紧张的情绪。顾栖迟逼自己看向左丘，就听这个男人开口："阿均去二楼书房找照片，刚上去。"

他微微一笑，不知道为什么，顾栖迟总觉得他的笑里有很多内容。连尾音都带笑，虽然没什么温度："你知道我，不是作为阿均朋友的那个我。"

他没用问句，顾栖迟好不容易平静下来的呼吸再度紧促了起来。

她答："是。"

左丘摇头："我也知道你，顾栖颂的妹妹对吗？"

他忽而一笑，有些颓然："阿均一定不知道你知道我和之零的事情，否则不会有现在这场碰面。但凡能思考的人，都会知道一定难免尴尬，何况阿均从来不擅长让人为难。他还可能是想先让我们熟悉一下，再解释我和之零的关系会更容易一些，很可惜，单纯的只有他。"

左丘的眼睛像一潭泥淖，内容很多，让深入探究、审视的人，一无所获。

"之零死后我就离开了这座城市，我和阿均一直往来邮件，几个月之后，他给我的信件里就频繁地出现同一个女人。他的用词很简单，只说他的妻子如何如何，从来没提起过名字。"

左丘话落站起身："阿均一定更加不知道顾栖颂其实是真的喜欢之零，我们这样还真是尴尬，抱歉，告诉阿均，我有事先走。"

他刚迈出一步，就被身后的顾栖迟叫住："左先生。"

左丘回身，顾栖迟往前一步，慢慢地向他伸出手。他稍迟疑，顾栖迟又往前走了一步，神色郑重："尴尬被你说出来，似乎也没那么难消化了。"

她的神色比初见时柔和太多："他说你是他的好朋友。"

她的声音透着诚恳和坚定，似乎是辗转过许多思量才有的决定："坦白来说，身为顾栖颂的妹妹，我并不喜欢你，但是身为霍太太，我希望霍灵均的每一个朋友都能喜欢我。"

她晃了晃自己递在半空中的手："为了霍灵均。"

左丘一愣，似乎在疑惑外界传言的这个强势的女人竟会妥协。他找不到合适的词来形容这个认知，最终同样伸出手握了上去。

左丘这个人给顾栖迟的感觉很不好，不仅仅是因为顾栖颂，更多的还是他的行为举止看起来和霍灵均一样温和有礼，实际上连笑起来都没几分温度。侧面的眉峰像千山一样凌厉，脸色也像暮雪一样暗沉。将生人勿近写在了脸上。不像霍灵均，笑起来要么春暖花开，要么狡黠如星，一闪一闪的让人觉得温暖眩晕。

俗语说人以群分，看起来并不是真理。她的忍耐到底是有底线的。顾栖迟刚放下刀叉想要起身，左丘就摸起了衬衫口袋里的火柴，低声问："可以点支烟吗？"

他扫了一眼霍灵均，而后看向顾栖迟。顾栖迟点点头，即便她厌恶烟味带来的迷离感和呛人的味道："随意，只要点不着我的房子。"

左丘"哧啦"一声划开长柄火柴，蓝红相间的火焰跳跃出来，在他手掌一侧亮起来。

还是霍灵均起身将他刚点燃的烟掐灭:"既然有日常服用的药物,这些东西还是少碰。何况身为人类中的一员,污染空气也不是好习惯。再说呛死别人,虽然你没有主观故意,可到底也有悖道德。"

这话的逻辑性太过跳跃,左丘忍不住蹙眉。

霍灵均瞟他一眼,而后若无其事地看向顾栖迟,继续解释"我和左丘认识已经很多年,从我游学伦敦的时候开始。左丘的职业比较特别,是古董鉴定师。如果你以后拍涉及这方面的片子需要顾问,可以找他。"

古董鉴定师?顾栖迟扶着桌边点点头,难怪此人性格如此阴沉古怪,倒是和历史悠久的某些物件气质相同。

左丘离开之后,顾栖迟也已经收拾妥当准备出发。刚从卧室出来,又被霍灵均拖手带进去。

他的手并不规矩,顾栖迟也没客气挥掌拍开:"明天要采集日出的影像,今晚我多半不会回来。"

"我送你去?"霍灵均深深看她一眼,把她打开的门再度关上。

顾栖迟蹙眉,并不认同他的做法:"某些人刚在微博口无遮拦引发地震,现在不知道有多少双眼睛在全市搜捕你的蛛丝马迹。送我?被镁光灯闪死,死相应该挺难看的。我的计划是寿终正寝,不是死于非命。"

她的手再度去拉门把,霍灵均顺势握紧将她带回墙侧。

距离如此近,顾栖迟头微昂,就能看到霍灵均专注的眼睛,她绷紧呼吸:"看看就好,不准咬、不准摸。"

霍灵均身体一滞,又想笑:"肢体接触难道不是我的正当权益?我不记得最近有违法行为要接受处罚。"

"颜淡已经在下面等我。"顾栖迟低喃坚持。

"我知道。"嘴上这样说,但他却没有退让分毫。他低下头,清新的草木香再度劈头盖脸地将顾栖迟笼罩。

"让她等。"他丝毫没有松动。

顾栖迟抬腿去撞他的下身,却被他轻巧避开,她整个膝盖都被裹进他的掌心。顾栖迟的眼睛瞪得很圆,雾气蒸腾,显得更加水润。她在心里给霍灵均找了一千个恶劣的形容词,想咬他唇瓣结束这场突袭的时候,霍灵均骤然停了下来。被摆到案板上享用,顾栖迟末了却还是从霍灵均这个屠夫眼里发现了志不满意不得的神色。

她咬牙瞥他:"保存体力,不是还要抢婚吗?"

霍灵均手指蹭了蹭自己的唇:"你在监视我的微博?"

顾栖迟抿着被他侵犯而变得艳红的唇瓣,猛地拉开门:"是,小女每日闲来无事吃饱了撑的监视你的微博……"

她似乎又被自己恶心到,呛咳了一下,回首对霍灵均说:"我哥今晚回来,有时间的话,帮我招呼一下。"

霍灵均应了下来,很温顺,显得她有些气势凌人。

顾栖迟最看不得他这副无辜的模样:"算了,万一被拍到写成豪门同性爱人什么的,更加麻烦,还要为难公关团队。"

提起顾栖颂,霍灵均又想起另外需要自己解释说明的事情。

"夏至。"他再度唤她的乳名。

简短两个字,到他嘴里被赋予了太多婉转柔软的音调:"左丘只身一人,在这座城市没什么故人,他需要我这个朋友,我不能疏远他,而你是我生活的一部分,你不排斥他,我很乐意见到这样的结果。"

他似乎还在斟酌用词:"有件事,我需要告诉你,关于他这个人。"

顾栖迟站在他身前,留给霍灵均的是她消瘦的脊背,她此刻不想听跟左丘相关的任何事情,可她也没合适的理由去阻止霍灵均的坦诚相告。

霍灵均向她解释:"左丘除了是我的朋友之外,也是之零生前的男友,之零悔婚大哥,就是为了他。"

霍灵均的语调到最后有些小心谨慎。

顾栖迟没有任何反应,这让他摸不着头脑,且微微不安:"夏至,能跟我说点儿什么吗?我自作主张让你们碰面,生气了?"

顾栖迟没有回答，霍灵均的脸近在眼前，只有几厘米的距离。顾栖迟说："能问你个问题吗？"

霍灵均点头。

"很多人都以为那桩婚约，对我哥来说无所谓，他会乐意成全之零，婚约撕毁于他没有任何损失，同时也能换来婚姻自由，所以身为他的妹妹，我大概也挺乐见其成的。"

她忍不住不说，且从霍灵均眼底看到了惊讶和后知后觉，他果然一无所知。

顾栖迟不知道这算好消息还是不消息。他告诉自己，不能疏远这个没有亲友的朋友，她也是他生活的一部分。他都不能舍弃。

"顾栖颂喜欢之零。"顾栖迟重复一遍，"我哥喜欢之零，所以那有所谓，永失所爱的滋味并不好受。"

她知道她的话于他可能始料未及，可是她前所未有地想要坦诚："我不喜欢左丘这个人，我哥在他面前是失败者，我哥为此痛苦，我不想看到。即便站在正常人的角度来看，左丘根本没错。"

她越平静，威慑力越重。

"我虽然不喜欢他，但是这里上午忍了下来。"她指指自己的脑袋，"理由很简单，我没有道理和我老公的朋友撕破脸。"

顾栖迟看到霍灵均在听到那两个字时眼底的震动，倏尔一笑。

颜淡乍看到顾栖迟，一张脸满是八卦色彩。顾栖迟看得出她很努力地在遮掩，可显然结果是失败的。她见颜淡瞄了自己一眼又一眼，最后干脆利落地赏颜淡一个字："问。"

这么轻易地逮到机会，颜淡自然不客气："顾导，微博还是不和霍帅互粉吗？加关注之后绝对方便围观转发什么的，合作过不互粉说不定还会被人扒不合啊。"

顾栖迟深深回看她一眼，声音一如既往的淡漠："不粉，你可以继续粉，随便你开多少个小号继续粉你的男神。有出息别拿你好不容易攒出来将来娶老公的钱给他买僵尸粉，我就不会再建议你继续练字几百遍什么的了。

这招实在是撒手锏，颜淡可没想当书法家的打算。她哼哼唧唧，本想再添把火，可想想还是作罢，将话题转到正经事上来："青铜河峡谷今天水量很大，监制今早提醒大家注意安全。不过我们又不会下水，应该没什么问题，总不至于水漫上河岸把我们给冲跑。"

掌镜的主摄像师已经年过五十，安全问题自然是剧组要考虑的重中之重。此前有电影拍摄出海镜头，摄像溺水身亡，在业界曾引起轰动，无数人痛心疾首，同时质疑剧组的安保工作。

没有人想步其后尘。顾栖迟正思量，手机微微传来震动。

霍灵均的信息略显啰唆："小心别着凉，路上注意安全，早点回来，我介绍一个人给你认识。"

顾栖迟手指翻动几下，回复："三宫六院？今天让我认识左先生，明天还有右先生？"

霍灵均竟也没否认："后宫是有，不过佳丽三千，都姓顾。"

"贫。"

"你不就喜欢我贫吗？"

他自恋的水准真是以肉眼看不见的速度增长。顾栖迟在心底给霍灵均定性，没再回复。自从挑明后，她和霍灵均的关系一日千里，这种感觉，顾栖迟有些陌生，且并不适应。

青铜河峡谷在远离N市的小镇清源，入谷之前，要经过蜿蜒的环山公路。偶有碎石掉落路面，放眼遥望，湍急的河岸对面，露出一片片葱茏绿荫。

水流奔放，远岸青葱。是顾栖迟要的《念念不忘》中，青春逝去便永不可追的苍凉感。

急速滑过的水流撞击着河岸上的碎岩，水柱碎成四溅的水花。顾栖迟到达勘定的地点，湿漉漉的水汽迎面侵来，打在她的侧脸和手背上，有些凉。

这一处是青铜河峡谷里，水流最盛的地方。浪击石岸，过于酣畅，让人也觉得透心凉。

颜淡拿着开衫过来想要给顾栖迟披上,被顾栖迟挥手挡了回去。

《念念不忘》的结局,就将定格在这一片惊涛之中,女主隽人生几度起伏,爱过她的人和她爱过的人,散的散、死的死。

摄像春岛也是个精益求精的工作狂,几人沟通协商之后,捕捉到的镜头还是不能让摄像本人满意。

顾栖迟看到镜头里呼啸奔腾的河流,没说什么。

副导演眼见进度止步不前,忍不住在顾栖迟耳边吹风,语气夹杂着明显的不满:"顾导,劝劝大春吧,这么纠结下去,一样没进展,也许效果会越来越差呢,几秒钟闪过的东西,没必要这么吹毛求疵吧?"

顾栖迟扫他一眼,粗暴开口:"人睡觉最后都是一躺完事,可过程中有人追求床够大够软,还有人得看伴侣那里尺寸大小,你说哪种要求是错的?"

副导演没想到她张口就来荤话,被骇在当场。

顾栖迟眸光清澈凌厉:"你可以发表自己的意见,但别人的想法也不见得比你更为无理低贱。"

春岛还在往河岸深入,跟在他身旁的摄像助理着实有些着急。

顾栖迟刚起身,就见往下推仪器的春岛,突然身体倾斜,径直摔向身后湍急的河流里。场上众人脸上无不蔓延着惊呼、失措、恐惧、难以置信。

春岛身上外挂的安全绳,在他下滑的瞬间擦向岸边的礁石,绳索遭遇猛烈的摩擦,五股磨断三股。春岛不会游泳,安全绳已然无法承受直接上提的力道。河岸陡峭,全是岩石,河水最浅处也有数米深,没有缓冲地带,水流又如此湍急。形势很是严峻。

捆绑在安全绳上的摄像机被拽翻,悬在岸边陡峭的石壁上。

春岛悬在陡峭的岸下,下半身已经浸在奔腾而过的水流中。本就脆弱的绳索随着水流被带偏,角度严重倾斜。场面一时有些乱,顾栖迟却表现得比现场的男同仁更为镇定。

等她走至岸边,不过几秒,就已经将身上沉重的外套和脚上的裸靴脱掉,吩咐副导带人合力套锁钩住下滑的器械,而后拿起岸边的长绳,指着心有余悸的摄像助理说:"你过来,还有后面那个,合力把这个绳索套在后面的铁索上,从上面拉住,往下给我放绳子。"

河岸均是被炸断横劈开的岩石,不借助绳索没有着力点,无法下移。

顾栖迟下水的决心很坚定,副导演抹了把额头:"顾导,让其他人下去吧。"

顾栖迟随手绑起自己的长发,利落地拽起岸边的麻绳:"谁?"

她呵了一声:"你吗?"

紧接着又指了指身旁的摄像助理:"还是已经腿抖的他?"

"少废话!"她语气凌厉干脆,没有任何商量的余地,"等我上来再追究为什么应该配备的救生员不见人影。"

她的腿一米多长,脱掉外套之后,仅余贴身小脚裤和浅色衬衣,显得人更为修长。顾栖迟已然决定的事情,阻拦无用。颜淡站在岸边倒也没太担心,她知晓顾栖迟的能力,相信她做得到。

顾栖迟不像有些娇弱的女明星,真人秀上玩个游戏就体力不支,她自小在爷爷顾青峦的影响下,练试很多招式。颜淡刚做她助理那几年,还对她每年要停工一段时间周转世界各地尝试各类极限运动的习惯,感到震惊和新奇。

这些年她接拍的武打戏也不少,很多都是自己边学边拍,积累了越来越多的功底。

救生圈和绳索相套捆在她的腰侧,顾栖迟身姿矫健,下滑的速度很快。

摄像春岛的绳索被水流拖拽冲到更偏的位置,比她下水时预计的位置更偏,距离她超出了一臂的距离,无法触碰到。

她虽然急切,但也不冒进。点头让岸上另外两个身强力壮会游泳的人下水。

她把捆在安全绳上的救生圈解下来,拽着绳尾往春岛所在的位置微滑,湍急的水流几乎要将她和绳索冲散。

后援已经下来。顾栖迟咬牙放开绳索,快速挪到春岛身旁将救生圈套在他身上。这个季节的河水,冰冷刺骨,久浸其中人的体温迅速降低,四肢的灵活度也随之下降。

顾栖迟从春岛身后架起他的胳膊推他向前,方便刚下水的两人能更好地接应他。她的右手紧扣石岸岩石间的缝隙，坚硬的石峰划破她了的掌心，她没感觉到疼，却感觉到了掌心的黏湿。

春岛被其余两人接应到的那刻，顾栖迟才松了一口气，冷静的眸中泄露了一丝因情绪紧绷又骤然松懈带来的疲惫。

她活动自己有些僵硬的腿，攀去着岩石去拉那条送她下来的安全绳，碰到绳索的那一刻，却感觉到有东西从自己下身的口袋里滑了出去。

手机冲走了……该死。

竟然下水前没把它扔到岸上去。顾栖迟眸色一暗，自我吐槽：蠢爆了。

霍灵均打电话给 Albert 让他想办法推迟今天的行程。

从那次剧组群访有记者提到沈蔚，而他发现顾栖迟对沈蔚有所芥蒂后，他就想告诉顾栖迟这其中的关联。

思来想去，最好的方式，就是让顾栖迟见见他助养了多年的乔樾——沈蔚的儿子。这两年，他也很少见到乔樾。这个十一岁的男孩每周按时给他发邮件汇报生活学习情况。乔樾一直住在邻市的寄宿学校，寒暑假也都在训练营里度过，没什么闲暇时间。

霍灵均提出让他到 N 市来一趟的时候，乔樾还特别不乐意，以前鲜见他电话，近日却一连三通电话，由此推断霍灵均一定没安好心。

霍灵均有些哭笑不得，只好下狠手："那所学校你很喜欢？"

乔樾别别扭扭地不肯承认，留了几分余地："还行吧，将就吧，也就那样。"

霍灵均点头："既然将就，我给你办转学，让你今晚就能离开那里，再也不用回去。"

乔樾果然急了："霍灵均你老大不小了，就知道捏我这个年轻人的七寸，我去，我去，我立马滚去见你。"

助理北方替霍灵均去车站接小魔头，把他放在了霍灵均偶尔夜宿 N 市的老地方——他被顾栖迟嫌弃冰冷没有人气的住所。

等他驾车赶过去的时候，乔樾已经在客厅的吊床上睡得四仰八叉。

霍灵均点的外卖一会儿就送到了，他端到乔樾身侧让香味叫醒他，这小子果然咕噜着爬起来，直问："什么好吃的？"

好像前一秒睡死的是另一个人。

霍灵均猛然收回递到他身前的食盘："下床先去洗手，不然这些都是我的，每块肉都没你的份儿。"

乔樾不情愿："你对你亲生儿子也会这样泯灭人性、惨无人道、丧尽天良？"

霍灵均点头："不会，我的夫人会代劳一切，我只负责做个好爸爸，和蔼可亲、无比温良、善解人意。"

乔樾"嗤"了一声，一副懒得打击霍灵均的模样："你想太多，先娶了再说，年纪大了的人果然都一样不可理喻。"

霍灵均拍他脑袋："少废话，再唆一句，关你禁闭。好好吃，吃完明天带你见个美人。"

乔樾这下提起了兴致："有多美？"

"你能想象到的极致。"

"性格呢，打小孩吗？"

"不一定，看你表现。"

"我能拒绝见吗？"

"不能，你不仅要见，还要表现得绅士，还要很喜欢她才可以。"

乔樾脸一拉："我懂了，你这是让我帮你追美女。"

霍灵均任他天马行空的想象，只淡淡笑道："你这么理解也不全错，人呢，我已经据为己有，你能帮忙的，只是进一步稳固那个时长为一辈子的期限。"

他摸摸乔樾的头，被男孩嫌弃地躲开，又忍不住虚虚地掐乔樾肩膀两下："干得好，一辈子吃肉，加油樾樾，你要时刻记得我一直对你寄予厚望。"

霍灵均对周遭环境有些强迫症。他把乔樾折腾的乱糟糟的客厅归整完毕后，发现这小子已经摸进了他的书房。那双油腻的爪子，目的明确地摸向他的宝贝字帖，摊开其中一本，从里面掏出一个书签。

霍灵均走近两步，刚想提醒他不能用不干净的手碰书，却看到了那张书签上的汉字——沈蔚。

满满的诧异。他双眸微眯，是他惯常思考时才有的表情。他不曾放过这样的东西在字帖里面，他很确定。

既然乔樾能精准地将其翻出来，那么书签的主人显而易见。对乔樾来说，沈蔚这个名字是不可说的。霍灵均拍拍他的肩膀，退出了书房。

夜渐深，室内光线暗淡，窗外月色如洗。这样的时刻，霍灵均有些想念那个身在数十公里外的人。这样的思绪一拨动，就渐渐有些压不住，很快泛滥如潮涌。

霍灵均手指翻飞几下，几个字出现了在手机屏上，简单直妾的三个字：我想你。想了想他觉得这有些过于娘娘腔，不够 man，于是将那几个字删改了一下，换成：想我吗？

预见顾栖迟接到短信后会炸毛，霍灵均又将这一串字符删除，直接拨通了顾栖迟的电话。他饱含期待，没想到那端的回应比他想的那一串信息更为简单粗暴，更具杀伤力——您拨打的电话暂时无法接通。

这个结果不在霍灵均意料之中。他还没放下手机，清晨才见过的左丘，竟来电约见。

顾栖迟今夜不回，乔樾需要时间自己静一静，顾栖颂的航班也还有一个多小时才到港。霍灵均没有拒绝左丘的理由。他从车库取车，回了顾栖迟公寓下的那套房子。

自从顾栖迟向自己坦诚顾栖颂对霍之零的感情后，霍灵均现在一想起左丘，就隐隐有些不自在。

当年他支持霍之零悔婚追求幸福，全家只有他一个人站在之零那边，支持她选择左丘。这些年，即便后来和顾栖迟有了这样亲密的关系，他都不曾后悔当初的决定。

霍之零死后，霍岐山多多少少将之零离世的怨气放到他身上，总认为如果之零没有选择左丘，没有因此离家的话，也许就不会死。

很长时间以来，他也一直认为事件里的另一个当事人顾栖颂，不会从中受到任何伤害。顾栖颂对之零没有任何感情，不会介意放手。

可这一切，原来只是他以为。

太阳穴跳得有些欢快，霍灵均将车停在地下车库的时候，还没解锁下车，就见左丘修长的身躯倚靠在停车场圆柱旁，手里拎着什么东西。

他刚落下窗，左丘已经走过来坐在了副驾驶位上，将手中的水递给霍灵均一瓶。左丘举着手中的水瓶微晃："有些闷，我没法喝酒，你也不能，以水代酒陪陪我？"

霍灵均解开安全带，将水瓶拧开微微往前一摆，和左丘那瓶碰了一下，喝下一小口："水毕竟是水，情趣提不了。要不要去半山滑翔？这样解不了闷。"

左丘摇头："风太小，带上设备也飞不起来。"

他也碰了一下霍灵均的水瓶，两人喝下第二口："再说我几年没碰了，怕摔下去。"

霍灵均自然不会勉强他："没什么不可能的，不试过就否决，还是你的左氏作风吗？不然打一架，我奉陪，当沙包也无所谓。"

他忽而笑了下，眼皮有些困顿，觉得大脑不甚清明，像是酒醉昏前。

他敲了一下自己脑袋，可眼前的左丘还是渐渐出现叠影，连左丘随后的那句话，都在他耳畔鸣响，不再真切，像是他最后的幻觉。

"那个左丘死了。"

死了……

从水中上岸，风一过，顾栖迟便忍不住牙齿打战。英雄不好当。她刚出水就把自己包成狗熊。环视一圈，剧组的一众工作人员如木偶一样站在岸边，视线呆滞着。

顾栖迟怎么看都觉得他们像是一群只长了脑袋的低智商动物。她忍不住揿揿额角，这整个一露天动物园啊。

她的脸本就白皙，此刻因为寒冷显得更为苍白，乍看上去像是大病初愈。睫毛也不住地颤抖，像是受了惊的蝴蝶颤巍巍地扇动自己的羽翼。

顾栖迟唇微动很想吼一声挨个拍醒这堆木头人，末了想起来自己最近被霍灵均洗脑正打算做个实打实的"温柔的"人，于是忍住放弃了骂人，把那些即将冲口而出的字眼咬碎在口腔里。

摄像春岛被拖上岸，人有些脱力晕厥，毕竟年事已高，又受到这样的惊吓，直接被送往就近的医院检查。

剧组剩余的人员渐渐包围在顾栖迟身边，个个心惊胆战。顾栖迟长腿迈得很快，无视自己身侧站成两排的人，径直走向自己的保姆车。

颜淡即刻拿来薄毯包在她身上，紧跟在她身后："很冷吧顾导，有什么不适的感觉吗？我们也去医院吧？"

"冷我也得忍着。"顾栖迟走得飞快，"不然你担心过度当众哭出来怎么办？"

颜淡见她还有心情打趣自己便放下心来。车内有备用的衣物，顾栖迟一上车，颜淡就主动替她关好车门并且在车身外站岗，让顾栖迟在里面更换衣服。

等了半晌，顾栖迟才再度拉开车门。颜淡这才看到门把上沾染的血渍，发现她的掌心在刚刚下水的过程中被坚硬的碎岩割破了，伤口泡过水有些发白。

等颜淡向剧务找来创可贴、酒精等物件时，顾栖迟已经自己用矿泉水冲洗了伤口，并且扯破了车上备用的T血，粗暴直接地给自己系了个巨型蝴蝶结。

巨型就算了，扎眼度也就两颗星。关键是那蝴蝶结的长相……

颜淡忍了又忍，最后还是决定纠正一下顾栖迟近来变异的审美观："顾导，你不觉得那个……太晃眼了吗？"

顾栖迟瞪了一眼不断往这个方向瞄的副导演，声音低沉："哪个？"

颜淡低下头，顿了顿，觉得自己已经尽可能的含蓄："就那个看起来有些傻……的那个。"

没想到顾栖迟收回视线低头认真地看了眼她刚刚的杰作："创可贴给我。"

颜淡伸手递给她，速度快得好像盼这句话已经几辈子了，完全迫不及待。

顾栖迟接了过来，扯开自己系的那个蝴蝶结："这东西是和我威武的气质不搭，我粘创可贴，过会儿把那个系你头上。"

颜淡："……"

因为这个插曲，下午的采景很快结束，接下来就等清晨的朝阳出没。

若此刻将剧组拉回市内，凌晨再折返很劳民伤财，于是一行人就近在青铜河峡谷周围的旅店落脚。

顾栖迟的手机下午掉进了水里，此刻她在布置简陋的房间内静下来，心底没着没落，略微有些心慌。

顾栖颂今天傍晚就会抵达N市，她有近半年不曾见过他。

他从小就是个很有想法的人，霍之零过世之后，他就返回中欧的研究小组，继续他们的考古探索之旅。每去一次回来，四季就要轮过一遍。每个人伤口愈合的速度都是不一样的。

顾栖迟不知道顾栖颂需要多久才能走出那个名叫霍之零的伤疤，又或许那道伤口会绵延一辈子。

可能她真是冷血无情。当年郑森林背弃她，她清楚记得那时的消沉，好像还不到24个小时。

只是她也真的小气，睚眦必报。上次扇郑森林那巴掌，她想了很久。

机会来了，她自然不会放过。她唯一后悔的是，应该当着她的"好"父亲顾时献和有望成为她继母的郑森林的姐姐郑杉叶的面扇那一掌。

她用任性和彪悍武装了自己那么久，现在最不怕的，就是面对曾经的伤害。

秋末的N市夜里很凉。

顾栖颂刚从机场大厅出来的时候，下意识地紧了紧风衣的衣领，将此前解开的纽扣重新扣了回去。他早就将航班号告诉顾栖迟，可是下机后却没见到她的身影，也没见到霍灵均。

顾栖颂摇摇脑袋，拖着行李排队等待taxi。上车之后，拨给顾栖迟，竟然是无法接通。他又拨给霍灵均，也是无人应答。

这对夫妻……还真是一家人。

司机在前面问他目的地，顾栖颂一时之间还真是有些为难。

他在这座城市没有单独置房产。顾家那里，他和顾栖迟一样，已经很久不曾和顾时献联系过，更不可能贸然上门。

若回去看爷爷顾青峦,这个时间点实在有些突兀。母亲迟归年在疗养院,夜渐深也不是合适探视的时间。

在去酒店还是顾栖迟的公寓之间犹豫了数秒,顾栖颂还是决定先到顾栖迟的小区看一眼。

顾栖迟公寓所在的小区安保很是严格,外围鲜见人影。顾栖颂下车之后,没有户主的认可,无法进入。

他拨给此前能够打通的霍灵均,没想到这次竟然有人接听。

"阿均,我在夏至的小区门口,我联络不到她,帮我打给保安,放我进去。"

他话落,内里却迟迟没有应答的人声。等了五秒,顾栖颂怀疑自己看错,通话其实没有建立。

他将手机从耳侧拿下来,又看了眼屏幕,通话已然断了。

有些诧异,他耸耸肩带着微小的行李箱重新走进夜色,在路边慢慢挪移等待。

想起顾栖迟的笑容,黯淡的夜色也被他骤然亮起来的心情点亮。

他慢慢往前走,身后却突然扫射来强烈的灯光。

顾栖颂刚想往路边靠让道,刺耳的刹车声便窜入他的耳中,同时被身后猛烈袭来的力量骤然撞飞。

身体在车灯笼罩的范围内抛出数米,最终以不可挽回的姿态落在地上,发出沉闷的声响。

惊声过,而后是万籁俱寂。还是车祸……视线完全陷入死寂之前,想到这个结局,顾栖颂咳了几声,血沫呛出来的那刻,只想到了解脱,竟不觉得有多疼。

霍灵均在刺耳的刹车声里睁开眼。他清醒后,下意识地看向身旁的位置。

那里坐着眸底近乎血红、目光狰狞、紧抱方向盘的左丘。

霍灵均没有时间来思考他和左丘简短会面的这段时间内发生了什么。

此刻他只见身旁的左丘竟像疯了一样再度发动了车子。霍灵均转身看向车灯扫着的路面,瞥到了地上躺着的人,双手便强硬地抓住方向盘,用力左打,试图改变汽车行进的方向,可左丘毫不配合。

霍灵均额头青筋暴起,质问神智全失的左丘:"你疯了!"

左丘全部力量积聚在双手,霍灵均拼尽全力也只掰动了一点,车轮差一点就要再度碾上地上的人。霍灵均的手心沁出冷汗,额上爆出的青筋更加明显:"左丘,你知不知道你现在在做什么!"

车速很快,两人抢夺之间,车以猛烈的速度撞向路边沿石。"砰砰"的声响过后,车头撞上了路边粗壮的古树,这才停下来。

安全气囊弹出来抵消了大半冲击,霍灵均忍过一阵目眩从车上爬滚下来第一时间去看那个倒在路边的人。

他感觉体内有无数气血在上涌,看清那人面容那刻,眼前一黑,几乎跪下去。

是他许久不曾见过的顾栖颂,顾栖迟要他接待的顾栖颂。他脑后的一摊血在霍灵均瞳孔放大,漫成无边无际的红。怎么会——

顾栖迟离开之前告诉他,让他替她招呼好顾栖颂。她的托付,他应下了,可也食言了。霍灵均伸出的手此刻不停地抖动,竟不敢去碰眼前躺在地上的人,哪怕一下。顾栖迟通过颜淡获知消息抵达医院的时候,已经是下半夜。

惨淡的月光追了她一路,从市郊追到日日上演悲欢离合的医院。

下午被石块划破的掌心此刻疼得厉害,一下一下地通过她的手臂直抵她冰凉的心脏。入水时她仅觉得冰冷的下肢,此刻从小腹开始,隐隐抽痛。

这些年她将自己武装的很好,这一生让她觉得慌张的时刻少之又少,可此刻,一万个慌张,都缓解不了她脑海里翻滚的那些可怕的画面。

刚上一级台阶,她就被绊倒在地,稳了稳心神,她又站起来继续往前走。

眼睛里是望不到边的震痛。

碰上市内发生重大连环车祸,院内 AB 型血血库告急。

顾栖颂失血过多。霍灵均被抽走 400cc 之后,四肢百骸漫过的寒意更盛。

他闭上眼睛,缓了缓因晕眩带来的不适,视线瞥到左丘,眼眶已经与他一样猩红。他目光灼灼地盯着眼前这个不久前他以水代酒要作陪的男人。他此前还在替他担心,想方设法开解他。

此刻站在这条阴冷的走廊里,霍灵均目光紧锁左丘,想从左丘的眼睛里找到一丝不忍,或是从他的表情里发现哪怕一丝的松动。

霍灵均看得那样仔细，审视得那般认真，似要在他身上凿出无数的洞。重似千斤重的脚步每移动分毫，都撕扯着他的认知，撕扯到鲜血淋漓。

他看了又看，可没有。左丘的眼睛里都是漠然和麻木。

霍灵均的拳头猛地砸向左丘身侧的墙壁，猛烈地撞击耗尽他最后一丝气力。

他咬住自己的唇齿，一字一顿，狠狠地质问："我听你说，我给你最后一次机会。"

左丘的沉默，仿似浸透着无穷的力量尽数砸向霍灵均已经血气翻涌的胸口。

他看到了左丘冷漠的眼睛里悲怆可笑的自己。转身的一刹那，他心上的温度尽数流走。霍灵均走了几步，砸出血的拳头，猛地被人从一侧拽住。他缓慢地抬起头，觉得脚步已经被死死地钉在地上，再也移动不了分毫。他看着出现在他面前的风尘仆仆的女人。

顾栖迟眼底的湿润映在他的心上，她小心翼翼地问他："大哥呢？"

霍灵均忍不住闭了闭眼睛，再睁开，声音比方才不知嘶哑了多少："还在抢救。"

顾栖迟的声音一样失了温度，握着他的手略微抖动："肇事车……和肇事者呢？"

霍灵均的手攥得死死的，呼吸瞬间更被剥夺。

手术室外的这方天地异常安静，他能够听到自己心底碎裂、垮塌的声音："车是我的……肇事车，是……我的。"

他重复了一遍，不知怕谁听不清楚，说出最后两个字时，声音低到连他自己都觉得难以置信。

顾栖迟握着他的手瞬间松了下来。她好像无法消化他的话，头微摇，唇甚至勾出讥诮的弧度："你在说什么，你什么意思，我听不明白，肇事者呢？"

霍灵均忍住将视线调转看向左丘的冲动。用尽此生最漫长的三秒，专注地看向顾栖迟依旧生动却似蒙了寒霜的眉眼。

他没有办法出声，心中流淌着无尽的酸涩。无论怎样，都是死路。

当左丘开口说的几个字钻入霍灵均耳中时，从心中炸开的惊痛，几乎让他再也站不住。

"是阿均开的。"那个云淡风轻的声音,在他耳边重复,"司机是阿均。"

左丘话落,顾栖迟下颚紧绷。视线瞬间调转,密无缝隙地全部投注到左丘脸上。她眉眼锐利,眸色深沉。目光里皆是冷厉和不善。霍灵均试图去碰她滑下来的手臂,电光火石间,只听见"啪"的一声,顾栖迟一巴掌狠狠扇在了左丘脸上。

这一掌来得干脆又突然,力道强劲毫不留情。霍灵均和左丘,均怔愣当场。

医院廊道黯淡的光线下,她的脸迎着昏黄的光凛然而冷峭,没有人看得清她眼底流转的情绪是什么。她回看霍灵均,眼前的男人面色苍白,眉头不知因为隐忍什么紧蹙在一起。

他颀长的身形似乎都被压垮,无法直立,略显佝偻。

顾栖迟的声音和她的脸一样冰冷:"告诉我,到底是怎么回事?"

她只等他开口,只听他说。

"呵——"左丘却不想沉默,他站在一旁,捂着自己被打得火辣辣的半边脸。

可他的话还未出口,又被顾栖迟甩过来的第二掌打了回去。

左丘的喘息骤然加重。他抬手要捏紧顾栖迟的手腕,却被霍灵均抬臂猛地挡了回去。

顾栖迟冷眼看着左丘,像看一堆已不成形的废弃品:"我为什么打你?你真想死得明白,我告诉你。第一巴掌,打的是你无情地伤害拿你当兄弟的人,你眼瞎看不到他的煎熬?你就这样告诉他的妻子,是他撞了她的哥哥?"她精致的脸,凉薄而残忍,"最后那一巴掌,是让你滚。滚——"

左丘脸一沉,扶着墙往远处走。他乍一离开,霍灵均猛地将顾栖迟拽进怀里。

他将她的头按在他的肩上,两人相拥,咫尺相依。

好像这样一抱,就能将最坚硬的盔甲穿在身上,再也不怕外面袭来的冷箭。

这个拥抱那样紧,紧得顾栖迟出声都很艰难。霍灵均的怀抱不比她的温热,甚至更为冰凉,可是却有暖流从她心底不断上涌。

一门之隔的手术室里,是她尚不明生死的哥哥,一山之隔的疗养院里有她日渐衰弱的母亲。

她的心跳得激烈，可却是悲怆的。不知道抱了几分钟，霍灵均才放开她。他的手指在她唇畔轻微磨蹭一下又放了下来，语调凄哀："不是我。"

顾栖迟仍是一脸平静，听到他的澄清，唇角明显放松下来。

霍灵均的吻清浅地印在她的额上，挤出一个安慰的笑："给我一点时间，我处理。"

他将外套脱下来，披在顾栖迟身上。看着她身后此时才赶到的颜淡，最后握了握她的手，打横抱起将她放在一旁的排椅上："在这里等大哥出来，然后我们一起回家。"

被人推抵到墙角的时候，左丘刚走出楼梯间。

霍灵均扼住他的脖颈，他抬起头眯了眯眼，却忍不住笑了出来。

他预备好承受霍灵均袭来的拳脚，可是霍灵均没有。眼前的男人像头暴怒的狮子，在看到猎物的时候隐忍着等待爆发。

身后的瓷砖冰凉无温，霍灵均的声音一样森凉彻骨："以水代酒？呵……你会不知道我沾酒就倒？你暗算我！"

左丘承认："是。"

"我醒来身在副驾驶位，不要告诉我你挪动我的位置，是为了方便开车。"

左丘依然干脆，没再隐瞒："当然不是。"

"别扯淡，告诉我小区外面撞上顾大哥是意外！"

"不是。"

"你想二次碾压上去的时候还记得自己是人吗？"

左丘的脸色随着他手臂下压的力道渐渐涨红，可他的声音依然没有丝毫起伏："你说的这些，都是真相。"

霍灵均扼在他脖颈上的手放了下来，心跳猛烈地撞击着胸膛，眼前能看清的视野，越来越窄："为什么？"

左丘看向他："很简单，我回来，是因为顾栖颂要回来，拖你下水，是想让顾家人更不愉快。正如你想的那样，这不是车祸，是谋杀。"

这两个字回荡在霍灵均耳畔，他看到左丘似是陷入了沉思："原因很简单——"

他带着偏执的目光在他和霍灵均之间划下更深的沟壑："恐怕你知道，也不好向霍太太解释。"

左丘的讥笑和仅他一个人知晓的秘密一起冲口而出："你们都不知道，没有人知道，之零死前，已经和我分手。她对我很失望……你说奇不奇怪，她此前和我爱了几年，怎么隔了几天就突然不爱了呢？"

他的唇慢慢勾起了一个弧度，阴冷恐怖："她遭遇事故那天，是要去见顾栖颂，我开车一路尾随她。"

霍灵均的头隐隐作痛，左丘残忍的笑在他眼前放大。

"那些车撞在一起的声音，很响，那些撞击声也拉得很长。"左丘的话还在继续，似乎要将他们之间从年少时建立起的情谊全部付之一炬，"我跑过去，想从车里拖她出来。我想救她，可她不要我碰。"

他的语调凄厉苍凉："她爬到副驾驶座，去摸自己的手机。呵……活该顾栖颂接不到那个电话。那个时候，她那么急，好像知道就要来不及，那通没有人接的电话过后，她满手是血地去拼短信，可惜……只写了我爱……没完成最后那个你。"

霍灵均僵立在他身前，左丘从回忆里清醒过来问："怎么样，听说了这些之后，你觉得疼吗？我疼了好几年，我希望有人和我一样疼！纪伯母不是想尽办法找之零的遗物，找她的手机吗？在我这里。"

"我每次想她，就打给她。打给她还不管用，就嚼那些药片，怎么办？阿均，你撮合之零和我，可她爱的是顾栖颂。"他的最后一句话，和一旁医院工作人员放置手推车上的玻璃药瓶落地碎裂的声音叠在一起，"顾栖颂那么喜欢她，去陪她是天经地义。"

玻璃瓶碎裂在他们身侧，留下破碎的瓶砾。可此刻碎裂的，远不止一个瓶子。

霍灵均目光一顿，话里带着难掩的沉痛："左丘。"

"十年前，我认识你。我没想过十年后的今天，我的朋友，会扭曲到这种我完全无法想象的地步。"

霍灵均退后一步，心头千头万绪都像要失控一般："你活着是为了什么？一段失败的感情过后，就活腻了？"

他脸上的神色意味分明，是痛、是悔、是难以接受："爱情是什么？左丘，让人要生要死的，不是爱情。感情不到这种地步，不再是你上路的行囊，而是你的累赘，是你应该对自己好一点、学会放弃的东西。"

"对不起。"霍灵均的目光荒凉无垠，"这句话不是对你说，是对以前的左丘说，我身为他的朋友，却在他最需要我的时候，对他的困境一无所知。"

眼前的鸿沟已经裂得无比明显，左丘一蹙眉的工夫，刚刚退开的霍灵均，又再度欺身靠近。两人冰冷的视线相撞。这一次，霍灵均的声音更冷了，是能彻底冰封四周的凉。他的目光深锁摔裂在地的玻璃瓶，一字一字从喉咙里挤出来："我想捡起来，让你吞下所有的碎片，把每一个残渣都吞下去，丁点儿不留。"

他看见左丘目光中瞬间划过的惊骇，苦笑一声："我想看一看，现在的你身体里装的那颗心，和这堆碎玻璃相比，谁更硬。"

霍灵均刚离开，顾栖迟的视线之内，就出现了一些她极度非斥的人。

有多日不曾见过的郑森林，还有她父亲圈养多年的情人郑杉叶。

颜淡站在顾栖迟身侧如临大敌，看着那两个向她们走近的人。隔着还有近十步远，顾栖迟的声音就冷冷地扔过去："别过来！"

"阿迟，你——"郑杉叶有些恼火，声音情不自禁地拔高，脚步生生停顿下来。

郑森林进一步靠近，无视顾栖迟的威胁："你爸爸在外地，爷爷还不知道，我们是替他来看看情况。"

他甚至得寸进尺，劝顾栖迟："阿迟，我姐没有别的意思，她只是担心你哥哥。如果不是你爸的朋友在这家医院，我们也不会得到消息，那毕竟是他的儿子。"

这话可笑到顾栖迟懒于反驳。

郑森林的意思是，她此刻的做法很无理，很不懂事？她拢了拢霍灵均走时披在她肩头的外套，上面还带着霍灵均惯有的草木香。

她用稀松平常的语气问："颜淡，我长着一张精神病患者的脸吗？"

颜淡不明所以，猛地摇头。顾栖迟冷笑："既然没有，那么郑先生怎么觉得我是一个对伤害过自己的人还能和颜悦色的精神病患者呢？"

她话落，便不再理会身后两人。颜淡在旁边替顾栖迟赶他们离开。

郑杉叶气得全身发抖，她会出现完全是因为她在乎顾时献的看法，想在他面前加分。在顾栖迟这里碰了钉子，她自然不会久待。很快手术室外又只剩下顾栖迟和颜淡。

霍灵均回来的时候，手术还在进行中。他什么都没有说，静静地站到顾栖迟身侧。颜淡识趣地站在离他们数步远的地方，偶尔看看这边。

"去做什么了？"顾栖迟语气平静地问。

霍灵均动了动有些麻木的手："我能……一定要回答吗？"

顾栖迟回："也不是。"

霍灵均唇动了动。

顾栖迟微垂首，不知道了悟了什么："你不想说，我不会逼你，在我哥身上发生了什么，谁在伤害他，我一定要知道，无论谁，无论等多久。你不说，如果我认为左丘说的是对的，改变立场决定不再信任你，要是发生这样的变化，你要怎么办？"

她说的是霍灵均最不想看到的那种情况。可这一夜发生的变故，颠覆了霍灵均多年的认知。他着实无法组织语言，无法用简单的词汇在此刻，在这条等待顾栖颂生死消息的廊道里，对顾栖迟——说明。

他担心她无法承受，更担心她因此受创。霍灵均的唇又动了动："我并非全无责任。"

顾栖迟点头，甚至轻笑了声："最近找你的本子，给你的角色都是些畏首畏尾的圣父？我最近似乎也没有接洽过这种角色，那种别人什么都不说，我自己脑补下就能万事猜得出来的神棍啊？"

霍灵均："……"

顾栖迟不再靠在墙面上,她直起身子,霍灵均搭在她肩头的外套随着她的动作掉落下来。她往前走了两步,霍灵均伸手拉她的胳膊,她往反方向迈了一步,避开。

颜淡眼皮抖了几抖,轻声在她耳畔用只有她一个人听到的声音问:"顾导,霍帅……你真要这么扔下他走吗?"

顾栖迟右眼微眨,唇形微动。颜淡仔细看了看,然后才反应过来,顾栖迟说的是:"真走,顺便教育他。"

她准备往前走,颜淡看向她身后的目光却带着惊慌陡然突变。

顾栖迟迅速回身,视线定格的刹那就看到刚刚直立在她眼前的人,一张脸霎时雪白,想要寻找一旁墙壁的支撑,却还是差了半步,直直软倒在地。

她大步迈过去,不敢轻易再动。霍灵均咳了下,露出的微笑无力绵软,声音轻飘飘的需要仔细听才能听得分明:"我没事。"

霍灵均试图宽她的心,可他的眼睛在顾栖迟眼前慢慢阖上,留下最后一句低弱到几乎听不清的话:"故意……是故意摔倒让你心疼。"

躺在病床上的男人一直紧闭双眼。霍灵均已经睡了七个小时,却仍然没有转醒的迹象。

顾栖迟提起的那口气怎么都松不下来,纵然她已经从医生那里拿到最好的结果——并无大碍。

怕吗?说不清楚到底是什么滋味。眼前除了这一张脸之外,剩下的都是空茫。她看过去,四周的一切都入不了眼。

从青铜河峡谷酒店那里得知顾栖颂车祸的消息,她有些怕了。

如今只有这一个哥哥,能给她亲情的告慰。她怕失去,怕来不及告别。

所以她在来的路上有些恍惚,脑海里不停地思索各种可能的结果。她并不悲观,但第一个想到的,却是最悲伤的结局。

颜淡一路不停地说话,可顾栖迟完全不记得颜淡说了什么。

近些年,她强势惯了,胸膛挺得久了,似乎都忘了怎么松懈下来。

微有松动,似乎就要迎接另一个自己,那个连自己都不喜欢的顾栖迟。即便眼眶发湿，她都很难流下泪来。她宁愿别人说顾栖迟冷血，也不想别人说顾栖迟可怜。她怕失去顾栖颂，也怕失去霍灵均。

可能是太容易习惯一个人，一直以来霍灵均就像一棵亭亭如盖的乔木，岿然不动地立在她身畔。她从没见过霍灵均这么听话的模样，安静地躺着，不声不响，连呼吸都轻不可闻。

即便此刻她说狠话，霍灵均也不会蹙眉回应她，更不会笑着调戏她，几句话就堵得她哑口无言，也不会偶尔一次进攻，就让她落荒而逃。

顾栖迟伸手摸向霍灵均的侧脸，指尖一点点触碰霍灵均细长的眉、高挺的鼻梁和薄削的唇。为了演好《念念不忘》里的角色，他从进组开始就极速变瘦，瘦下来的霍灵均和她记忆里初见的那个霍灵均，越发不像了。

顾栖迟不是一个喜欢回忆的人，可此刻窗外朦胧的月色，窗内静谧的光景，都在引诱她回想过去。

顾青峦和霍老爷子都是从朝战过来的人。当时年轻，肝胆相照过，即使垂暮依旧彼此惦念。霍顾两家结成姻亲是两人的期望，霍之零和顾栖颂婚约的夭折，对他们多少是个打击。

顾青峦当时正倾力开发城郊的"未眠城"项目，顾氏独自吞下那个地盘有些吃力。顾栖迟并非读不懂每次见面顾青峦提起霍家时流露出的意思。但她当时在努力让迟归年跳出和顾时献的婚姻坟墓。

顾家的家事，没有顾青峦点头，都难成气候。就像顾时献和郑杉叶的关系，没有顾青峦的认可，永远只能在背地里见不得光。

后来，她一直信任的恋人郑森林和郑杉叶姐弟关系曝光，迟归年继续被束缚在顾时献身边，且病情不断加重，这些都在逐渐改变她对联姻的看法。

确立婚约前，顾栖迟一共见过霍灵均本人三次。第一次是在顾青峦居住的顾家旧宅楼梯上。霍灵均下行，她上行。对彼此的脸都不陌生，有些活动也曾同场出席，可他们从未这般近距离打量过彼此，尤其是他居高临下，而她需要仰望。

霍灵均好像也不认生，摊摊手告诉她："我下来替爷爷拿定制的火柴。"

他还特别强调:"是顾爷爷,要的。"

顾栖迟眯着眼看他,虽不曾有过交往,但她总觉得来者不善:"我好像没问霍先生要做什么。"

言外之意,她也根本不曾关心。

可霍灵均自己先笑了,笑容由内而外很是璀璨:"顾小姐现在看我的眼神,像看一个非法入境的强盗,我觉得有为自身安全考虑的必要,主动解释,免除后患。"

他话毕,继续往下走,顾栖迟守在原地,距离一点点被拉近,即将擦身而过的一刻,霍灵均又停了下来,仍是一副温和的模样:"你不用这般防备,我没有恶意。我甚至现在才想起来,上次和顾小姐一起出席过的慈善 party,顾小姐那晚大概、好像、可能、似乎在表演环节里唱歌跑调了。"

顾栖迟甩甩头,第一回合,她就莫名其妙的败了。以前她一直以为自己睚眦必报,现在看来霍灵均也是这样的一个人,从前就是,只是她忘了。

她吓唬他两句,他就在她眼前晕倒加倍吓回来。霍灵均这人真心不记仇,有仇当时就报。

她把霍灵均的手托在自己手心,够凉,也够软。不知道要过多久,他才会给她回应。

闻讯赶来的 Albert 站在病房外,颜淡站在他身侧。她用了各种形容词形容霍灵均倒地时的惊险景象,末了加一句:"各种事情撞在一起,我们顾导会很辛苦。"

Albert 觉得颜淡跟着顾栖迟,也算是自己人,也就没谦虚客气:"我霍醒过来,顾导才比较辛苦吧?"

Albert 在颜淡面前打了个手势,一圈,一叉。

颜淡:"……"

颜淡反应过来,表情有些扭曲:"我刚成年了六年,麻烦您清新一点。"

Albert 摇头,笑了声。气氛沉重,他只是想说个笑话缓解一下:"你的师父是顾导的经纪人舒盟？"

颜淡点头。

Albert很是遗憾："舒盟一向眼光毒辣，挑出来的艺人没有不红的，但是我觉得她挑徒弟的眼光似乎有待商榷，因为颜小姐的气质，更像一个……万年助理。"

颜淡："……"

她默念了几句自己脾气好、脾气好、脾气好……

颜淡再看向病房的时候，就见顾栖迟突然站起身跨离了病床一步，骤然变成了高冷的女金刚。

霍灵均睁开眼缓了半晌，始终没见顾栖迟开口。

陷入昏迷前，他看到的是顾栖迟离开的背影，他以为醒来她会不在身边，可现在她就站在病床前，他觉得很欣慰。

他招招手，声音喑哑得厉害："离太远，能靠近点儿吗？"

顾栖迟没动。霍灵均："那好，听你的，远就远了。"

顾栖迟继续抱臂瞪他。霍灵均抬起的那支手臂，"啪"的一声跌落床畔，他似乎想起身，另一只手微晃，输液线随之荡来荡去。扎眼得厉害，刺眼得心烦。

"你再乱动一下试试！"眼前的女人从声音到面容无一不冷酷，霍灵均本身就没什么气力，听到这句话再度小心平躺了回去。

从睁眼开始，他的视线紧放在顾栖迟身上，总觉得下一秒，她会摔门而去。

她如果走，他此刻一定追不上。

"哥怎么样了？"霍灵均仔细观察顾栖迟的神色。不说话就是好消息，霍灵均放下心来。

"我的苦肉计这是失败了？"他微微一笑，又咳了起来，牵扯着整个胸腔生涩的疼，"你真的不靠近一点吗？"

顾栖迟一点儿也没犹豫："我是喜欢你、关心你、爱你还是在乎你？你这脸白得像鬼，人瘦得像鬼，说不定下一秒真的就变成鬼，我一正常人见到这样的人还往上靠，我长得就那么弱智？"

她话落就粗鲁地摸上了他的侧脸，依旧冰凉，没有温度。然后她拿起一旁干洁的软巾，擦掉他额上密布的虚汗。

她的手刚要离开，就被霍灵均捉住了。顾栖迟挣了一下，略微松了一点。

霍灵均唇微抿，唇畔微微翘起的弧度带些纵容的意味："是我的错，我应该走到你看不见的地方再倒下去，那个画面可能是有些吓人，以后不会……"

顾栖迟打断他，依旧冷冰冰的："躲起来自己舔伤就大丈夫？"

霍灵均闻言又咳了起来，但带着笑，笑声夹杂在咳嗽声里，止也止不住，最后伏在床畔干呕起来。

顾栖迟眉心一蹙，温热的手心搭在他的后背上，一下一下抚慰着。

霍灵均缓过来看顾栖迟，看着她突然微红的眼圈，脸上满是惊讶，他张了张嘴，似乎说什么都不对。

相识这些年，他从未面对过这样的情况。失措、心动、失语、幸福。哄？会被揍。劝？会被呛。安慰？会被讽。

顾栖迟根本不需要外力的安抚，她脸色一沉，指指自己的眼睛："别想歪，这是'气急攻眼'。也别发挥你的想象力，如果你继续像看个流浪猫似的看着我，我可能会整一屋子猫来咬死你。"

顾栖迟努力让自己冷静下来，四周雪白的墙壁，单调的色彩和装饰，渐渐让她的心绪安宁下来。她差点儿因为自己适才的夸张举动而咬掉自己的舌头。

顾栖迟视线慢慢移向霍灵均，静立了数秒后，全身的血液似乎都叫嚣着涌上身体某处，鼓动她靠向某具身体。

本能是个可怕的对手。

顾栖迟眯着眼看霍灵均憔悴的毫无抵抗力的模样，所到之处是他精致眉眼间盛放的淡然和安宁，以及他唇畔的浅笑。

顾栖迟的脸色并非无波无澜，反而随着身体的感知越发深沉起来。这种感觉太过陌生……她甚至觉得有些羞耻。

她的掌心似乎还留有霍灵均的体温，她的后背也还记得他指尖流连时的温热。顾栖颂还躺在ICU里没有脱离危险，而她此刻站在这里看着霍灵均，有太多的不应该，有太多的不合理。

顾栖迟不仅额角抽动，连嘴角也开始僵硬起来。她给自己找了个合适的形容词——色。末了又想起另一个词——残暴。最后又觉得还是神经病最为合适。

顾栖迟摁了摁自己的额头，无可奈何地靠向病床，模样重新变回冷静自持："别再笑了。"

她的目光和霍灵均在半空短暂交会。一道柔和，一道凛冽。

"我现在脸上就算写着'笑话'两个字，也不许你笑。"她咬咬牙，一副无所谓的姿态，"你现在笑的样子并不美观，甚至有点可怕，你自己看不到大概不知道。"

他笑得她一颗冰封的心以无法测量的速度往下坠。这种感觉一点也不比霍灵均倒在她眼前，亦或看到ICU里顾栖颂毫无知觉的模样，带给她的冲击小。

顾栖迟下巴微抬，发号施令："躺下，四肢别再乱动，你只要脑袋还能转，还能反应过来我说的话就可以了。"

她的眼里充满血丝，显示了一夜未睡，但有些事情还是要现在说明："在你昏睡的这几个小时里，你的私人律师程玺砚给你打过一通电话。"

"程玺砚"这三个字一出，霍灵均脸上的表情骤变。

顾栖迟看得到霍灵均的些微抗拒和讶意。

惊讶是应该的，顾栖迟眼眸微敛，她也一样惊讶，可她开口时已经将千回百转的思绪隐藏好："抱歉那通电话未经你同意，我接了。"

霍灵均手背上那根输液线又轻微晃动了两下，顾栖迟见他这次小心地撑起上半身，没有阻拦。

她继续："世界上没有能藏得住的秘密，我不知道该说你大义灭友好，还是说你讲义气更合适一点。"

顾栖迟微抬头看向输液袋里剩余的药液，眼里闪过一丝阴霾，再回身，霍灵均已经撕扯掉扎在他手背上的针头，撑着床畔站了起来。

相隔不足半臂，顾栖迟清楚看到霍灵均蹙起的眉。他双眸黑沉，透着坚定：

"这件事我有责任。"

顾栖迟点了点头:"这句话,你之前已经说过,补充点儿别的?"

他抬起手臂,但是半途又放了下去。他垂眸的样子显得整个人越发清俊"昨晚我和左……我和他一起离开的医院,我送他到警局门口,Albert带他进去。"

顾栖迟没有任何反应,霍灵均也就一直僵在床边。

好像是一场无声的拉锯战,顾栖迟明明没说什么,他却感觉到好似有千军万马奔腾而来,压得他喘不过气,额头又冒出些许虚汗,白色的墙衬得霍灵均脸色更加黯淡苍白,他有些不确定:"已经从程玺砚那里听说事故的缘由了吗?"

顾栖迟还没答,霍灵均已经在这番对视中略感乏力,伸手扶着一侧墙壁,手背上因为针头被拔掉又用了些力,渗出了血珠。

他的声音夹杂着忐忑,唇角微勾:"霍太太,你这样不说话,我会紧张。"

顾栖迟这才淡淡开口,刻意惊讶道:"会紧张?在我面前和Albert眉来眼去的时候没见你紧张,刚结婚不太熟就睡我的时候也没有见你紧张。"

她没有追问,看来程玺砚已经对她言无不尽了。

霍灵均松了口气,程律师倒是无意间替他解决了一个难题。

顾栖迟的语调不见起伏,既像是玩笑,又像是正经话。

她已经知道了,却还在他身旁。他不是不感激。

霍灵均心安定下来,打趣她:"那个时候我自我感觉良好,怎么会紧张。"

意识到他只是回应了自己后半句提到的"床上不紧张",顾栖迟甩手扔给霍灵均两个字:"下流。"

见她似乎想转身撤退,霍灵均忍着四肢千斤重的疲态,脚步微挪扯住她的手:"知道我为什么逞强站在这儿吗?"

他的音色低低沉沉的,每个字都踩在顾栖迟的心弦上:"我本想去锁病房门,打算全部向你坦诚,可我又担心你听到昨晚的事情,会转身就走。"

他转而自嘲:"我现在这副德行……估计没办法追得上。锁门是我能想到的最高效的办法。可惜一下床和你说了几句话,就把我给说忘了。"

"我知道大哥对你而言意味着什么,我没有办法无耻地、理所当然地要求你理解我的做法。无论左丘是否愿意，他都要为自己做过的错事承担责任，法律自有一把度量尺，但让程玺砚做他的律师，是我的决定。"他又往前挪了一步，手臂环在顾栖迟纤细的腰肢上，"事情发展到这一步，左丘已经没办法换取别人的同情。他变成个渣滓，我可以揍他，送他入狱，但是还不能完全放弃，完全反目成仇。"

顾栖迟默认了他的靠近，却把手往外抽了一点："我说不出影视剧里的女主角那些'都怪你，全是你，都是因为你'这样的台词，我会觉得很可笑，但我也不是个大度的人，至少这几个月，我看到你，就会想起那个杀人犯。虽然这不是封建社会，没有连座之说。如果那天我那两个巴掌把人扇死了，我看挺好，可惜不现实。"

霍灵均的声音闷闷的，带些笑："嗯，霍太太的话都有道理，无一不对，每个字都闪着睿智的光芒，以后你还想发泄，冲我来。"

在这件事情上他有亏欠，事前没发现左丘的意图，事后更没为她着想完全断绝和左丘的联系。

顾栖迟干脆地扯开他的手臂："滚，我嫌手疼。"

病房外的Albert和颜淡受到了很大的冲击。这短短不到十分钟的时间，顾栖迟和霍灵均上演的桥段未免太多了。

对视、单吼、动手、爱抚，到拔针、拥抱、耳语……

颜淡看得眼冒金光，旁敲侧击地问Albert自己好奇已久的问题："我能不能打听一件事，霍帅什么时候认识顾导的？隐藏得未免太好了。"

想起昨晚那一系列变故，包括霍灵均晕倒之后顾栖迟在医生面前说她是霍灵均的家属，都让颜淡受到很大的冲击："什么时候结的？保密工作堪称特工级别。我跟了顾导这么长时间都不知道。A叔，你知道吗？"

被称作A叔的Albert眼角一抽，没好意思直接打击她矗："想知道？可这是娱乐圈机密，不能说。"

颜淡像被定住了似的，怔愣数秒决定暂时转身离开这个是非之地。在她转身的那一刻，她和Albert的手机齐齐铃声大作。

娱乐圈很久没有过这样的爆炸性新闻。影帝霍灵均惊爆婚讯,且女方是同为一线大腕的顾栖迟。

前些时日刚刚因为《念念不忘》有所牵扯的顾栖迟和霍灵均,此前因为开放的群访已经让"霍灵均喜欢顾栖迟"的话题高挂微博话题榜一周,此刻理想型变身妻子的消息,在社交网络引发的地震可想而知会有多强烈。

不同于此前程冬青和黎罗的婚讯。对于爆出恋爱已久的程黎二人,结婚不过是水到渠成。

霍灵均贵为娱乐圈四大黄金单身汉之一,而顾栖迟入圈多年出现的绯闻无非是三线男星抱大腿,两人跳过恋爱直接被曝结婚,理所当然地惊呆众人。

网络上各种惊嚎层出不穷。

颜淡接到的第一个电话,是顾栖迟所属的星城娱乐的艺人总监白夏的紧急通气。白夏向她简短地阐明事情经过,而后吩咐:"栖迟手机怎么回事?把电话给她,我有话对她说。"

颜淡只好不合时宜地敲开病房门,顶着顾栖迟诧异的目光将手机递给她。

白夏轻易不会这样急着找她,顾栖迟从颜淡嘴里辨明白夏的名字,就知道事情紧急。

果然,电话接过来,白夏说:"栖迟,鹰眼本周的头条是你和二少。买断没用,这次的消息遍地开花,这几年我们一直和媒体的关系很好,鹰眼得到放料的最初来源还不清楚,还需要进一步查证,另外鹰眼这次还把自己偷拍的照片卖给了其他相熟的媒体。个别的照片,我已经从相熟的娱记那里拿到了电子版。脸被拍得很清楚。"

白夏的语速很快,一会儿就交代完毕:"这不是负面新闻,是迟早会被曝光的事情。自己适时公开和被爆,不过是主动和被动的差别。"

顾栖迟一直没有出声,白夏问:"你在听我说话吗?"

隐瞒了两年的婚讯,在这样一个混乱的时刻被爆出,顾栖迟觉得此刻自己背负的事情已然太多,反而能够平静地接受这个变故。

她的第一反应是看向霍灵均。

这一晚他们一起现身医院，均行色匆忙且注意力分散没有过多防备，被拍到很正常。两年时间，顾栖迟自己都不相信能瞒天过海。

她此前也见过出现在霍灵均书房内，他买下的那些她被偷拍到的照片。既然她和郑森林能被拍到，那这些时日她和霍灵均出双入对多次，要想神不知鬼不觉太过艰难。

她自认没有这样的能力，更没有自信能逃脱现今狗仔无所不用其极的追踪和盯视。停顿了数秒，顾栖迟还是向白夏问起霍之汶的看法："霍总什么意思？"

白夏的语气很肯定："放弃公关，趁机公开。"

和她料想的一样。顾栖迟点头："我明白了。我的手机掉进青铜河，这几天我不会接任何电话也接触不到媒体。若是碰见媒体，我有分寸，知道话该怎么说，放心。"

Albert 也跟在颜淡身后走进病房。不同于顾栖迟和星城娱乐的合作，霍灵均早年结束和 ME 公司的合约之后，便没有再加盟新东家。约满之后，他便成立独立的工作室，包括 Albert 在内的员工，都是清一色的年轻人。不需要 Albert 过多解释，霍灵均已经从顾栖迟接的那通电话里了解了事情的大致情形。

原本消息会以一种更为极端的方式被爆出。此刻以这样的方式公之于众，竟然觉得无比平静。

顾栖迟望向霍灵均，霍灵均也在这一刻看向她。一旁的配角 Albert 和颜淡，均从这个对视里发现相视一笑的意味。

顾栖迟清早先去见过顾栖颂的主治医生。如果不是这家私人医院的安保严格，此刻她恐怕连在医院内活动都很艰难。

对方给出的报告过于复杂，顾栖迟认真地听。听到最后，竟有些感慨。

她想从医生嘴里得到度过危险期静等康复这样的消息，竟是一件奢侈的事情。可没想到，这次车祸，还发现了顾栖颂身体内的另一个隐患。

算因祸得福吗？因为这次车祸，意外检测出他患有脑垂体瘤。如果这次没有遭遇那场处心积虑的车祸，依顾栖颂常年四处奔波且隐忍的作风，一定会耽误治疗。

顾栖迟攥着那张脑CT片，越攥越紧。等她再回到霍灵均身旁的时候，他已经沉沉入睡。早前被他扯下来的针头，又被扎进了他的另一只手背。

顾栖迟一样困乏，但并不想即刻休息。她用霍灵均的手机打开社交网络，刷看各种新闻。

星城娱乐和Albert已经代表她和霍灵均向媒体承认她和霍灵均的婚讯。

她在一众新闻标题上，发现媒体的用词都是"惊爆头条""惊天秘闻""爆炸性消息"，或是"天作之合""强强联合"这样的形容。

很俗、很老旧的说法。可一向吹毛求疵的她，竟没觉得排斥。

纵然如今的粉丝对于偶像恋爱结婚看得很开，但是有些粉丝或是路人依然在新闻下留评，认为两人是为电影《念念不忘》炒作。

顾栖迟一眼带过，而后点开微博里的长篇爆料。

霍灵均的家世早年被扒得人尽皆知。东城霍家赫赫有名，想掩藏有些困难。霍岐山对于霍灵均进入娱乐圈并不支持，所以他在事业上从未得到过霍家的任何帮助，完全靠自己打拼。她自己的家世这些年已经被传播了N种版本，没有定论。

顾栖迟见这篇微博里提到三点，一是她和霍灵均领证已久；二是，此前媒体传闻的霍灵均加盟《念念不忘》是为了新人尹半夏明显跑偏，那则绯闻就是两人放出用以掩饰已婚关系；三是霍灵均掌心的伤疤，是早年英雄救美救顾栖迟所留。

她忍不住笑起来。前面的就算了，最后关于伤疤的那则旧事，实在杜撰得明显。她点开另外一个人气颇旺的营销号，看到的却是爆料她和霍灵均因为《念念不忘》相识，闪婚。

一个比一个富有想象力，偏偏信的人大有人在。

霍灵均再度睁开眼的时候，就看到顾栖迟安静地趴在病床边，呼吸清浅，已然入睡。

护士进来替他拔针，他打个手势示意对方轻声动作。

补完这一觉,他的精神比清晨好了很多。小心地将顾栖迟抱上床,替她盖上薄被,他自己则搭着外套坐在顾栖迟此前安坐的座椅上。

很多朋友给自己发来短信询问隐婚的真假,有的甚至表达对他隐瞒婚讯的严重不满。

他一一回了过去。最后打开自己的微博,先圈了顾栖迟,然后配了一张他在夕阳下捕捉到的她侧脸的剪影,最后配了简单轻快的一行字:嫁了,是真的。

想起顾栖迟手机丢失,他心思微动,又退出自己的微博,拼出她的私人邮箱,而后尝试密码。试的第一个,就成功了,和她公寓的密码一模一样。还真是顾栖迟一贯简单的作风。

看了眼顾栖迟安静温和的睡颜,再略微浏览过她言简意赅粗暴直接的微博,他琢磨了半晌,决定替她文艺一次。

霍灵均用顾栖迟的账号转发了自己的微博,并且配字:我的最初,我的最后,我的一生。

眼前人是心上人

等顾栖迟后知后觉发现那两条微博的时候，它们已经高挂热门话题前两条。

顾栖迟第一反应：盗号可耻。

第二反应：这难道不是发错了，说嫁了那条不是应该用她的账号发吗？

第三反应：霍灵均这人渣，竟然把那么酸掉牙、那么恶俗的字眼用她的微博发出，真是活腻了！

颜淡在一旁乐呵呵的，显然比她心情好很多。她一会儿刷刷霍灵均微博下的评论，一会儿又刷刷顾栖迟微博下的评论：

老大，你应该说娶，我不得不负责任地提醒你，你是男的aaaa！你说嫁这是什么画风，哭了。

原来勿恌姑娘是顾大导，说好的勿恌姑娘是五年后的我呢！挥泪扶墙出博，江湖不见……

没有一点点防备，你们就这样公开……虐死单身狗，照这标配世上再无夫妻好吗？完全没有社会公德，这么狂炫的拉高配对标准不利于构建和谐社会，明天请喝茶！！！

霍帅你是受程冬青结婚刺激吗？今天彻底失恋的人我们来聊一聊。一定要记得对你们自己好一点，洗澡的时候浴室里别忘了滑倒，睡不着一定要吃安眠药，吃饭记得无毒不美味，这些善意的忠告我只说一次！看到了都赞我！

霍帅，我们栖爷性格火暴，记得多体谅她。天冷了替我们提醒她多穿衣服，没食欲的时候替我们提醒她多吃一点。她不开心的时候，替我们给她讲个笑话。我们爱她，以后也会爱你，祝福你们。

…………

顾栖迟那边评论都很简短：

为什么我第一反应是阿迟有了！！！

下一步是不是就是宣布有孕，同意的点赞。

栖爷你突然这么文艺，是被霍帅传染的吗？

我来看看我男人爱的女人。顾导你是人生赢家，无数妹子发自肺腑地羡慕你，霍帅掉节操遭你嫌弃的时候请你尽管无情地抛弃他！

…………

一连数日，这则消息随着当事人的亲口承认进一步发酵。

另有媒体深挖，爆出霍灵均身体不适入院，并没有牵扯出那场人为的车祸，顾栖迟的心安定了下来，松了口气。她最怕把亲人牵扯进来，被狗仔骚扰。

这几日她一直留在医院，一边陪霍灵均静养，一边等待顾栖颂好转醒来。

霍灵均的食欲已经被连日来的白粥消磨得几乎不剩。可偏偏顾栖迟每次都将自己点的餐摆在他眼前，切身让他感受到什么叫作眼睁睁地苦痛。

霍灵均看着她面前那一堆色彩诱人的食盒，忍了又忍。偏偏顾栖迟咬一口甜点，就一本正经地板着脸突然侧身亲他。

她柔软的唇碰上他的唇齿，舌尖灵巧地探入搅乱他的气息。

顾栖迟一直是一副冷淡的不动声色的禁欲模样，末了甚至还问："甜吗？"

霍灵均克制着自己身体里躁动的欲望，微点头。

他脊背绷得紧紧的，觉得她留下的每一分气息对他而言都是强大的折磨。

顾栖迟咬了一口青柠鸡，在霍灵均毫无防备的时候，再度偷袭，甚至咬破他的上唇。她带着青柠的味道强势地在他口腔内攻城略地，进攻毫无保留，撤退也是闪电消失，毫不犹豫。

他的情欲和食欲都被她撩拨得极高，可顾栖迟依旧只是冷冷地问："酸吗？"

霍灵均深吸一口气，喉结剧烈地抖动："能给个痛快吗？"

顾栖迟摇摇头："女人一个月总有那么几天心情不爽。我今天心情不太好，只有看你胃口大开又吃不到的样子能解，我们这么熟，你难道不肯配合一下？"

"霍灵均。"

广告商反应迅速，霍灵均和顾栖迟的婚讯公布不到二十四个小时，Albert已经接到一些打包霍灵均和顾栖迟合拍广告的提案。

甚至还有某钻戒、巧克力和婚纱品牌前来问询，希望能够争取到日后为霍灵均和顾栖迟婚礼提供赞助的机会。

商人的嗅觉果然灵敏，一闻风便倾巢而动。

Albert带着那些提案前来探望他，给出的建议很中肯："圈里还有很多偶像小生和小花功利性地炒CP搞暧昧，就为了争取更多的广告资源，也方便继续炒热情侣档拿到更多角色，既然你和顾导已经公开了，拿些情侣代言就当顺便。这样工作室的年终奖也可以多发一点。"

霍灵均摩挲着左手掌心那道疤痕，还没开腔，Albert靠在霍灵均病房的窗台上，继续道："话说你想什么时候出院？我怎么感觉你住在这里一副乐不思蜀的模样。"

霍灵均这才放弃继续审视自己的掌心，回答得有些漫不经心："大哥明天就能离开ICU转入普通病房，我留在这里方便陪床。"

Albert想起他刚进来时见到这家医院的副院长，亦是霍母纪倾慕的学生，霍灵均似乎在和他谈调换病房的问题。这样一想，有些事情就变得清晰起来，他试探着问："你该不会打算搬到顾栖颂对面的病房吧？"

霍灵均一点一点慢慢地掀动唇角，笑容清朗澄澈。

他惜字如金，好像在说一件特别理所当然的事情："是。"

操！Albert忍不住再度骂人："《Only》的试镜呢？西雅图这周不去了？Owen导演伸出的这个橄榄枝多么难得，我希望你还记得，日韩很多演员也在争取那个角色，我们是他的优先选择，可不是唯一选择。"

霍灵均手刚摸向床畔那本近来风靡大陆的典藏版菜谱，闻言手顿了一下："有些东西只是听起来有格调，实际怎样只有当事人最清楚。《Only》里那个华裔警察的角色戏份不多，也不是剧情展开所围绕的核心人物。"

他用词一针见血："说得更直接一些，就是多余。何况拍摄期长，一去半年，得不偿失。"

Albert 并不赞同，头微摇："为什么我有一种从此君王不早朝的感觉？"

霍灵均睨他一眼，继续解释："只是为了在媒体那里见到更多迈向好莱坞的新闻稿的话，我已经听过太多类似的吹嘘和赞美，并不想以此镀金。我更没有借此机会去蹭国际电影颁奖礼红毯的打算。女星出场可以造型争艳多在国内媒体上发些图片刷存在感，你让我去展示191的身高吗？"

Albert："……"

霍灵均一副置身事外的模样，劝说明显无用。只得长叹一口气，暂时放弃。

而后又想起让他头疼的另外一件事："乔樾在你家里闹着要回去，说你食言诅咒你越长越矮。我应该怎么处理？"

是了。他几个电话劝动乔樾跋山涉水来到N市，是想要把他介绍给顾栖迟。左丘制造的这起事故一打岔，他安排的那场碰面就被迫延迟。

人小的时候，对于大人的食言总是格外介意。他不希望自己在乔樾的成长上做出不好的表率。

从他助养乔樾那天起，目的一直很明确——希望乔樾将来能成长为一个很好的人。

霍灵均思考了数秒，最终还是决定让 Albert 把乔樾带来医院，顺便嘱咐："娱记不止认得我，你的脸也一样。过来的时候小心一些，从医院封闭的地下停车场进来。"

Albert 自然知道他在担心什么："放心，我保证即时新闻里不会出现，你和顾导儿子都生出来了这样的消息。和狗仔打交道，我有经验。"

乔樾被 Albert 大力扔进病房的时候，一张脸纠结成一团。

他一边坚持着别开眼不去看霍灵均，另一边又忍不住靠向霍灵均，不时去碰一碰他，看霍灵均是否有大碍，会不会像纸糊的一样一戳就倒。

稚嫩的声音很是洪亮，乔樾问的问题也很是直接："会死吗？"

霍灵均摸了摸他的脑袋，提着他的肩把他抱上床放到一侧："大人没那么容易死，听说你这几天很生气？"

乔樾得到重视，冷哼起来："我有合理的理由。我勉为其难地过来，你随随便便就把我抛在一边不管我，你有理由吗？"

逻辑很清晰。霍灵均拽住他耳朵，轻轻一拉："君子知错就改。我错了，我向你道歉。然后你应该怎么做？"

乔樾自然记得霍灵均之前和他约君子协定："我会大度地原谅知错就改的人。好啦，我接受。你可以把你的手从我身上拿开了吧？"

乔樾将嫌弃表现得那般明显，霍灵均忍不下来，再度勾唇嗣然一笑。

乔樾追问他："你说过要带我见的那个我必须喜欢的美人呢？我既然答应了帮你追姑娘自然不会食言。"

这次轮到在一旁旁观的 Albert 笑场："你这样教育孩子对吗？"

他一出声，霍灵均才想起室内还存在这个第三者："回工作室的时候，帮我把《江山如画》的剧本拿来。"

Albert 没动。霍灵均边摸乔樾的脑袋，边抬眼看他："你可以走了。"

Albert 原本倚靠在病房墙壁的身子猛然直立，眉拧成一股绳："大家都觉得推掉那部戏更合适。打戏过多，需要吊威压的戏也很多。你需要休息，近段时间最好不要接这么高强度的武戏。何况拍摄场地订的地方既有戈壁又有雪原，辗转这么多条件恶劣的地方拍武戏，折磨人的力度你不是没有经历过，脚腕里的那枚钢钉为什么打进去，总还记得吧？"

Albert 分析了这一通利弊，给出了更好的选择："放弃《Only》留在国内，在《江山如画》和那部连环杀人题材的本子里二选一，我希望你接后者。"

霍灵均沉默地听 Albert 长篇大论，而后才淡然地接口："这是理性的选择。"

那感性的呢？ Albert 自动补充。

霍灵均的声音依然透着坚定：'我演过那么多的戏，都是演给别人看的。"

他的眸光瞬间拉长，过去那么多的起起落落都在他一句话后定格："身为一个演员，我会挑适合自己的戏，应该演好所接的每一部戏。可身为男人，我想做自己女人的男主角，哪怕一次。"

Albert 恍悟过来，面带难色："顾栖迟已经签了《江山如画》？"

霍灵均默认。Albert 脑海里凶残地翻滚着爱情两个字，瞳孔里的霍灵均被拔得更高，形象像棵伟岸的树。他觉得自己该送顾栖迟一块裱起来的牌匾，上面写上：时有霍灵均，栖顾。

忠犬摇尾巴伤害单身汪，难道不是犯罪？

《江山如画》的女角今日第一次试戏定妆，顾栖迟天未亮就和颜淡从医院封闭的地下停车场通道内出来。

身后尾随的车辆那般明显，颜淡开车甩来甩去，也甩不掉紧追他们不放的尾巴。等离开车流密集的高峰路段，顾栖迟下令颜淡靠边停车。这种事她做过多次，利落地开门下车之后就敲开身后也随之急停的车辆的车窗。

"下来合个影？"顾栖迟语气坦然，"你们是哪家媒体的,跟了半天很累吧？"

车内的两个狗仔原本正聊着顾栖迟和霍灵均的八卦，猛地私密空间被顾栖迟破坏，有些踟蹰，不知下一步该怎么走。

外传顾栖迟性格强势，待人并不亲切温和。两个狗仔对视一眼，想到她适才温和的语调和脸上明媚的笑有些晃神。总觉得现下的场景有些诡异。

他们在医院蹲点已经超过几十个小时，就等拍到霍灵均或者顾栖迟婚讯曝出后的首次露面。可他们现下被顾栖迟温温柔柔地审视不到一分钟，竟然有了被人盯的阴凉感。

最后还是年纪稍长、经验相对丰富的那位最先下车，由另一个年轻一些的给顾栖迟和他合影。

闪光灯一闪而过，顾栖迟立刻迈步离他们数步之距："偷拍的没法见人，建议你们发这张。"

她转身摆摆手往回走，最后蓦地回头问，彻底惊呆面前两人："不祝我结婚快乐吗？"

颜淡透过后视镜看身后那两个人，他们似乎有些反应迟钝，并没有紧跟上来。等她再看向顾栖迟，顾栖迟已经将鸭舌帽一扣，闭眼放倒座椅将睡起来。

等她们抵达试戏的影棚，导演商陆和一众女演员已经就位。

除了最早敲定的女二号，歌手闻姜。

顾栖迟在《江山如画》的剧本后记里见到商陆筹划这部戏的始末。他最初想将这部戏的朝代框架定在五代十国，后来想换到战国，真的剧本定稿，却换成了架空。

整部戏，是一个没落帝国的公主，经历和亲、丧夫、下嫁、丧夫，运筹帷幄，最终复国且带领故土民众横扫周边令国称帝的故事。夹杂着政斗、宫斗，以及公主两段荡气回肠的爱情。

商陆以严苛闻名。试戏定的是公主在大殿之上，一剑刺向故国年轻宰相，也是她青梅竹马的男主角。

公主的装束很简单，月白色的纱裙，长发微拢，从侧边分出几缕编盘连在一起搭在如瀑的长发之上，除了腕间一缕红绳，再无更多多余的饰物。

试戏的那一段，没有任何台词。公主从大殿之上的王座，步履由沉稳逐渐凌乱，刺出的剑却力道稳健，手臂不曾颤抖哪怕一分一毫。所有的情绪转折，都浸在她脚下步伐的转换，和眼底层次分明、内容繁杂的眼色中。

不过三分钟的时长，顾栖迟走一遍下来，都觉得疲惫。

商陆一言未发，就换了下一个角色。等顾栖迟换掉戏服出来，才看到女二号闻姜姗姗来迟。

颜淡先一步去大厦下面取车，顾栖迟从棚里往外撤，商陆所用的这个场地位于金影大厦的三楼，顾栖迟从旁边的楼梯下来，还要经过一段细长的廊道。

这个地方鲜见有人走动。她下了一层，又迈了两步，却听到身后渐近的脚步声。顾栖迟警觉地用视线余光偷瞄身后，看清黑衣人影那刻，骤然加快脚步向外走。

她不记得自己最近得罪过什么人，可身后那些人明显不像狗仔。圈内或龌龊或卑鄙的事情她听说过很多，潜意识告诉顾栖迟——跑。

她真的提速开始狂奔。对方既然在公众场合公然截人，自然有备而来。

顾栖迟被逼进地下停车场的入口时，只能义无反顾地往前跑，内里的光线很暗,偶有汽车拐弯时车轮擦过地面的声音划过,尖锐刺耳。

耳侧是呼啸划过的空气,脚下是沾地即起的步伐。她有些庆幸自己不是绣花枕头,可身后的人却在渐渐逼近,和她的距离越来越小。她似乎已经能够看到自己成为别人掌中物的下场。

几乎在她狠狠吸进一口气力图补充能量的同时,从侧边伸出一只手臂,大力将她拽进一旁细窄爬升天台的楼梯。

她急促的心跳声骤然刹停,下意识地将五指紧紧扣在面前扯着她跑的人掌心。适才的慌张感随着他的出现一扫而空。

置身边角电梯,门阖上的那一刻,顾栖迟才找回自己的声音:"你怎么会来?"

她微碰自己的额头,细密的汗珠即刻黏在手上,像此刻对面霍灵均额上的一样。他一样喘了口气,想起她适才无所畏惧往前冲的模样,眉心一皱:"来和你一起出去。"

和你一起。这四个字迅速钻进顾栖迟心底,熨帖地躺在她心房一角。

这些年顾栖迟演过很多集万千宠爱于一身的女人,也便在戏里听过很多动人缱绻的情话,却从没有一刻像现在这样因为几个字,就觉得心底的缺口全部被填满,全身的每一个毛孔都在舒展,前所未有的舒畅满足。

外面未知的追兵,适才逃离的险境,在这四个字面前变得不值一提。

近些时日,这个男人总是轻而易举的,就能打破她固守的城池。

他的每一句话,说的时候都是和风细雨般柔和,最后的力道却如洪水猛兽,霸道无比。早些年为什么没遇到这个人呢?如果在她遇到郑森林之前,早一步碰到的是霍灵均……

沉思片刻,顾栖迟在心底否定了这个设想。

岁月不可回头。如果是早几年的顾栖迟,远没有现在的顾栖迟强大、独立,便不能和霍灵均并肩而立。

那便不是她要的最好的爱情。

顾栖迟知道自己此刻忍不下来唇角翘起的弧度,干脆笑得放肆。她微踮脚,手臂勾上霍灵均的脖颈，双眸闪着明亮的笑意，右手手指轻佻地划过他的唇缝。刻意慢下来的动作一下一下研磨，带着分明的情欲。

可能有些无耻，可她喜欢这一刻。她问得直接且霸道，虽是问句，却仿佛发号施令："是你吻下来，还是我吻上去？"

顾栖迟看到明亮如镜的电梯壁上映出的被霍灵均猛地抬臀抱起的自己，更看到咫尺之距的霍灵均眼里那些翻腾不绝的欢愉。

他用行动回答她的问题，他的气息瞬间压下来铺满她的唇齿，轻易地攫走她的呼吸。碾在唇上的力道时而柔和时而强硬，顾栖迟的心跳都在他绵长的一吻间被拉长绵延。

极快地目眩神迷间，他的舌尖勾住她的舌尖，极快地碰了一下。顾栖迟倒吸一口气，更快地淹没在霍灵均筑起的强悍的温床里。

她的身体软得很快，等她呼吸到新鲜空气，已经被他一个公主抱抱在了怀里。他恶劣地微笑，问的是数日前她在病房里摆出大餐诱惑他时类似的问题："好吃吗？"

顾栖迟唇依然湿热，刺激未消。满眼都是狡黠："如果是我吻上去，也许味道会更好。"

电梯下行到地下停车场三楼。有霍灵均在身旁，顾栖迟不再担心那些暗地里未知的冷箭，可她也难免好奇："刚刚那几个人很奇怪。"

霍灵均攥紧她的手："让Albert慢慢查。"

他暂且不想告诉顾栖迟，他从医院里赶来不是巧合。

那个原因……一言难尽。

一迈出电梯，近处便响起喇叭声。Albert载着乔樾等在那旦已久。

霍灵均将顾栖迟塞在后座，而后自己上车。轮胎擦过地面打转，飞蹿而出。

顾栖迟当前，Albert便压住自己对在回工作室半途突然被霍灵均叫回一起匆忙赶往金影大厦的疑惑和不解。

顾栖迟将手臂自然地横在霍灵均腰侧："颜淡还在金影大厦外等我。"

霍灵均将手机扔给前排行车的 Albert："打给她，让她回去自己小心。"

Albert 透过后视镜表达不满："身为遵守交通规章制度的好公民，行车路上我谢绝打电话。"

倒是一旁的乔樾摸起来被冷落的手机，却不是替他拨出电话，而是点亮屏幕，欣赏起手机的锁屏。

他看一眼锁屏那张图片，又回头看了顾栖迟一眼，瞬间明白了什么。

霍灵均身高极高，从坐着的上半身来看，顾栖迟似乎也没比他矮多少。

身高匹配，乔樾在心里给顾栖迟过了一关，写上加十分。

车上多出这样一个陌生的小鬼，顾栖迟自然难免好奇，她指指乔樾，问 Albert："他是谁，小 A 你私藏的儿子？"

Albert 无甚反应，倒是年少气盛的乔樾闻言想揍人。

想起此前霍灵均说见到那位美人时要绅士，要表现得非常喜欢她，才作罢。

Albert "噗"一声笑起来，一只手从方向盘上拿下来去揉乔樾的脑袋："这主意不错，我要是白捡这么大一儿子，得省多少奶粉钱。"

他又捏了乔樾脸一下："这是乔樾，可以说是阿均的干儿子。"

当着乔樾的面，他觉得最好还是回避助养那个词，免得伤到男孩的骄傲。

他又向乔樾介绍："身后的美女，你可以叫干妈。"

干妈……顾栖迟觉得这个词有些粗俗。

她扶额冷声打断："我喜欢姐姐这个称谓，叫这个就好。"

霍灵均听着 Albert 和乔樾的对话，到顾栖迟抛出这句话，终于忍不下去。他想做这个解释已久，在媒体当着顾栖迟的面提及沈蔚的时候。

沈蔚曾经既是他同一公司的同仁，又曾是和他合作情侣档的演员。

在他出道那些年，曾经多次和这个名字捆绑在一起，可只有乔樾，才是他和沈蔚之间在私生活上的唯一联系。

他先在长姐霍之汶承建的福利院认识了乔樾，而后才知道那是已经爆红的沈蔚年少时生下来且抛弃的儿子。

外界传他和沈蔚不合，曾有过片场争吵。两人的确不合，的确曾经激烈地争执。起因无非是明明生母健在却被迫沦为孤儿的乔樾。

并不是所有的适龄单身男女之间都有风月可演绎，比如他和沈蔚。

"樾樾是沈蔚的儿子。"他一开口，顾栖迟的眸光便乱了。

"是你脑海里想到的那个沈蔚，出道比我早，却急流勇退消失的那个沈蔚。"

霍灵均觉得自己有必要向顾栖迟补充解释，但有些话，并不适合当着乔樾的面讲出来。他微一琢磨，让Albert将他和顾栖迟送回他未在媒体面前曝光过的别墅。

又交代Albert带着乔樾去相熟的那家宠物医院："上次去纽约前把咆哮和棉花糖寄养在那里，这段时间我要休息，不接活动，你有时间照顾它们。"

"樾樾喜欢动物，你顺便带他去那里看一看就当路过一处景点。今晚再把一人一猫一狗送回这里。"

Albert额角一抽："我是什么？这些杂七杂八的事情，难道不是你家小助理北方要做的事情？"

想起那一只英短猫棉花糖和那一只牧羊犬咆哮，Albert本能地想拒绝。

何况原本在医院乐不思蜀又突然闪身的人，还需要他回医院去补办出院手续。更不用说霍灵均婚讯一出，那些层出不穷的需要应付的媒体。

怎一个焦头烂额。

顾栖迟并不喜欢霍灵均的这处住所，色调太冷清了，可她更不喜欢适才霍灵均的欲言又止，像是藏有奸情。

在金影大厦那一通狂奔，现在全身都是汗。顾栖迟本能地摸进霍灵均的衣帽间，挑出一件他干净的衬衫和未拆封的浴巾，往浴室走。快要迈进浴室的时候，被霍灵均从身后拦腰截了下来。

"一起洗？"他的眼神精锐，顾栖迟一掌拍过去遮住他勾人的眸光。

她往前走了一步，又倒回来问他："我现在是不是该表现出误会你和沈蔚的关系，然后甩手走人好方便你借机会解释。我不问，你是不是不好意思开口？如果我没有对此产生误会，你解释起来好像也没什么意思。需要我配合你吗？"

等她说完，霍灵均就势将她遮住自己双眸的手拉下，啃了她食指一下："打发走Albert，正是想说这件事。我把乔樾从临市叫过来，也是为了解释这件事。"

他突然变得有些郑重其事。

顾栖迟脑海里突然蹦出一句霍灵均此前说过的话：你可以选择不听，但有任何可能的误会，我都要解释清楚，这是我身为丈夫的义务。

"樾樾是沈蔚的儿子，但生父不详。她出道前就生下了樾樾，樾樾在大姐援建的福利院里长大，我知道樾樾的时候，还和沈蔚没什么交集。我助养了他很多年，反而是樾樾知道自己的身世，希望我帮助他找回母亲，我才知道他和沈蔚的关系。"

顾栖迟突然想起自己在字帖里见过的那张便签："夹在你字帖里的那张字笺，是乔樾的？"

她这一问，倒是暴露了自己曾经的介意。顾栖迟出口就觉得失言，这样好像她对那张字笺耿耿于怀一样，她明明不擅长有这些纠结的情绪。一念至此，顾栖迟猛地掀开霍灵均搭在她腰间的手臂，蛇一样灵活地滑进浴室。

水雾升腾的那一刻，顾栖迟伸手在墙壁瓷砖上划出一个"霍"字。

等她意识到自己的举动，又挥手将其抹去。日有所思，她觉得自己体内有些欲求不满的因子又要作恶。

她牙一咬的瞬间，身后传来浴室门开阖的声音。

顾栖迟吸了口气，而后就感觉到那具身体贴过来的火热温度。

她猛地转过身，肆无忌惮地打量霍灵均衣着完整的身体。

顾栖迟眯眼思考的工夫，霍灵均已经在顾栖迟赤裸的审视中笑了起来。

她近乎扑跳缠回他的身体，霍灵均一僵，耳后随即感觉到细密的撕咬。

湿热，微痒，痒得人心弦止不住地颤，理智岌岌可危。

他想笑，因为此刻他仅剩的思考能力都在告诉他，他进浴室，似乎是自投罗网。而她此刻，正在慢条斯理地、光明正大地、肆无忌惮地要对他用强。他配合着她的动作，解开自己下身的衣扣。

他的胸膛结实紧致，顾栖迟指尖一点点慢慢划过，似是在每一寸都要标上她的印记。温热的呼吸打在顾栖迟的鼻翼上，划过她轻颤的睫羽。

"别动……"她连声音都发涩发紧起来。

霍灵均真的在她那句别动下停上了动作，任顾栖迟作为。

顾栖迟严肃认真地通知他："不管是沈蔚还是陈蔚还是李蔚，也许有一天我会因为别人误会你，会生气、会暂时离开你，但我不会去找别的李灵均、张灵均、赵灵均……"

她的视线微微下移，看向他身体某处："你要乖一点，守身如玉。"

她话落那刻，霍灵均的眼眸已经隐忍至血红，声音是她所陌生的魅惑："总有一天我会疯在你手里。"

顾栖迟伸手摸他的耳后，眼睛弯成一座桥："没关系，那我一定是保你痊愈的精神科医生。"

渐生的夜色被遮蔽在厚重的窗帘之后，卧室里落地的角灯散着如晕的微光。

刚刚强势地想要侵吞他的女人，此刻被他翻来覆去地侵吞之后，正安静地沉睡着。

这几日顾栖迟的精神绷得很紧，顾栖颂情况好转之后，才略微松了下来。对顾母迟归年，她更不敢提及顾栖颂回国的任何情况。

除去试戏，跟进电影后期制作以及约谈宣发等工作，她这几日一边频繁往医院跑，另一边还要探望迟归年。

顾栖迟不曾向他提及，霍灵均便没有追问。就像她待在迟归年疗养院的病房里时，他同一时间正待在顾栖颂床畔陪护，也不曾向她赘述说明。

在爱情里，付出是爱一个人的态度，不是用来证明爱有多深的手段。

她这样疲乏，霍灵均蹙眉略省自己适才是否兽性大发，做得有些狠。

他看着顾栖迟姣好干净的侧颜，低头吻了吻她的额角替她压了压被角，才下楼到厨房去做晚餐。

一个人的晚餐大多无趣到让人不想动手。顾栖迟历来没有节食的自我约束，和她在一张餐桌上同食，他的胃口也会变得很好。

她中意的食材很多。他拿手的菜也不少。脑海里梳理了一下，就拟好了菜单。

这方面他有强迫症，做的菜菜名字数要相同，金针牛柳卷，手撕娃娃菜……

等Albert送乔樾和咆哮以及棉花糖回来的时候，霍灵均已经归整好一切，一个人坐在吧台等了许久。

身边常年没有亲属，乔樾晚上的作息多年来养成了习惯，特别规矩。

刚进门跟霍灵均打过招呼之后，就打算去他此前睡的客房洗澡补眠，并表示自己不饿，谢绝食用晚餐。

很久没见过棉花糖和咆哮，可这一猫一狗仍旧熟稔地跑到霍灵均脚边蹭他的腿。Albert百思不得其解："这猫这狗明明都是公的啊，怎么见了我就躲，见了你就亲昵？这到底是同性相吸，还是同性相斥？"

霍灵均微俯下身，勾起手指搁到棉花糖脖子下蹭了蹭它最敏感的位置，棉花糖享受地喵了一声，然后又伸出手拍拍摇尾巴的咆哮的脑袋，顺便冷血地告诉Albert答案："他们只是看脸。"

Albert自知翻白眼的行为非常不雅，可他从来不是一个靠形象吃饭的人，狠狠地晒了个白眼给霍灵均，看到吧台上刚刚启瓶的红酒，又禁不住奇怪："顾导晚上喜欢喝两杯？"

霍灵均摇头，从吧台一旁的置物架上取出两只高脚杯，各倒了些红酒铺在杯底，而后将其中一杯端递给Albert。

"不益于健康的生活习惯，这两年给她改掉很多，包括这个。"

他举杯碰了下Albert握着的那杯红酒："商陆送的。"

Albert顾不得阻拦不能沾酒的他低啜，拖着高脚杯底的手不是很自在："商陆的背景到底如何，圈里连传闻都没有。既然扒不出来，要么是他真的没有，要么是他背景太过深厚。我始终觉得接《江山如画》并不是明智的选择。"

Albert坚持此前曾经表明过的立场："他和沈蔚合作了那么多次，按照正常的逻辑，关系应该并不一般。你和沈蔚传不合也有很多年了，除了打戏太多不适合之外，我总觉得他的邀请并不单纯。"

红酒的味道有些醇厚，这些年霍灵均几乎没有碰过任何带酒精的东西，对此感觉分外陌生。

"商陆的片子一向投资大，班底强，口碑和票房都有保障。他这个人我并不了解，但是有一点我可以确定，也不会拿自己的作品开玩笑。至少，他是真的热爱导演事业。关于沈蔚"，霍灵均一笑，"不管是身还是心，我和她都没有丝毫瓜葛，问心无愧。"

Albert 依旧有些怀疑："我不认为商陆是个君子。"

霍灵均晃了晃手中的高脚杯："你只要相信商陆即便小人也会小人得光明正大，所以没什么需要我们顾虑的。就像你应该相信，如果顾栖迟有孩子，孩子的父亲一定是我。"

还真是不放过任何刺激单身狗的机会。

Albert 没好气地夺了他手里的酒："过会儿扑倒在地毯上，棉花糖和咆哮合力，也没办法拖你到卧室去。"

霍灵均望了眼正背对背卧在地毯上的一猫一狗，摁了摁抽疼的额角。

医院事小。

新片事小。

商陆事小。

此刻对他而言最为棘手的是午后他发现的那封躺在信箱里的 e-mail。

来信地址霍灵均很陌生，可末尾写了一个代号——18。看到这个数字他要是还不知道对方是谁，未免太过迟钝。

18 号公馆的主人，不是善茬，且同他不是一路人，但阴魂不散，是他不得不忌惮的人。

这是他突然出现在金影大厦接顾栖迟的原因。

在顾栖迟醒来之前，他想要平复因为看到这封邮件翻腾而起的思绪。

被左丘算计那一次，大概能解决沾酒即倒的这个毛病。一醉见血，他以后怎么敢放任自己再度倒下去？

他的所有认知和意志力，都在和这个缺陷对抗，维持清醒的时间，已然超出了他往常沾酒即倒的时长。

看了眼手表的指针，Albert 不再准备耗下去，打算告辞。他转身往玄关走的那刻，又想起自己还有问题："下午为什么急着去金影大厦？顾导没好奇你突然出现的原因？"

霍灵均下意识地摸向掌心的伤疤，神色舒展："她明显没你好奇心重，我只是好奇过去看看。"

Albert 将他的小动作尽收眼底。

霍灵均离开前经纪公司 ME 之后，他才成为霍灵均的经纪人。可他清楚地知晓霍灵均掌心那道伤疤的来历。

和霍灵均平缓的眉心不同，Albert 忍不住蹙眉迟疑起来，连声音都凝重了几分："阴魂不散的那个故人，又找来了？"

霍灵均摇头："有消失过吗？这几年圈里被翻牌的，不在少数。"

何况他既是对方的喜而未得，又是对方在商界的劲敌，霍家人之一。

他驳了对方面子，未曾给过一个笑脸。霍氏曾经抢过对方生意，价值高过九位数。前缘颇深，且都是怨。

各行各业都有自己的潜规则，遑论娱乐圈这个光怪陆离的圈子。

区别之处在于：有人遭遇潜规则，愿意接受，借此走捷径上位；有人拒绝，宁愿得罪人，更艰难地自己打拼。

18 号公馆，是许多圈内人曾经造访过的地方。

有人是跟随众人前去参加里面不时举办的各色派对，有人是为了跃升的机会孤军深入。那里既令人趋之若鹜，又令人心惊胆寒。

多年前霍灵均刚出道，曾被人陷害，下过药。他摔碎了那个包房里的其中几个酒瓶，将碎片深深地割进掌心。伤口的刺痛让他得以维持清醒，只流了些血。

那次安全脱身，使他免于成为 18 号里砧板上任人宰割的鱼肉，但也不是没有代价，比如在他掌心留下了那道耻辱的伤疤。

他出身名门霍家，霍家的根基已然这样深，可对方却全无避忌。

这样一个人，对待一个自己看上的没有得手的人，卷土重来会做出什么事情来？Albert 的眼神泄露出很多内容。

霍灵均没想隐瞒，到这一刻干脆地告知他缘由："收到一封邮件，里面是一则故事，一张照片，外加 18 那个数字。大概是最近婚讯被高调曝光，让那个人重新记起我这块过去没啃下的肉。照片是多年前在那个包厢里的我，有备而来。"

故事则是影后顾栖迟，在金影大厦被不明人士劫持并遭受凌辱。

他讲述这个事件的时候，并没有用多么严峻的语气。

Albert 听闻后却再也迈不出另一只往玄关走的脚，硬生生停在原地。

看到 Albert 这副懵掉的模样，霍灵均微扯唇："既然有人出招，不接也说不过去。"

Albert 建议："干脆报警。"

霍灵均："任何事警察处理起来都有一个过程，这期间自己还是要多加小心，有些事，很难防。我最担心的是霍太太的安全。"

Albert 沉默，眉宇深锁。霍灵均又走上前轻拍他的肩头："也不用过于担心。现在是法制社会，没有人能只手遮天。"

Albert 真的被他轰走之后，霍灵均上楼喊顾栖迟起床。

她睡眼惺忪，像棉花糖未睡醒时一样，慵懒，不理会旁人。尝试多次无果，霍灵均干脆放弃，任她补眠。

棉花糖乖巧地跳上床盘在顾栖迟枕头一旁，跟着跑上楼的咆哮又跟着霍灵均下楼。

他刚下楼，又接收到一封新邮件，同一个账号。这次内容更丰富了些。给出了一个时间，以及地点。巧合的是，正是他名下的那家"当你老了"餐厅。

可见对方做了功课，重新盘查了他的一切。在无视和赴约之间犹豫了五分钟，霍灵均还是开车出门。

天已完全黑沉入夜，路上交通并不顺畅，罕见的大堵车。

等霍灵均到达餐厅的时候，早已过了晚餐时间。对方给出的位置，并不是包厢，而是他常坐的大厅内靠窗可以俯瞰满城灯火的方位。

裴安一见他过来，立刻放下手中的托盘走近。

这个时间，餐厅内几乎已经没有客人。霍灵均冲裴安摆摆手让他继续忙，就向那个位置靠拢过去。

拐过餐厅的隔断，远远的，就看到落地窗前，立着一个瘦长的男人。

他的脚步声很轻，可对方还是霎时便转过身来。并不陌生的一张脸——方城，那个在电影《念念不忘》里被顾栖迟开掉，被他取代的男人。

方城不可能是邮件的发信人，他不可能是18号公馆的真正主人陶先生。

霍灵均压住自己心底的疑惑，面上依旧不动声色。那个神秘的鲜少露面的18号的主人，明明是个女人。

当初盘下这座大厦顶层的时候，霍灵均做过很多设想：开一家餐厅，组一家深海潜水俱乐部，亦或是将其做成古董店……遇到刚出狱落魄的西厨裴安后，才让他最终下定决心开成餐厅。

从寂寂无闻到如今用餐需提前两三日预订，这家餐厅的发展，在裴安的运营下远超出他的预计。

他雪中送炭，如今得来繁花相送，非常圆满的结果。

霍灵均拉开面前的木椅坐了下来，同样落座的方城脸上带妆，不知刚从哪个片场赶过来。

短短不过十秒时间，方城没说话，但他脸上渐渐显露出的刻薄和敌意，已经清晰地被霍灵均的双眼捕捉到。

人和人自然流露出的气场相比之下，弱者能自感相形见绌到何种地步，没有人比此刻的方城更能感知。

他异常不喜霍灵均，因为这个人，总是轻松地就能拿到他费尽心思想要的一切。

霍灵均当初接拍电影《山海经》，因为拍片过程中做了大量功课，杀青时已经将《山海经》熟读到能成段脱口而出的地步；拍完电影《碧海蓝天》，他已经顺利地考取直升机驾照；拍电影《丹青》时，全片也都没有借用专业书法家做替身，能自己提笔挥墨自如……

他的这些努力，让人嫉恨。方城对此咬牙切齿，却无力追赶霍灵均的脚步。

"霍帅真是好手段，果然人见人爱。"方城没客气，他等待一个能奚落对方的机会太久。

他话说一半，霍灵均没兴趣为他补充，只是抬手看了眼时间，提醒方城："希望方先生长话短说。"

他的催促让方城脸色一紧。

方城将他的催促视为轻视加鄙夷，面容顿时有些扭曲，蓦地失笑："怎么，和我这样的人坐在一起，霍帅觉得有失身份？方某不想提醒你，可我今天刚刚看过霍帅的旧照。不知道霍帅还记不记得自己躺在地板上，那种……媚眼如丝的模样？那很难……不让人……浮想联翩。"

他笑中的恶意很赤裸："我有些不好意思提醒霍帅，其实你和我是一样的人。"

一个词，暴露了他和18号公馆主人的关系。

面前的两个骨瓷杯盛着已经凉透的茶搁置在眼前，霍灵均视线从方城肩头移向杯底，伸手端起一杯。

将水泼过去？不，霍灵均没动，他懒得对这样的人浪费精力。他只是从没有一刻如现在这般觉得，当初顾栖迟将方城开除出剧组是个多么正确的决定。

方城的声调却越发嚣张，不肯罢休："《山海经》里你拿到的那个角色，没有陶先生推荐，你觉得你当时身为刚出道的新人，有机会入围？该不会到如今，霍帅还觉得自己在圈里全凭一己之力在打拼吧？陶先生对自己人有多慷慨，做过的人都知道。"

霍灵均细长的手指敲打着骨瓷杯壁，顿觉眼前的方城很是可怜。靠攀附着他人生存的人，难道能依靠别人生活一辈子？

人活一世，尊严尤其可贵。别人施舍得再多，也不如自身拼搏得来的一分一毫更为珍贵。要想飞得高，不爱惜自己的羽毛，将来只会摔得更惨。

何况陶先生，并不是一个任人予取予求的蠢人。她能让方城嚣张到这样低劣的地步，自然是离甩掉他不远。

方城已经这样卖力,可霍灵均却依旧云淡风轻,不为所动。

他所有冲口而出的话,在霍灵均的忽视之下,都像是变成了重新扇回他自己脸上的巴掌。

火辣的感觉在方城侧脸上游走,他努力在寻找能刺激到霍灵均的言语。他记起自己来时的缘由,更记得自己在陶先生精心策划的见面中充当的角色。

从他最初被陶先生借用他人名义送进顾栖迟《念念不忘》的剧组,到拿到顾栖迟酒店房间的房卡……每一步,他都演得比演戏更卖力。

再开口,方城的情绪缓和了许多:"不知道顾导有没有向霍帅提起过,《念念不忘》刚开机的时候,我们曾在酒店,同睡一张床?后来顾导坚持废掉我换角,大概是嫌我伺候得不够好。"

他话落那刻,对面霍灵均骤然起身,泼水的力道十足。

他抹脸的工夫,已经被适才还有几步之遥的男人近身拎起领带逼贴到墙上,脊背猛地撞向餐厅的落地玻璃。

霍灵均微抬膝,撞向了他的下腹,骤然绽开的剧痛让方城禁不住眼睫抖颤。

他不过178,矮于191的霍灵均太多。

方城听到霍灵均冷声砸向他耳膜的话:"从这里掉下去,你的脸会血肉模糊。方城,我不是你的陶先生,没办法容忍你卖弄恶心。把你刚刚污蔑霍太太的话一字不落地吞回你的肚子里,让它们在你五脏里毁尸灭迹。"

"从这里滚出去!"他言简意赅,不容置喙。

方城还未离开他的视线,霍灵均放在口袋里的手机震了起来。

时间点掐得这样准,不难猜测对方是谁。

大费周章地通过威胁顾栖迟的安全引他出来,却又让方城这样一个小角色来上阵招呼他。

霍灵均整个人像棵峭壁上久立的青松,冷峻、凛冽。

震动一遍遍继续,直到最后他才接了起来。对方半晌不语,最后霍灵均听到了一声轻笑,而后是清冷的女声:"许久没联系,刚刚是我送你的礼物。"

让人辨不出年龄的声线,有些华丽,也过于冷漠。

霍灵均紧了紧扣住手机后壳的三问:"陶先生看上我什么?"

电话那端的女人似乎真的思考了那么几秒,而后似真似假地说:"大概是你那双笔直的长腿,或者是你那双修长且多才多艺的手?"

霍灵均唇一翘:"陶先生自己不露面,又说看上霍某,是不是太过没有诚意?"

女人的声音里仍旧带着笑:"怎么,想见我?想开了觉得我比你那牙尖嘴利的小啄木鸟好?"

她如此形容顾栖迟,霍灵均捏着手机的手扣得更紧了一分。他一样语带轻笑:"不,我想我现在应该去见你,将你看上的东西送给你,绝了陶先生的惦记。"

女人又问:"怎么送?"

霍灵均很干脆:"在您眼前剁掉我这双您看上的手,和那双您看上的腿。这样,我身上就再也没有值得陶先生惦记的东西了。"

还真是和过去一样倔强。回味着他这句话的女人笑得开怀:"我真想立刻见到你。"

可笑至极。霍灵均直接挂掉电话。

对方却也没再打来,只是发来一条简讯:方城是我送你的礼物,毕竟他和你的小啄木鸟也不对盘。该收拾就收拾,我没有意见。

见人走了,裴安才走到霍灵均身旁。他年纪长霍灵均十岁有余,习惯叫霍灵均"老板",或是像现下这样喊 "霍哥。"

他蹙眉问霍灵均:"刚刚那个人,需要我堵死在无人的地方,揍一顿吗?"

裴安的眼神和语气均无比诚恳,霍灵均忍不住笑出声:"裴安,不知道揍人犯法吗?"

裴安没立刻回答,看得出霍灵均此刻的心情有些复杂。他将适才霍灵均浇茶后空下来的茶杯摆回原位:"刚刚霍哥难道没揍?"

霍灵均摇头打断他:"我揍的不是人。你不行,裴安,你进过里面一次,案底翻不了,不能让自己被别人逮到把柄再进去一次。为了这样的畜生,不值得。"

裴安耿直,还想争取:"我不知道你们说了些什么,但我不用知道,也知道那个人一定很下作。不揍他,我觉得可惜。"

还真是一如既往的固执。霍灵均笑笑,伸腿踢翻一张木椅横在裴安眼前:"滚,回你的厨房刷盘子去。别一副我被人凌辱你要替我报仇的模样。"

他继续啐裴安:"我是个男人,不是豆腐做的,更不是水做的。滚回你的厨房,碍眼!"

顾栖迟醒来的时候,最先入眼的是棉花糖那只猫。

棉花糖蜷成一团窝在她枕畔,一副睡得不知今夕何夕的模样。顾栖迟捏了捏它的肉垫,棉花糖不满地把爪子从她手里抽走,眼都没睁开一下。

等她简单梳洗下楼,却还是不见霍灵均的身影。这人上完她就拍拍屁股走人,嫖客好歹还留张支票呢,他就只留下一只傲娇的摸都不让摸的猫。

顾栖迟瞪了睡死的棉花糖两眼,而后带着饥饿又从楼上下来进厨房。

电饭煲显示保温,电源未被切断,而后是被摆上餐桌的四道菜。

旁边还贴了张便签,画着很形象的简笔画,四道菜跃然纸上:热我,用微波炉给我加热再临幸我,不然我狠揍你的胃。

整张便签上唯一正常的语句,就是后面那句补充:汤在瓦罐里。

她想霍灵均以后也可以考虑搞副业做漫画家,到底是他童心未泯,还是他眼里的自己只适合这样的画风?

她想了想,顺手从冰箱旁的置物架上撕下来一张便签,写了几个字在上面,贴到别墅一进门就能看到的隔断上面。

她有些担心霍灵均看到之后首先会嘲笑她的字,草书,可还是能辨识出来。

她只写了十四个字:爱妃很贤惠,朕明天还翻你的牌子。

顾栖迟没想到,第一个看到自己所留那张便签的人,不是霍灵均,而是久未谋面、突然上门的霍之汶。

虽然年轻,但久浸商场,霍之汶越发雷厉风行。她和霍灵均也不过午后才到他在半山的这栋别墅,霍之汶听闻消息的速度未免过快。

但也在情理之中。颜淡和Albert,一个是霍之汶的员工,另一个是她的仰慕者，她问些这类不涉及高度隐私的问题，自然能得到答案。

商流沙一见到她，立马挣开霍之汶的手扑上来抱紧她的胳膊。

顾栖迟数次被商流沙偷袭过，但她生性对孩子有些距离感，仍不适应商流沙的热情。

霍之汶换了拖鞋，撑在墙壁上的手摁向了顾栖迟所粘的那张便签。

字迹凌乱，可她自身的签名也历来潦草，还是能够分辨出上面的内容。

她满脸都是晦暗不明的颜色，和她那件镂空的黑色连衣裙一样，看起来让人觉得森冷。

"和阿均在玩角色扮演？不太象你们会有的爱好。"霍之汶笑道，而后推着顾栖迟和商流沙往客厅里面走。

她对这栋别墅甚至比顾栖迟这个女主人更为熟悉。从霍灵均挑中这个地方，内装都是她一手指挥搞定。简欧风格的空旷客厅内，商流沙几次抬头欲言又止，看看霍之汶，再时不时地偷瞄顾栖迟。

似乎有话要说。

霍之汶眼角余光扫向她，腿一弯先商流沙一步坐向沙发对顾栖迟说："我问过 Albert 阿均这几日的行程，难得他有时间，帮我带一下流沙。"

霍之汶的话并无异常，可一向大大咧咧的商流沙罕见地眼眶红了。

顾栖迟并不擅长安抚小孩子，一时间有些茫然失措。

"我要出差几天，下周才能回来。"霍之汶眼眸低垂，掩住很多情绪。

顾栖迟的直觉告诉她，霍之汶的这次出差并不寻常，可她不想也不便窥探霍之汶的私生活。

商流沙绞着她手的力道越来越大。顾栖迟最终还是没忍住替小姑娘问起她的父亲："宴清哥呢？"

她没有见过霍之汶的丈夫商宴清几次，对他的所有了解，除了偶尔见诸报端的有关照片和新闻，便是出自商流沙之口。

小姑娘显然崇拜父亲，霍之汶既然忙，把她交给商宴清或者送回霍宅让霍母纪倾裳带，自然更为合理合适。

可这短短两月，霍之汶已经是第二次将商流沙塞到他们这里来。霍之汶眼神一换，对一旁的女儿说："流沙，你去二楼，我和舅妈有事情要说。"

商流沙有些不乐意，却还是一步一回头地往楼上走去，小小的身影慢慢消失在楼梯拐角。

她乍一离开两人视线，顾栖迟才听到霍之汶的答案："你姐夫这个人，做事一向够狠，不留余地。"

一句话，并无与爱人之间的亲昵。

霍之汶的语调波澜不惊，和她所言的内容并不相配："他这样对别人，别人自然也会这样回报他。我知道你在疑惑什么，流沙没办法跟着他。他现在正躺在R市的医院里，我这几天就是要过去了解一下情况。如果他还没死，我会在那里等他出院，回来办离婚。如果他撑不过去，那我和他这辈子算是彻底没办法分开了。"

她似是叹了口气："有时间帮我劝劝流沙，她理解不了父母为什么不能继续在一起。"

这个消息来得太过突然，在顾栖迟的认知里并无任何征兆。且霍之汶是以那般自然的语气将这件事脱口而出，并无避忌，令顾栖迟更加震惊。她没说话，但是眼底已经清楚地流露出疑惑："为什么？"

她的反应在霍之汶意料之中。

"你应该听说过我和席宴清之间的故事。栖迟，我曾经以为现代版的罗密欧和朱丽叶不会是悲剧，是我认知错误。"

她冲顾栖迟摆摆手："等我回来，记得祝贺我重获新生。"

眉一蹙，她又想起来："妈知道你和阿均公开婚讯很开心，但是这几日联络不到你，阿均借口逃脱的也多，有时间你们两个还是一起回去看看。"

夜已深，室内的光线再亮，也终究比日光黯淡。配上霍之汶的话，让顾栖迟感觉分外落寞。

"不等他回来吗？"顾栖迟跟她到门前，不知道此刻自己该说些什么合适，只是下意识地问。

霍之汶摇头:"帮我转告阿均就好。"

她推开门,又回头补充:"爸妈还不清楚我的这个决定,这件事我以后会在合适的时间再告诉他们。所以流沙,我不能送去爸妈那里。"

言外之意,也明确说明不希望从他们这边走漏风声。

霍之汶和商宴清。同为N市商界新贵。没有谁高谁低之分,能够并肩而立,都曾以强大的实力站在对方身旁。可原来在一起,有时候也只是高处不胜寒。

等顾栖迟踏上二楼,却没在商流沙喜欢的影音室见到她,而有细碎的说话声从客房传来。

顾栖迟寻声推开某间客房的门,才见到睡眠被扰、一脸郁闷之相的乔樾,和理直气壮拽着乔樾被角的商流沙。

太古怪的架势。太过静寂的环境。

顾栖迟觉得自己将要在这男孩和女孩的沉默对峙下燃烧成灰烬。

时代在进步,人类却在退化。

顾栖迟不记得自己小时候有没有像商流沙一样做事这样不干脆,比如她掀顾栖颂的被子,从来是掀开让他暴露得彻底。

她在自己究竟是该上前助纣为虐帮商流沙扯被角,还是善解人意地替乔樾压被角之间犹豫了十秒钟,最终等来的是乔樾冷静的一句话:"你再不放下,我要哭了。"

顾栖迟额角一抽,幸好楼下开门的声音传来。

顾栖迟立刻撇下两个孩子让他们自行解决问题,跟在先她一步跑下楼的棉花糖和咆哮身后飞蹿下楼。

顾栖迟的脚还没迈下最后一级台阶,就见霍灵均手里拿着她此前粘在入门隔断上的那张便签,正认认真真地来回审视。

听到声音,霍灵均抬眼望她,扬了扬手中的纸签:"我知道你对我……特别满意,可是樾樾还在这里。"

他握拳抵在唇畔轻咳了一声:"我们……是不是……最好低调一些?"

顾栖迟边走向他边眯起眼:"嗯,如果你现在不那么像一头蓄势待发的狼,你刚刚说的那句话，会更有说服力。"

霍灵均这才离开隔断旁也向她走近，顺带瞪了眼缠着他腿不放的咆哮，才问顾栖迟："对今晚的菜色很满意？"

一起走进，距离瞬间被缩小。顾栖迟终于迈步扎进他宽敞的胸膛，霍灵均从室外带回的凉意透过他的外套一点一点传递到她的肌肤上："白纸黑字的赞美已经写在那张便签上面，还不满足？"

霍灵均轻拍她的长发一下，手臂而后下滑勾住她的腰往前一带，让她更近一步靠向自己，消弭了最后那一丁点儿缝隙。

"如果你觉得厨房里的那些食物还不够美味的话，我可以提供另外一种，像下午你在浴室加餐过的那种一样。"

他的呼吸喷薄在她头顶，声音里溢出的笑甚至有些傻："考虑考虑？"

顾栖迟原本揽在他腰侧的手抽回一只，顺势在他腰侧一拧："你刚刚出去是去看日本电影了？"

她仰视他，微点头："你现在整张脸都是一副刚看过日本爱情动作片之后深有感触的模样。"

她伸出手戳他的额头，从他口袋里摸出他的手机去敲他高挺的鼻梁。力道很轻，像是爱抚。

"不光槭槭，流沙也过来了，你是成年人，知道少儿不宜这个词是什么意思，对吧？"

霍灵均这才笑着弹指轻轻敲她眉骨一下。同样轻柔的力道，带着他指尖的温热。他俯身去摸在一旁嚎叫求欢的咆哮，棉花糖也在他跟前摇尾巴。

他的耐心和好脾气展露无遗，顾栖迟心念一动，借着她刚才从他口袋里摸出来的手机打开摄像头摁下了快门。

当日深夜，她在自己的微博配了一张霍灵均和一猫一狗温情相对的照片。

写下几个字：我的一大两小。

次日晨起天色暗沉，细密的雨丝捶打在玻璃窗上，滑落的线条任性而无章。别墅院内的乔木不再静寂挺立，树干笔直，树梢和枝桠轻轻摇曳，时弱时强的唰唰声大部分被玻璃隔绝窗外。

清早顾栖迟没听见雨声,而是在毛茸茸的爪子触碰下不堪其烦地睁开了眼睛。跃入视线的,是棉花糖那张瞪着大眼睛分外无辜的猫脸。

越来越有恃无恐地往她床上爬。顾栖迟瞪它,它也无动于衷。她只好伸手拎起棉花糖的两条前腿抱它起身。原本搭在身上的薄被滑落。笔直修长的腿和优雅抢镜的锁骨一览无余。

等她在和棉花糖的肢体搏斗中胜利下楼的时候,乔樾和商流沙已经洗漱完毕安坐在餐桌旁。

同样上身简单的套着白色衬衫的霍灵均正给两个孩子端递牛奶。

他的侧脸柔和温润,很像一个得心应手的父亲。

棉花糖一叫,顾栖迟才下意识松手放它下来。围拢餐桌旁的三人这才闻声齐齐调转视线看向她。

顾栖迟拨了拨有些凌乱的卷发,隔着遥遥数步距离,声音依旧有些晨起的暗哑:"早。"

她的一双腿在他视线之内晃来晃去,以一种肆无忌惮的姿态。

霍灵均狭长的眸子瞬间眯了起来,冷静如常地对正回头看的乔樾说:"乔樾,闭上你的眼睛。"

商流沙逮到机会,手里捏着三明治,嘴边挂着的一丝奶渍甚至都来不及伸舌头舔干净,出于友爱互助的原则多给了乔樾一种选择:"乔樾,盯着你眼前的一亩三分地看。"

末了他还觉得不够又给出第三种,如同长辈下命令一般:"乔樾,吃你自己的早餐。"

乔樾哭笑不得。霍灵均仗着腿长几步就走到顾栖迟身前。

顾栖迟在他跨过来的前三秒还在考虑一会儿要找一个什么姿势勾他的脖颈啄他,现下已经被他打横抱起。

任何她思考出的姿势在此刻都显得多余。这数十层台阶,她抱着棉花糖——踏过时觉得有些冰凉,此刻在他怀中,却暖得过分。

霍灵均念念有词，一副老气横秋的郑重口吻："乔樾虽然未成年，但将来也是个男人。"

他头微低，视线刚好停滞在顾栖迟峰峦若隐若现的前胸。不过瞬间，他眼底的温度已然烧灼起来。顾栖迟探进他的双眸，入眼便是逐渐燎原的火。

……真是战斗力旺盛的物种。且对自己的七情六欲过分直率坦白。

顾栖迟趴在他肩头，手指轻轻敲打在他的脊背："乔樾的醋你也吃？"

霍灵均清浅地"嗯"了一声，很坦然："我吃。流沙的醋我都会吃，所以你自觉一点儿。"

顾栖迟闻言揪住他的衬衫衣领，抬眸气势凌人："我最近不够贤良淑德？"

霍灵均踢开主卧的门将她放在床上，然后打开一旁连通衣帽间的落地衣柜，顺带回答顾栖迟的问题："贤惠不是你用来形容我的？嗯？别人抢台词，你直接抢词？"

他从中挑出一件蕾丝长裙拎在手中，走向坐在床侧的顾栖迟："坐好别动，我替你穿衣服。"

霍灵均一本正经的模样，顾栖迟忍不住笑出声："我不是樾樾，也不是流沙，父爱泛滥的霍先生，我需要提醒你我是个完全能生活自理的人。"

霍灵均却没有认可她的话，声音突然放得更缓，每个字都缓慢地脱口而出在顾栖迟耳膜上拉扯："怀疑我的穿衣技术？"

他还是那一张不动声色、严肃无比的脸："相信我，霍太太，我既然能将它们一件一件亲手撕下来，自然有办法把它们一件一件亲手穿回去。"

顾栖迟浑身一紧。淡定寡情的她，最近竟然总是轻易地便心慌意乱，更准确地说，是心猿意马，更坦率一点，叫作见色起意。

顾栖迟忍住想要对霍灵均投怀送抱的念头再度下楼。

乔樾和商流沙依旧安坐餐桌两旁，细嚼慢咽，食不言。他和她，外加一个男孩和一个女孩。这样的画面像昨晚霍灵均和棉花糖以及咆哮在一起那般，让顾栖迟感觉到同样久违的安宁平和。

岁月静好。

这一刻,她只能想到这四个字。

雨依旧未绝。

倾落而下的雨滴在冷硬的地面汇聚成河,水流汩汩,沿着街边滑过。

饭后北方送他们去医院探望顾栖颂。

被曝光之后,顾栖迟还是第一次和霍灵均一起现身公众视野。挡之不尽的偷拍,顾栖迟倒也不以为意。

她本不喜欢遮遮掩掩,此前的避讳,无非是想省掉更多的麻烦。她唯一担心的是顾栖颂会被牵扯进来,那一场事故会随之曝光。

扫到身后余光里鬼祟的身影:"要不要回去联系下狗仔把偷拍的照片买回来,像你过去做过的那样。"

霍灵均从没解释过去地在书房里看到的那些照片,来自哪里。

顾栖迟这样想,霍灵均看着她生动的眉眼突然莫名生出些感动。

为了她对他义无反顾的信任。

他心动时从来容易热血,瞬间握紧顾栖迟的手问:"买很浪费金钱,而且是个无底洞。不如我们回头反盯他们,把照片抢过来?"

顾栖迟伸手戳了下他额头,173的身高在他面前略微吃力:"然后明天我们以'当街抢劫且暴力行凶'的标题出现在报纸上?"

"不喜欢?"霍灵均笑,眼底都是恣意耀眼的锋芒。

顾栖迟有些磨掌霍霍的感慨,眉一挑眨眼,格外灵动:"不,当然是迫不及待再疯一次试试!"

等两人解决完身后盯梢的人,已经是一刻钟之后。

顾栖迟额上渗出浅浅一层薄汗,和霍灵均刚进入的私人病房区域,还没进顾栖颂的病房门,就听到顾栖颂在和护士有一搭没一搭地聊天。

他在车祸中受的伤复原得很快。除了最早在ICU那些时日里有些吓人。但他离开医院的时间依旧遥遥无期,因为脑袋里那颗不知何时会发作的隐患。

顾栖迟并不喜欢为自己不屑、不喜、看不起的人浪费精力,如左丘。

最初顾栖颂徘徊在生死线上的那几天，事关案件的发展，都是颜淡在替她以受害人家属的身份打理需要她出面的那一部分。

她未曾过问，只关心顾栖颂好不好。看到他们进门，顾栖颂才停下和护士的闲聊。

遭受重创之后的身体依旧有些虚，顾栖颂的脸久经北非的风沙，已不似早年的细嫩，他常年摩挲挖掘工具和各类文物的手，已经变得粗粝。

此刻虚弱，却并不过分苍白。顾栖迟上前抱他一下，试探到他掌心微凉的温度眉心一蹙。

多年兄妹，很多事情一个表情对方便已然心领神会。顾栖颂拍拍她的手背："没事，一年四季本身就是这种温度。"

这一幕温情缱绻的画面，却有一丝苦涩淬上霍灵均心头。不过春夏两度，曾经一起站在他面前的霍之零和顾栖颂，一个已经入土，一个饱经风霜。

想起左丘提到的之零死前那条未能发出的短信，千言万语哽在喉头，他不知道自己应该从何说起，应该说什么。又是否沉默才是最好的选择。

如今真相浮出水面，这样一个始料未及的结果，能让顾栖颂释然走出过去吗？求不得和永失所爱两者之间，他无法权衡从中取一。

顾栖迟随后白了顾栖颂一眼："我只是担心你脑袋上日后留下手术的痕迹，变成丑八怪。"

顾栖颂接着她的话顺下去："情人眼里出西施，我只帅给那一个人看就好。"

他把霍灵均也拖下水："像阿均那样帅给地球人看，你的危机感必然爆棚。"

…………

兄妹两个你来我往畅谈很久。

顾栖迟随后去见顾栖颂的主治医生，霍灵均没有陪同前往，而是选择留在病房里。

顾栖迟一离开，顾栖颂适才坚挺的身姿就垮了下来，紧蹙着眉头，似乎在忍耐着异于常人的苦楚，闭着眼睛枕在枕头上："别告诉夏至，她容易大惊小怪。"

霍灵均应下，却为她解释："她不是大惊小怪，她表达担心的方式就是这样。"

他思来想去,还是轻唤出口:"哥。"

顾栖颂睁开眼睛看着他:"跟你没有关系。"

霍灵均知道他是误以为自己要解释那晚的事故,摇了摇头:"有件事,你有知道的权利,我稍后会发到你的信箱里,是否查看你可以自己决定,并不算好消息,但事情坏到如今,也不会更坏了。"

顾栖颂的脑部手术还要等他身体机能进一步复原才能排期。

回程时,来接他们的依旧是北方。

顾栖迟再度从霍灵均身上摸出她的手机,这才发现她之前所发的那条微博,已经被点赞过百万。

她看到里面被赞最多的那条评论,来自霍灵均圈内的朋友程冬青。

程冬青转发了她的那条微博,并且附言:嫂子,努力生,下次微博配图记得用阿均、儿子和女儿。

顾栖迟用手肘捣向霍灵均,将屏幕再度点亮挪到他身前:"这人意识真是超前。"

她又微用力伸出手臂推霍灵均的臂膀,自己还没开口,就听霍灵均说:"是个好主意。"

顾栖迟不知道他为什么可以那样冷静自持地说出那样厚颜无耻的话:"可惜现在农田是收获的季节,不是播种的季节,不知道现在种子播下去,能不能发芽长大。"

"我们实践得真知一下?"

九　爱是并肩而立，是为你遮风挡雨

一大早霍灵均就招呼助理北方一起送乔樾回校。

已经偷得浮生数日闲。顾栖迟近期的生活节奏整体都慢了下来，除了霍灵均，还是霍灵均。

除了跟进《念念不忘》的后期之外，他的工作便仅剩为《江山如画》的开拍做准备，其他邀约都被推掉了。

不过今晚却是例外。很长时间没有出席正式的活动了，顾栖迟一进《声色》杂志举办的慈善晚宴，便吸引了无数扫射而来的镁光灯。

总监白夏派了几个助理跟着颜淡，帮她抵挡娱记的重重攻势。顾栖迟在一众嘈杂的问询和推挤间，颇有些费力地突围。

《声色》是圈内五大杂志之一，它的创始人关羽早年是闻名国际的亚洲名模。近年致力于时尚和慈善事业，圈内人脉资源丰富，《声色》在业界的口碑也无出其右。

霍灵均因为送乔樾回学校，会到场晚一些。

顾栖迟出道后拍的第一个杂志封面就是《声色》的开年刊，和关羽相识已久。见她一出现，关羽就远远地对她眨眼，指派自己的助手送去两张房卡。

一个是她的休息室，另一间自然是留给霍灵均。

顾栖迟迟疑了一秒，把颜淡她们扔到自己那间，自己则进霍灵均的房间等他出现。

慈善晚宴因为空运的花束出现意外，比预计时间开始得稍晚一些，到场的众人大多和关羽有私交，和《声色》也有良好的合作关系，均没什么怨言。

顾栖迟站在套房的落地窗前，一眼望不尽城中灯火。

她一个人着实有些无聊，今天造型师和服装师给她挑选了一件裙摆很长的鱼尾裙礼服，臀型和Ｓ线条显而易见，行动异常不便。

她看到礼服的第一眼就干脆地否决了。可颜淡极具耐心地和她探讨了半小时何为艳压，她烦躁不堪，为了让颜淡和造型师闭嘴只好妥协。

绾起的发有些松散，带着凌乱而慵懒的美感，将她身上魅惑的气息点亮。可顾栖迟的心情却没那么慵懒，反而逐渐焦灼。

颜淡奉总监白夏之命给她换了新手机，她此刻握在手里，准备拨给霍灵均。

几乎同时刻，顾栖迟听到了身后套房门开的声音。

脂粉、浓妆、媚眼、催情……

顾栖迟回身，便看到一个闪身而入的娇弱身影。

顾栖迟细长的眉眼慢慢眯起，而面前的女人在看清她的面容之后，有些尴尬想要回撤。她的动作却不及顾栖迟的声音来得快："一夜多少？"

"对不起，进错了房。"

面前的女人想往后退，离开这个地方，却听见"砰"的一声响，原本立于顾栖迟手边的台灯，越过她头顶，决然地被砸向房门，玻璃灯罩即刻碎裂满地。

顾栖迟步步逼近，173的身高配上高跟鞋显得更为高挑迫人。鱼尾裙的下摆束缚了她的步伐，顾栖迟视线紧盯着对面眼神迷蒙的女人，手却迅速摸向自己膝盖处大力一扯，将蕾丝裙摆彻底撕离裙身。

走近了，她能更清晰地感觉到女人身上的迷迭香。

"派你来的人，让你来服侍霍灵均？"她将女人逼向墙壁，退无可退。她才刚刚开始，可面前的女人已经有些抖。

"这人骗你呢"，顾栖迟柔柔一笑，伸出一只手贴向女人的脸侧，在即将触及的时候，停了下来，"其实是我口味特殊，需要特殊的同性服务"。

面前的女人抖得更为厉害，顾栖迟眼微眨，此前无聊的情绪一扫而空。

她逗起了眼前人："我喜欢多玩些花样出来，你想背上被鞭子抽成井字形，还是想刻一堆米粒？"

关羽接到顾栖迟的电话上楼时，顾栖迟已经用她从礼服上扯下来的蕾丝条将人捆在了椅背上。关羽面色铁青，一进门就凶神恶煞地冲向已经憋不住自己进入高潮的女人，狠狠扇了两个巴掌。

关羽在圈内有"男人婆"的称号，顾栖迟微微蹙眉："知道什么叫怜香惜玉吗？"

关羽挑眉，看到顾栖迟一副无所谓的模样又有些泄气："这要是被拿出去大做文章，别人还以为我关羽是老鸨，拉皮条的。哪个缺德货干的！我们的慈善晚宴已经成品牌了，我这么多年就只在努力做这一件事，还给老娘使绊子！不咒他生生世世断子绝孙我就不姓关！"

顾栖迟被她的大嗓门震得头皮发麻："冲你去的话，在宴会厅内，或者一旁更容易引起今晚这堆娱记的关注。不是你，是冲我和霍灵均来的。"

顾栖迟此前只是推断，见到关羽之后，更加确信了自己的判断。

关羽要上前逼问，被顾栖迟拦了下来："没有人会蠢到直接和这些派出来办事儿的小喽啰暴露身份，问不出来，能问出来的也是假的。"

关羽有些丧气，摔坐在顾栖迟一旁的沙发上："我还没找你算账，结婚结得那么隐蔽你心安理得吗？我以为你单身，上次时装周遇见黄金单身汉还想给你介绍。还有谁能给你们找茬？胆子肥上天了！不怕被你弄死？"

"滚！"顾栖迟没跟关羽客气，"我是守法知法手无缚鸡之力的柔弱女性，我能弄死谁？"

关羽摊手，这才注意到顾栖迟的礼服："霍帅就不要求你裹得严实点儿？"

她跳离顾栖迟两步："我不想补妆，别揍我。沈斯夜在外面，你的新戏不是和他合作吗，既然霍帅过会儿才来，不如你去和新搭档交流下，来了总得露个正脸。"

顾栖迟有些不明所以："哪部新戏？"

关羽则更为纳闷："商陆那部片你不是签了吗？那部电影的统筹联系我们发第一稿演员写真，已经在敲拍摄时间，应该马上就会和你们协调档期。你该不会连电影男主角是谁都不知道吧？"

慈善晚宴开始之后，霍灵均依旧没有现身，只是给顾栖迟发了条短信：乔樾突然发烧，我晚些回，帮我跟关羽说明，请她担待。

有哪里不对，可顾栖迟无法将那些呼之欲出却没有头绪的细节串联起来。

从金影大厦莫名跟在她身后的男人，到霍灵均关键时刻的突然现身，再到酒店内意外出现的外围女，以及电影的突然换角……

在别墅这段时间，她没有接触外界，霍灵均在身前，流沙和乔樾为伴，她的心境是前所未有的宁静平和。

多年来只身打拼始终未曾放下的紧张感，随着霍灵均每日数句不算情话的情话渐渐消散。她有些沉浸于近日的安稳。可如果这种安稳，是霍灵均为她打造出来的呢？她从来不想做别人身后不受风吹雨打的女人，在任何的危机面前，她都想做一个能够为身边人分担忧愁的存在。

顾栖迟很快向关羽请辞，打发走白夏配给她的一众工作人员，只留下颜淡做司机。车窗外夜色已深，路边草木隐在夜色间让人看不分明，就像那些她一无所知的事情。她十指交握扣在一起，过了一会儿，拨给Albert。

Albert接线有些慢，顾栖迟在心底数到七，那端才出现Albert有些惊讶的声音："顾导？"

顾栖迟直奔主题："你现在在哪里？"

"霍帅没有和我在一起，他和北方还在乔樾那里。"Albert答非所问，猜测她是要问霍灵均的行踪。

顾栖迟重复问了一遍，声音更显急厉"我问的是你在哪里？我现在想见你。"

Albert虽然不明缘由，最后还是配合地告诉她地点："我在HA工作室。"

顾栖迟到的时候，Albert已经在工作室楼下等着了。

霍灵均和ME约满已经五年，这间工作室便也成立满五个年头，除了霍灵均之外，还签了三个新生代演员。

顾栖迟还是第一次现身这个地方，Albert领她进霍灵均那间预留的办公室。

她的神色有些凛冽，眼睛里却透着焦急。Albert 擅长察言观色，更加不敢轻举妄动。顾栖迟踩着高跟鞋站在他身前，和他身高几乎持平。视线相对，Albert 感觉到剧烈地冲撞。

"最近有麻烦。"她没用疑问句。

"没有。"Albert 身心一颤，答得小心翼翼。

"撒谎。"顾栖迟一口否决，而后问，"什么麻烦？"

Albert 有些难堪："真没有。"

顾栖迟嗯了一声："要我去问霍灵均？"

"……真的没有，你想多了。"Albert 再度声明。

顾栖迟坐了下来："别着急否认，慢慢想，今晚我有充足的时间等你。"

Albert 有些后悔接她这尊大佛，想到霍灵均近日的沉默，更加觉得自己不能轻易地在顾栖迟这里捅娄子。

"我没什么可说的。"

顾栖迟始终咄咄逼人："没什么可说的你紧张什么？坐下我们慢慢聊，说两句话而已，你大可以放心，我口味没那么重，不会对你图谋不轨。"

Albert 不知道她这话到底是安慰还是讽刺。

"我坐下也没什么可说的。"他坚持道。

顾栖迟点头："那我说给你听。"

Albert 头皮开始发麻，本能地抗拒："我能拒绝听吗？"

"可以，只要你说清楚，到底有什么麻烦。"顾栖迟柔声细语的模样比她凶神恶煞时更让人觉得可怕，"你应该听说过一句俗语，宁拆十座庙，不毁一桩婚。你不告诉我，就是在破坏我和霍灵均的婚姻。"

……赤裸裸的歪理。可 Albert 无力反驳。

为了霍灵均好，为了霍灵均好……他在心底默念了好几遍叹气认输："我说。"

"工作室刚签的一个艺人正被行政拘留，身陷吸毒案，很年轻的小姑娘，刚接的剧和广告都被换掉了，并且还需要赔付违约金。《江山如画》原本是我们推的，现在形势有些变化，上次我们匆忙去金影接你，不是偶然……"

"说重点。"

Albert咬牙一狠心:"有人在整我们,为了让他妥协。"

顾栖迟脸色微变:"乔樾没有生病是吗?"

Albert防守工事全线崩塌:"是。"

他叹口气,有些不忍心:"出了一点儿小意外,他们在去域港的路上被人堵截。"

"然后呢?"

Albert总觉得她的云淡风轻很可怕:"就……受了一点儿轻伤。"

她嗤笑一声:"轻到不能露面见我?"

"看来的确很轻,"顾栖迟站起身准备离开,"那个人是谁?整你们的那个人,是谁?"

顾栖迟记不清自己有多少年没有联系过顾时献。

她对顾时献的厌恶,自年少时知晓他出轨的那一刻起,便没有断过,经年日深。不能让霍父霍母担心,不能让爷爷知晓。这一刻,她能想到的,能帮助她查清那个陶先生身份的,只有这个自己厌恶多年的生父。

他能办到,且一定会守口如瓶。

原本以为老死不相往来会是一辈子,可真的主动迈出这一步去联系顾时献时,也没有那么煎熬。

听筒里中年男子的声线里透着难以置信:"夏至?"

顾栖迟尽量克制自己的情绪:"是我,能不能帮我一个忙?"

那端的顾时献久久没有接话,在顾栖迟决定放弃时,终于等来他有些喑哑的回复:"只要我能办到,多少个都可以。"

顾栖迟并不喜欢他这副随时撑起慈父模样的面孔,想要尽快结束这一通电话:"我想要知道一个人的真实身份,和她日常出没的住所地址。"

顾时献的效率很高。顾栖迟刚看完那个地址,手机就震动,来电显示是霍灵均。她接了起来,那端霍灵均的声音带着几分清浅笑意:"离得有些远,今天还没说早安。"

顾栖迟深吸一口气:"把乔樾带回来,早点儿回家。今晚见不到你,我就拐跑流沙。"

还没等霍灵均接话,顾栖迟又马上说:"我开玩笑,记得早点儿回家。"

说完,便切断了这通简短的电话。

N市有很多深宅大院。

肃穆,古静。像是带着遥远的回响,如今都是权势之家的象征。像"草庐"这样深墙圈立、飞檐环绕的有很多,像它一样青石板路绵长通向院内所有角落的也有,但像它一样,内里水池分布、荷莲四季常开、绿叶和花红交替辉映的却并不多。

顾栖迟站在门外,透过门前那两盏灯笼,似乎能够看见这座大院已然远去的历史。

有些出乎意料,这里并没有森严到插翅难进。甚至她还未敲门,便有人从内拉开木门相迎。

管家很有风度地在门前拦下她,询问她前来拜访的缘由。

顾栖迟望了眼门后那道石刻壁画的隔断,心和语调像它一样坚定不移。她道:"你家主人,动了我的人。"

Albert思考了整晚,在理性和感性的双重交织煎熬下,觉得自己应该将顾栖迟已经知晓此事的消息透漏给霍灵均。

接到Albert的电话前,霍灵均正因为顾栖迟挂掉他的电话而陷入沉思。她不会因为自己未能到场《声色》的慈善晚宴而生气;她也不会因为自己坚持亲自送乔樾回校而生气,她更不会仅仅只是无理取闹……

这个看似简单的问题链结尾过于烦琐难解。霍灵均摸了下额头,将所有的思绪又带回这个问题链的开端。

顾栖迟刚刚是生气了吗?不是,她说早点回家,但有什么不对。

他和乔樾面面相觑。路上被来路不明的人堵截,汽车撞向路边的灌木丛,车内的他和乔樾即使系着安全带,仍被甩向一侧。他撞到车内的饰物上,额头被划破，见了血。

伤处粘着白色纱布，面积不大，在他白皙的肤色上也没有显得过于突兀。

这段时间来连续遭遇两起车祸，也算奇遇。乔樾坐在他一旁，小手试图攥着他的大手，撞车时霍灵均在最后关头将他扣进怀里，修长的手臂围拢起一个避风港，可乔樾现在回想起当时的场景，还是觉得有些后怕心惊。

他出生至今，从未经历过这样的变故。见霍灵均只是额角挂彩，乔樾现下已经有心情仔细审视他了。

"这伤三两天内好不了吧？看着还是挺明显的，你都残缺了。"乔樾觉得霍灵均瞒着顾栖迟的这个做法有些蠢，鉴于霍灵均是成年人，他这么年轻的后辈也不好直说什么。

他望着霍灵均额上那块被白色医用胶带粘在伤口上的白纱布发愣，自己下意识地顺手从那堆剩余的备用纱布里挑了一块，琢磨要不要贴在自己额上。

同甘共苦这种事情，具体到同分丑共挂彩，他觉得也没什么不好，毕竟他和霍灵均的感情其实真的挺好的。

他的爪子还没从那堆医用纱布中抽回来，就被霍灵均伸手打了下来。

霍灵均揉他的脑袋："不然呢？你让我告诉她我是出门不小心摔了磕的？我觉得这种说法有些过分侮辱我和她的智商。我更不能告诉她，有人最近一直致力于给我点儿颜色看看。这既损伤我身为男人的自尊心，又会挑起她的忧心，无论从哪个角度考虑我都不会这样做。"

尤其想到后者。

"等我解决好一切，这道伤口也就基本愈合了。到时候倒是可以夸张下，说不小心负伤了，让她心疼心疼。"

乔樾规矩地坐着，对他的这点儿恶趣味明显有些鄙夷。

霍灵均又揉了乔樾脑袋一把："你这小脸至于不屑成这样？我就不能偶尔撒个娇？"

他站起身，觉得额头有些刺痛，没好气地冲乔樾挥手："滚去睡觉，别杞人忧天，一切有我在。"

乔樾撇嘴，不以为意："现在是早晨啊，再说北方还在嗷嗷叫，我睡不着。他明明伤的是握方向盘的手腕，我怎么觉得他坏的其实是脑袋呢？"

两人的对话还没有取得实质性进展，Albert的电话就打了进来。

霍灵均刚接起，适才的笑便僵在了唇角。

顾栖迟被引路的管家带进庭院深处的一个偏厅。四周有男男女女嘈杂的说话声，配着重金属音乐，音量很小，但因为距离过近还是让人无法忽视。

管家只引她进门，就退了出去，留她只身面对大开的厅门。可能是先入为主，顾栖迟不喜欢这里的主人，自然也不喜欢这个地方。

她从来喜恶分明。

那些男男女女嘈杂的声音让她起了些不良的联想。瞬间蹿升起的恶心感从心底直冲她的脑门，翻搅不息。她并非未曾耳闻过圈内关于这个人的传言，今日突兀拜访，结果会是怎样，她也全然没有把握。

宣战？不，除了可能会激怒人之外，她想不到别的结果。

退敌？不，这个久经沙场却依然岿然不动的人，绝非是这样容易打发的等闲之辈。

可她劝不了自己，无法什么都不做。她要见的人始终没有出现，顾栖迟并非不急。她站在偏厅的一角，内里复古的红色家具样式古典，角落里还安放着几个釉里红瓷器。

视线内是这些典雅的古物，耳边是那些嘈杂声音，她觉得整个人的感官形成了剧烈的反差。敌不动我动，她从来不是坐以待毙的人。

在新一轮的声响渐起时，她抱起偏厅内的红木圆凳，狠狠地砸向偏厅西侧的房门。骤然的撞击声让一切归于平静，仿佛适才的声响只是一场缥缈的梦。

顾栖迟再度落座之后，便见到了适才引她进门又失踪的管家。

"顾小姐，"管家微躬身递给她一张票据，"那扇门和那张圆凳，价值过百万，希望不日您能将赔付的钱打到这个账号里。"

他没等顾栖迟接手，只是将印着不知何种徽记的票据放到顾栖迟身旁的桌面上,而后背起手说:"先生交代我带您熟悉一下这里的环境。"

他在前面走,放慢步子等顾栖迟跟上,一出偏厅的门,就停了下来。他的任务是给面前的年轻女子上一堂生动的课,这课的内容真真假假,是编造的也无所谓,只要让她知道"恐惧"为何物,就是一堂好课。若能让她知难而退,那更是好上加好。

管家边走边指着院子里的石柱给顾栖迟看,石柱半高的位置脱了块儿漆。

他微微一笑对顾栖迟说:"顾小姐走稳点儿,不小心撞上去,留下疤可不好看。"

他这话说完,停了下来,等待顾栖迟的反应。

顾栖迟没动,管家又说:"先生觉得沾了血的漆不好看,让人刮掉了,不过我倒是觉得没了也不算美观。"

顾栖迟不言,管家很自然地将她的反应归结为——怕了。

如此最好。这般才是她可以见主人的时候。

管家这次放心地将她领进院内的一幢木楼,推开底层的木门,顾栖迟视线跃过他肩头,触目所及的是一层像隔断一样从高空垂落而下的黑纱。

顾栖迟只看到黑纱后一张极宽的软榻的轮廓,和那个斜垮在软榻上的女人。纱的维度过密,顾栖迟无法看清女人的容貌。

"刚才偏厅的声音好听吗?"让人分辨不出年龄的声音,尾音上挑,带些轻佻。

管家闻声自动绕到黑纱后搀扶她起身,递给她一根细长的香烟,替她点火。

她轻轻吞吐,吹起一层一层的烟圈浮在空气里:"是两个佣人不分场合的……"她的刻意停顿,顾栖迟懂。

紧接着她说:"顾小姐恐怕理解不了这种乐趣。"她又吹了几口烟圈,这才听到顾栖迟出声。

顾栖迟的语调里仍旧没什么情绪,极淡极坦然:"您不必吓我。"

吓?

"哈——"陶先生抖了抖夹在指尖的烟头,灰白的烟灰掉落在地板上散成一堆。

"直率倒是像我,和他更年轻的时候也像。别人就差说想动他,他自己明明不喜欢,很反感,可还是能一脸语重心长地提醒别人这样不对。总是特别坚持原则,永远有一条底线。那种让人看一眼,就想毁掉他的清白,就想——"

"睡。"顾栖迟替她说下去。

陶先生又吐了口烟圈,目光拉得有些悠远。她笑得难以自抑,整张脸在弥散的烟圈下显得更加轮廓不明。

顾栖迟嘴唇紧绷,向面前的黑纱走近:"我的话没有说完,那个人,我会睡一辈子,所以你真的没有机会。我一向尊重老人,所以这是我出于尊老,给您的忠告。"

管家闻声脸色突变,脚下一动,却被陶先生伸手摁了下来,她懒洋洋地开口,声音里带些漫不经心,重新靠回她的软榻:"老克,不到时候。这轮游戏,还不尽兴。"

顾栖迟也笑,极冷,无视这主仆二人的对话,更让自己无视这满室的呛人烟**雾**。这轮游戏,顾栖迟没有继续下去的兴趣了:"我不怕明抢,可看不起下作的暗夺。我来这里的原因想必你很清楚。"

陶先生扔掉已经燃尽的烟头:"顾小姐不妨说说。"

顾栖迟哂笑:"陶先生这么殷勤地向他抛出橄榄枝,又狠得下心教训,我不得不怀疑你是想曲线救国,真实目的其实是我,拿他当幌子?"

她看到自己的面容映射在偏厅玻璃装订的壁画上,更为坚毅从容:"我来是想告诉你,我没有改变性向的兴趣。"

她四两拨千斤,将霍灵均从这个事件中完全摘除。

可室内的气氛顿时像人踩在钢丝上一样寂静紧张,谁都没动,但一动就可能是剧烈的动荡。

最终,陶先生轻呵了一声问:"万一你今天真的单刀赴会死在这儿了呢?就像今天你见到我,只是我施舍了这个会面。"

顾栖迟摇头,从口袋里摸出一个装着白色粉末的袋子:"是吗?可恐怕要让您失望了。我既然来了,便没打算走不出去。我想您需要考虑下自己想不想要一个收容他人吸毒,私藏毒品的名声。"

她亮起自己实时传递音频的隐形耳机:"接收器不在我身上,我想陶先生对这些名头都不会有兴趣,以杀人犯的身份了结余生,我想更不光彩,你看不上我的命。你现在收手,未来我们井水不犯河水。我爱我的人,你寻你的欢。顾霍两家并不是吃素的,我想陶先生这棵大树,也不会任由别人作死毁去全盘枝叶。"

她自信且坚定:"你若一意孤行还要继续,我们自然也会奉陪到底。"

她走前留给这个女人最后两句话:"我虽然小到不过鼠蚁,但我只要还活着,便看不得别人动我的人,大象也可能死在老鼠手里,和您共勉,后会无期。"

霍灵均从没在N市遇过这样罕见的大堵车。从四环开始,已经车行龟速。

"点背儿。"助理北方吐槽,忍住没说脏字。

到了中心广场,整个车流已经完全停滞下来,纹丝不动。车内的乔樾也着急起来,坐在原地等时间一分一秒划过。

霍灵均突然打开车门,嘱咐身旁的乔樾:"锁好车门,和北方待在一起,让Albert想办法过来接你们回去。"

他话毕下车,立在空间狭窄的长街上,额上还顶着那块因为伤口未愈粘贴的纱布。周围都是因为大堵车而急躁不耐的人。他甩掉外套扔回车内,向一旁的人行道跑去。

从四环跑进三环,而后是二环。

他的步子像他的呼吸一样平整,奔跑起来的身姿矫健如豹。完全没意识到路途的遥远,冲着那个目的地义无反顾地前行。

身旁不时投来审视的目光,可瞬间便被他甩在身后。这是一个从没有人见过的霍灵均。

也许下一秒,社交网络上就会出现他狼狈狂奔的路拍,可他不在乎,他心中此刻只有一个念头——早点回家。

那抹纤瘦的人影消失在深巷之内，管家老克望着闭着眼睛似在思索的主人问："就这么让她走吗？"

女人睁开眼，一眼就能看清他的想法："觉得我应该把她剁碎？"

她拢了拢松滑的蚕丝睡衣，突然问老管家："老克，腻不腻？"

她摩挲自己的手指，好像上面沾了什么一样"我腻了，偶尔换个新鲜的口味，还能找点儿乐子。"

"那么接下来呢？"管家背手看着她，"还是按照原本的计划来吗？"

她摇头，笑容很淡，透着意味深长："不，换个标题来发。最近大众很闲，也需要些吸睛的东西消遣不是吗？"

顾栖迟没回别墅，而是回了数日未曾回过的公寓。

电梯一层层地往上走，最终停在了21层。

直到这时，顾栖迟才发现自己竟然下意识地摁下了21和22两层的按钮。

她又关了电梯门，到了22层，直到"叮"一声响，才从电梯内走出来，输入密码进门。

平日在家为防偷拍，窗帘都是拉上的。此刻灯未开，室内光线黯淡到她看不清自己的手臂，只是有个大概的轮廓在眼前。

对室内的布局太过熟悉，顾栖迟在黑暗中穿行，准确地找到冰箱的位置，从厨房的梳理台上拿出玻璃水杯，倒了一杯矿泉水给自己。

嗡嗡两声响，黑暗中亮起了一块儿光。

顾栖迟没去碰搁置在吧台上的手机，拎起还没放回冰箱内的矿泉水瓶走向阳台，冲着某个位置扔了过去："滚出来，麻利点儿。"

被砸中的咆哮哼唧两声，用套在它脖子上的绳索牵了一个人出来。

被牵出来的人身影太过颀长，堵死了窗帘仅有的那一丁点缝隙。

光线黯淡，看不清彼此的表情。霍灵均松了牵住咆哮的绳索，走到顾栖迟身前，抱她入怀。

他微俯下身，用自己的鼻尖蹭了蹭顾栖迟俏立的鼻梁。

"你让我带乔樾早点儿回家,我现在回了。"他顿了下,"就是乔樾换成了咆哮,还算是完成任务吗?"

顾栖迟没动,任他蹭,任他抱:"示弱?自古以来,只有做错事的人才会这么做。"

她冷哼:"说说,哪儿错了?"

霍灵均微笑着,替她拢了拢耳侧凌乱的发。

他的手指攥紧她的手,放到自己心口,答非所问:"能商量件事吗?"

他摁住她的后脑勺,将她扣向自己胸膛:"以后往前冲这种事,能不能带我一起?"

他的手臂围拢得太紧,顾栖迟动弹不得。

"我跑了大半个城市,才没被堵死在路上。"

他的力道依旧没有半分松动:"我回来的路上一直在想,我以后会越来越老,跑得越来越慢,还会有跑不动的那一天。我想提醒自己,见到你的时候,一定要记得说,我暂时还不会拖你后腿,你以后起跑的时候,记得等我一起。"

顾栖迟"嗯"了一声,冷冰冰地说:"我问的问题,躲不了,转移话题也不会有用。"

霍灵均手臂微松,打横将她抱起。顺手摁开了灯。

他额上的纱布在灯光下清晰可见,连同眼底那些憔悴。

顾栖迟顺手一摸那块白纱布,问:"疼吗?"

霍灵均狡黠地笑,转而卖惨:"伤口不疼,就是下午太想见你跑得腿疼。"

顾栖迟的手未收回,此刻霍灵均的笑比灯光还要扎眼,顾栖迟恶意地按了上去,随即便听到他迅疾的一声抽气声。

她给出一个非常适用的建议:"疼的话就剁掉装条假腿,老不中用是必然,你也不用对你的人生太过失望。"

被她恶意地一按,霍灵均的脊背已经有许多战栗感在神经末梢上跳跃。

"老不中用?"他的声音里都是危险的信号,"原来你对我这么没信心,我到七十岁,一样老当益壮。"

他来不及抱她到床上，就地将她抵在墙上吻了下去。

起初，他密集地一波波将自己的舌尖滑进她的齿缝，再将甘甜的气息一一裹挟进他的堡垒。彼此交换，寸寸缠绵。

顾栖迟的手在他脊背上随着他吻的力道，变换着方向游移不定。眸光染着明亮的笑意和湿润的水汽，最终还是霍灵均妥协，放弃防御，让她碾过自己薄唇的每一寸领土。

她不是第一次对自己用强。霍灵均忍不住笑起来，唇翘得很高，呼吸也在她掌控之下，脸色微微涨红。他想若以后有人问他：你老婆喜欢你什么？

他会毫不犹豫地答：我的身体。

他一直在笑，顾栖迟有些恼，放弃侵吞他的领土："不怕憋死吗？"

他还在笑："听实话？被吻死挺幸福的，我愿意。"

他的笑在她眼里冒着傻气，傻到顾栖迟觉得此人中风。

"蠢。"她又哼了一个字给他。

霍灵均再度抱起她继续那段滚到床铺上去的路程："被蠢死也挺幸福的。"

"滚。"她又骂。

霍灵均依旧笑不停，啄她："马上，姑娘，你很善解人意。"

他小心翼翼地抱着她，两人相贴躺在床上，他摸她的眼睛，摸她的唇。动作很小心，异常认真，甚至有些虔诚。

这些间不管还会有多少风起云涌，她在身畔，就是他最好的盔甲。

"谈个恋爱吧。"他没去提及那些近在咫尺的隐患，在这一刻突发奇想。

顾栖迟没理他，更不想理他抵在她身上的某物。

"我们缺失了很多环节，找个时间，等你不忙了，我们把每对夫妻结婚前都会做的事情，挨着做一遍。"

顾栖迟转身面向他，不小心擦过他的灼热，感觉他身形一滞，更为僵硬："傻。"

她也伸出手去摸他的眉眼。这是她的爱情所长成的模样。让她觉得安全，让她更加勇敢。这样近的距离，他适才还调笑着说"滚"，此刻却规矩地躺在她身畔。

他看得出她的疲惫，所以他在忍。

顾栖迟不想他这样下去，将自己的声音修饰得很冷，才扔给他一句："我压你，或者凉水澡，二选一。"

他笑，没有做选择题，只扔了个枕头下床："咆哮在看，先让它滚走。"

顾栖迟挑眉，瞪了准备跑走的咆哮一眼。

她亲自替他的帐篷穿上衣服，她还未动，霍灵均却猛地翻身为上。

他选第三种，他来压。可他仅一动，却动不下去了。

尺寸……还会长的吗？他低下头——看向自己帐篷上的衣服——竟然——碎裂了。就这样炸开在他和她眼前。

"最后一个？"顾栖迟问，微一皱眉。

霍灵均一副宁可自己歇下去的郁闷表情，语调前所未有的怪异："是。"

窗外夜色旖旎，室内此时春光洞开。

霍灵均的动作停了下来，目光有些杂乱地看着顾栖迟。她迎着他的目光，伸出手臂钩住他的脖颈，拉他更进一步靠向自己。翘起唇角，忍不住大笑出声，最后甚至挪出来一只手去戳他棱角分明的侧脸。

顾栖迟的声音带笑，望向一旁被乔封的袋子："没有它的帮扶，你就怯场了？"

她微摇头，又将手下移去碰她适才为他的枪所穿的那件衣服。没有丝毫犹豫，迅速地将它扯了下来。

余温尚存，碎痕分明。不知道是该说产品伪劣，还是说他凶残。

顾栖迟放声笑。她的眼睛写着土他慢热却同样燎原的欲望："刚才就觉那东西碍事，这样更好。"

她有些得意："霍先生，坦诚相见，这代表你的诚意。"

霍灵均也笑，在她强势的眸光中微有挫败："霍太太，你刚刚抢了我的台词。"

他话落骤然勾住她的腰，手臂横在她腰侧，带着她身体在床上微滚，让她全身都压在自己身上，将全部的自己都垫在她身下。

转眼间，乾坤挪移。还是同一张床，已是她上他下。

顾栖迟没动，绷紧呼吸。看着霍灵均被时光镌刻的越发俊逸的五官，感觉到温热的气息打在自己腿侧。

这气息引她往前探究，引她着迷，引她深陷，灵魂渐渐升空，好像下一秒便会被烧成灰烬。

顾栖迟还未来得及对准视线之内的那双薄唇吻下去，就被耳后那轻微一啄，攫住了呼吸。

从变故中回过神的男人，手正在她脊背敏感的位置不断抚摸，顾栖迟手脚并拢安安稳稳地趴在了他的身上。

一副全身心信赖交付的姿态。

被抱往浴室的路上，霍灵均的吻细密地落在她周身。

顾栖迟浑身瘫软，每当想开口说话，都被霍灵均先一步啃上去。好像永不餍足。

他越来越发现自己贪得无度。顾栖迟不满地咬他的舌尖，却被他灵巧地躲了过去。

她懊恼地眯起双眼，霍灵均吻够停了下来，终于肯放她一马，让她自由呼吸。

他扯出浴巾包裹住她被清理干净的身体，大言不惭："学会了吗？"

顾栖迟望着他胸膛被自己挠出的红痕，眼微闭："你教我什么了？"

霍灵均踢开浴室的门抱她出去："嗯？"

他拉长了语调，转了好几个弯荡在顾栖迟耳侧："我刚才难道不是在以身试爱？原来我这样失败，你竟没有明白。"

他停下迈出的脚步，眼神幽幽，望向她的神色瞬间便严肃了下来："你如果还不满意的话，我其实可以更卖力一点。"

他强而有力的心跳和她的心跳频率从这一刻起一致起来。

顾栖迟偏头，云淡风轻："呵……竟然还敢揣测主子的意思，那个——它比你可爱多了。"

霍灵均自然明白她此时口中所言的那个"它"，他也一样语气冷静地问："这么说你是爱屋及乌，爱它，顺带爱我？"

顾栖迟也没否认，被他塞进被子里，而后他缠身上来，和她同被而卧。

他不再纠缠那些带颜色的话，她枕着他的胳膊，他靠着她的身体。

这样静谧的傍晚，外面的世界还有很多人在辗转奔波，不似他们已然找到可以停泊的地方。

壁灯光线黯淡，霍灵均突然说："先别睡，我刚想——"

"唠叨几句？"顾栖迟随机接口。

霍灵均揉乱她发梢微湿的卷发，弹了她额头一下："再胡说我就堵死你的嘴。"

昏暗中他眼睛亮起璀璨的光芒："这张床有些小、有些老，不适宜继续稳定地、持久地、充满热情地在上面进行热身运动。我想换掉它，批吗？"

"……"

顾栖迟有些意外，霍灵均开口前是一副再郑重不过的表情，她以为他要说些更为深刻的东西出来。

可结果竟然是……

这样无关痛痒。她忍了又忍，最后终于忍不住说道："傻透。男主人换张床而已，白白浪费时间跟女主人废话，难道房子还会不随他便？"

《江山如画》开机前，商陆组织了一次剧组演员聚餐，地点选在了他在城郊的酒庄。

他的助理联系了颜淡，顾栖迟也收到了商陆发出的短信，可她从情感上并不想出席。

商陆在圈内名气大，可行事透着一股自我的味道。

即便她没有想和霍灵均合作一部戏的念头，这个本子她看过应该也会接。可现在……多多少少有些失望在里头。

她并没有把这种负面情绪传递给霍灵均，甚至没有提过他额头的伤为何而来，而她此前曾身到何处去。

不说已懂，再解释总觉得画蛇添足。

清早Albert就将霍灵均接走，顾栖迟闲来无聊，翻看《江山如画》的剧本。

这个项目最初也曾定名《公主坟》：生在帝王家的女人，前半生为了家国的延续一步步逼自己强大起来，为了父兄的托孤一步步双手沾满血腥。慢慢地失去了天真，失去了自我。她蹒跚爬了一路，在最后即将抵达巅峰的时候，唯一的阻碍，只剩下那个曾许下白首之约的男人。

悲剧总是让人印象深刻。

也许这部戏搭档不成也好，毕竟生离和死别，即便是戏里剧情需要，放在他和她身上，她总归不会无动于衷。

除了新戏的一些被频繁转发的小道消息。微博风平浪静，论坛风平浪静。可顾栖迟并不安心，这来自她身处娱乐圈多年的嗅觉。没有缘由，却很少偏差。

在霍灵均的印象里，白夏是第一次亲自联系他。

即便当年他和ME约满，白夏抛开霍之汶来拉拢他签约星城娱乐，都不曾这样直接。

早几年霍之汶想把星城转手给他做，被他拒绝。可白夏身为星城的高层，对他一向恭敬有加。

"二少。"白夏的声音夹杂着焦急，"我收到消息，都是最近微博营销号要爆的东西，关于栖迟的黑料，捕风捉影，没有实质性证据。"

可并不代表易于澄清。白夏自然见过很多风浪，也处理过很多艺人的各种负面消息。她会在闻风之初，首先想到告诉自己，霍灵均自然明白那些将引导舆论的东西是关于什么："来源清楚吗？"

他又觉得多此一问。想到这儿，他拦下白夏的话："她在圈里一步步走了这么多年，她有多干净，你比我更清楚。"

"白夏。"霍灵均声音低沉却有力，"做你能做的。我既然知道了，最坏的结果，就一定不会发生。她会好好的。"

白夏发来的内部消息，标题都很简洁。Albert挨着看了一遍，忍不住将iPad摔在桌面上。整个的黑料锁链，细密的布局。

先有城中名媛划破顾栖迟在CBD商圈的海报，再以资深人士深扒透露她婚内出轨，再配上她惹得正妻当众泄愤。

外加她潜规则男演员、排挤同行……

最后爆料离婚。Albert 点了一支烟："那个老女人的手笔？这么早将意图都透露出来，逼你去找她，自投罗网？"

霍灵均笑道："她是病得不轻。"

看着 Albert 那一副想跳脚的模样，他又严肃起来："知道尤蔚当初为什么退出娱乐圈吗？风头无两，她也并非演够了戏，厌倦了这个圈子。"

Albert 不傻，吸了口烟，却觉得胸口更加堵塞不畅："也跟那个人有关？"

"是。"霍灵均点头，"这次要想损敌八千，恐怕需要自伤一万"。

他的笑很从容却有些决然的味道，Albert 掐灭了自己刚吸过又一口的烟"你想做什么？"

Albert 眼底的担忧太过分明，霍灵均摇头："我能做什么，别像看祥林嫂一样地看着我，我能割腕还是怎么着？"

说着又捶了 Albert 肩头一拳："死不了，就没什么大不了的。"

可 Albert 明白，在娱乐圈里，有比死亡更可怕的东西。一个人的口碑建立需要日积月累的付出，可毁于一旦，却只需要片刻。众口铄金，清白是最难澄清的东西。

新人辈出，机会有限，公众没有时间留下来等时间证明一切。

霍灵均爱惜自己的羽毛，不会容忍往自己身上和身边人身上泼任何的脏水。

可如果没有别的选择，没有更好的办法呢？

Albert 眼睛一寒，不知道为什么有强烈的预感，霍灵均会选择祸水东引。虽然这并不是良策，霍灵均一定也明白。他和顾栖迟是夫妻，一损俱伤。

他若是有祸那个，顾栖迟又怎会不被舆论波及，怎能独善其身？不过是比她自己处于风口浪尖受到的伤害小一些。

那个老女人做事还真是步步筹谋。

"要不要回去问问老爷子？"此刻，Albert 只能想到这个。

呵——霍灵均懒洋洋地笑起来："得，你想让我先回去抄三万遍三字经？那我这一辈子都得手残，不能自理。"

"再说——"他眼神悠远,"老爷子打天下不容易,折损一丁点都是他的心血。我这些东西,碎了可以重来。何况……"

霍灵均没有说完,可Albert已然明白。原本他就计划在这几年渐退,逐渐离开幕前。如今大抵是要遗憾收尾,饱受诟病。

他们在圈里一步步成长,真要放弃,Albert不是不心疼。要说他是混娱乐圈,其实不过是混霍灵均。有霍灵均此人在,他对将来的路有信心。

他一摸头,爽朗大笑,不打算阻止劝拦:"工作室到时散了,下次从别的行业起步,别忘了带兄弟混口饭吃。"

等到《南娱周刊》的主编谢苗时,霍灵均的手机已经收到无数信息。

没想到那个人竟然如此沉不住气,不见人上钩,反复发过来一句话:还不过来吗?

他掩住眸底的情绪,看向在对面落座的谢苗。

他选择《南娱周刊》,看重的是它在圈内的影响力和谢苗个人的公信力。

做八卦起家,如今做成一线纸媒,谢苗这个人的手腕和头脑不可小觑。说有交情谈不上,不过是数次合作愉快。

谢苗一来就直奔主题:"为了顾导?都会准时播报的东西,我虽然瞧不上那梗,可不能让别人抢了话题量,所以这事儿帮不了你。"

谢苗摁下服务铃,包厢外的服务生入内,按他的吩咐递过来两瓶酒搁在桌面上又再度退了下去。

霍灵均也无意铺垫:"等价交换,不会亏了你。其余的部分我会努力公关,我需要你的版面转移视线。"

谢苗摸起酒瓶,看向瓶身上五十八度的酒精度数一笑:"怎么转移?把脏水转移到顾导的竞争对手身上?那可都是一线的腕儿,你觉得南娱想自找麻烦?还是说把那些压下的新闻再转手爆出来?我虽然是做娱乐新闻的,可诚信还是有那么丁点儿的。我不黑人,我只被迫考虑南娱的利益,更多的情况下只是陈述事实。"

霍灵均低声一笑，俊逸的五官更加立体起来："为了保自己，拖别人下水这样的事，我还不屑于。"

他好似在陈述一件无关痛痒的事情，将一叠资料推给谢苗："用这些来填你留给她的版面。"

谢苗接过来一页页扫下去。

耍大牌；不敬业；善于伪装；欺凌替身；雇佣水军黑当年夺影帝时的竞争对手⋯⋯⋯⋯

他倒吸一口气，前面的还无关痛痒，圈内过于常见。可越往下，里面的内容越精彩，他已经不忍心默念剩下那些更多的标题。

他看向一脸坦然坚定的霍灵均："⋯⋯不想混了？"

霍灵均只给了简单的两个字："值得。"

也许有别的折中的办法，可依旧是拖泥带水。这是最决绝，却也最干脆的选择。对方的目标是他，他将他现有的一切完全打碎，直截了当，一寸不留。

谢苗呵了一声："需要我努力把她摘干净，渲染你的无情无义无下限？不⋯⋯似乎也不合适，这样大家只会同情她看错人，大概顾导不会喜欢同情这种东西。"

他微一沉默："霍帅，你现在改变主意还来得及，有些人清风朗月时间久了，大众并不是一见黑料就会相信的。但是我想你清楚南娱不会打自己的脸，所以这些东西一旦发出去，只有越描越黑这一种可能。"

霍灵均起身，唇畔勾起："她知道我是清白的，就好，还要麻烦谢主编多加渲染。"

谢苗收了那叠东西，将此前自己点的酒转到霍灵均面前："听闻霍帅沾酒即倒，不知道是不是真的。今天我请你愉快地干了这两瓶，这事儿就算我应下了。"

五十八度，霍灵均看也一眼："对我有怨？"

谢苗耸耸肩："喜欢的妹子是你脑残粉，为了过去她在我耳边提及的你的好，和将来她见到我笔下的你的坏而生气，我总得讨点儿什么。"

霍灵均微俯下身，撬开酒盖，对谢苗说："那祝你们⋯⋯百年好合。"

高度的白酒滑过喉管灌进肠胃，瞬间侵袭全身的灼痛感和呛人口鼻的味道逼得他脸色骤然煞白。他缓缓搁下第一瓶，坐回了刚才的位置。

对面的谢苗眯起眼等他拿起第二瓶。

因为左丘，他已经过了沾酒即醉那道坎儿。可上一次的强撑，留下了不会醉倒酒后头疼的毛病。

谢苗敲敲桌面："还有一瓶，霍帅打算浪费？"

他话毕起身，看到霍灵均灌第二瓶的时候，脚步轻快地走出了包厢，顺带将门反锁。

商陆的酒庄在城郊，背靠青城山，毗邻清明河，不似CBD里寸土寸金，却也价值不菲，千金难求。

顾栖迟在颜淡的反复叮咛下到场时，就看到二楼倚栏而立的商陆正慢摇着斟了半杯红酒的高脚杯站在露台上。

他身旁立着空降剧组的沈斯夜，以及最早签约的女配闻姜。

顾栖迟边走边脱下搭在身上的风衣，走到门前，顺手递给等在那里的阿姨。她还没上楼，就见商陆只身走了下来，站在楼梯拐角那里，视线停留在她身上。

他的身上清晰地写着四个字——擅长冷场。

顾栖迟扯了个公式化的笑，有些僵硬，这样一个面冷的人当前她也实在没法自然。

两人不过半斤八两。你冷我更酷。

商陆定了定身才继续顺着楼梯往下走，居高临下地开口问顾栖迟："知道我为什么连试镜都不要，拒绝一切经纪公司推荐来的女演员，坚持一定要用你吗？"

"请商导赐教。"顾栖迟一动没动，站在楼梯下面，礼节性地回答商陆的话。

商陆笑得更淡，让顾栖迟禁不住怀疑是自己眼花错看。

他像陈述天气如何一般阐述原因："片场我非常不喜欢废话。可我一个人不出声，他们会认为商陆是个怪人，再加上你两个这样的人，我就当是他们过蠢了。"

他并未觉得自己的言论奇特,而后又加以补充:"何况人人都知道顾影后一手好戏。"

…………

商陆没急着上楼,似乎忘了楼上还有他几位客人在,只是招呼顾栖迟到客厅落座。

挂钟发出的机械声在夜里被放大,规律的声音略微让人觉得烦躁。

"《江山如画》里宰相的角色我在立项的时候就曾经向霍灵均发出过邀请。"商陆端起佣人磨好的咖啡,突然笑出声,"那个时候你们的关系还没被公之于众,要是谈成的话,夫妻档合作倒也不错。可惜霍帅在犹豫,而沈斯夜又异常积极的争取。"

这个换角的缘由有些牵强,顾栖迟并不相信。

"正巧——"商陆突然停了下来,一副欲言又止的样子,末了改口,"忘了提醒,你今天迟到了"。

他将话题指向霍灵均,却又生硬地绕走。

友好?并非。示好?不对。

未来数月将要合作,顾栖迟并没有因为商陆这几句话就在心里改变对商陆的认知。

这是一个自我的男人。且深不可测,而她也从来不是一个让人舒心的女人。

顾栖迟坦白地告诉商陆,没有加以铺垫,也懒得委婉:"我之前担心自己来了会坏掉商导的好心情,想必商导对我的性格有所耳闻。不说话,或者说狠话。"

商陆轻轻点头,侧脸在灯光下有些倨傲。

顾栖迟未上妆的脸素净美好,而说出的话却不那么美妙:"很多人猜测商导用我是因为我和你的前御用女主角沈蔚相像的戏路,而我接这部戏,老实说不是因为仰慕商导之名,只是因为霍灵均,为了有一个合作对手戏的机会。"

她摇摇头,"但是现在这个初衷已经不成立,所以我很肯定我们未来的合作并不会愉快。不知道商导觉得我的分析是否有道理?"

商陆手指摩挲着下颚,眼角微眯:"像沈蔚?不像。从你出道,我开始进人这个圈子拍片,我对顾栖迟在戏里的印象,一直是——女版霍灵均。他演的多是勇敢无畏的男人,这点儿很像你演过的不懂妥协的女人。"

不像。霍灵均在娱记的追问下也曾这样说。

顾栖迟拿不准商陆的意思。

不管是因为什么,商陆最终在霍灵均和沈斯夜之间选择了后者。

谢苗离开包厢,从会所后门步入停车场取车。他琢磨了下,还是从兜里掏出手机拨了一个号码。

前些日子,一个影视新人大无畏地冲进《南娱周刊》办公楼,迫切想要上位,令他极度不喜。

他点了支烟,在等对方接电话的十几秒内,降下车窗抖落一地烟灰。

"谢哥。"年轻男子的声音有些诧异,似乎没想到谢苗会主动打电话给他。

"还想上位吗?"谢苗又抖了下指尖问。

"谢哥教你一个快速被人记住名字的方法。到云河会所的平安厅,用尽你所有的办法取悦里面的人,如果有幸被拍到你们亲昵同出,挂几天热搜榜没有问题。赶不到,那你就只能自认没有红的潜质。"

肺腑烧灼的感觉过于强烈,谢苗离开之后,霍灵均又在包厢内坐了半个小时。手机在他搭在桌面的左手上不停震动,他不用看,也知道还会是那一个号码。

持之以恒地问:不来吗?

呵——他想骂过去——滚!

右手搭在额上,手背冰凉,额头却有些烫。也许刚刚他该把酒浇在谢苗脸上。

倒退两年,这会是他的第一选择。可自从为人夫,他行事温和了许多。只因心有牵挂,所以有所顾忌。

他拨给裴安让他来接,顺便嘱咐裴安带把刀。

他在前一刻放弃的,是他不在乎的东西。可他既然已经做出了这样的牺牲,便绝不会允许身边人牺牲其他东西,也绝不会再允许附加一丝一毫的牺牲。

所有的这一切,都该在今晚了结。

一直有拧包厢门把的声音传来。霍灵均没想到裴安从餐厅过来会这样快，踩着有些发飘的步子摸墙走到门边，才发觉门被人反锁着。

他开了内锁，门被人从外面拉开的瞬间，闪身进来的却是一个他完全陌生的面孔。霍灵均靠在墙上，下巴扫向门边，给出两个字："出去。"

年轻男子看清他的脸之后，脸上同样带着惊诧的神色。

"霍帅，我叫秦树，圈里新人，您的后辈。"年轻男子很直接，很坦白，"我想红。"

霍灵均见他一副颤巍巍想要靠近的模样，忍不住摁住额角提醒他："这么蠢怎么红？"

"你——"

"不想你的下半身残废，立刻滚出去！"

等那人消失，霍灵均立刻拨通了谢苗的电话。

"他去了？"谢苗接起就一副理所应当地已然知晓发生过何事的模样，"看来那骡子是真利欲熏心啊。那是我非常不喜欢的一个人，既然霍帅正要制造负面新闻，顺便帮个忙拖他下水，就当举手之劳替我解决一下这个麻烦。"

霍灵均顿了下，没有接话。他的唇开了又合。

谢苗等来等去才等到霍灵均开口说话："谢苗，人轻易就死的方式有千百种，你可能会适合其中一种，宫刑，活成老不死。"

听筒那端，感受到恶意的谢苗嘴角一抽。听筒这端，霍灵均利落地切断了通话。

等裴安穿越大半个城市赶来的时候，霍灵均刚在包厢附带的卫生间吐完。

他往脸上拍了些冷水，头脑清醒过来，五脏六腑却还是灼痛。

酒气分明，脸色白如纸。一向寡言又耿直的裴安忍不住想伸手去扶他，眉头也皱得死死的，似乎对他沾酒格外不满。

"霍哥，"裴安还是选择立在一旁等他自己站起来，看到他摇晃的身体不放心地问，"要不我背你上车吧？"

话一落，霍灵均的视线就刀锋一样犀利地扫向他，扫得他一个激灵。

他笑笑，裴安预感不妙："很久没练了，改天去馆里打两场？最近骨头是不是太松了，嗯？"

裴安垂头，规矩无比："是，霍哥说什么就是什么。"

霍灵均捏了下眉心，被他一句话逗笑："我要给你公主抱你就投怀送抱？"

上车之后，裴安替他降下两边的车窗保持车内空气流通。

霍灵均从疲乏中撑着眼皮说："餐厅步入正轨了，下个月'深蓝色'要开发海底深潜项目，要不要跟着'深蓝色'的前哨队去感受下？外面的世界很大，裴安，你的生活远可以更好。"

裴安没答应也没拒绝。

"深蓝色网站"是霍灵均和他在伦敦读书时的同学因为个人爱好而买下的，主打奇景观光和无限运动挑战。这几年发展成商业性网站，会员数额不断增加，每隔一段时间就会有新的项目开发出来。

前哨挑战者探险踩点，后续和旅行社合作形成招牌的特色团体旅游线路。

前年裴安曾经跟着霍灵均随"深蓝色"的挑战队去尼泊尔感受过翼装飞行，回忆并不美好，他到现在想起那次经历还会有些抵触。

这样一想，便想拒绝。

霍灵均好像也没立即就要他回复，而是问他另一个问题"刀呢,带来了吗？"

裴安点头："带来了，可是要做什么用？"

霍灵均冲口而出："杀人。"

裴安立刻踩刹车，因技术失准，刹车痕很长，声音刺耳。

等他停下车，霍灵均已经重新回答了那个问题："想什么呢？随便说说罢了。我有分寸，给我。"

在霍灵均坚持赶他走，而裴安坚持不走的情况下，霍灵均最终还是败给了他，带他一起去那个地方。

地址是那个人发来的，只一眼，他便能记得清清楚楚。

从前飞出许多名门望族的乌衣巷，如今却门庭稀落。裴安被霍灵均扔在外面，看着他带着那把分解牛排的尖刀进入这座古典大宅。

宅内的人似是为他的到来准备已久。一路畅行无阻，很顺利地被请进了旧时算作闺房的一间房内。

黑纱后有人影在走动。霍灵均笑了笑，也没坐，立在厅内。

"如你所愿"，他整张脸明朗且坚定，"我来了"。

女人有些夙愿达成的轻松"你还要在圈里混，这么想是对的。如果更早些来，我会更高兴。"

霍灵均嗤笑一声："恐怕有什么误会。我来，是为了走更远。"

他抬起自己的右手，掌心那道疤痕依旧分明："这是我过去拒绝时留下的证据。"

他拿出裴安带来的刀，在这女人眼前划破自己左手的掌心，鲜红的血霎时染红了手心。

"这一刀是我几年之后的现在，和当时一样的选择，一样的态度。我割得下去，便也敢砍。对自己动手，也便敢对他人下手。对我来说，一场无妄之灾，来得快去得也会快。对你来说，如果你觉得有什么牵扯，这一刀下去，从今以后，断个干干净净。"

"激怒我有什么好处？"

"没有。"霍灵均肯定地答，"可霍灵均并不是你能玩得起的。"

他用手指抹去刀刃上的血："我想你并不想自尽。"

从大宅里出来，裴安去药店买了纱布等物品给霍灵均包扎伤口。他边包边念："霍哥，你对自己不用这么狠。"

霍灵均蹙眉想抽手，被他摁住的伤口有些疼："意外，没想划那么深。裴安，你霍哥也是怕疼的，你……手轻点儿。"

裴安知道他顿的那一下是想说什么，没忘教育他："身为公众人物，不能说脏话，给我忍住了。"

"滚。"霍灵均抽回被包的朦胧的手。

"送我回你嫂子公寓。"他又继续交代,"明天我会出发去玻利维亚,连你嫂子一起绑去,家里你多照看下。"

裴安下意识地问:"去南美洲做什么?"

顾栖迟不知道霍灵均什么时候找人替他自己和她办的签证,那日他带着新的伤口回来之后,就强硬地切断了她和外界的通讯,并且没收了她的通信工具。

额上的伤口基本愈合,掌心那道有些狰狞,顾栖迟瞄他一眼觉得有些滑稽。

她问了和裴安一样的问题:"去南美洲做什么?"

没有直达的航班,去那个远在南美的国度光转机就要两次。西班牙语她一窍不通,对未来几日的行程有些茫然。

霍灵均握着她搭在座椅一侧的手,十指紧扣。他微笑着回答她的问题,甚至右眼俏皮地眨了下:"私奔。"

爱是永不止息

此时 N 市正处初冬时节，而南半球的玻利维亚正值初夏。

从美国转机到玻利维亚，再从玻利维亚首府拉巴斯乘车抵达小镇乌尤尼，数十个小时悄然过去，顾栖迟却仍旧有种不真实感。

好像是一场随时会醒的不真切的梦。

到这里的游人，几乎都有同一个目的地——被誉为"天空之镜"的乌尤尼盐沼。

玻利维亚是个高原国度。小镇平均海拔三千多米，顾栖迟鲜少有机会接触到这样的地区。最近一次涉足高原，还是去年在西藏拍戏。

她多年来勤于锻炼，倒没有明显的高原反应。

世界之大，她最大的愿望，就是想不断地行走，去了解那些未曾涉足的地方。看一看不同的风景，帮一帮那些她能够帮助的有需要的人们。

早年进入娱乐圈，为的就是影响舆论的一个话语权，能让她学生时代在深山里见过的那些未开化的、生活清贫的地方的孩子得到更多关注。也想在她的作品里传递这些声音，引发一些社会探讨。

所以后来她选择从演员转型做导演，虽然第一部片子《念念不忘》是青春怀旧题材，可是游未饰演的男主人公的故乡，设定在贵州山区一个山名木秀的地方。

这些年她致力于此，和关羽的交情，也是因为这些事情建立起来的。她做这些事没什么高尚的想法，仅仅是因为热爱。

早前，每次她想休息一段时间去那些她在各类资料里见到的边陲小镇，那些要历经坎坷路途才能到达的地方，舒盟总是反对。包括她热爱的并且有所长的极限运动，舒盟也总是摇头。

顾栖迟不是一个在温室里做摆设的花瓶，尽管舒盟反对，可她还是每年会从公众视线里消失一个月。

也许有些自我，可那是她为数不多的坚持。

《念念不忘》的第二版预告片还在等待发行方的反馈，离她进《江山如画》的剧组也只剩不足四周的时间。

一面是日渐忙碌、行程紧凑的工作，另一面还有对他们的平静生活虎视眈眈的人。在这种时刻，她放任霍灵均将她拎来这个"与世隔绝"的地方，用她说教别人的话来说，这是任性和对工作的不负责任。

可她这一生鲜少任性，并无任何负罪感。她现在只想抛开一切，跟着霍灵均的脚步往前走，看最后能收获什么样的景色。

这一路刻在她眼眸的风景中都有他的身影，风光不会太坏。

顾栖迟原本以为这次南美洲之行是霍灵均心血来潮。真的辗转抵达这座远在南半球的小镇时才发现，他是蓄谋已久。

这里的交通并不发达，但是有很多人因"天空之镜"的神奇景观慕名而来，从乌尤尼小镇前往盐湖边的人虽未多到人山人海，但也算络绎不绝。

将干瘪的行李交给地陪，顾栖迟被霍灵均抱进从当地租来的越野车。他掌心的伤在辗转抵达玻利维亚的途中已转好很多，但还没有彻底愈合，却也毫不影响他利落地将她塞进越野车的副驾驶座，以及替她扣紧安全带。

顾栖迟很配合，反而是霍灵均将她塞进去之后揉了下手腕说："重了些。"

顾栖迟隔着车窗打量站在车门外的霍灵均，啧了一声："想听我夸你厨艺好，可以直说，不用这么含蓄地拐弯抹角。"

霍灵均长腿一迈，脑袋连同上半身从车窗探进车内，瞬间逼至顾栖迟眼前。

两人的鼻尖隔着七厘米还是五厘米？

顾栖迟目测不出来。霍灵均的气息此刻充斥着她所有感官，让她有些茫然。

她没想到霍灵均会突然将上半身探过来,身体下意识地随着他的动作往后微靠。等身体再度定下来时,就听到面前的霍灵均问:"准备好了吗?"

准备什么?顾栖迟不明所以。

"准备好让我吻你了吗?"他身高过高,这样将上半身透过车窗探进车内并不舒服,"这样的姿势我坚持不了多久的,霍太太。"

顾栖迟眉一蹙:"你怎么突然变得恬不知耻了?"

霍灵均微微一笑垂眸碾向她的唇,最后的尾音被两人相交的气息吞没:"你就当这个地方魔力太大了能重塑人格。再说我怎么就恬不知耻了,嗯?"

他浅尝辄止,离开她柔软的唇后贴上去再离开:"这样叫作恬不知耻?tian 是有的,可耻在哪里?"

地陪就站在霍灵均身后不远处,顾栖迟牙齿磕来碰去,脸颊竟开始发烫,最后挤了几个字出来:"听说这里羊驼跑得很快,霍帅,话可不能乱说。"

霍灵均不再逗她,绕到另一侧上车:"这里的仙人掌和火烈鸟更有特色,忘了你的不可爱的半晌,多想想现在坐在你身边的可爱的我。"

顾栖迟刚要开口说什么,霍灵均将食指抵在唇畔,轻声说:"我马上要做不事有些紧张,别说话。"

他话落越野车便飞蹿而出,在路面上带起些许飞扬的尘土。

霍灵均开得极快,顾栖迟转头回看,还能看到适才差一点儿就要摸向越野车后门车把,此刻被意外甩在身后正紧跟着他们追的地陪。

"把向导这样无情地扔下,性质太过恶劣了。"顾栖迟嘴上这样说,脸上挂着的却是明晃晃的笑。

这样干脆地上路,这样放肆地出行,除了两个人外,他们身边没有任何多余的东西。

霍灵均微耸肩,视线集中在面前的路况上:"三人行不方便。我有解释给他听,可他太过热心,我只是迫于无奈,才选择这样干脆地解决问题。"

顾栖迟咻了一声,明显不相信他的话。

霍灵均摁了一下车喇叭,等顾栖迟再度将视线移向他,才微微轻咳:"霍家家训第二条，霍家的男人说的都是对的，都是真理。"

顾栖迟额角一抽，忍不住笑起来，一双眸色偏棕的眼睛亮闪闪的："爸爸知道你这样……扯淡吗？"

他们到乌尤尼盐沼的时间刚好，整个盐沼表层刚被雨水冲洗过，明亮晶莹，像是一面可以反射万物景象的镜子。

天空中那抹清透澄澈的蓝，和那缕干干净净的白，全部投射其上。那种纯净的颜色，像是童话故事里描绘的冰雪王国。

霍灵均将越野车停在盐沼中间，表面浅浅的一层水。好像整个世界除了无瑕的蓝和纯净的白，只有一车，以及她和他。

岂止是天空之镜。顾栖迟觉得自己整个人都在这面"镜"中，心底所有的想法也被全无保留地投射进霍灵均的眼睛。

在这里鲜见黄皮肤的面孔，不会被偷拍，没有人追踪。他们自由地坐在越野车的车顶，顾栖迟推霍灵均一下："怎么想到来这里？不过我喜欢。"

霍灵均顺势躺下，还拽她躺下枕在他的胳膊上，力道强硬："已经说完了？我以为你至少还会接一句：你，我也喜欢。"

顾栖迟伸手掐他的腰："顾栖迟是那么肉麻的人吗？"

霍灵均制住她作乱的手："你不是，可这是个有魔力的地方，性格大变也不犯罪。"

他又伸手理顺她的长发："想再来这里很久了，上次不够幸运，没有碰到下雨。只看到大面积的白色，没有看到天地投映在这面镜子上的模样，这次算是弥补遗憾。"

"再一次？"顾栖迟好奇他何时来过。

霍灵均给出的时间非常具体："你嫁给我之前的前一百二十七天。我和同学应耘一起来过这里，你还没有见过他。"

他微微思索道："你不是也喜欢极限运动吗，知道'深蓝色'吗？"

顾栖迟点头："应耘是'深蓝色'的大股东"，他指向不远处半空中隐约可见的热气球，"这里的政府致力于发展极限运动，应耘来寻找合作的机会。'天空之镜'很有名，但是大多数人对波利维亚这个国度很陌生，可开拓的空间很大。"

顾栖迟的视线完全被热气球吸引，霍灵均伸出带伤的那只手挡住她的眸光："喂！不要无视我。"

顾栖迟扒开他的手，凭借直觉问他："你和'深蓝色'有什么关系？"

霍灵均似乎等待这句问话已久："二股东。"

他带给自己的惊喜和惊讶俱有，顾栖迟的发尾随着席卷而来的风轻舞，恶狠狠地盯着他："说，除了餐厅、'深蓝色'，还有什么？"

霍灵均默默道："剩下的不多了。南城区那家百年书店，闲庭会所，还有流沙就读的那家琴行……"

他迎着顾栖迟越变越深的脸色："小本生意，不值一提，你不用有压力。"

"你的生意我为什么要有压力。"顾栖迟不以为然。

霍灵均却觉得自己有必要提醒她："它们集体倒闭的话，很快我的资金就会全部赔光，我不会仗着财大气粗就强买你的身，到时候可能还会倒贴卖给你。从这个角度来说，你真的不用有压力。"

"你……"顾栖迟踹他一下，放弃和他用正常的思维和逻辑辩论问题，指指还未飘远的热气球，"财大气粗的财主，你把它给我从天上摘下来。"

"你确定？"霍灵均问。

顾栖迟斜睨他一眼："十分。"

他于是真的开始联络此前结识的热气球项目的负责人，顾栖迟听不懂西班牙语，却在霍灵均的神色里发现他是真的要把那架热气球从天上弄下来。

未免作孽，顾栖迟马上扯着他的手臂说："我开玩笑，别让热气球下来，我们也乘热气球上去就好。"

真的随着热气球升空那刻，顾栖迟看到触目所及的风光，脑海中只剩两个字——惊叹。

她对着天空大吼："混蛋。"

霍灵均拍拍耳朵："我还是活的呢，你这样骂我真的合适吗？"

顾栖迟不吝啬投怀送抱，指尖对着他的鼻梁，轻轻一点："你以前祸害过多少人？这些技巧，像是久经沙场，我随便一个女同胞能招架得住吗？"

"没有别人。"他笑意盈盈，语气毫无摇摆。

顾栖迟定定地看着他，摇头："每个人在十六岁到二十六岁的时候，都是最容易动心的年纪，这十年你已经过了，我不相信你面对任何人都无动于衷。"

霍灵均依旧坦荡："敢赌吗？赌我遇见你之前，和遇见你之后，都没有别人。"

这个时候，顾栖迟尚未明白霍灵均话里更深切的含义。那十六个字不断地在她耳边回荡，是她有生之年，对"天空之镜"最深刻的印象。

她想起婚讯被爆出的时候，他用自己的微博写下的那句话：我的最初，我的最后，我的一生。

她相信，她敢赌。大概没有比这更好的时光，遇见他之后，她看过的盐沼是他，蓝天是他，白云是他。所有象征美好的事物里，都有他的身影。

降落之后，顾栖迟和霍灵均回到盐湖边的科尔查尼村。霍灵均没有催促顾栖迟休息，而是带她走到湖畔的一片空地上。那里插了很不同国家的国旗，迎着轻风微扬。

在这个万物澄净的角落，她看到这些来自不同国度的人见证这个角落的美丽，突然有些感动。霍灵均是真的准备充分。

"上次和应耘来的时候，忘了带这个。"他抖出一面从国内带来的五星红旗，鲜红的颜色在这个白蓝相间的地方显得格外醒目。他把国旗递给她："一起插上去？"

顾栖迟接过那面国旗，忽而笑出声："我真的觉得你是稀有动物。"

她笑得无比畅快，天地失色。从来没有人这样问过她，她此生从未想象过会有一天，和另一个人，在异乡他国的角落，在她初次涉足的一片土地上，一起插下一面五星红旗，让它迎风飘扬。

她开始热爱脚下这片土地。顾栖迟最后转身面对霍灵均，看着他分明好看的眉眼，突然微微垫脚用嘴唇蹭他侧脸偷袭了一下："我十分喜欢。"

顾栖迟知道霍灵均会想方设法保密二人的行程。回国后，果然没有遭遇守株待兔闻风而来的记者。

他不提，她便抛开不问。可回到N市，那些反常的地方还是令她疑问道："发生了什么事？你这几天带我躲着，不想让我知道的，到底是什么事？"

坐在驾驶位上的北方透过后视镜注意着他们。

顾栖迟看到北方露出的那张侧脸上有些许遗憾。她无视霍灵均，将被他塞进车内饰物袋的他的手机掏出来，解开他的锁屏密码。

刷开近日新闻标题的时候，她的眼底写满难以置信。

车子急速行驶在机场高速上。

顾栖迟攥紧手机，脑海里翻腾得厉害，语气却无比平静，对前排的北方说："在下个出口停一下。"

霍灵均立刻反对，握紧顾栖迟的手，对刚要打转向灯的北方说："继续开不要停，回秋景别墅。"

他力道强劲，顾栖迟试图从他的掌控中挣脱出来，却是徒劳。

他早先掌心的伤口已经摘掉纱布，此刻却因动作力度太大隐隐有些崩裂，顾栖迟能够感觉到包裹住自己手背的掌心那星星点点的潮湿。

想起适才看到的那些诋毁他的标题，想起他突然带自己启程时的义无反顾，想起他这几日旅程中的平静欢喜……

顾栖迟突然放弃了挣脱。一向与世无争，突然处于风口浪尖之上，还是以这样一副任人鞭笞的负面形象。

联想起近日来的变故，她脑中便有了猜想。她力道松了下来，霍灵均也随着她的动作松了手。

顾栖迟却在他收手的时候突然摁向他掌心的伤口："疼吗？"

霍灵均摇头，只蹙眉："不疼。"

顾栖迟唇角微翘，却没有笑出来："可我疼。"

她重复了一遍："我会疼。我不希望任何人对你指指点点，我不希望看到任何攻击你的言论，我不希望看到你多年的努力轻易就被人三言两语磨灭，我更不希望看到在面对这些东西的时候，你沉默不去澄清。你要知道这个世界上除了清者自清之外，还有越描越黑这样的存在。"

她再度对驾驶位上的北方说："停车，你下去。"

可是霍灵均不发话，北方不敢轻易动弹。

顾栖迟眼底的坚持让人无法忽视，霍灵均只得道："下个路口下高速停车，你自己想别的办法回去。"

北方乍一离开，霍灵均接过车钥匙第一时间锁死了车门。

"我没有想过瞒你，不然我不会去阻止你抢我的手机。"他解释。

顾栖迟迎着他的视线："是，你只是瞒我几天，不打算瞒我一辈子。"

霍灵均再次攥紧顾栖迟的手："会影响到你，我已经让Albert想办法协调公关公司在处理，白夏的能力你也可以相信，一切都会过去。"

"你想告诉我无论你被传播得如何恶劣，我都能独善其身？"顾栖迟手上青筋暴起，在霍灵均面前她从来是无法遮掩情绪的一个人，"你带我去看干干净净的天空之镜，是想告诉我你心里也长那个样子，给我打预防针？"

"不是。"他很干脆地否定，"我只是想把我看过的好的风景分享给你，我从来没有想要和你进行你猜我猜的游戏。"

顾栖迟突然沉默。

霍灵均试图侧身拥抱她："我知道你会相信我，所以我没有耗费口舌在事情爆发之初对你一一解释那些报道里所述的事情。"

顾栖迟推开他靠过来的臂膀："你带我远离风暴中心，你是在保护我，顾忌我的感受，所以我应该理解你。我现在如果不善解人意，特别不应该，显得格外矫情是不是？"

她深吸一口气，车门被锁得死死的，她只能和他待在这一方小小的天地里。

她看着车窗外拥挤的高层住宅小区，突然笑了："别麻烦Albert，麻烦公关公司了，直接发个声明说我们婚姻关系破裂，我不自然从这堆事情里剥个干净了，这样解决问题的办法既省心又省力。"

霍灵均眉宇紧锁，眸色深沉地一遍遍用目光描摹她的五官："夏至，别说气话。"

顾栖迟呵了一声："我很认真。"

她踢了车门一下："开锁，我要下车。"

霍灵均扯住她的手臂，语气弱了很多，虽然温和，却有了萧瑟的意味："我的处理方式可能是有一些问题。"

顾栖迟忽略他的讨饶："我要下车。"

霍灵均环住她的腰，将她微微一扯拉向自己："别闹，你现在那么喜欢我，怎么舍得？"

顾栖迟差一点被他这句话逗笑，可面上依旧冷冰冰的："放手，我要下车。"

霍灵均拥住她的姿势有些奇怪，他闻言叹口气："你是复读机吗？"

而后进一步反省："我可能有些自作主张。"

顾栖迟"嗯"了一声。

霍灵均将下巴枕在她的肩头，继续闷闷地说："我不应该把我认为对你最好的给你，应该和你一起思考什么对我们而言最好，然后再去做。"

虽然车门被锁，可顾栖迟依旧坚持不懈地去拉门把手。

霍灵均情急之下差点儿咬掉自己的舌头，声音低如蚊蝇："我错了。"

顾栖迟也吓唬够了他，眼见他反省得差不多了，也不想继续演一个"无情无义无理取闹的女人"了，眯着眼回头问他："你说什么？"

霍灵均见到她眼底溢出来的笑，这才意识到自己上当受骗了，咬住自己的尊严没有再松口。

顾栖迟这次不踢车门了，改踢他小腿，又一笑："敢说不敢重复，算什么男人！"

她的笑太过明媚，霍灵均被她笑得蠢蠢欲动。

他咳了一声以掩饰脸上诡异的红色，咳完之后脸更红了。

"空调太热。"他欲盖弥彰。

顾栖迟不配合："没开空调。"

"你眼花。"他垂死挣扎。

顾栖迟觉得他偶尔少年，格外满足她想压倒蹂躏他的欲望："裸眼视力五点二。"

"你以欺压我为乐。"他一针见血。

顾栖迟摇头:"胡说,不是欺压,是调教,你不会懂。"

要怎么懂……

霍灵均顶着红透的脸不去看她:"闭上你的眼睛,别看我。"

"我太天真了。"霍灵均将脸远离她的视线,很是遗憾道,"我竟然相信你是个善良的人。你下车吧,我不拦你。"

钥匙在他手里,门锁未解,要怎么下去?

顾栖迟笑够了碰他手臂,不再打趣他,严肃起来:"发条澄清的微博,找你的团队斟字酌句,快点儿!"

霍灵均不作声。

"那个人干的?以后收敛点儿你招蜂引蝶的能力。快去澄清。"

霍灵均依旧默不作声。

顾栖迟开始冒火:"霍、灵、均!你想抱憾放弃娱乐圈吗?"

"别太看得起她,我不会为了她放弃自己通过努力得来的一切。"他终于回应,可顾栖迟却觉得他也许不开口会更好,因为他接下来的话,让她瞬间烧成三昧真火,"不是她,是我自己做的"。

顾栖迟僵立当场。

霍灵均刚想说什么,被她打断:"离我远点儿,别以为我舍不得碰你就真不会揍你!"

霍灵均第一次被顾栖迟拒之门外。

Albert为霍灵均操碎了心,背着他三顾顾栖迟的公寓门。

他琢磨了半天,都打好了草稿。比如霍灵均如何舍身为她,比如陶先生如何老奸巨猾,比如谢苗编了关于霍灵均怎样的故事出来。

可等他真的见到顾栖迟本人,只开口说了一条就无法继续。因为他发现,顾栖迟根本不在乎这些。

顾栖迟问他:"小A,你说你老大是真舍得还是假舍得?他是真觉得无关痛痒,还是背地里也会难过?"

她甚至这样问Albert:"我有那么好吗,站在你的立场也觉得值得吗?好吧,我知道我其实真的还不错。"

她手中拿着的那个剧本明明是倒着的,她却似乎翻看得津津有味,Albert也不知道她是不是真的具备能倒看汉字的功能。

"我不会安慰人,你都怎么劝他的?"

Albert简单解释:"阿均自从从某个男星那里听闻自己出道的时候可能无意中接受过陶先生的恩惠,就想逐步退出了,他真没觉得有什么。"

可他的话好像没能得到顾栖迟的认同,顾栖迟摇摇头反问他:"不是。他告诉我,不要太看得起那个人,他不会为此放弃自己努力得来的一切。即便陶先生曾经背地里在他出道初期帮扶过他,可他能红起来,亿万观众可不是因为看陶先生的脸,他靠的是自己,是他自己的能力。"

Albert实在没法继续替霍灵均解释,他觉得自己单纯的心灵再度受到了伤害。这是冷战?顾栖迟明明是在他面前直接地、卖力地、毫无保留地猛夸霍灵均。

是哪个混蛋说单身无罪?

Albert不知道高冷的顾栖迟竟也这么啰唆,她竟然还问:"你说大众会相信媒体上登出来的那些东西吗?"

Albert走后,顾栖迟就打开公寓内的笔记本登陆自己的微博。而后打开去乌尤尼盐沼的行李,里面有霍灵均在天空之镜所拍的照片。她将记忆卡插进电脑,打开资源管理器中的文件夹,一张张翻看起来。

很干净的天空和大地,有一张地陪替他们拍的合影。照片里的她在认真地看天空,而立在她身侧的他,正在认真地看她。眼神里的专注她无法视而不见。

那样宁和的画面,那样纯良的男人。

她选了有着最干净的蓝天和白云的照片,发了微博。给照片配的文字很简单,只有三个字:很纯净。

就像她的他。

霍灵均接到霍岐山的电话时，因为已经有了些心理准备，没有过多意外。他不知道这一回霍家，再出来的时候，人还是不是完整的一个。

　　所以在回霍家之前，他还是先去了顾栖迟的公寓。她这次换了密码锁，将他拒绝得很彻底。

　　好在单层只有一个住户，他不用遭受邻居的非议。连圈内的哥们程冬青电联他出门小聚，都被他拒绝。程冬青不怕被他牵连，可他并不想扰乱程冬青难得的休假。

　　他过去不曾这样守在一个人的门前，竟觉得这是一种很新鲜的体验。

　　他的霍太太一向有自己的想法，他并不觉得这于他而言是负担。他可以从月没等到日升，反正除了回霍家挨训，并无别的事可做。

　　这些事情以后老了可以讲给儿孙听，想到那些还未种下的儿孙，霍灵均又摁了几下顾栖迟的门铃。

　　最悲剧的一种情况是，真的被晾整晚。

　　霍灵均后悔只身前来，自己至少应该带着咆哮和棉花糖作陪。他背靠顾栖迟公寓的门板，顾长的身躯没有比门矮多少。

　　就在他想要往门缝里塞纸条的时候，门突然被人从内里拉开。

　　一直到很多个十年以后，霍灵均都记得这个夜晚。

　　他许久不曾前去陪伴的顾母迟归年，突然全身器官衰竭，溘然离世。

　　这一年的冬天，这一个再普通不过的夜晚，是他即十九岁那年在瑞士阿尔卑斯山的艾格峰下第一次见到彼时尚不知姓名的顾栖迟，第一次见到她在自己面前痛哭。

　　那唤起了他不曾提起的回忆，也更坚定了他想要让她以后每一个十年，都不会再哭的决心。

　　迟归年久卧病榻，死别迟早会来，可顾栖迟从未想过它会来得这样突然。快到让人猝不及防，让人难以消化。

　　护工的陈述过于平静，就像顾栖迟干涸的眼睛，没有汹涌的情绪涌动，尽管心里有无数酸涩流淌。

她刚从异国归来，回来后甚至还没来得及去看迟归年。

两年前，顾栖迟曾经有过这样的心理准备。那时迟归年遭遇严重的药物中毒，可当时她撑了下来。近来随着哥哥顾栖颂的归国，随着她和霍灵均的感情之路益发平顺，顾栖迟越来越没有迎接悲伤的防备。

她自知不是个合格的女儿。

她给了迟归年生活上的保障，给了她良好的疗养环境，却没有力气再去听迟归年不断重复念及她已然破碎的婚姻。

除了工作繁忙之外，她在迟归年离开顾家住进疗养院的这七百多个夜里，每次夜深时现身疗养院，还怕迟归年若清醒着，又会向她问起顾时献。

她从来不觉得人应该因为爱情要生要死，她也曾为此和迟归年争吵不断。

她的生活态度里没有将就与容忍之说，可迟归年愿意守着片瓦之城了此余生。在洞悉父母如履薄冰的关系和顾时献的背叛之后，顾栖迟干脆地和顾时献划清了界限。

当初，迟归年漂洋过海回国探亲结识顾时献，为了和顾时献成婚，不顾亲友的阻拦，执意留在中国。

即便是怨偶，她也依旧抱守残缺，不承认自己当时做了一个失败的选择。

畸形的婚姻，畸形的夫妻关系。彼此都对这段食之无味的关系心知肚明，却谁都没有提出结束。如果可以，也许他们会继续纠缠下去耗尽一辈子。

可迟归年却等不了漫长岁月。除了日渐抑郁的心情和衰弱的身体，她在岁月的流逝中没能获得更多的东西。

顾栖迟曾努力劝说迟归年走出过去，结果失败了。她也曾因迟归年的坚持而妥协，寄希望于顾时献的回归。可这并不现实，她也无法忍受迟归年为了这样一个置廉耻于不顾的男人卑微到失去自我。

直到两年前迟归年发生严重的药物中毒，顾栖迟才最终下定决心将她带离顾宅，不然继续下去……结果显而易见，迟归年只能抑郁而终。

她去请求顾青恋插手。

于是她成为顾霍两家联姻的一份子，而迟归年离开顾宅获得短暂自由。

可如今,她已经不知道自己当时的决定是对还是错。

她只看到了一个相同的结局。

从此以后,世上再无迟归年,她的母亲,还是早早地离开了,再无来日。

等在殡仪馆里的时间格外难熬。偶有走动的人,连脚步几乎都没有声息。

顾栖迟这才知道原来一个人死后等待入土为安,等待化为灰烬,也需要排队领取号码牌。连通往天堂的路,都不是解脱。

同样接到消息赶来的顾栖颂也一脸憔悴。

她的亲人这段时日都在承受病痛的折磨。顾栖迟站在殡仪馆空旷的大厅,突然觉得前几日的欢愉都是罪过。这种感觉在她看到顾栖颂挂着那根拐杖时尤其强烈。

迟归年终身抑郁,顾栖颂永失所爱,顾青峦英年丧妻……似乎每一个都没能善终。每个人的人生历程,都过于沉重。

顾栖颂的那把拐杖过于扎眼,一路刺进她心底。

她看着他在好友晏沉的陪同下去办理必要的手续,没多想就疾步走过去挡在顾栖颂身前。她从顾栖颂手里接过所有的单据材料,对晏沉说:"带我哥去休息下,这些事情我来做。"

她刚将材料接手,又被一旁一直安安静静的霍灵均伸手夺了过去。他没有多话,只是在她肩头的外套将要滑落的时候替她重新整理好,而后又伸出那只空闲的手握紧她的手,好似下午她还将人拒之门外的情况不曾发生过一样。

到这一刻,霍灵均毫不在意路人聚焦过来的视线,替顾栖迟扣紧外套最上面的那个衣扣,才把她摁在一旁的排椅上。

触到她越发冰凉的手温,又将自己的风衣脱下来搭在她膝头,厉声说:"坐好。"

顾栖迟寡言了一路,霍灵均的注视让她所有的情绪无所遁形,包括那些罕见的脆弱和感伤。她抬起一只手盖住自己的眼睛:"别看我。"

霍灵均原本打算去处理那些未完的手续,此刻却决定坐在她身旁,将材料递给顾青峦派过来协助治丧的人去办理。

"不赞同,该看还得看。你有什么是我没看过的?"霍灵均伸出左手臂勾住她的腰身碎碎念,"奶奶去世的时候,我还在伦敦念中学,正巧那几天伦敦大雾,机场被迫封闭,等我辗转赶回去的时候,葬礼都已经结束了。"

他的风衣已经脱下来搭在她身上,可身体依旧温热:"那会儿小堂妹灵忱就骂我,说奶奶从小最疼我,最后最不孝的那个却是我。"

"那会儿年纪小,十四岁不到,其实我巴不得她骂我,刚好我就可以借此机会不顾形象地大哭一场。"

往事有些滑稽,他自己突然觉得难以接受似的,结巴道:"从此灵忱每次见了我,都会绕道。我颠覆了她对于男孩的认知,让她觉得男生是需要被保护的那个,所以她越来越man。"

顾栖迟靠向他的胸膛:"你的故事太长了。"

霍灵均嗯一声,也没反驳:"只想告诉你,身为男人,我都哭过,你也可以。"

他将手指插进她的头发,挺了挺脊背,似乎在调整姿势:"你可以开始哭了。"

他微微一笑,是他最柔和最擅长的那种云淡风轻,却因不擅长安慰而带着些笨拙:"你还有我,别伤心太久。"

顾栖迟闻言觉得眼眶更为酸涩。她的声音有些许颤抖:"我的亲人又少了一个,从今以后,我没有妈了。"

霍灵均微一低头,就看到她眼眶里即将溃堤而出的晶莹。

和坚强的顾栖迟如此不搭调的东西。

他心软得如同泥沼,几乎没有思考便脱口说:"我会把小小顾和小小霍都带给你,以后你会有更多的亲人。"

她继续呢喃:"我不想让妈葬进顾家墓群。"

迟归年在顾家生活的这些年几乎没有愉快的记忆,她和顾家唯一的联系不过是和顾时献尚未解除的婚姻关系。

霍灵均点头,明了她的意思:"都按你说的办,你不想,我们就给妈另外找个自由安宁的地方,我来和爷爷还有……我来和他们谈。"

他们想将迟归年另葬,不入顾家墓群的态度表明,第一个出来反对的人,不是顾青峦,而是顾时献。

顾栖迟觉得讽刺。生不同衾的人,难道死后还想同穴?

她和顾栖颂决定先将骨灰盒寄存在殡仪馆,再着手寻找合适的墓地。

不过七个小时,殡仪馆那里就传来了迟归年骨灰盒被他人转移走的消息。

而祸首恰是已割裂父女关系的顾时献。

郑杉叶跟着顾时献已久,顾家人和外人均知她是顾时献的情人。

看到被顾时献突然带回复式公寓的骨灰盒,郑杉叶的第一反应是去联系一向视她和顾时献为死敌的顾栖迟。她狠狠地戳着客厅内的电话机数字键,即将拨出去的那刻,被坐在一旁的弟弟郑森林劈手夺了下来。

"郑杉叶,你要打给阿迟的话,我就再也不是你弟弟。"

郑森林的脸色黑得和壁炉的内壁一样暗沉,郑杉叶是第一次见到他这样的表情,更是第一次听到他直呼自己的姓名。她难以置信的表情,看在极度隐忍的郑森林眼里,却只觉得可笑。

他已经记不清,是从中学时起,还是更早的时候,他就已经知晓在姐姐的生活中有这样一个男人的存在。

无父无母。养他带大的郑杉叶不过大他七岁,他曾经为迟迟不婚的郑杉叶终于有了归属而兴奋,可所有的兴高采烈最终却毁于邻里间的传言上。

他曾经问过郑杉叶为什么,可当时她连犹豫都无,亲口承认自己是插足别人家庭的女人。

他的亲生姐姐告诉他:"尝过清贫无助的滋味,我也想走捷径。道德,尊严?呵……小森,你就当我是得偿所愿。"

养育之恩在前,认识顾栖迟在后,了解顾栖迟有多痛恨第三者在更后,知晓郑杉叶插足的那个家庭就是顾栖迟家则是更晚之时。

郑杉叶从不知道为了她的"得偿所愿"和无法退出,他放弃过什么。

这一刻,看着继续煽风点火的郑杉叶,他突然觉得前所未有的疲惫。他拽住郑杉叶的手,强硬且不容挣脱。严厉地对郑杉叶说:"我说了不可以。"

他觉得羞愤:"郑杉叶,你该看一看你现在的嘴脸有多扭曲。从小时候你把不多的肉食全部留给我吃,我就发誓以后一定对你好。我的姐姐是你,妈妈是你,爸爸也是你,除了你,这世上我没有第二个亲人。你知道我为了你的如愿以偿,放弃过什么吗?"

他的笑冷酷如霜:"你大概没有感受过生生割舍的疼。"

他从不想提及那些过去,于他而言,那是仅仅回想就会痛的过往。

不去想已是念念不能忘。

他的声音很是悲戚:"大二那年的上半学期,我带着学费回学校,其中的一半,在路上遗失。我很着急,可是没有别的办法。回校的时候已经很晚了,和她聊了几句,我心情好了很多。分开以后回到寝室,却发现我晚上带出去的课本里,多了和丢失数额一样的钱。"

他看到郑杉叶的表情依旧麻木,她果然不懂,他不该留着最后的奢望:"我绝口不提,但是她已经从我的舍友那里听说了这件事,于是便将她卖出的第一笔摄影稿费都给了我。那是她的第一桶金,她做了,却不需要我感激。你以为那是施舍?顾栖迟从来不会站在高人一等的位置对待别人。她对人好的时候,嘴很硬,人很傻。我那时就在想,我要一辈子对她好。可是因为你,我不要她了。我他妈把她丢了……"

得知迟归年的骨灰被顾时献转移走的那刻,顾栖迟觉得自己的理智也一并被他带走了。

他以什么立场?他有什么资格?他凭什么这么做?!

就凭他这些年的形如陌路、不闻不问吗?

她无法理解那个男人。婚姻名存实亡,却不肯放手终结。既然给予伤害,那么便不会是因为爱。可他此刻又为什么要带走迟归年的骨灰?

她无法克制住想要撕碎顾时献的心情,霍灵均不放心将她一个人留在家里,于是带她一起前往顾时献的住所。

路上,她眉头紧绷,霍灵均不时地从方向盘上挪出一只手握一握她搭在膝间的手。他的暖意袭来，略微安抚了她焦躁的情绪。

到了那个样式复古的园艺小区外，霍灵均没有立刻下车，对顾栖迟说的话并不像是在商量，更像是在命令："在这里乖乖坐着等我回来。不要下车。"

顾栖迟吸了口气："你知道我忍不了，我没办法坐在这里什么都不做。"

霍灵均摇头，自己开门下车："你并不想见到他们，所以不要去。"

他不想见到她为此生气悲伤，甚至歇斯底里。家人一向是她的弱点。

他爱她的坚强，可并不想她因为这些不愉快的事情逞强。

顾栖迟何尝不知道碰面的结果会怎样，可等在这里一样煎熬，让人难以忍受。她抬头望着霍灵均，说不出什么反驳他的话来，他说的是事实，她此生再不想见到那些人。她从来都希望后会无期。

此前她为了霍灵均联系顾时献查找陶先生的身份，是出于迫不得已，她以为那会是最后一次。

且因为他和顾时献沾上关系，她并没有觉得难过。

但是迟归年不同，她几乎是眼睁睁地看着迟归年耗死在顾时献的牢笼里。迟归年的半生不幸，几乎是她这些年努力逼迫自己成长为拥有铜墙铁壁的全部原因。

霍灵均从她倔强的眸光中读出她的坚持和些微依赖。

霍灵均将快被他关上的门大力拉开，躬身折回车内，额头抵着她的额轻微蹭了一下，将自己的唇印上她的。

"在这里等我。"他又说了一遍，语调是顾栖迟无法抗拒的温柔，"我很快回来，我会将妈妈带回来，相信我。"

她相信霍灵均，可她并不相信顾时献。带迟归年回来谈何容易。她不用想，也知道这过程会有多难。

霍灵均不希望看到她因此而难过，她又何尝希望他为此难堪。

这园艺小区霍灵均是第一次来。整体布局和绿化设计很像那些江南的园林。亭台楼榭，郁郁葱葱。间或还有流动的溪流和石桥，只是规模相对小很多，不似真正的园林宏大。

小区的安保人员看到他，微微惊诧，但并无多问，只帮忙通知了业主。很快霍灵均便得以入内。

楼内的电梯需要刷卡开门，顾时献不会不知。可他并没有下楼相迎。

这是顾时献的姿态，也是他的答案——拒绝。

霍灵均并非不懂，可他必须要上门，哪怕爬上十七层。

来开门的是郑杉叶。霍灵均和她此前未曾有过任何接触，他见到那张脸的时候，脚下的步伐没有再迈动一下，也没有说一个字。

他的沉默于郑杉叶而言意味着难堪。从霍灵均的眸光中，她感受到和顾栖迟同样的轻蔑。这并不是她放弃尊严想要得来的一切。

听到脚步声，顾时献依旧安坐在客厅沙发上，指尖的烟灰又堆积到即将掉落的长度。他没抖，等它自然断裂。再抬头，霍灵均已经立在他身前。

室内纵然开着窗，可烟味依旧呛人扑鼻。霍灵均透过纱幔一样的烟雾看着面前这个年岁虽长，却并未显露沧桑的男人。

岁月善待他，可他到底知不知道自己在这漫长的时光里辜负了什么……

无论用哪一个称呼来称呼顾时献，此刻对霍灵均而言都有些困难。

郑杉叶一直紧盯他们，霍灵均终于开口："我想和您单独谈谈。"

顾时献依旧没动，可郑杉叶已经自动消失。

这暗色调的室内，只剩下他们翁婿两个人。

眼前那截烟灰，连同顾时献的话一起掉落："我知道你为什么过来，但是不可能。即便夏至过来，答案也是一样。"

并不意外的开场，让他想起当年婚前他在顾青峦那里遇到顾时献，两人在顾青峦的注目下对弈。

招招紧逼，苦思应敌，那次棋下得并不容易。可最后他还是选择在即将取胜的一刻悔棋，留给顾时献一线生机。

现在，他也做好了长线作战的准备。

"在顾家这些年，她生活得很辛苦。"霍灵均没有直接驳斥顾青峦的话，甚至和他聊起了顾栖迟，"她把自己变成一个强大的人，是因为妈需要她保护，我很遗憾我进入她的生活这样晚。"

他既遗憾又很欣慰："可我一旦来了，便不会再离开。她所有的心愿，我都会让她如愿，包括从你这里把妈妈带回去。"

顾时献碾灭最后那半支烟，唇畔翘起，带些讽刺："无论生死，迟归年是顾太太，轮不到你们教我怎么做。"

他这句话在霍灵均听来有些无耻。迟归年是顾太太，可他履行丈夫的责任了吗？霍灵均眼底风雨积聚，他的话不比顾时献温和："进门之前，我以为您将妈带回来，是因为失去以后才开始懂得后悔，可原来不是。"

他冷呵一声。

"如果你后悔了，刚才我见到的那个女人，此刻应该已经滚出了你的生活，可她依然在。"他反问顾时献，"妈做了什么让你这样恨她？恨到明知她痛恨你的出轨，你却让她死后依旧不得安宁，被迫和你还有你的情人共处一室，我并不想让您难堪，可您这次的举动，在触及我的底线。"

顾时献下颚紧绷，霍灵均更加庆幸自己留顾栖迟在下面。如果这些话从她嘴里说出来，她面上再无动于衷，心里一定很疼。

她可以撑过去，可他并不舍得她经历这些。

他已经拿不准顾时献是否会在乎，可顾时献再度去摸烟的手分明颤抖："妈生前给你留过一封信。"

他看到顾时献扫射过来的目光中有些许期冀："连夏至都不知道，妈也明白，如果那封信在夏至手里，你这辈子一定没有活着看到它的机会。让我带妈走，我就把它给你。大概你已经不在乎那只言片语，可这样的话，你也不应该在意那捧骨灰。于你那是一堆灰烬，于她，那是她世上唯一的母亲。"

他站起身，却听到顾时献说："我的确没有后悔，明知后悔无用，怎么还会后悔。"

顾时献笑得有些凄凉："我后悔了，能改变什么？"

霍灵均并不可怜眼前这个男人："想想她的名字，你在起那个名字的时候，曾经有一刻真心。"

顾——栖——迟。顾时献和迟归年，顾栖于迟。

"不要让她以后听别人唤起她的名字，觉得是耻辱。"

顾时献重新点燃一支烟，慢慢吐了一口烟雾。他并不习惯被人数落，尤其是晚辈："你今天即便能从我这里带走归年的骨灰，老爷子也不会轻易松口。"

可霍灵均并没因此却步："我等您想通，并非是恳求。"

他环视四周，颀长的身躯在顾时献面前像一棵笔直的杉木："如果我现在动手抢，你护不住。楼下的保安上来至少需要三分钟，他们在我这里也并不占任何优势。我等你让我带妈走，或者我带她走，结局并无不同。"

顾时献将猩红的烟摁在眼前的石几上："霍岐山是这样教育你的？"

霍灵均微僵，而后笑了，却不是回答他的问题，而是想起自己漏掉的一句话："另外，我希望您能管住自己的女人，别让郑小姐出现在夏至面前，不然，我并不介意打女人。您若没空，我来管教并非不可以。"

霍灵均拿着迟归年的骨灰盒下楼的时候，不禁想起顾时献在他临出门时，问起他说的那封信。他眼睛闪烁，声音尽是疲态："那封信在哪里？"

霍灵均不知道自己该继续仁慈沉默，还是直言随心。他往外走的步子并没有停顿，他迫切想要见到顾栖迟。

可顾时献又问了一遍："那封信呢？"

到了玄关，霍灵均最终放弃挣扎开口："没有信，妈没有任何话留给您。"

迟归年十年念念不忘，换顾时献数日耿耿于怀。霍灵均觉得这句谎言，不算可耻。那日他陪床时，迟归年在那张信笺上写下的只有八个字：山高水长，再无来日。

她终是后悔了年轻时漂洋过海来到顾时献身畔。而顾时献若知晓那句话，霍灵均并不确定，这个男人是会释怀，还是耿耿于怀更久。又或者他真的无情——不会受到半分震动。

霍灵均还没走出园区，就透过镂空的院墙看到倚在小区外围栏杆上的顾栖迟。这两年多的时间，他嘱咐她的话，顾栖迟很少听，他习以为常。

她一直盯着他手中抱着的物件，霍灵均叹口气快步走到她身前："听我的话，哪怕一次，有多难？"

他不是诘问，更像是无奈，顾栖迟闻言乖乖地跟他上了车。

现在换她抱住失而复得的"迟归年"，依旧是霍灵均做司机。

车一发动，顾栖迟有些沉重的声音钻进霍灵均的耳朵："谢谢你。"

这三个字也许说出来显得生分，可她想霍灵均会懂。她是真的感谢他，让她也可以停下来，不必一直横冲直撞，不必累了也依旧忍痛前行。

他给了她一个可以依靠的肩膀，虽然她更喜欢站在他身旁和他在一起，可知道有人是自己的退路，她会更有力量。

她感谢他，她想让他知道，所以她坦白地告诉他。

顾栖迟很少这样温和慎重地说些什么，霍灵均惊诧之余，轻轻一笑。

这几日他多了个小动作，时不时地去握一握顾栖迟的手，此刻也不例外。那些磨难，给了他一个更耀眼的顾栖迟，他心疼之余也在感激。

"这是我的义务，霍太太。"他轻描淡写道。

顾栖迟这才显露本性啐他："只听说过义务教育，义务劳动。"

霍灵均又叹了口气，突然开口："霍太太，以后儿子要是像你，你说该有多难搞？"

"滚，女儿要是像你一样招蜂引蝶难道就好？"顾栖迟想都没想就反驳。

霍灵均正等她这句话："一月十四日下午三点五十八分十二秒，我记住这个时间了。你答应了的，以后我们会生一个儿子和一个女儿。不能反悔。"

"蠢，你种之前还能跟他们讨价还价商量哪个性别的小蝌蚪留下，还是我生错了你能给塞回去重新生一遍？"顾栖迟觉得自己已经很含蓄，而且觉得这才是正常的逻辑。

霍灵均似乎很享受被她挑刺，笑眯眯地看着她，也不恼："来报道的我们都留下。"

有棉花糖和咆哮在，顾栖迟已经觉得拥挤，他对着一猫一狗都会父爱泛滥，她不能想象如果那是两个撒娇的孩子，该会是让她多崩溃的一种场面。

霍之汶曾经向她提过霍灵均喜欢孩子,她还曾因此忌讳向他提及第一个孩子的流产。他此前从未对她表露过这样的心思,顾栖迟不知道他现在怎么就有了光明正大提起的底气。还一开口就是两个,于是干脆问他:"这么喜欢,过去怎么从来不告诉我?"

霍灵均注意着路况,余光瞄她一眼,说出的话却让顾栖迟觉得惊悚:"我爱心泛滥,喜欢的东西很多。阿姐说错了,我对孩子没有格外的喜欢,我格外喜欢的只有你。"

他只是觉得她这样在意亲情的缺失,他们有更多的家庭成员,是件非常好的事情。

顾栖迟不太擅长应对他张口就来的甜言蜜语。

她动动唇,笑也不是,骂也不是。一颗心跳来跳去,没着没落。

迟归年离世和顾时献引起的这场风波带来的沉闷,因此散去了很多。

顾栖迟在此刻有些怀念颜淡。如果颜淡在的话,她就可以罚她去写两百遍"无耻"练个字什么的,这才是她擅长的处理问题的方式。

好女不跟霍灵均斗,顾栖迟觉得她此后应该能做个"好女"。

顾栖迟不再放心把骨灰盒寄存回原来的地方,霍灵均让应耘帮忙联系了城中新建的一家格子间陵墓,把迟归年先安放在那里。而后又托应耘遣人搜罗了一下城中的墓地,把可选的位置列出来。

流沙和乔槭还在秋景别墅,霍灵均将顾栖迟也送回那里,自己启程拜访顾青峦。

座驾刚驶离秋景郊院,他就注意到有车盯梢。

外面那些风风雨雨,因为迟归年的突然离世,他没有多余的精力去关注。那些能通过奋斗得来的东西,他也从来不怕失去。

在城中绕了一段,他将车子拐进路况复杂的古巷,这才最终甩开在后面盯梢的人。抵达顾宅的时候,顾青峦正在书房清理收藏的旧书简。

见到霍灵均进来,他摘下自己的金丝边框眼镜搁置到一旁:"你小子过来,靠我近点儿,爷爷还会揍你不成?"

霍灵均就走上前帮忙把他陈列在书桌上的书简放回书架，还顺带关好书架的透明玻璃门。顾青峦在书房的软榻上坐了下来，霍灵均却不敢轻举妄动。顾青峦摘掉眼镜之后，盯着他的眼睛眯了起来，不自觉地就带了些意味深长。

"别忍了。"顾青峦笑了一声，"坐下说，你这样站在这里是想仗着身高压迫我？"

霍灵均就在他一侧不近不远地坐下："爷爷你别吓唬我了，我怎么敢压迫您呢？我这不是让您吓得不敢说话嘛！"

顾青峦拿起手边的词典就去敲他脑袋："上次我说了你媳妇两句，你砸我玻璃的时候，怎么就不见你害怕？你小时候比现在可爱多了，你爷爷那个话多的，逢人就把你夸得地上无天上有的。他给你取的名字，我过去觉得不好，灵均是屈原的美字，我并不觉得为了证清白投江的这个先人命运好在哪里，但他说的有句话倒是对的。世道浑浊，不能与世浮沉。"

霍灵均明白顾青峦应该是看到近来那些铺天盖地的负面新闻了，想起同样为此召唤他，而他还未应诏去见的霍岐山，隐隐有些头疼。

顾青峦在等他的话，而霍灵均很坦然："我知道他老人家的意思，我会做一个他希望成为的那样一个人。"

有担当，知进退，无愧于心。

"那些事情你们自己看着办。"顾青峦摆手，"顾时献年纪大了还不懂事，爷爷教训他一个，精力已经不够用。你也算是我看着长大的，我倒是不信那些流言蜚语。不过这件事倒让我觉得，你该离开那个众口铄金的圈子了。"

霍灵均点头："爷爷一向英明。"

他这么一说，倒把顾青峦给逗笑了："别演得这么乖，你什么性格，爷爷不是不知道。你们年轻人想法多，又肯干，倒是好事。"

顾青峦今日一副乐于坦诚沟通的模样。

霍灵均试探道："妈的后事我们希望一切从简，爷爷，希望您能理解。"

顾青峦这几日派过去协助他们治丧的人都已经撤了回来，事情的进展他自然知道。

"归年第一次进顾家门的时候,跟阿迟小时候一样活泼,最后事情发展成这样……"他捏了捏眉心,有些倦意,"你们一定觉得是我不过问,任事情向着无可挽回的地步发展,背地里怨我,我也可以理解,是顾家对不起她。"

霍灵均刚想开口,又被他喝止:"你小子别再编话哄我,我有数。"

霍灵均这才引入正题:"爷爷,有件事,希望您同意,我在给妈挑选另外的墓地,顾家的墓园所在的地方太高太寒冷。"

"你在挑,这是你的意思?"顾青峦闭上眼睛问道,"阿迟如果没有这样的想法,你会这么做吗?"

过了会儿又睁开眼睛:"你妹妹和阿颂的婚约毁了以后,霍顾两家对于联姻便不那么执着了,可最后还是促成了你和阿迟的婚事,知道为什么吗?"

霍灵均微怔。

顾青峦接着说:"其他的理由都是借口。是我看上你,向你爷爷要你做我的孙女婿。我给了归年那样一个丈夫,总要给她些补偿。阿迟有你,她可以放心,更何况阿迟配得上你,你爷爷那么精打细算的人,不会做赔本买卖。归年的后事,都按阿迟的意思来,她性子拧,我不能少了一个媳妇,再少一个孙女。"

霍灵均从未听长辈们提起这件事,可他并不希望这桩婚姻烙着"买卖""交易"或者"约定"的印记。他的这句话也是第一次向人坦承:"爷爷,我愿意娶她,不是因为我爷爷给的压力,也不是因为我妹妹之零毁掉婚约而弥补愧疚。"

他甚至还没找到合适的时机告诉顾栖迟。

"我是真的喜欢她,从我十九岁那年第一次见到她开始。她不记得,可我没忘。我这辈子,对很多事情都挑剔,并不能将就凑合,我只为爱而结婚。"

以我之姓，冠你之名

日暮西斜，落日的余晖透过车窗打在霍灵均身上。让他整个人被附上一层暖色光晕，显得肩宽腰窄的他更为俊逸，温润得好像那些微光是从他身上散出来，不是天光镀上去的一样。

适才同顾青峦的对话在他的脑海里一帧一帧地回放。

顾青峦这几年待他一向不错，从来没苛刻过一句话，也不曾冷淡疏离，是真正的亲近。所以他也不吝啬时间，有时间就过来陪顾青峦写写字、下下棋。

连顾栖迟也对此心知肚明，不然不会每次顾青峦叫她回去，她都想办法拖上他一起。

那些话应该最先告诉顾栖迟……

他有些后悔，这个第一人，如今成了顾青峦。

顾青峦虽然爱护晚辈，但也和其他顾家人一样的执拗，轻易不肯改变自己的想法。来之前他还以为顾青峦这个关卡会很难过，却没想到过得这样容易，远比去顾时献那里轻松。

他掏出手机，修长的手指翻飞几下，给顾栖迟发去短信。

告诉她万事OK，他要回霍家一趟，晚些回去。

还没点火发动汽车，帮忙查探墓地的应耘来电。

应耘开口直奔正题："阿均，清河山墓园的环境很好。我今天亲自去看过，弟妹应该会满意。"

霍灵均"嗯"了一声，注意到应耘话里的反常。

他和应耘相识的时间比左丘更长。

左丘是因为与妹妹霍之零的关系而接触频繁，和应耘则是因为相投的志趣越走越近。

成立"深蓝色"这个极限运动在线俱乐部的时候，他们还是在英国睦月租公寓的学生。一起运作了几年后，他进入娱乐圈，"深蓝色"则由应耘打理，他手中握着的只剩原始股。

年少时的男孩子，将兄弟情看得甚至高于爱情。

左丘让他失望，可他并不会因此就猜忌应耘。一起走过那么多年，否定他等于否定自己的青春。

"深蓝色"从最初的非营利性网站，到如今融资上市，这期间应耘付出的心血，远非一朝一夕可拟。应耘虽然一向讲义气对朋友两肋插刀，但这件事情并不需要他亲自跑去城郊的墓园。何况他事务繁忙，行程一向紧凑，平日又是寡言清冷说一不二的个性，这几年训练出的手下办事高效认真，足以令人放心。

再说墓地那种地方，若非有亲有故长眠，没有人会无事前往。

应耘在国内没有亲人，两人的朋友圈几乎是重合的，也不曾有人早逝。再加上他定居 N 市这半年，除了工作几乎没有个人生活。

所以应耘的反常，让霍灵均只能自动联想到一个人。

他直接问应耘："还是见过路染了？她给你什么刺激了，让尔一大好青年青天白日地往墓地跑。"

路染这个名字，经年累月之后，对他的杀伤力依旧很强。这可真不是一个让人愉快的认知。隔了几秒，霍灵均才听到应耘微失冷静的声音："那么多年没见，难得正面撞上了总要叙下旧，你知道，我和她有仇。"

念旧才能叙旧。应耘和路染的曾经，也是霍灵均全程目睹过的曾经。霍灵均无法想象他们二人叙旧的场面。

他没见到应耘本人，却隐隐觉得应耘此刻应该是挂了彩。

路染当年在留学生圈子里是有名的高岭之花。她和应耘相爱之前，是人尽皆知的冤家宿敌，每次见面都吵得你死我活，无视对方性别恨不能干架大打出手。后来两人身份转换成男女朋友，这种情况非但没有好转，反而直接演化为肢体冲突。

他们不像一对正常的恋人。连接个吻，应耘有时都能被路染咬出血。

可应耘甘之如饴。

那个时候，没有人相信应耘和路染真的在一起了，除了霍灵均。毕竟除了他之外，这世上再没有第二个人见过应耘对着一张照片傻笑一整天，且自言自语一天过得太快。

这段情来势迅猛，却也殆尽得迅疾。昙花一现般，让人惊愕叹息。

路染告诉他们她要跟着一个富商回国时，他陪着应耘去揍了那个中年男人一顿。

少时热血。那架打得对方不成人形，他们也狼狈至极，鼻青脸肿得看不出本来面貌。

路染不知跟那人说了些什么，对方没有起诉他们故意伤害，可应耘到底也没能留住路染，反而收到了路染临行前送出的结婚请帖。

霍灵均从那一刻起，才知道平日嘻嘻哈哈的师姐路染是个狠角色。

狠得下心伤害应耘，且要伤得彻彻底底才肯罢休。那一伤让应耘这些年，再也不敢轻易触碰爱情这个东西。

霍灵均始终记得路染最后一次出现在他们面前将结婚请柬塞进应耘手里时，对应耘说的那句话："回国观礼吧，我们好过一场我也没送你什么。到时候我捧花就不扔了，直接送给你，就算是分手礼物，祝你早日遇到好姑娘。"

她说得无波无澜，连霍灵均都觉得惊骇，何况当事人应耘。

路染离开之后，他为了让将自己封闭起来的应耘恢复生机，替应耘报名参加登山队的月度活动。

那年夏天，两人跟着一些校友，开拔到素有欧洲三大险峰之称的瑞士阿尔卑斯山的艾格峰北坡。

他希望这陡峭崎岖的天险和这近两千米的石灰岩壁，能唤起应耘身上的野性，一扫颓废。

应耘没有承路染的"吉言"在这次征途中遇到他的好姑娘，霍灵均却在艾格峰下，第一次见到了那个后来成为霍太太的——顾栖迟。

那时的他和应耘脸上还挂着此前打人时留下的伤。一个眼圈上的瘀青没散，鼻梁上还粘着OK绷，另一个侧脸破了皮，眼角被划破，充血肿得变了形，只能隐约看出原本英俊的轮廓，但并不分明。

往北坡的路途太过艰险，很多人带着雄心壮志而来，却丧气而归。更有无数前辈将生命留在了艾格峰。

他们在中段暂歇的时候，领队收到前面的探险队因滑坡而遇险失联的消息。

霍灵均虽敬畏雪山，却从不会勉力而行。

天气突变，他们原本打算折返，听闻这则消息后很多人希望能够参与救援。

生命的力量和自然相比太过脆弱，不值一提。

缺少专业的指导和设备，仅带着一颗热血的心不能成事。无法确定失联人员的位置。就在大家越来越焦灼的时候，临时驻地外的漫坡上，远远地出现了两个从风雪中走来、略显狼狈的身影。

没有遇到顾栖迟之前，霍灵均并不相信人真的会在片刻间钟情于另一个人。

可原来世上真的没有绝对一说。

那时霍灵均尚不知顾栖迟的姓名。她全身包裹在厚重的登山服下，甚至连性别都无法分辨。她虽高挑，但身形还是稍显瘦弱。

大家都觉得神奇，那样恶劣的环境下，她竟然能半拖半背着自己扭伤的伙伴，走那么远的路。

那天的风雪不大，却自此刮乱了霍灵均此后的人生。

不止是他，后来在大本营内，顾栖迟扒掉厚重的衣物露出那张宠辱不惊、冷静理智又美好如画的脸时，惊艳了一众登山者。

这本身是一个鲜见女子的领域，何况她还无畏地搭救了自己的伙伴。

他们惊艳。为她的冷静，为她的勇敢，为她的美好。

而那时的霍灵均，着实狼狈到和英俊无关。

大本营里最后那晚，他在众人联欢的时刻，从同来的德国同学那里抢到了话筒，破天荒地唱了一支歌。

后来应耘还笑他懵懂、纯情、含蓄。

他并没有追过人,并不确定应该怎样向人表达好感。

可他一生过得向来清楚明白。遇到自己喜欢的,就去争取;遇到自己喜欢的,不能错过。

这一生,他鲜少开唱。哪怕后来进入娱乐圈,也只为一部电影唱过插曲,还是在音乐总监的数度相劝下才接下的。

他唱歌时的嗓音和平时说话不同。说话时清润,唱歌时更加磁性低淳。

那夜的歌,也让营地里的众人念念不忘。

几度当作谈资写在旅行日记里。

she may be the face I can't forget(或许,她是那张容颜,让我难以忘怀)

a trace of pleasure I regret(是一缕惬意,令我唏嘘不已)

…………

she may be the reason I survive(或许,她是我存在的理由)

the why and where for I'm alive(是我活着的原因和路标)

the one I'll care for through the rough and rain years(是我要精心呵护走过风雨的伴侣)

Me, I'll take her laughter and her tears(我要珍藏她的欢笑和泪水)

and make them all my souvenirs(当作我永生的纪念)

for where she goes I got to be(不管她身在何方)

the meaning of my life is she(我生命的意义永远是她)

搁下话筒,他向着正应付一众白人青年男子攀谈的她走过去。

目标明确,不想要留下遗憾。

也许是他同样身为黄种人的身份引起她的注意,他刚走近,她竟然猛地从座位上起身微踮脚亲上一米九多的他的唇。

她的气息里夹杂着明显的酒气,甚至舌尖还裹挟着酒送进他的唇齿之间。对酒精毫无抵抗力的他,在她突然的侵袭下渐渐失去意识。

他记得醉倒前听到她对众人说的话:"我只对黄种人有兴趣。"

哪怕是一张略显浮肿的黄种人的脸，她也能亲下去。

她用他抵挡了众人侵袭，他却无法抵抗酒精，在那么重要的时刻，醉倒了过去。再醒来时，她和她的伙伴，已经离开。他所知的关于她的消息，仅仅是其他人探知来的——她是中国人。

真是令人欣喜的巧合，他回了国，进入娱乐圈，站在一个无比显眼的地方。

后来她竟真的现身，还同在娱乐圈。

他从未奢求终身伴侣和自己的爱好追求高度契合，但那一刻，却开始感激上天厚爱。

他曾数次试探过顾栖迟关于当年那含糊的一吻，关于那首歌。

可他挫败地发现，顾栖迟对此印象全无。

雪山是他的幸运所。

和路染的那段往事，却是应耘忌讳的过去。那一年，对他和应耘而言都意义非凡。

一个被逼告别，一个懂得争取。

霍灵均知道应耘放不下，不然不会在写源代码的时候，一堆符号里面突然冒出路染的名字。

应耘自称犯贱，可感情这东西，一向冷暖自知。

每个人都听过很多道理，每个人都见过无数心灵鸡汤，可真的身临其境，却无法妥帖地处理好一切，遍地狼狈。

当年的事情路染断得决绝，可总让人觉得蹊跷。那时的应耘反复对他说："分手是真分，喜欢也是真喜欢。"

应耘相信路染有苦衷，说得多了，连他都跟着应耘信了。

他在想方设法寻找雪山上众人短信的时候，应耘回国寻找路染探知究竟，可很快又只身返回伦敦，什么都没对他说起过，好像真的看到了让他死心的事情，真的接受了分手这样一个结果。

霍灵均将自己从回忆里拔出来。

那短短数月的时间，真是一次人生洗礼。

应耘声音清冷，淡淡地说："我今天跟了她一路。"

那些最基本的事实他在雇佣的征信社那边都能拿到，可他并不知道路染当年在爱正浓的时候，利落潇洒地舍弃他的真正原因。

这是一个死结，如若无解，他便无法走出过去，始终会耿耿于怀。

他的声音带些苦涩："她去了清河山墓园"。

"她走了之后，我去她驻足了很久的墓碑前站了一会儿。"接下来的话似乎对应耘而言有些艰难，"墓碑上只有三个字——小麦穗。"

他的尾音有些抖，经过几个小时，平复下去的心境再度叫嚣起来："阿均，直觉告诉我，埋在里面的，是我的孩子。"

"我会离她远一点。"他顿了一下吸了口气，"如果真是这样，我怕我会忍不住掐死她。"

唏嘘过后，霍灵均没能用言语安慰应耘，这并不是他所擅长的事情。

等到驱车抵达霍宅，已经将近黄昏。

《南娱周刊》刚登出负面新闻的时候，霍岐山就致电让他滚回家。因为迟归年的离世，他拖了又拖，已不能再拖。

从他支持霍之零追求自由惨死于车祸，他和霍岐山已经很久没正经地说过话了。霍岐山多年养成的强硬作风是指点他应该怎么做，哪里做错。

而他坚持自己的选择。谁也不曾退让。

一进门，就看到母亲纪倾慕在客厅内看书，她乍见到他还有些惊讶。

"你爸在楼上的会客厅。"纪倾慕有些犹豫，不知道该不该劝霍灵均回来。

她眼底流露的担忧很明显，霍灵均看到便安抚她："我会注意分寸，不会和他正面起冲突，您放心。"

纪倾慕见他走到身前接过他搭在臂弯上的风衣，关切地问："栖迟母亲的后事怎么样了？举办仪式的话，我和你爸爸一定会出席，有任何需要，记得都联系我们。"

"我知道了妈，有任何进展，我会通知你们，不会让你们被动失礼。"他向楼梯走过去，突然又顿下步子，对纪倾慕微微一笑，"您以后有时间，多给栖迟做些好吃的。"

他郑重其事，态度诚恳："妈，我的也是她的，妈妈没了，她很在意，您多帮忙分分心，好让她想起'母亲'这个词，不都是沉重的东西。"

纪倾慕冲他摆手催他上楼："知道了，和你一起疼你老婆，为你我也会很认真地做。"

霍岐山明显不似纪倾慕般好说话。霍灵均屈指扣了三下，而后推开会客厅的门。一进门，就迎上霍岐山扔过来的一个瓷杯盖。

他在躲还是不躲间犹豫一秒，最后还是硬生生地扛下骤然而来的撞击。

霍岐山紧接着又摔了一堆杂志过来："还认识字吧，读读看上面都写了些什么！"

纪倾慕还在楼下，霍岐山嗓门这般大，霍灵均为免引起纪倾慕的担忧关了门。还没回身，霍岐山紧接着便冷哼了一声，霍灵均还没来得及转身，就感觉到砖头一样大小的词典撞击向后背。

霍岐山与人交流的方式，还真是直接粗暴。

他没说什么，把霍岐山扔向他的六碎的瓷杯盖和杂志，以及词典慢条斯理地捡起来归拢好，重新递到霍岐山面前："能当子弹往外射的物件不多了，您省点儿用，像这词典可以一撕两半砸两次。"

他还叹了口气，坐在霍岐山身侧。

霍岐山搭扶在桌面上的手青筋暴起，一副山雨欲来的模样，好像刚才那些仅仅是前奏。

霍灵均又站了起来，看了眼霍岐山，摇头问："打人能不打脸吗？被我媳妇看到这伤，有损您仁爱的形象。"

距离霍灵均进入二楼的会客厅已经过去半个多小时。纪倾慕摊在膝间的那本书，无论如何都无法继续读下去。

房间的隔音效果很好，老爷子霍仲勋还没移居加拿大跟女儿生活之前，霍仲勋在里面抽打霍岐山，在下面的她听不到任何声响。

等她硬着头皮上去，霍岐山已经被抽得额上都是冷汗。

从前，那是老爷子霍仲勋施展威风的地方，现在在里面展露威严的，成了他的继任者霍岐山。

之前长女霍之汶坚持要嫁给当时双目失明且还未认祖归宗满身是谜的席宴清时，霍岐山舍不得打女儿，只把里面摔得稀巴烂，她在楼下也没听到任何声息。后来改换姓氏的商宴清双眼复明只身来到霍家请求认可，书架上的玻璃碎了满地，身在室外的她也没有听到任何声息。

后来霍之零悔婚也是……

霍岐山有一种能够搞糟和每个儿女关系的能力。

她有些担心现在里面也是一片狼藉。

霍岐山虽是从商，可他从小就像老一辈霍家男子一样，又在军营历练过几年，性格完全和圆滑无关，硬得像是骊山上的石头。

而且这种情况下，霍岐山还听不得别人的劝，他人劝得越多，他的怒火越盛。

纪倾慕有些头疼。她和霍岐山在教育子女上方法不同。她顶多旁敲侧击，青睐于放手，可霍岐山却是事无巨细，手腕四处都要伸。

她刚要往台阶上迈，突然听到门铃声响。她顿住步子等了下，阿姨前去开门，进来的竟是许久未见、神色匆忙的顾栖迟。

顾家近些年的纠葛，纪倾慕有所耳闻，见到顾栖迟眼底的青色，想起霍灵均的嘱托和近来的变故，笑意更暖了一分。

顾栖迟一进门就似乎在寻找什么。

"担心阿均？"纪倾慕即刻了然，她指指楼上会客厅的门，"都在上面，估计话也说得差不多了，我刚想上去看看。"

她让阿姨沏好两杯茶，放在托盘上递给顾栖迟："既然你过来了，你去吧，拿上去看看。"

顾栖迟配合地接了过去，小心翼翼地上楼。

和霍灵均成婚这不长不短的时间，霍岐山的性格她大概摸得着。他重视名声，近来霍灵均那些负面新闻，他看到后一定会难以冷静。而他难以冷静的后续反应，必然是加以训诫。

接到霍灵均说要回霍家的消息，顾栖迟的第一反应是不能让他一个人回去。

来的路上她就有过很多设想，比如霍灵均可能正被罚跪。

她一向无所畏惧，但每每面对霍家的几位长辈，总觉得忐忑，原因她自己都不清明。

想到要面对霍岐山，感觉心跳都在不断加快。

可她没想到，刚上到二楼，就见霍岐山只身从会客厅出来，砰一声，关上了身后的门。

霍灵均并没紧接着从里面走出来。这情形似乎比她想象得要更恶劣一些。

"爸。"托盘上水杯里的水晃动了下，她下意识地喊出声，见霍岐山点点头。

霍岐山手上拿着一串钥匙和一把旧式的铜锁。

顾栖迟眼见他在会客厅的两扇门的门把上套上锁扣，而后利落地将门从外面锁死。她眼底的水纹波动得更甚，她着实没想到这次霍岐山采取的惩罚，会是关禁闭。

霍岐山甚至提醒她："一起下去吧，今晚他是出不来了，除非他从窗户上跳下去。"

他挑挑眉："刚刚倒是没打断他腿，也不是不可能。"

顾栖迟将托盘放在地上，人却没有要起身下楼的意思。

廊道并不宽阔，她站在前面，没有给霍岐山让路的意思。

霍岐山蹙眉："阿迟，不用替他求情，没用。这小子嚣张着呢，哪里可怜。"

顾栖迟摇摇头，开口不自觉地带着质问的口气："不是，爸，我没想求情，您能告诉我他哪儿错了吗？"

霍岐山唇角微微下压。

顾栖迟眸色清亮得仿似冬日初妆的雪："您难道不相信他吗？别人嘴里的那个他，和您眼中的那个他，不可能是一样的。"

"这无关他是一个什么样的人。我养大的孩子，我自然知道。"霍岐山手中拎着的钥匙在半空荡起，他镜片后的眼睛没有半刻动容，"这只关乎他做了什么事。他已经要步入而立之年，做事应该要懂得深思熟虑。霍家人从来行得端做得正,连你霍爷爷因为这件事,之后也会被人指指点点。阿迟,你应该知道家里没有人支持他进入那个圈子。"

顾栖迟眉头也拧得死死的:"那爸也应该知道他也一样了解您。他知道这个时候回来,肯定难免责难,但是他也没躲。因为您需要发泄自己的不满,所以他来了。"

她脸色绷紧:"您不能改变一下和他沟通的方式吗?"

霍岐山嗓音严肃清冽:"阿迟,不要惯着他。"

"我没有。"顾栖迟否认。

"爸……"她犹豫半晌,这句话两年间都曾经想提及,"您对他严格要求是对的,不然他不会成为今天这样好的一个人,但是我希望您能对他公平一点。"

霍岐山捏紧钥匙,听到顾栖迟说:"两年多了,之零的死并不是他的错。这么长时间,您还为此迁怒,他并非感觉不到。"

霍岐山扶了下镜框,觉得适才活动过的手背关节有些疼:"这么说都是我的错?"

"不是。"顾栖迟摆手,"我只是想让您知道,得不到您的认可,他会难过。"

霍岐山动了动唇,末了才出声,冷淡至极:"阿迟,我说了别替他求情。"

顾栖迟这才笑了:"不是,爸。您没看我现在也挺可怜的吗?我不是替他求情,我是替我自己求的。我想问您,能不能把我一起锁进去?"

霍岐山只留给她一个清冷孤高的背影,顾栖迟从他最后突变的眼神里读到的是"助纣为虐"和"难以理解"。

顾栖迟觉得霍岐山没以一种"她疯了"的眼神看过来,已经算是维持了长辈的风范。霍岐山一离开,顾栖迟就去敲会客厅的门。

锁扣大小近乎量身定做。她试图将门推到底,却也只是露出微小的缝隙。内里传出霍灵均的笑,尾音上挑,带着愉悦:"让你在家等我,怎么又不听?"

顾栖迟透过那个微小的缝隙往里看,却看不到他的身影。她一样语调轻松:"挨揍了吧?别藏了,让我看看是不是丑了。"

霍灵均继续笑:"我会记得你今天的幸灾乐祸。"

顾栖迟点头，不确定他能否看到："爸揍你两下也是应该的，我知道原委的时候，也想揍你来着。"

她又提了下门把，将门关上，趴在门缝间说："这事你真的有错，上次从天空之镜回来，机场高速上你只反省出一部分，只知道你自作主张决定一切错了。你现在想好还有哪儿错了吗？"

门关上之后，霍灵均的声音听起来小了很多。

顾栖迟仔细听，才听到他说："我蠢，请霍太太赐教？"

顾栖迟又猛推了下门，让自己的声音在他耳膜上重新放大拉扯："可以，那我就发慈悲告诉你。"

她吸了口气："这话我只说一次，听好了，以后无论做什么，能伤害到你自己的，就不要做。"

顾栖迟觉得自己还挺操心的："爸也是这么想的，我知道你能理解他的口是心非。"

她没等霍灵均的回话就说："我回去了，家里还有四个小的。你在里面好好思考思考人生，我就是来看你热闹的。"

她没忘最后吐槽："跟探监似的。"

刚转身，却听到一个清晰有力的声音："路上注意安全，好像有点儿想你了。"

顾栖迟的心瞬间跳得有些欢快。

她保持冷静问道："再说一遍。"

霍灵均从来不怕被贴无耻的标签："好几个小时没能近距离认真看你的脸，有点儿想，想做……运动。"

顾栖迟咬牙冷斥："忍着。"

顾栖迟下楼向纪倾纂道别，她来得快去得也快，纪倾纂送她到玄关，反复叮咛她注意休息，注意保暖，注意饮食……

纪倾纂说的话，她都一一应下。不觉得唆，反而有些温暖。

还没到门口，突然听到身后不远处沉闷的重物落地声。

她猛地回头，一抬首，正对上刚从二楼窗户爬跳下来的霍灵均那张夜色间仍旧棱角分明的脸。

阿姨识趣地原路返回。

顾栖迟站在原地，直直地望着越走越近的他。

圆月高挂。习习晚风在冬夜里吹向她的面庞，吹翻她肩头几缕发梢。风很凉，她的心、她的眼却都是热的。

她没眨眼，因为知道他真的做得出来。

不是幻觉。他说想她，于是他就从被锁住房门的房间内跳窗出来见她。

她喷了一声："很能耐啊！跟棉花糖一样，跳墙爬屋都会了啊！"

她心跳如鼓，面却是冷的。

那种别人描写的爱情里，一日千里的进程，心动得如何都停不下来。

霍灵均款款向她走来，将人勾进怀里的时候大言不惭地"嗯"了一声："月圆夜狼变，必须什么都能。要摘月亮吗？可以试试。"

顾栖迟被他抱得过紧声音发闷："扯，爸追过来揍你怎么办？"

霍灵均胸腔震动，传递到她全身，猛地打横将她抱起："有可能，所以我抓紧时间抱你跑远好了。"

…………

圆满是你的名字

最近忙着在网络上和人厮杀拼口才的颜淡时间有些不够用,连送顾栖迟到霍宅之后等在外面的这段时间内,她都一直混迹微博和论坛。

隔着一根网线,有些网友说话比较随便。

看得她在顾栖迟压制下沉稳了很多的性格又要往崩坏发展。

霍灵均横抱顾栖迟出来的时候,她正专心致志地在霍灵均粉丝微博账号里那条力证霍灵均人品的微博下刷转发量。

做脑残粉做成这样,颜淡觉得自己和收人钱财替人办事的水军一样兢兢业业。她刷得过于投入,直到顾栖迟重新被放下来,走过去敲车窗的时候,她才发现人已经到了跟前。

颜淡跟了顾栖迟多年,顾栖迟一见她眼睛往身后的霍灵均身上瞄,就知道她脑袋里转了些什么。

"眼都直了,很好看?"顾栖迟猛地拉开后座车门,先拽了霍灵均胳膊把他摁进车内去,而后自己才上车。

她的动作直接而粗鲁,霍灵均微微一笑。

车门刚关好,她又继续自己适才的话,问向颜淡:"矜持两个字还会写吗?"

颜淡立刻退出微博,谄媚地笑给顾栖迟看:"老大,我家里没纸没墨了,写不了两百遍。"

她话落又自己"啊"了一声:"五十遍也不行啊,你饶了我吧!"

顾栖迟"嗯"了一声,一边无所事事地伸出手去触碰霍灵均的侧脸,另一边冷静无情地对颜淡说:"好说,你求求我。"

颜淡刚刚因为机械化的笑翘起的唇角，瞬间又归成一条线。

她动了动唇："……"感觉此刻说什么都是自挖陷阱。

她最终决定采用迂回路线，看向端坐驾驶位上的霍灵均："霍帅……"

霍灵均一笑，随后又打碎了她的期望："书法养性，有利于陶冶情操。颜淡，这是为你好。身为提笔多年练字无数的过来人，我觉得这个提议很好。"

生无可恋——颜淡哼唧了数声才挤出几个毫无气势的字来："有道理……听着是有那么点儿道理。"

霍灵均却否认："不，我这几句话，只是为了证明你们顾导决策的科学性，无关讲道理。"

他以一种"我誓死捍卫顾栖迟所说的话"的口吻说出这句话来，颜淡觉得自己被网络喷子伤成亲妈粉的心，又被重新拎出来再度虐成可怜的单身狗。

在顾栖迟那双火眼金睛的压迫下，她觉得自己连汪都汪不出来。

联手把颜淡训乖，顾栖迟就专注地看向身旁的霍灵均。

彻底走入对方生命的这两年多里，她或挑衅或郑重地看过他无数遍，却不曾这样眼里再无其他长久的盯视。

窗外月圆，也适合人圆。

霍灵均升起车内的隔断，将颜淡和他们分隔开来。顾栖迟一瞬不眨地看着他，那种炽热的眼神丝丝缕缕地侵袭而来，几乎要将他所有的理智融化。他安坐一旁，额头一跳，感觉到自己体内升腾起的热度。犹如潮涌，一波波涤荡而来。

夜很黑，他的双眸也愈发黑亮。眼底的那些兴味盎然在光线几无的车内几乎全被遮掩。

顾栖迟不断地看过来，终于还是霍灵均忍不住促狭地笑，手伸向她后背渐渐不再规矩，不过瞬间温热的掌心就贴上她后背的衣扣。

他边解边问："看了几百天了，还没看够？"

在他有所动作的同时，顾栖迟也去解他的衬衣领口。

她语气里都是理所应当，毫无羞怯之意："之前看的是人模人样，今天看的是狼相。"

一颗两颗，解到第四颗的时候，她猛地用力一撕，他的胸膛就赤裸地呈现在她眼前。晦暗的光线中，一切都显得暗淡，他洞开的胸膛却在她眼底一点点亮了起来，引她想要慢斯条理地蹂躏。

几乎在同一时间，他手上的力道渐渐肆虐，在她身体上展开碾压式的大扫荡。肢体的接触，点燃渐生的体温。顾栖迟笑："礼义廉耻，都被你吃了。"

她的呼吸慢慢乱了节奏，额头开始冒汗。

"别否认。"霍灵均将她的长发拢至一侧，抱紧她颤抖的身躯，"你刚刚那样看我，是理直气壮地勾引。"

他沉沉地流露愉悦，终于贯穿，顾栖迟下意识地"嗯"了一声，咬住双唇。

"不用你勾引，我没有定力。"他笑着强调，"霍太太，观察下发现有狼性大发征兆的、像我一样身形矫健的男人，以后记得千万别挑逗。"

现在这狭小的空间内，隔断那端还坐着不明情况的颜淡。

顾栖迟脸上的灼热愈加明显，她想若有盏明灯，一定能看清如娇红的色泽。她往后仰，霍灵均任她后移，伸出手臂勾住她的上半身防止她跌落下去。

紧密地贴合下，顾栖迟的腿软成一摊泥，几乎丧失行动的能力。

"霍灵均。"她一动便感觉到疼，又扑回去咬他的唇，感觉到咸腥才松口。

她的话只说了一半，再度叫他的名字："霍灵均，留在里面。如果中了，乳名就叫满月好不好？"

他呼吸一滞。

情欲未退的眼睛熠熠生辉，头微垂抱着她去蹭她的脸："TA来了之后，会不会笑我不分场合？"

顾栖迟手指在他胸前画圈："不会。我会告诉TA，TA是夕婆离开送给我们的礼物。"

死亡和新生，一份是寂灭，一份是希望。

她希望迟归年的死并不是终结，而是新的轮回。

回的依旧是秋景别墅。颜淡将车停在别墅院外，见霍灵均抱顾栖迟下车。

她略微眯了几眼,觉得两人的衣衫似乎有些凌乱。

霍灵均的长风衣,整个罩在顾栖迟身上。脑海里无数个画面顿时活色生香起来。

颜淡感觉到自己窥探到了高度机密,手开始发抖担心自己被灭口。

偏偏霍灵均还用他那清润此时略带嘶哑的嗓音绅士地向她申明:"不是你想的那样,开车下山的时候多注意路况。"

他的话停了下来。

顾栖迟此刻很想因为他的"此地无银三百两"而掐死他。

她下巴一指,颜淡才想起自己应该迅速离开。

她一撤,顾栖迟就叹口气问:"她怎么理解的?"

霍灵均耸耸肩抱着她入院:"难说,大概觉得是一对狗男女?"

顾栖迟啐他:"滚。你是,我不是。"

"那换个词。"咆哮从远处跑过来绕在他腿侧蹭来蹭去,霍灵均能看到流沙也推门出来,于是放低了声音说,"捉奸?"

顾栖迟瞪他:"你语文学了些什么?"

霍灵均很坦然:"我存在了两年多。颜淡随你进出,都不知道我的存在。我有自知之明。我见不得光。"

顾栖迟觉得他的语气里有那么些哀怨的味道。

紧接着听到他继续说:"过去两年里我给自己的定位一直是——你的奸夫。捉奸不就是捉到奸夫图谋不轨吗?"

顾栖迟:"……"

迟归年最终还是葬入应耘此前提及的清河山墓园。

下葬那天,晴空万里。顾栖颂被好友晏沉送至墓地,顾栖迟和霍灵均一早避开耳目等在那里。

没有通知顾时献,也不打算举办更为烦琐的仪式,更没有通知其余的亲朋。

不管是恨还是原谅,她都没有资格替迟归年决定。

墓碑上选用的照片，是迟归年年轻时在林荫道上的回眸一笑。很鲜活的笑颜，从顾栖迟记事开始，几乎没有在迟归年脸上再见到过。

她漂洋过海来到N市，那些阻断的亲情、友情都在大洋彼岸。如果以后有故人来此怀念她，看到这张旧时熟悉的容颜，不会认不出来她。

顾栖迟立在墓碑前出神很久。久到霍灵均和顾栖颂在不远处交谈，都没有注意到。顾栖颂的声音很低，仅仅身畔的霍灵均听得到："阿均，那封邮件我读过了。关于之零的那个。"

很沉重的话题。在这个压抑的气氛下，更加让人感觉到深重的遗憾。

霍灵均将霍之零被死亡掩埋的心意发给顾栖颂的时候，虽然说让他自己选择是否拆封，但其实已经知晓结果只会是那一个。

那等于直接告诉他之零的心。他甚至说不清自己是否有一刻言悔当初支持之零离家和左丘在一起的决定。

"虽然为时已晚。"霍灵均一样放低声音，"之零的心意你最终知晓，也算了却她的一桩遗愿。"

顾栖颂眼里似乎有笑意闪过，却流失得太快最后只剩艰涩："还没告诉夏至的话，永远都别让她知道了吧。她不是那种会轻易猜疑多想的人，但我不希望有任何影响你们感情的事情出现。左丘是左丘，你是你。"

他分得清，不会纠结于此前的变故。

"你当初鼓励之零自由恋爱，没有错。换我对夏至，也会是一样的态度。我希望她能得到自己想要的，每一个做哥哥的，应该都是一样的心情，只怪我没看清她的心。"

他看到顾栖迟回神向他们走来，拍了拍霍灵均的肩，却没拍散他蹙起的眉峰："我和之零没能在一起，你们更要好好的。"

迟归年下葬之后，顾栖迟又在家里宅了几天。

颜淡自从那日送她回来，接到总监白夏的指示，没有替她应下新的工作，也算是避下风头。除了偶尔抽些时间跟进影片又一轮后期制作的校正工作之外，她几乎不怎么出门。

身为公众人物，又处于新闻的沸点上，出门必然需要小心防范被狗仔偷拍，被一些娱记演绎出一些看图说话、捕风捉影的事情来。

顾栖迟疲于应付，又不想让家事曝光在公众视野之内，乐得避世。

乔樾和流沙都在，平日里咆哮和棉花糖也总是承欢身畔，生活也算惬意。

她的生活节奏慢了下来，霍灵均反而经常行踪不定。总是一大早就跟着Albert离开，夜色降临才归来。

外界的风风雨雨，有白夏、有经纪公司、有霍灵均，顾栖迟此刻便没有再去了解。

霍灵均近来潜心于"深蓝色"新项目的开发。连他的朋友应耘，也时不时地会在她面前露脸。他们将"深蓝色"近年内推出的极限运动挑战项目整合制作成益智类的闯关手游推广。

同时她还在霍灵均遗留在书房的资料里见到他们着手准备成立基金会搞投资。她慢慢了然他已无心娱乐圈的心意。他做的每一个决定，她自然会选择支持。

何况她了解，他和应耘创建"深蓝色"是出于热爱。他是个有想法并能将脑海中的火花付诸行动的人，且不会瞻前顾后、拖泥带水、贻误时机。

能找到喜欢的事情做一辈子是多幸福的事，她再清楚不过，自然乐于成全。

他开心，于她也是最好的事情之一。

顾栖颂在迟归年下葬之后也回了医院休养，他并不希望顾栖迟陪他耗在医院，顾栖迟也便没有时时待在那里，但也不可能听他的话完全不去叨扰。

她总要每天去看他一眼才能放心。

那些割舍不下的亲情，顾栖颂是她仅剩的那一个。她也在和霍灵均商量，把乔樾留下来，不想再让乔樾一个人回去那座举目无亲的城市。

孩提时代总是敏感的，她从那个时候走过来，自己缺失的东西，不希望看到身边的孩子同样缺失。她甚至找浸淫娱乐圈多年的前辈探听沈蔚的行踪，但结果毫无所获。

沈蔚遗弃过乔樾一次，可乔樾珍藏着跟她相关的事物——比如那张书签，他一定期待沈蔚的归来。毕竟每个人的生母，在世上都是唯一。

乔樾虽然年纪尚小还在读小学，但他过早地被迫独立显得比同龄的孩子略微早熟一些。和流沙在一起的时候，两个人的性格一热一冷表现出非常鲜明的差异。

流沙话痨又活泼，且是行动派，比如想拉乔樾的手就拉，说放又放，利落高效，也不显得矫揉造作，那些事情由她灿烂地笑着做出来再自然不过。

流沙对于自己想赞美的事物也一样不吝啬褒扬。类似于"你的眼睛长得很好看"这样的话，从她嘴里冒出来的次数无法细数。

乔樾则鲜见废话，惜字如金，却字字一针见血。他刚开始也会抵触流沙的靠近，后来渐渐学会包容，选择了被动接受。

顾栖迟看着他们，想起了自己小时候和顾栖颂一起长大的日子。那些青梅竹马，我在闹你在笑的年头，那些一去再不能复返的时光，每一秒都是回不去的良辰美景。

她和乔樾、流沙每日的生活都很简单。她看剧本，乔樾执着地做着他的数学题，流沙则在一旁画她的素描画。

每人手里一支铅笔，各安其事，非常和谐。

连一旁趴在地上的棉花糖和咆哮都背靠着背，摇尾巴的方向完全一致。

傍晚 Albert 和应耘都随霍灵均一起回来了。顾栖迟对 Albert 自然熟悉，可是应耘与她仅仅是点头之交，并无过多接触。

上一次霍灵均正式引荐朋友给她，留下的是并不愉快的回忆。

顾栖迟略微觉得拘谨。

流沙蹦跳着去开门，看到三个大人立在门前又飞跑回去找乔樾。

一整日没有见过，顾栖迟跟在流沙后面走向玄关，她穿着灰色的家居服，卷发随意地垂在肩头，脚上只踩了一双凉拖。

霍灵均看到她的第一眼，原本舒展开的眉头重新拧死在一起。Albert 和应耘在侧，他也没什么顾忌，长腿一迈就走到她身前，手臂伸出微拢住她。

应耘在身后轻咳了一声。顾栖迟寻声看过去，就见霍灵均俯下身从一旁的鞋柜里拿出一双软细兔毛的女式家居鞋。

他蹲在她身前，抬眼看她："脚上这双脱下来，换上这个。"

顾栖迟下意识地往后一抽脚，就听到 Albert 怨念无比的声音："老大，我们还是活的，你身后还有两个受不了你的纯爷们儿。"

他笑着低咒了一声："我说你好歹收敛收敛，别变本加厉啊！"

霍灵均这次不再询问顾栖迟的意见，他温热的掌心握紧顾栖迟的脚踝，替她换鞋。话却是解释给身后的 Albert 和应耘听的："这次情况特殊。"

他又将视线瞄准顾栖迟："如果没中，过几天你月事就该来了，不能受凉。"

正要抬腿往里进的应耘闻言，腿部动作僵了一下，正要继续调笑的 Albert 差点儿咬断自己的舌头，正要欢迎客人的顾栖迟额角一抽，忍住想要拍死他的冲动，笑得很牵强。

一字一字都像是从牙缝里挤出来的："最近有月食，说好了要一起看，外面风大会凉。"

被这冷风过境冻住的应耘和 Albert 更加怀疑是否快点离开这个地方才是最明智的决定。

霍灵均替她穿好后站起身，脸不红心不跳，冷静如常："他们能理解，不会乱想。"

他浅淡一笑，像玄关昏黄的灯光一样暖："你如果刚刚没画蛇添足的话，效果会更好一些。"

其余三人："……"

颜淡白天采购了很多食材填充别墅的冰箱，有客人在，霍灵均只领着乔樾进了厨房准备晚餐。顾栖迟就和 Albert 以及应耘留在客厅里面。

Albert 自来熟，不喜欢冷场喜欢不断寻找话题。霍灵均乍一离开，他就捂着心口夸张地向顾栖迟吐槽："顾导，好好一爷们儿，自从成了你的人，整个都病变了，你想想怎么治吧！"

"为什么要治？"顾栖迟眼见流沙好奇的爪子要伸向应耘，将她扯了回来才继续说，"这样刚刚好，我喜欢得不得了，你没有，自然不会明了。"

围观的应耘忍不住笑出声："十年前我见到你的时候，真没想到十年后的今天,你和阿均在一起会是这样一副场景。"

顾栖迟眼睛眨了一下,确认自己不是幻听。她问应耘:"什么意思?哪里来的十年,我们此前什么时候见过?"

应耘修长的手指摩挲着自己下颚硬朗的弧线,一双桃花眼似笑非笑,蕴含着许许多多的欲说还休。他掀唇缓缓出声"叫我大哥,我就告诉你。我比阿均大,弟妹你应该跟着阿均叫我大哥。"

应耘话落,一根黄瓜就以抛物线的弧度直直落在应耘跷起的两腿间。

这恰到好处的位置。

应耘刚刚脸一黑,就听到不远处霍灵均夹杂着笑的声音:'滚,少趁我不在占我夫人便宜。"

应耘立刻给他摔回去,有失准头,砸回去的位置,还距离霍灵均一步之遥。

应耘没好气地骂回去:"我白熏陶你了!"

霍灵均从厨房走出来,脸上还沾染着清理八爪鱼的墨斗时留下的些微墨迹。

顾栖迟无视他们的"打情骂俏",继续追问:"十年前,把你的故事讲完。"她的眼神和语气都是一副"不说完你等着瞧吧"的模样。

应耘忍不住想笑。

还是霍灵均开口道:"他只是临时起意。"

应耘这次没配合他,悠悠道:"瑞士的格林瓦尔德,那个小镇你去过没有?"

他忽然又摇头,无视霍灵均制止的眼神:"我应该问你很久之前是不是攀登过艾格峰?"

顾栖迟眯起眼睛,开始回忆。应耘心情忽然变得很美妙,顾栖迟的遗忘,是让霍灵均特别抑郁的一个结果。

"你记不记得,你在艾格峰下的大本营里,吻过一个脸青青紫紫猪一样的黄种人?"

霍灵均咬牙,声音很是沉闷:"应耘,你那根还能重复利用的黄瓜也不想要了?"

应耘和Albert离开之后,顾栖迟就倚在厨房的吧台旁看着适之竭力转移话题，此刻正低头和乔樾一起收拾残局的男人。

精短的头发，白色的背心衬得他整个人异常年少。

壁垒分明的身体当前，顾栖迟看了一会儿，觉得他身上那块儿布料有些多余。霍灵均一向不喜家政阿姨的存在，除了钟点工之外，家里从不曾雇佣任何专职佣人。大概是她的目光过于锐利，乔樾看她一眼，回身推了推霍灵均的胳膊："阿均，你没觉得你背上已经被人盯出洞来了吗？"

霍灵均摘下橡胶手套，摸了他的脑袋一下，而后又拍了拍他的后脑勺："去楼上找流沙，限时五秒消失，麻利点儿。"

乔樾吐槽他："二十一世纪了还搞暴政，有男性没人性。"

乔樾的反驳过于无力，霍灵均不以为耻，声音反而更为动听温软："允许反抗，虽然结果还是会被血腥镇压，快去，你的五秒钟已经开始变成负五秒了。"

乔樾咬牙表示不满，最终还是妥协迅速消失。

顾栖迟微垂眸看着他离开自己的视线之后，再抬首就见霍灵均带着一种高高在上的压迫感立在自己身前。

吧台的高度仅及顾栖迟腰上一点，她抵着吧台靠在那里，霍灵均一近身，几乎连转身的空间都没有。

"你的视线今晚绕应耘转了整晚。"霍灵均开口很是冷静，眼底顾栖迟的影子异常分明。

顾栖迟意识到他接下来要做什么，身后是吧台，身前已是近乎相贴的长身玉立的他，她也无处可躲。

他的吻劈头盖脸落下来的时候，顾栖迟的眼睛瞪得大大的，手臂以一种无处安放的姿态在半空挣扎。他此次攻城略地毫无章法，带着鲜少流露出的野性和本能。一味攫取，只知掠夺。

顾栖迟只能看到他在自己眼前微晃的眼，以及眼睛里的不顾一切。男人的欲望是个可怕的东西，摧毁力超出想象。

顾栖迟试图咬他，却被他发觉，先一步摁住她的手腕，一侧身将她拉扯到吧台旁的墙壁那儿靠上去。

他宽大的掌心将她的双手摁住固定在身后的墙上，顾栖迟惊诧之下唇齿微张，给了他侵入领地的捷径。

他的气势迫人，顾栖迟近乎节节败退。他托着她的臀，微托起她的上半身，让她后背紧贴在墙壁上，而后结束了那个不断辗转深入的吻，微俯下身侧脸贴着她温热的面庞。

彼此之间的呼吸紧凑、急促。

"我不是吃醋。"霍灵均看着她的眼睛，"这些年你拍过的吻戏和床戏，我都认真观摩过。你觉得我现在疯了，这个也不妥。"

他在她耳边低声笑，手在她后背上下游移："这是因为爱不释手，所以本性流露。"

"考虑过你的脸的感受吗？"顾栖迟的手臂自然垂落下来，"它已经因为廉耻尽失挂不住了。"

两人的影子折射在身后细窄落地的仪容镜内，顾栖迟看到自己唇上那抹艳色，依旧没放弃她此前好奇的问题："应耘说的是什么事情？"

顾栖迟贴着他温暖的胸膛汲取温度，继续问："他的语气好象是我曾经奸了谁又不负责任一样。"

霍灵均忍不住笑起来，托得她更高一点和自己平视。

四目相接，她的眼里带着问询，他的眼中是认命。

他意有所指道："你少不更事时的确犯了吃人豆腐又不负责任的罪，不过你刚刚已经谢罪了。"

这话里隐藏的信息让顾栖迟惊诧。她的震动清晰地写在脸上，霍灵均一只手托起她，另一只移到她的腰身。顾栖迟本就紧绷的呼吸随着他的动作更加不受控制："我只去过艾格峰一次。"

霍灵均眸底的笑渐渐满溢而出："我也一样。"

她拖长了自己的语调，带些疑惑："我在那里没有睡过别人。"

在他之前，她都不曾睡过别人。

"我只吻过一个人，可我并不记得那人的任何特征。"

霍灵均无奈地笑，抱起她进入楼下的书房。

"我在那里恰好被人吻过，霍太太你说巧不巧？"

顾栖迟盯着他的下颚看了一秒——两秒——三秒。

不是玩笑。他是认真的。

她即刻就想从他的怀抱中挣脱下来，可他抱得太紧，她没有办法做到。

夜色沉沉，异常安宁。可顾栖迟的心绪却不断地翻腾。

那个时候她原本会在瑞士多停留几天，最后因为迟归年急病匆忙回国。

如果当时她留了下来，会不会就没有她回国以后接受追逐自己多年的郑森林的后来？

可惜这世上没有如果……

原来她在那样早的年纪就曾见过他。

因为迟归年他们曾经相行渐远，又因为迟归年，她向顾青峦妥协与霍家联姻，才会和他越走越近。就好像满世界兜兜转转了一圈，最后又回到原点。

她抬起手去碰他的眼睛："整容了吗？为什么我完全没办法把这副长相从记忆里提取出来？"

那时候他和应耘那般狼狈……霍灵均不知道该如何形容当时的情形。

她嘟囔一声："这副姿色我应该多少有点儿印象啊！"

他叹口气，把她放在书房的单人床上，拿出了当时在艾格峰留下的影像："可能是你审美突变，那会儿大概觉得歪瓜裂枣更顺眼？"

他从相册里抽出几张老照片递到她手里，快递到她手里的时候又收了回去。

她以为他还要怀疑她的记性，没想到他问的是："再去一次，在你第一次遇到我的地方结次婚怎么样？"

顾栖迟直视他的眼睛，因为心里的潮涌剧烈地抖动，她站起身从他手里抢过照片，看到他和应耘满脸带伤的模样，忍不住笑起来。

她想问他，是不是娶她的时候就已经动心；她想问他，如果没有那时的父母之命，他是否会一样在她一无所知的时候，来到她身旁替她指引方向。

霍灵均的提议很是诱人，顾栖迟如今对他并没有多大的抵抗力。时光倒退回早些年,她根本无法想象有朝一日她会问出这样的问题。

顾栖迟是洒脱的,不拘小节的。可现在……她显然不是过去那个理智自持的顾栖迟了。

她想听他答案的欲望是那样强烈,她根本无法阻止自己吞掉那些将要脱口而出的话。

照片上的霍灵均和应耘年少时的气质和如今大不相同。那时灿烂清澈,如今满身是被时光洗礼、打磨过后的温润亮泽。

时光的力量很可怕,也让人禁不住后怕。让如今尝过得一人心滋味的她,后怕错过。顾栖迟慢慢地抬起头看向他:"如果霍爷爷和我爷爷并不相识,我们……"

这语言组织起来太难了,她咬唇一顿。

如果没有这一层牵连,这世界之大,他们也许就仅仅只是萍水相逢的路人,结果是无数次的擦身而过,又或者更深刻一些,留下惊鸿一瞥的痕迹。

可无论是哪一种,最后都会随着时间的推移渐渐淡化,让人印象全无。

她相信人会在初见心动,可并没有几人会初见便已是深爱。寻不得,便会慢慢忘记。

连最初的心动都被消磨没,再没有后来。

如果不是霍顾两家有所渊源,依照她的性格,大概永远无法和同在娱乐圈里的他有所进展。有那样多的可能是她的生命里再不会有他,所以她此刻格外感激,觉得自己运气尚可。她穿了那样多的盔甲在身上,终于等来了那个能替她脱下这些沉重枷锁做她盔甲的男人。

汹涌而来的幸福,密无缝隙地将顾栖迟包围。

适才顿住的话,难以继续问下去,她不知道该从哪里问起,难道问他如果没有两个家族的牵扯,如果没有同样暴露在镁光灯下,他会不会大海捞针搜捕她的身影?

两年多来两人相处的画面浮光掠影一般在她脑海闪过,那些她尚不知前缘的日子,那些她曾一度淡漠挥霍的日子。

可惜到让她觉得自己捏着照片的手指都在发疼。她曾经怀疑过很多事情，最不该怀疑的，就是他的真心。

她烫手一般扔掉照片，攥着霍灵均的胳膊："那天车里让你欺负了一回，你回答我几个问题？"

霍灵均点头，微笑洋洋洒洒落进她眼里："你献过身了，我如果不配合似乎说不过去。我一定知无不言，只要你敢问，我就敢答。"

顾栖迟却吸了口气，还是不知道从哪里开始问起。

霍灵均知她所想，扫了眼地上的照片，将她心中所想一一戳破。

"我知道你想问什么，没什么可是，没有万一。"他伸出手臂从背后环抱住她，宽阔的胸膛像一面可以遮挡风雨的墙，"无论如何，我们一定会相遇，会有一个好好认识彼此的机会，最后的结果还会是我们两个人，一直在一起。"

他笑，没有遗憾，满脸明媚："如果不是爷爷，我们很快也会有所接触。你作为演员刚出道时，我就向宋岩导演推荐过你。那年我接了他的一部戏——就是那年的华语片票房榜冠军《莫失莫忘》，我向他推荐由你出演女主，可你们看过剧本，给出的结果是婉拒。"

他不知道是在兴谁的灾，乐谁的祸，唇角翘起的弧度越发明快："宋岩的片子错失了也没有关系。后来我重返小荧幕接拍的那部都市剧，接演的条件之一，就是制片人承诺会说服你加入。"

他摇了摇头，当年的挫败感都成了如今的风轻云淡："可最终因为你固守的习惯也失败了。因为那个时候你的档期虽然已经空出来，可那时刚好是你每年一度的长途旅行时间，不会因为一部戏就更改习惯了多年的东西。那次也让我们失之交臂。"

这个有备而来的男人……顾栖迟默默掐着他的腰。

霍灵均纵容着她的动作："别客气，用点儿力。我在很多场合见过你，也在不着痕迹地观察你，可你好像对我全无兴趣。"

他报复性地碰了下她耳后敏感的部位，激得顾栖迟全身颤抖，再开口语气低弱了许多："那个时候，我也感到很挫败，又觉得自己很可怜，我已经看到了自己的未来任重而道远，做好了长征的准备。还好你没让我等太久。"

这世上所谓的花好月圆，大抵就是终于等到属于你的那一个人。

以耳鬓厮磨的方式。

他在她耳边温声絮语娓娓道来那些她不曾知晓的过去。顾栖迟越来越感觉得到身后这具身体传递给她的温热。

越暖人越容易患得患失，可他一直在给她安全感，让她安心。似乎她需要什么，他就会送来什么。

"我对你的感情不是莫名其妙来的。艾格峰第一次见到你的时候，我只是动了心。后来看到荧幕里那个你，觉得和自己契合，觉得合适。直到三年前，你在咖啡店人质劫持事件中安全脱身的新闻出现在我眼前，我才慢慢觉得非你不可。你喜欢爬山、入海，我也喜欢；你喜欢挑战，我也喜欢；你护短，我也一样。它不是一蹴而就的，所以它一定经得起时间的考验。"

他的身影折射在玻璃窗上，顾栖迟能透过那抹影子看到他的微笑。

那一晚，他说了许许多多的话。他从未这样深入地和她表露心迹，这八百个日夜，不过只这一次。

她不曾记得初见时他的模样，可这一夜他的那些话，此后她再不曾忘。

了解了过去的瓜葛，顾栖迟这厂日脸上的笑越加无法收敛。

霍之汶前来接流沙回去的时候，第一反应就是打趣她和霍灵均。

顾栖迟不知道霍之汶近日来在忙什么，她脸上疲态分明，脸一偏，甚至露出额上那粘着OK绷的伤口。

霍之汶并不想多谈私事，顾栖迟便不问。

上次霍灵均从霍家跳窗跟她回来之后，还未曾回去向两位长辈请罪。

纪倾慕特地嘱咐霍之汶带她一起回去，顾栖迟没有别的行程安排，便应允了下来。她车技很好，霍之汶没同她客气，自己同流沙坐到车后座，将方向盘全权交给她。

刚落过绵绵细雨的城市，车道上车辆稀落。

即将拐进南山路的长弯道时，刺耳的刹车声突然如同乍响的惊雷在她们耳畔划过。前有横向刹停的卡宴，后有紧贴的牧马人，一旁是铁栏杆下河谷里奔腾的水流。

顾栖迟看了一眼后座上眉头紧蹙的霍之汶，锁死车窗，凭借本能和多年来的经验紧贴弯道内侧，绕过前面的卡宴疾驰而过。

顾栖迟刚松了口气，车子却被急速从后面顶上来的牧马人猛烈地撞了一下。

自杀式般的撞击。

她们无处可躲。

后方的推动力过于猛烈，车子被撞向一侧的石壁，以一种决绝不可回转的姿态。前面的安全气囊骤然弹出。

她在眼前泛起的白光间，渐渐沦陷，彻底陷入黑暗。

这个冬日，顾栖迟永生难忘。她在这一个冬日里遭遇了有生之年的第一次车祸。

在这个冬日里，跟在他们身侧的流沙在撞击后被人绑票。

在这个冬日里的深夜，她在医院里从混沌中醒来，得到的第一个消息，是对方寄来了流沙的一根手指头。

娱乐圈里经常有人自相矛盾。没人关注的时候拼命折腾想要惹人眼球；红起来被关注得多了，又强调想过正常人的生活，想要隐私。

顾栖迟深知在圈内的成就很大一部分是因为公众的认可，所以她从不忌惮，也不讨厌公众的过分关注。

直到出道多年后的这个冬夜。她才切身领悟到，媒体的过分关注，会给自己的家人带来什么。

而她在这样铺天盖地的新闻面前，连呐喊都是这么无力。

顾栖迟睁开眼看到暖黄色墙壁的那一刻，就已经知道自己身处何地。

有人握着她的手，她乍睁开眼，见到的是和晏沉站在一起的顾栖颂。她眨了下眼睛，确定不是幻觉。

顾栖颂似乎松了口气："如果我未来心脏病变，一定是被你吓得。"

"流沙和之汶姐呢？"她动了动手，发现牵连着静脉注射线就放弃活动，失去清明前最后的画面重新跃入脑海。

对方显然是早有准备，而且来势汹汹。竟然以自杀式的方式从后猛烈撞击他们的座驾。

如果她没握紧方向盘，也许那一记猛撞将她们撞向的就不是一侧的山壁，而是另一边滚滚的江流。她以为她们能够安然无恙地离开，在从卡宴的阻挡下冲出去的那刻，她以为已顺利逃脱。

可对方竟然这般不计代价，她不该心存侥幸。额角一抽，她忍不住闭上了眼睛。

霍灵均没有现身，她想到顾栖颂适才的表情……仅仅两秒，她又"嚯"地睁开眼睛，直直地望向顾栖颂："她们没事对吗？"

顾栖颂坐在她身旁的木椅上，吸了口气尽可能维持平静："阿均来过，但是他有必须去做的其他事情，不能留在这里。有些事你需要知道，夏至，我希望你冷静。"

顾栖迟忍不住攥紧被角，迎着顾栖颂的视线，不曾有一丝转移。

顾栖颂知道她的承受力一向超于常人，可不代表那些事对她而言无关痛痒。

顾栖迟多年来表现出的要强和倔强背后，深埋了多少她逼自己吞下去的痛，他并非不知。若此刻他不把真实情况告诉她，她会因被隐瞒而更加难过。

他的嘴角有些涩："流沙出事了，她从车祸现场被人绑走，就在一个小时前，商宴清接到了对方寄来的流沙的手指。"

顾栖迟吸了口气，寒意刺激得她心脏开始发冷。脸上仅剩的血色也全部褪去，苍白得可怕。

流沙还是个小孩子，她还那样小，在她面前总是灿烂地笑着，甜甜地叫她"舅妈"，她的手是用来画画的。

近些日子流沙窝在别墅里画了那样多的速写，有乔樾，有家里的棉花糖和咆哮，还有各种神态的她。

流沙的手是用来弹琴的，灵动的音符会俏皮地从她指尖跃出。

她还那样小,她不能就此残缺。

"是假的。"顾栖迟一口咬定,嘴唇微颤,无法接受。

顾栖颂虽然经历过阴阳相隔的痛,可此刻也觉得这样的变故过于残忍。

晏沉点了点头,顾栖颂走上前拔掉顾栖迟手背上的针头:"警方还在比对DNA。"

他替顾栖迟披上外套,知道她此刻想做什么,抱她坐进一旁的轮椅:"霍之汶就在楼上,她也受了伤,知道你着急,我带你去见她。虽然没有大碍,但是你也还要观察一段时间。我推你过去,你乖一点,不要乱动。"

还有更残忍的事情,他没办法在此刻告诉顾栖迟。

绑匪在事故后提到不能报警,但没有进一步凌虐人质的行为。

商宴清报警后,警察的办案细节,意外地被无良狗仔买到,因为她和霍灵均近来的新闻价值,他俩登上了实时娱乐新闻的版面。

铺天盖地的新闻,囊括了警方的侦查方向……那些对于拯救流沙生命那么重要的信息,出现在大众视野内,不再是秘密。

绑匪在看到那些铺天盖地的新闻后被激怒,寄来了被切断的人指。

这些事实太过冷酷,他无法开口。

顾栖颂心思几转的同时,顾栖迟也在沉思。

撞击过后霍之汶和她当时均失去反抗的能力,可对方仅仅掳走流沙……

顾栖迟无法探知对方的目的。

她想起此前霍灵均送乔樾回校路上遭遇的事故,她无法控制自己不去将二者联系起来。

会不会是出自一人的手笔?

她不见温度的手扣在顾栖颂推轮椅的手背上:"哥,我有话想问阿均。"

顾栖颂很配合,拨给霍灵均,而后将电话递给她。声筒那端很是安静,只有霍灵均粗重的呼吸声。

她还没问,霍灵均抢先问她:"醒了?还疼吗?那会儿见你,眉都蹙死在一起,我揉都揉不散。"

他似乎到了红绿灯,顾栖迟隔着声筒听到轻微的刹车声。

他又补充:"我会尽快去找你,别担心。想我的话,就摸摸你的额头,夜里见你的时候,我亲过一口。"

他似乎在极力让语气轻松起来,顾栖迟"嗯"了一声,知道他在安慰她,却无法被感染。想问的问题,她不确定自己能否承受得住答案,话里有清晰的迟疑:"是那个女人干的吗?"

她觉得自己从未如此忐忑,几个字而已,抖得不成句子:"是陶先生……做的吗?"

"不是。"霍灵均以肯定的语气落下这两个字后,顾栖迟的心稍稍安定下来。

霍灵均扯了扯勒紧胸膛的安全带,胸腔内空气稀薄,呼吸益发短促:"对方是冲着姐夫来的。"

得到他的肯定和保证,她被吊起的心才没那么焦灼:"流沙会平安回来的,对不对?"

霍灵均不擅长安慰人,此刻他勉强一笑,努力克制,才拼凑出一个平静的自己:"会的,她还要做满月的小姐姐,他们会一起长大,平安地长大。她会一直看着你从很酷的舅妈,变成很酷的老舅妈。"

安抚完顾栖迟,霍灵均透过后视镜看到车后紧追不舍的尾巴。

近来的生活过于平静,外界的风风雨雨没有影响他们那一片星檐。他和顾栖迟的感情一日千里,他同应耘规划的事业步步高升。

可原来,还是危机四伏。

警察对于事发现场的表述过于直观,他没亲临现场,却好像能看到当时的境况。

那凹陷的车头,那破碎的车尾,以及数步之遥那湍急的流水。

他们告诉他:如果顾栖迟当时慌了手脚,没有最后把持住方向盘将车头左移靠向环山路的内侧,她驾驶的车辆会跌入滚滚浪涛中。

她会游泳,可那样湍急的水流,受伤的她还能顶着水压打开车门出来吗?

他不能想下去。

是近来透支了太多的欢愉吗？所以他差一点，就要独过没有她的下半生。

阿姐霍之汶这些年牺牲了多少他看在眼里。他一样爱着俏皮的流沙。

如果此后世上再无这三人中的一个，他亦无法承受，何况是三人一起。

仅是这样想想，他遍体都觉得生寒。他此生做过那样多新闻的主角，从未想过有朝一日会将年幼的流沙牵扯进来。

绑架案被爆，破获后时隔多年被人披露相关细节，和正亟待侦破的绑架案里连警方已经取得的侦查进展都被广而告之。前面两者，他见过数次，后者却从未想过被身为媒体人的狗仔这样丧尽天良地爆出。

广而告之的人里，包括他们正努力与之斡旋的绑匪。

狗仔真的娱乐至死，不知人性吗？他在车流稀少的路口靠边停了下来。

握紧方向盘的双手青筋暴起，眸子里都是冷硬的光。

他这一趟是从警局出来。

如果他是在前去见绑匪、交付赎金的路上，这些狗仔锲而不舍地跟随，可能会打草惊蛇，妨碍救流沙。

多年来的历练，他很少有怒火滔天的时刻。他深知愤怒无用，甚至往往会坏事。可此刻滔天的怒火，决堤涌出，渐渐肆虐。

霍灵均的话让顾栖迟略微心安，可凉意还是在她体内横冲直撞。霍之汶的病房在套间内，顾栖颂推开最外层的门，推她进去。

顾栖颂并不想窥探霍家人的隐私，送她进去，自己又退了出去。

顾栖迟撑扶着一侧的墙壁站起身步下轮椅，透过内门的玻璃看到了商宴清颀长精瘦的背影。

海清河晏。这个她接触不多的男人，给她的感觉就像拥有无限秘密的深海，难以测量。

她不知道此刻自己该不该推门而入。

她还没动，就听见内里清晰的一声"啪"，霍之汶的巴掌，扇在了商宴清的脸上，还有她清冷的声音，沉痛异常："席宴清。"

霍之汶喊着他们初识时，他的名字。

那个时候，他虽眼盲残缺，却能引她热烈燃烧、不顾一切。

他的演技好……只怕比她被封影帝的弟弟都好。她以为自己遇到了世上最良善的男人。

他不断回放空难的报道，她以为他是事故后因失明错失成为机师的机会憾不能平，却不知他是在提醒自己别忘记恨的滋味。

她放弃规矩了二十多年的人生，破例将幸福赌在他身上。

可他挖了那样多的陷阱，让她知道饿狼是何种习性，让她陷入这样一场阴谋重重的婚姻。

她可怜他背负仇恨数年，步步为营，却又因自己即将脱口而出的话感到痛快："我原来准备好聚好散的。"

顾栖迟进退两难，放轻了呼吸，听到霍之汶这句话，一动不敢动。

霍之汶曾向她提过要和商宴清结束婚姻这件事，她将流沙托付给自己远赴他市时，顾栖迟便从她的话里读出商宴清生命有虞的讯息。

她说若商宴清活下来，就离婚。

顾栖迟也曾听霍灵均说起过，霍之汶此生做的唯一出格的事情，就是违逆霍岐山的意思坚持嫁给相识不久、来历不明的"瞎子"席宴清。

她是远近闻名的天之骄女。按照霍家长辈的意愿下部队，退役后又按照长辈的意愿读商科。在霍岐山退出一线之后，偌大的霍书集团，都是她在打理。

在顾栖迟的印象里，霍之汶也是无所不能，近乎完美的存在。

可现在一门之隔的，却是个即将被摧垮的女人。

顾栖迟觉得心疼，越是强悍的人脆弱下来，越让人心疼。

"我原来准备好聚好散的。"霍之汶重复了一遍，"可我现在改了主意。"

顾栖迟看不到霍之汶的脸，可她能看清商宴清脸上的表情。他重见光明的双眼里翻转的，是生生割舍的痛。

霍之汶继续道："我请你以后滚出我的人生。"

风透过病房内洞开的窗吹进来，将未关的门吹开。

落进顾栖迟眼底的,是霍之汶拼命挣脱,而商宴清紧紧抱着她的情形。

这个男人霸道得让人心惊,顾栖迟听到他说:"我把流沙带进你的生命就不会再带走。"

他的动作太快,快到顾栖迟前半秒看到他松开箍住霍之汶的手臂,下半秒就见他捧起霍之汶的脸吻了上去。

而她一眨眼,这个男人又迅速地起身,以一副决然的姿态离开:"如果今晚见过绑匪我们都能安全回来,我就成全你的决定。"

顾栖迟望向霍之汶,却见那双一向镇定的眼睛泪盈满目。

夜色暗淡,医院里很是冷清。霍之汶不欲多言,顾栖迟最终选择不作声从霍之汶的病房里退了出来。

她刚刚失去迟归年,亲人离散有多痛不言而喻。她不想触及霍之汶的伤。

流沙不仅对霍之汶重要,对她和霍灵均而言也是不可或缺。

她并不是能说会道的一个人,找不到合适的语言来安抚霍之汶。流沙一日未回,众人便一日寝食难安。

这些年她在圈内积攒的人脉算广,拍《念念不忘》时就用到了很多,包括执镜的摄像、剪辑、配乐指导……很多朋友也前来慰问。

可面对这样的绑架案,她绞尽脑汁都无法想到能帮上忙的人。

这一场事故惊动了很多人。顾栖迟还没等来霍灵均,就先在自己的病房里见到了纪倾慕和霍岐山。

霍岐山是一个喜怒不形于色的人。霍家现在笼罩在惨淡的氛围中,可顾栖迟在他脸上见到的依旧是平静无恙。

他近些年身体状况并不好,不然也不会把整个霍书集团的重任压在霍之汶的身上。上一次她得知霍灵均回家匆忙赶过去,并在霍岐山打算关霍灵均禁闭的时候出口顶撞他,后来霍灵均又跳窗和她离开,她此刻看到霍岐山有些羞愧。

纪倾慕好像看穿了她的心思,见霍岐山别别扭扭,便摇摇头沉默地走到顾栖迟床畔抱住她,轻拍她的后背,力道极其柔和。

任何一个母亲的怀抱都是暖的。顾栖迟并不是一个多愁善感的人,可此刻纪倾慕的温柔和善意，让她觉得眼眶发涩。

这个母亲，也是霍灵均带给她的。她会珍惜。

纪倾慕有些疲惫，看着顾栖迟苍白的脸色话里都是庆幸："幸好。"

她松开手臂握住顾栖迟的手："如果你再出什么事情，阿均一定受不了。"

她又替顾栖迟将凌乱的发捋顺到耳后："等你出院，和阿均搬回家住些时日好吗？我和你爸爸，越老越觉得没有儿女在身边很无聊。"

顾栖迟应了下来。他们没提流沙，她更不会问及，那是此刻让他们无比软弱的东西。霍岐山两鬓已染白，时光谁都不等，他们不能日后追悔。

纪倾慕和霍岐山离开之后，顾栖迟就格外想念霍灵均。

她知道他一定在为流沙奔波，她并不想添乱。他也一定知道她在担心，所以如果有好消息他也会第一时间通知她。

想起午后商宴清强势的模样，她希望那个男人真的如他面上所表现的那样无所不能。能给他们带回那个活泼完整的流沙。

每次她遭遇意外，颜淡总是很快能赶到她身边，这次也不例外。她还带来了乔樾。

颜淡手里拎的东西很多，顾栖迟本来眩晕的脑袋看到她拎着的那些物品，又头疼起来。颜淡一出现就表明来意："是霍帅让我来的。"

像那一次她倒在迟归年病房外一样，她和霍灵均在公寓里不欢而散，霍灵均离开公寓之后，紧随其后赶来的颜淡也说是受霍灵均所托。

不到一年的时间，她和霍灵均的关系已经发生这样大的变化。他已经成了她的无法割舍。

"霍帅告诉我你在这里，还嘱咐我从浣香居带粥和小菜过来。"颜淡道，"老大，你感动吗？你应该很感动吧？乔樾也是霍帅让我带过来的，就是不知道带来有什么用。"

被晾在一旁的乔樾自己找了个地方坐下，在颜淡往外摆那些小碟的时候不时搭把手。

菜都很清淡，可那些菜香飘出来的时候，顾栖迟只觉得更加眩晕恶心。

她摆摆手，颜淡会意，将那些菜碟端远，末了皱眉看着她："是脑震荡吗？"

顾栖迟闭上眼睛挺过这一阵不适，再睁开眼，就见颜淡推门而去。

乔樾向她解释："她肯定是去问医生。"

他摸了摸鼻子，小男孩看着有些别扭："阿迟，你想流沙吗？"

顾栖迟招招手把他唤到身前，乔樾听话地坐在病床一侧。顾栖迟淡淡地笑起来，摸他脑袋："樾樾想流沙了是吗？"

她的手有些冰，乔樾下意识地就想躲开，可她霸道地继续像给棉花糖顺毛那样摸乔樾的脑袋："没什么丢人的，你不用害羞，我也想霍灵均。他们会回来找我们的。"

乔樾点头，继续摸自己鼻子："流沙在，我比较没那么无聊。你呢，你想阿均什么？"

顾栖迟却被他问住了，她想霍灵均什么呢？想他笑起来眼底的明媚，还是那宽阔的可以让人依靠的肩膀……

她想不出一个确切的答案。大概是有他在，这样绵长的夜，她即便满怀心事，也能睡得安稳。

她的所有安全感，都来自他怀抱里那些炙热的体温。

流沙平安的消息迟迟未传来。顾栖迟甚至没有胆量去问大家，DNA 检测的结果是什么。

她和乔樾在病房里等啊等，最终等来的却是又一个不速之客——商陆。

见到商陆的时候，顾栖迟有些诧异。他们在的这家私人医院安保严密，病房里不可能出现陌生面孔。外面都在传商陆这个人背景深厚，看来的确如此，不然他没有机会现身此处。

商陆进门后就盯着乔樾的脸看，眉头紧蹙，很是意外。

末了才对顾栖迟说："我来这里看望我的导师，见到外面狗仔的阵势才知道你在这里，顺路来看两眼。《江山如画》就要开机了，毕竟我需要知道拍摄的进度会不会因为你受伤而受到影响。"

数次接触，可并不算相熟，顾栖迟只能礼节性地回应他："谢谢商导挂心。"

商陆又将视线调转看向乔樾，问顾栖迟："这是谁？"

她没有回答的义务，可也不想向陆过多的探究："我儿子。"

可他闻言便笑了起来："是吗？没想到堂堂顾栖迟顾影后的儿子，和我幼年时几乎是一个模子里刻出来的，不知道霍帅做何感想，会不会怀疑头顶帽子的颜色？"

商陆这样状似无意的一句话，倒是勾起顾栖迟的想象。

商陆和沈蔚相识多年。他此前的每一部片子都是同一个女主角——沈蔚。

会不会……

顾栖迟狭长的眸子不自觉地眯起审视起眼前这个面容清俊的男人，目光在他和乔樾之间逡巡不定。她把乔樾扯到离自己更近的地方，商陆看到她的小动作笑了。

"商导这么看着我的儿子，是想挖掘他做童星吗？很抱歉我们没有这样的打算。"

商陆起身告辞："不用这样戒备我，N 市商姓并不多，算起来你嫁进霍家，我们也算有姻亲关系，只不过我在商家的身份特殊，不便公开而已。开镜仪式再见，替我向要彻底退出娱乐圈的霍帅表达还没能合作的惋惜之意。"

顾栖迟蹙眉，商陆话里透露出来的意思让她有些茫然，可她并不想在商陆面前表现出来。

商陆意味深长地看了乔樾一眼离开。

他一走，顾栖迟就让乔樾从颜淡留下的挎包内掏出 iPad 查看新闻。电量不足开不了机，颜淡从来不会如此不注意这些细节，除非她是故意的。

她又自己下床翻找手机，结果也没找到。她觉得更加头重脚轻，觉察到有人刻意向她隐瞒外界的舆论和消息。

可她从来执拗，即便知道对方出于善意，也无法容忍自己一无所知。所以当颜淡再次出现的时候，看到的就是顾栖迟一张风雨欲来的阴沉的脸。

其实顾栖迟真的生气不是这种模样，这样反而过于刻意。颜淡对此一清二楚，可顾栖迟的脸色也说明有变故发生。

她很被动，无法猜测顾栖迟的态度突然变化是为了什么。直到她往前走了两步，看到顾栖迟病床一侧摊开的iPad。

又搞砸了吗？

霍灵均嘱咐她隐瞒的事情，她才遮了几个小时而已。

颜淡又看向一旁的乔樾，小朋友毕竟年幼，没有半分帮助她的意思。她立马谄媚地看着顾栖迟："老大，医生说你只需静养，应该没有大碍，如果我们不放心可以再做一次全方位的检查。"

转移话题明显没有什么作用。顾栖迟依旧盯着她，指了指一旁那些不能工作的电子设备："解释解释，想好了再说，说错了你知道后果。"

颜淡继续笑眯眯地装无辜，摸起手机开机："没电了吗，怎么开不了机？"

她不断饬着手机，听到顾栖迟的冷哼时，手禁不住一抖。她暗骂自己没出息，也知道顾栖迟不好糊弄，于是搬出霍灵均："是霍帅授意我这么做的。老大，他肯定有自己的理由，你就善解人意一次，别再问了，不该看的咱就不要看了行吗？"

顾栖迟的态度没有软化："把你的手机给我。"

颜淡在没电和停机之间选择了后者："我手机停机了，也没有办法工作。"

悲剧的是她话音刚落，手机铃声就在室内缓缓响了起来，叮咚如泉水。她觉得自己脸上的笑快要挂不住了："是我的闹钟，你最近在休息，我时间也宽裕，跟我妈学习养生早睡，这闹钟是提醒我该睡了。"

顾栖迟怒目看她："颜淡，你想现在哭吗？"

颜淡即刻摊手："老大，你饶了我吧。商量下，我拨给霍帅，你去欺负他好吗？"

顾栖迟拒绝了她这个提议："我再说最后一遍，拿出来。"

颜淡被她吼得小腿一哆嗦，觉得自己上辈子一定是压榨了顾栖迟，不然今生怎么会招惹上这么个冤孽。

她不情不愿却也无可奈何只能把自己的手机递过去。

顾栖迟又问:"密码。"

颜淡觉得老天真是要她死:"是……是……"

她咬牙心一横:"是霍帅生日。"

这下愣了的反倒是顾栖迟,她边输入数字边问颜淡:"到底有多喜欢?"

颜淡见已经豁出去了便没那么顾忌:"就——因为喜欢他,看其他哪个男的都觉得不好。"

顾栖迟点开她手机内的浏览器,告诉她:"还没表过白吧?"

颜淡"嗯"了一声。

顾栖迟继续说:"等我出院,给你们制造机会,你记得到时随便买一捧什么花送给他。"

颜淡觉得心惊,问顾栖迟:"老大,你说真的?"

顾栖迟手指在她的手机虚拟键盘上敲打,抬头看了她一眼:"当然假的。"

她还顺手把身后的靠枕砸过去:"我男人,谁都不能觊觎,没打你已经是给你面子了,我怎么可能……"

她的话戛然而止,当她看到"霍灵均"这个关键词下的那一堆消息时。

怎么会……

那些内容对她而言太过触目惊心。媒体怎么会连流沙被绑案里警方掌握的嫌疑人线索都报道出来了?

除了让警方陷于被动,让流沙陷于更危险的境地,增加激怒嫌疑人的可能……顾栖迟想象不出媒体这样曝光有任何积极的作用。

相比而言,此前商陆无意间透露给她的那条信息,她倒能平和接受。霍灵均已经将自己的事业重心转移,退出娱乐圈是迟早的事情。

他此前就曾向她提及。此刻那一纸声明的出现,无疑同媒体的举动有关。这是他们在享受娱乐圈和明星身份带来的荣耀同时所要付出的代价,而这太沉重,他们负担不起。

她早有心理准备,并没觉得突兀,只是仍有遗憾。只是他们都没想到,事情还会再起波澜。

世上有很多巧合，有的是运气相撞，有的则是负面效应的多米诺骨牌。

霍灵均圈内的兄弟程冬青被警方公布聚众吸毒。有媒体认为他此时选择退出是因为怕一样被爆而心虚。

无数营销号发布了这样的讯息，说这次聚众吸毒有漏网之鱼，点名H姓男星。此前《南娱周刊》那篇报道后续影响依然存在，这样负面的引人揣测的消息，进一步在冲击他树立起来的形象。

他选择彻底离开那个圈子，可娱乐江湖之上，仍旧是关于他的新闻。

一时间触及的信息量过大，顾栖迟难以消化，可她到底累极，还是昏昏沉沉地睡了过去。再醒来，就感觉自己在一个温暖的怀抱里。

她眨了下眼睛，又伸出手去摸了摸面前人的五官，确定是霍灵均无疑。

她往前靠了靠，和他贴得更紧，浅眠的霍灵均感觉到异动准确地抓住她的手，睁开了眼睛。

"好消息。"他的双眸在光线黯淡的病房内灼然异常，"流沙回来了。"

顾栖迟和他脸对脸，突然眼眶中滑下一滴泪："你应该叫醒我，告诉我这个消息。"

霍灵均温热的气息扑在她面上，让她身心因为得知流沙归来得以松懈下。

"怎么多愁善感起来了？嗯？"霍灵均微微一笑，搂得更紧一些，"别掉眼泪，我会害怕。"

顾栖迟掐他，轻声呢喃："你和颜淡串通一气的时候，怎么不怕？"

霍灵均用鼻尖蹭了她一下："我不会哄人，我害怕无能为力的感觉。"

这样深的夜，她的身体热热地贴着他，他心里也暖起来："如果你骂我，我还能吻上去堵死你的嘴，可你要是哭，我真的没有办法。"

顾栖迟白他一眼："我是撞得头疼没缓过来，所以情不自禁漏了一滴，是疼得。"

他抱着她翻转，她上他下的姿势，手臂微微撑起拖住她，让她能和自己四目相对："霍太太，向自己的丈夫承认自己的伤心难过并不可耻。"

他又抱着她翻转回去，体位瞬间变成他上她下："我的肩膀长出来并不是为了托住我的脑袋,也不是为了拉长我上半身宽度的。你要学会把不开心的事情告诉我,把你的难过讲给我听。你嫁给我,这些有我陪你分担。每个人都有脆弱的时候,你要记得我在你身旁。"

这样的他,她最难以招架。

顾栖迟摇摇头,又问:"流沙还好吗?你和……都没受伤,对吗?"

她不知道应该叫商宴清姐夫还是商先生。

霍灵均明白她话里隐去的是谁。想起商宴清最后不顾一切告诉他错误的信息,只身赴绑匪邀约时的场景,依旧有些心惊。过程很惊险,可好在结果是好的。

霍之汶当年嫁的这个男人,在他们以为他是一无是处的盲人时,他证明自己是个出色的钢琴演奏家;在他们以为他只是个出色的钢琴演奏家时,他又拎出自己的另一重身份——创投经理人;在他们以为他是一个高级打工仔的时候,他又刷新了自己的面貌……

想起商宴清那条血淋淋的手臂……霍灵均没有作声。

顾栖迟又问:"流沙的手,还是完整的对不对?"

霍灵均一顿,顾栖迟心一沉。

她不敢再问。

想起下午商陆出现时对乔樾的格外关注,顾栖迟觉得还是告诉霍灵均为好,也正好堵死他的话,免得他说出她不想得知的结果:"商陆来过,我怀疑——我怀疑他是乔樾的父亲。"

霍灵均并没有对此表现出惊诧,顾栖迟便追问:"你早有怀疑?"

乔樾的身世说来话长,霍灵均有些迟疑:"此前乔樾只是我认识的孩子,我并没有过多关注。沈蔚离开大众视线之后,我助养乔樾之初,就有调查过他的身世。所有熟知沈蔚的人那里都没什么发现,一般人提及沈蔚,都会注意一手提拔她的商陆,所以我也挖过这部分信息,可沈蔚明显不希望商陆知晓乔樾的存在,所以我并没有惊动商陆。"

顾栖迟一直不曾过问,可她此刻有些好奇:"沈蔚退出娱乐圈之后,你知晓她的去向吗?"

霍灵均摇头："我只知道，她的退圈和骚扰我的那个人有关联，沈蔚消失得这样彻底……"

他敛了眸光："只是想结束娱乐圈生涯的话，不必如此，何况有那样多的人，想要知道她的信息，我怀疑她已经不在人世。"

顾栖迟身体一僵："商陆意外见到乔樾，如果他有心找乔樾回去怎么办？他们合作那么多年，乔樾出生后依然有过合作，可沈蔚并未对商陆透露过乔樾的信息。如果她并不想乔樾认祖归宗，是不是也该尊重她的意见？"

她又觉得不妥："不，乔樾本人的意见是最重要的。"

她碎碎念了许久，霍灵均勾了她鼻子一下："这些需要确定商陆真的是乔樾父亲，而这一点我们并不确定。"

顾栖迟抿唇："我过去觉得自己年少时的生活太过坎坷，可和这两个孩子相比，原来我已经是幸福的那个。"

"人生总有意外，他们也会幸福的。"霍灵均不希望她情绪低落，"不过你有我，的确是更幸福那个。"

他忽而转移话题，要她保证："霍太太，向我保证以后都别吓我。"

"我没有。"顾栖迟立马否认。

"嗯，你无辜，是我没出息。是我失察，没能护你周全。"他好脾气地收下她的反驳，"这几天变故太多，给我吃块儿糖？"

她浑身瘫软，有些无奈。

霍灵均见她想歪，好笑地推她额头："虽然我很想，但我并不是任下半身作为的禽兽。我要的糖是，你重复我说的一句话。"

"什么话？"

霍灵均一本正经，挑眉看她："就说——霍哥哥，我爱你。"

"滚。"

"我认识你十年，你浪费我那么多年光阴，补偿下说些我想听的。我喜欢你对我坦白。"

"滚，你自愿浪费的。"

"那你能自愿对我坦白吗？"

"坦白什么？"

"我不近视，写在你眼里那些赤裸的、鲜明的、藏不住的——你爱我，我都能看到，真的不坦白告诉我吗？"

"……"

顾栖迟是在出院后，才知道程冬青因收留他人吸毒被行政拘留，并且祸及霍灵均的消息。

媒体的捕风追影，纵有无数张嘴，都难以澄清。不然古人也不会留下"人言可畏"这样的词汇下来。

近年内因为毒品、嫖娼、出轨等丑闻，演艺生涯报废的人不在少数。当然大多数人是因为自己作死，可每次真实消息披露之前，总有些微博营销号混入其中披露些或真或假的消息混淆视听，引无数人平白遭受牵连。

她看着那些报道，觉得格外烦躁。

她不需要世人追捧她的男人，可更不想要那些无来由的污蔑。她如今都不太舍得骂的人……呵，怎么会容许别人随意踩上几脚。

霍灵均在她面前没有泄露分毫，掩藏得很好。

她已经慢慢了解他的脾性，他就是有装作风平浪静的本事。可能是因为从小习练软笔字，常年泡在纸墨里养成了极具耐心的习性，霍灵均一接她回家，就钻进厨房慢慢研磨午餐。

顾栖迟围观了一会儿，本着不添乱的原则，最后选择了敬而远之。

霍灵均看着她似是遭受刑罚一样紧蹙的眉，任她逃之夭夭。

家务事有一个人能做便可。他不喜佣人叨扰，可更不喜强求改变她的生活方式。

让她能做自己喜欢做的事情，是他宠她的方式之一。

《江山如画》开机在即，剧组的保密工作做得很好，商陆曾对外发通告，说开机之后拒绝媒体探班，片场采用全封闭式安保。若非如此，恐怕这些时日一直高挂新闻热词的顾栖迟还真不方便现身。

她刚上楼瞄了几眼剧本，就听到霍灵均在楼下喊她。召唤声很是急促，一副天塌地陷的迫切模样。

顾栖迟匆忙下楼，却发现霍灵均只是要她帮忙把手机从客厅拎过来接听。

他黑而浓的眸子里写满理直气壮，还晾出满手的油污："看在我这么贤惠的份儿上，帮个忙。"

顾栖迟瞪他两眼，采用了最直接的方式，手机拿过来，搁置到开放式厨房的吧台上摁开免提。

应耘的声音从里面流泻而出，顾栖迟听到了许久未曾听过的一个名字："左丘拒绝见你。"

还真是意外的"惊喜"——

她并没有大度到可以完全不介意。顾栖迟心一凉，转身就撤拒绝听下去。

霍灵均不喜欢制造误会，也不希望她转身走掉自己躲起来胡思乱想，立马从身后箍住她。

他手指上还沾了些拆袋留下的牛油，可此刻却也顾不上清理，就这样一只手拿起手机近乎递到顾栖迟耳畔，另一只手放到她腰侧稳稳地拦住她。

顾栖迟不可能不挣扎，可到底男女体力有差别，她只能被迫窝在他身前听下去。

"什么时候开庭？"他问应耘。

"两天后。"应耘随后补充，"他其实希望你做检方的证人，还让我告诉你——对不起。我觉得这人挺混账的！当年在伦敦，我还觉得这小子最老实可靠。你知道我从来不怕人变坏，我担心变坏的人再无变好的可能。"

人难免犯错，不知错和知错却不知悔改的确"毁人不倦"。

感觉到顾栖迟的挣扎，霍灵均火速切断了和应耘的通话："我知道了，等下再联系你，有急事要处理。"

顾栖迟趁他分神，借此踢他小腿一脚，等霍灵均下意识地抽手，她就动作利落毫无留恋地往楼上走。

霍灵均自然不会放她走，几步跟上将她拦在旋转楼梯的中间位置。

"我交代。"他手并不干净，见她停了下来便不再紧箍着她，"本来就没打算瞒你，原本打算晚上献身的时候再对你说。"

顾栖迟不咸不淡地说："世界上的人都知道男人在床上说的话，都不可信。"

她从应耘的话里学来的，霍灵均禁不住笑出声。

他的手再度伸过去，却被顾栖迟拂开，问他："不是和你耘哥说有急事要处理，我不记得我的名字叫急事。"

她神色从容地伸出手贴在他腿侧："更加不需要你处理。"

她狠狠瞪着霍灵均，霍灵均却没被她唬住，一手握住她的手，另一只手撑在墙壁上，劈头盖脸地吻了下去。

践行他那句话，解决她的最好办法，就是动硬的，比如堵死她的嘴。

辗转、研磨、吮吸，舌尖相勾，而后是更深入的横冲直撞。

霍灵均颀长的身躯像一堵墙，贴向她的时候，顾栖迟瞪大眼，捕捉到的是他眼底放肆的笑。她微微捶打他的胸膛，末了觉得自己这样像是欲拒还迎。于是又改为长腿微屈，膝盖撞向他下身柔软的部位。速度快且攻势强硬。

大抵是彼此过于亲密熟悉，霍灵均在她膝盖捣过去的那刻，准确地出手将其包裹。她怒火中烧，面前人却更加笑容满溢。

顾栖迟试图撕咬他的唇瓣，身体蹭着他扭动几下，却被他瞄准腰侧的位置捏了敏感部位一下。

这个绵长的吻过后，顾栖迟的眼睛柔润湿亮，霍灵均的脸上也渗出薄汗、有种酣畅淋漓之感。

他的掌心带着黏腻的牛油，顾栖迟身体软掉，被他半托起抵在墙上趴在他肩头："你太脏，少碰我。"

她丝毫没觉得此刻是她依附于他。

他作势要甩掉她。顾栖迟见状腿更加用力地夹住他的腰，往上挪了下。

这一挪，却听到面前的男人在吸气："老实点儿。"

他的眸光开始染上情欲："给我点火烧起来，看你有什么本事灭。"

顾栖迟是最激将不得的一个人。她闻言偏偏不愿臣服,继续动来动去。

霍灵均又吸了口气,拍她微翘的臀:"再动一下,我现在就吃了你。"

他直接侧身,拉扯着顾栖迟的手臂背起她,让她全身都趴在他背上,也不去管厨房里还在暗炉上的食物,背着她走向二楼主卧的浴室。

顾栖迟闻到清浅的香气,还追问:"你就这么不负责任地不管那些食物了?"

背着她的男人"嗯"了一声,依旧是硬硬的语气:"烧坏了正好吃你。"

"那槭槭吃什么?"

见顾栖迟当真在思考,霍灵均笑着停顿了一下,就踢开卧室门背她入内,又将卧室门踢关。

他的目的地很显然是浴室,顾栖迟要从他背上下来,被他制止:"不是嫌脏吗?洗洗干净。"

他的身高过长,顾栖迟见他进浴室的时候微低下头躬身忍不住笑起来。

男人稳稳地背着她,命令道:"搂紧我的脖子,别掉下去。"

他开始认真地冲刷浴池,而后放热水,试好了水温,才将她放下来,几下就除掉了她身上的便服。

顾栖迟不知道是他的手指太过灵活,还是自己衣服的纽扣都是摆设。

她顺着他的手臂缓缓滑进浴池,在他手臂还没抽走,身体也依旧低俯着的时刻伸出手指戳他的胸膛:"公平起见,脱个干净给我看。"

她的手在他身体上历来放肆。霍灵均忍着自己体内即将冲破束缚蓬勃的欲望,威严十足地阻止她不怀好意的动作。

"今天不可以。"他的态度很坚决,见顾栖迟狭长的眸子眯起,又补充,"你早晨才刚脱下病号服"。

顾栖迟突然觉得有些懊恼,她明明并非欲求不满。

霍灵均握住她试图往脸上遮的手:"我们来日方长,现在老实点儿听我解释下左丘的事情。"

顾栖迟不是很情愿。

"颜淡一直在跟进这个案子,但是我想她的汇报你都没认真听过看过。刚刚应耘的电话你也听到了，我们和他相识多年，即便成仇，也没办法彻底隔断联系。我之前向你提起过我会怎么处理和他的关系。我在意你的感受，所以不会在你面前总提起他。不止你无法再度接受他，我也觉得很艰难。毕竟失望容易，再想补全就没那么简单。应耘刚刚去探视他，我原本也想在开庭前去见他一面，可你听到了，他拒绝见我。我不希望让你为难，让人为难的都不是什么好人。可至少在你面前，好坏二选一，我觉得我不应该做坏的那个，不然我不知道自己凭什么占有你。"

水温让她全身舒缓。顾栖迟抬起手臂带起一串水珠弹向霍灵均的脸："我不喜欢他，我现在告诉你了。以后你和他有任何接触，不管何种形式，记得都向我报备，不然我就默认你要扔掉我。"

她的手指继续在霍灵均胸前画圈，哼了一声："虽然我知道你舍不得，可你万一哪天抽风了呢？"

顾栖迟原本说霍灵均不负责任地扔下厨房的食物只是说说而已，没想到没歪曲他，他是真的那么做了。

看着焦黑的煎羊排，顾栖迟欲哭无泪。

和乔樾两个人目光不善地盯着霍灵均。

偏偏此人丝毫不为所动："都别一脸怨念地看着我，饱受期待的目光齐齐射过来我会有压力。等我二十分钟。"

他又转问顾栖迟："不然叫裴安打包过来？还没让你见识过他的手艺。"

顾栖迟看一眼乔樾，本着人道主义关怀强调："如果不是樾樾饥不择食想生吞棉花糖，未尝不可。"

提什么就来什么。没过多少分钟，刚刚被提及的裴安，就鲜见地来电，匆忙地将霍灵均叫走。

霍灵均一走，又剩她和乔樾两两相望。

她本想探望流沙，但是小姑娘被商宴清带走，与他们隔绝，不容易接触。

她想起从医院回来的路上向霍灵均提及纪倾慕让他们搬回去小住的想法，霍灵均也不知道听到心里去没有。

她近日有些嗜睡，陪着乔樾做数学题，在旁边翻了两页剧本就觉得无趣。乔樾其实和她一样无聊，这种建立在感同身受基础之上的革命感情益发深厚。

想起商陆那日的意味深长，顾栖迟开始试探乔樾。她不希望触及乔樾的伤口，可又无法极尽委婉，只能拿自己的经历作铺垫："我母亲前些时日过世，我现在就已经挺想她的。樾樾，你想不想你的爸爸妈妈？"

乔樾的答案言简意赅："你有阿均。"

他停下翻动书页的动作，最后孩子气地告诉顾栖迟："他们想我我就想他们，如果他们不想，我就一样不想。"

顾栖迟摸他的头："果然是小孩子。"

她笑得不能自抑，乔樾分外不满："你笑话我也不见得你不幼稚。"

"如果他们来找你，你愿意跟他们走吗？"顾栖迟问他。

乔樾蹙眉，深邃的眼眸清亮见底，这副表情倒是很像霍灵均，他答非所问："我不会和你们的孩子争宠。"

他叹口气："你和阿均的父爱母爱我不会和那个小家伙争，我很快就能长大，还能做个小哥哥照顾他。"

顾栖迟的心瞬间被乔樾的话击中。他缺少安全感，所以在努力不惹人厌烦。那些字在她脑海和胸腔中厮杀，层层剥开她的心防。

她觉得眼前这个骄傲又倔强却也孤独的小男孩，和过去的自己格外像。

她伸出手拧乔樾的耳朵，吼他："我问一个问题，你把自己的真心话说出来就好。你可以撒娇，可以不高兴。乔樾，你还小，你再这样伤春悲秋小大人一样，我就揍你。"

她托拽着乔樾耳朵一路拉他进卧室，手脚并用地把他塞进去。

乔樾眨着眼睛，还没能从她过度激烈的反应中反应过来："你想干什么？"

顾栖迟一副痛心疾首的模样："阿均说你聪明，你既然聪明难道没看出来？这、叫、关、禁、闭！"

乔樾伸着胳膊想往外钻，顾栖迟长手长脚把他推回去太容易："反省一下，什么时候想清楚你不是一个人，要积极向上了，我再放你出来。我一向最温柔还母爱泛滥。"

裴安来电,霍灵均没想到会是商陆主动上门,且寻到他并未向公众披露过的餐厅。但他有心理准备,所以商陆将 DNA 检测报告摔在他面前的时候,他并没有意外:"我要带走我的儿子。"

霍灵均的目光在面前的 A4 纸上轻轻扫过,没有停留。他偏头一看,就见裴安一副随时要飞奔过来的模样,于是冲裴安挥挥手,阻止裴安时刻地盯梢。

"血缘关系很重要,可并非血缘关系代表一切。"霍灵均见商陆夹起一支烟似要点火,把他摔过来的报告又重新推了回去。

薄镜片下的眼光精锐,商陆一只手推了下镜框,另一只手差点儿把手头的那支烟掐断:"你并没有正式收养他,如果走法律程序,我获取监护人的资格轻而易举。"

"是,就像商导过去不知道世界上有一个人是自己的骨肉,如果不是你意外见过樾樾,你永远不知晓他的存在,也是大有可能,再简单不过的事情。如果不是他的面貌和你相像,恐怕你不会做半分联想,也不会去调查他。"

商陆没有否认,霍灵均手指敲了下桌面继续说:"我不知道商导查没查清楚樾樾的母亲是谁?"

商陆扔掉残烟断肢,虚无的空旷感排山倒海而来直抵心脏。他笑了笑,手臂搭在桌面上,满是无力感:"是我后知后觉,现在想想沈蔚离开我的时候,刻意向我隐瞒了怀孕的消息。"

霍灵均摇头:"我没有想要探听你和沈蔚的过去,我只是想知道,商导是否清楚,沈蔚为什么生下樾樾?"

商陆呵了一声:"这难道不涉及我和沈蔚的隐私?"

"不。"霍灵均肯定地摇头,'这事关你如何看待乔樾,是视如珍宝,还是觉得是意外的负担,视如敝屣。"

他很坦诚:"我从来不急于为樾樾寻找亲生父母,跟着我,他受不到什么委屈。DNA 报告只能证明樾樾的确和你有关,但是不代表他和你生活在一起就是最好的选择。"

商陆的眼神再度凌厉起来,眼底阴霾遍布:"霍帅似乎管的闲事太多。"

午后天色阴下来,室内暗沉了许多。

这个男人并不温和良善,霍灵均不确定此人是否还会爱人,包括爱——自己的孩子。

"你可以这么想,于我毫无损失。"他看着商陆眼底的光寂灭得更加彻底,"樾樾如果有一天跟着你,只会是因为他自己希望和你在一起,不会是因为你想要他在你身边。我想商导这样精于讲故事的人,一定能明白这句话的意思。"

"霍帅是在逼我不择手段?"

"不,我只是想要商导明白,你的确有一个儿子,可是你得先学会爱他才能拥有他。"

真是正义凛然。

商陆斜斜地靠着椅背,看着霍灵均的目光带些意味深长:"霍帅这样护着一个孩子,我不得不这样想——是因为你在意他的母亲。"

霍灵均有那么一秒不想解释,可商陆和顾栖迟还有电影项目要合作,他不希望横生其他枝节。

"我不知道商导和沈蔚之间是不是爱情,对我来说,世上只有霍太太在我眼里是女人。我想是否在意的这个问题,你现在已经知道答案。沈蔚曾经是我的拍档,仅此而已。"

"你既然并不意外我是乔樾的父亲,想必也调查过沈蔚的去向。"

接下来的话有些难以启齿,他还未开口,已经觉得唇舌被撕咬得血淋淋。

商陆还没问出口,霍灵均已经给出答案:"大概要让商导继续失望了,没有消息。我查过几次,除了她退圈的那一点儿线索,再没有其他收获。"

他这一趟并非是商陆求见便现身。他将一张长方形的地图从西装口袋内拎出来,摊开在商陆眼前:"沈蔚退出娱乐圈,跟一个女人有关,我能获得的消息,商导应该也没漏网。"

他在桌面上用手指一笔一顿地勾勒出一个姓氏。

"这张地图上华亭街沿线南北的产业,都在那个女人名下。"

那里有城中闻名的多家会所、酒吧等餐饮娱乐场所。是夜夜笙歌的销金窟。

"我今天来见商导,并非是为了讲道理。"他收回手臂垂在身侧,目光坚定地看着商陆,"这是我此行的目的。"

商陆的目光在那条绢布地图上逡巡一圈,嘴角一扯:"你想怎么做,让我和你一起联手端掉她?不可能。"

他的笑如浅的风一吹就散:"即便我爱沈蔚至深,也不会拿商家在空难后艰难重塑的信誉冒险,为她报仇,她不见得领我的情。何况咬豺狼一口,很难全身而退。还有风声说,陶先生做了活死人多年的丈夫 Lesion 复苏了。"

霍灵均收回了那张图:"商导以为我想同归于尽?"

笑容再度挂上他唇角:"我不会亲自动手,就是因为她的丈夫意外苏醒,现在是最好的时机,Lesion 的哥哥最近忙于 GD 集团召开的董事大会,以便谋求更高的位置,如今行事越发小心翼翼,行为也异常检点。他苦心经营多年,若因近亲的一系列丑闻而丧失股东信任,进而失去上位的机会,想必会义愤难平,所以他会有心情来清扫家门。"

商陆眼神一滞反应过来:"你想做什么?"

他眼底的疑惑还没有消散殆尽:"或者说,霍帅告诉我这些,是想要我做什么?我并非为沈蔚,我希望自己日后生活不再受此人任何影响。"

"涉黄、毒品……我需要商导找人在她的场子里制造不会轻易被清扫磨灭的证据。"

商陆无声地笑:"霍帅太看得起我。"

霍灵均将桌面上那瓶已然启瓶的红酒拿起,细缓的酒柱注入商陆面前的高脚杯,颜色在黯淡的光线下显得更关深红:"商导不必谦虚。"

而后又注满自己手边的酒杯,和商陆的那杯碰了一下,清脆的撞击声入耳:"合作愉快。"

他希望能有结果,希望能彻底削平那个女人的欲壑。

顾栖迟刚把乔樾关进卧室,颜淡便乐呵呵地拿着她那日从医院离开还未来得及取回的体检报告前来。

下了车就一路小跑,进门换鞋的时候还气喘吁吁的,额上也隐隐渗出薄汗。

人的一生总有这样的时刻,喜悦不知该如何表达,只知道傻乎乎的笑,失去组织言语的能力。

顾栖迟蹙眉接过她手里递过来的报告:"查出我能长命百岁,你乐成这样?"

颜淡摸头:"有些好消息,要自己看到才更幸福。翻到最后一页啊,老大。"

顾栖迟在颜淡的注目下翻到报告的最后一页。她觉得自己大概是有些近视,看到上面的汉字突然不太认识。

也可能是自己文盲。心脏跳动太快,突然有些无所适从。

一秒;两秒;三秒……

颜淡看着顾栖迟傻掉的侧脸,突然慌了。

她小心翼翼地走上前去碰顾栖迟的手臂,担心她重复故事里范进中举式乐疯了的悲剧:"老大,你还好吗?"

顾栖迟这才回神,猛地合上那份报告:"庸医。"

她吐了两个字出来,颜淡有些怔愣。

"我在医院待了将近一日一夜,竟然现在才告诉我,"顾栖迟在室内走来走去,很是焦躁。

颜淡更着急,为什么顾栖迟看上去完全没有成为一个孕妇的惊喜?

顾栖迟攥着手机就去拨那个烂熟于心的号码,十一位数字输了一半多,突然停了下来。

有些好消息,她希望在最合适的时候告诉霍灵均。她垂眸深深望进颜淡的眼睛:"暂时保密。"

颜淡踟蹰着问:"为……为什么啊?"

顾栖迟眼睛一眨,极度俏皮:"这是国家机密。"

《江山如画》开机之后,顾栖迟有很长一段时间没能回城,一直留在影视基地。

虽有孕在身，可她的反应不是很强烈。

颜淡跟着她倒是提心吊胆，唯恐有什么不测，且不知道顾栖迟在思量什么，为什么要保密，连霍灵均那里都要一起瞒下来。

她设想了无数种可能，最后还是觉得百思不得其解。

《念念不忘》的编剧韩青的预产期快到了，顾栖迟和关羽一起去看望待产的她。

韩青的丈夫苏蔺是视频网站 Wakaka 的创始人，此前韩青提过 Wakaka 有意在上市之后投拍一系列微电影，曾问过顾栖迟是否有意参与微电影的项目，执导其中一则。

摄程顺利的话，几十分钟的短片，两三天便能完成拍摄。况且片子立意自由，可以任导演自由发挥。再加上还可以为《念念不忘》的上映做预热。

顾栖迟本来接到韩青的邀请，已经委婉地拒绝，现在却突然松口主动提出参与。探过韩青回程的路上，关羽还在一旁不断地问顾栖迟原因："出尔反尔不像你的作风啊？"

顾栖迟白她一眼："这叫深思熟虑，谢谢。"

关羽见到横向杀出来的车就暴躁地不断摁喇叭："不客气，阿迟，我总觉得你有什么了不得的预谋。"

顾栖迟也没客气："是，不止有预谋，还有阴谋。"

关羽啧啧了半天，撩着自己的长发对着车内的后视镜看了两眼："我就知道我秀色可餐。"

她突然想起上次慈善晚宴里杀出来的那个"尤物"，吭吭哧哧地问："上次砸我场子的那个女的，我找身在警局的发小摸底摸了好久才搞清楚来历。那人不是第一次出任务了，不然还真找不到她背后人的蛛丝马迹，她的老板是华亭街寒亭会所的业主。"

关羽是很典型的看不得别人拽的类型，语气开始变得异常鄙夷："那个老女人此前挺风光的，我问过我哥那个很嚣张的杀人不见血的霸王，连他听到她的名字都警告我少惹她。不过我哥也说她为人异常恶心、下作、卑劣，口味儿也比较重。我这一回想，过去我杂志的模特，也有遭她毒手报废的。"

顾栖迟盯着关羽的目光好似浸过寒霜的凌厉枯枝："听起来你好像很崇拜她啊！"

关羽一激动猛踩油门，车子离箭一般飞蹿而出。

她蹙眉否认："拉倒吧，我这辈子就只崇拜我老爹，这世上能将我老母那个母狮子治得服服帖帖的还得反向谄媚讨好的人就他一个。昨天我哥漏风给我，说华亭街那一堆会所不知道被什么人给捅了篓子，从今天开始都要停业整顿，罪有因得倒是真的，这算不算是好消息？"

关羽继续大无畏地分析："就你那性子，我最知道了，万一那人骚扰霍帅狠了，你不弄出点儿动静才怪，这下可以安心好长时间了。我不用担心哪天还得去拘留所探视你。"

顾栖迟把手搭在小腹上，侧脸线条看起来尤其柔和："边儿去，说得我好像流氓一样。"

关羽怀疑这个温柔的顾栖迟还是不是她，红绿灯的关口侧身仔仔细细地审视顾栖迟："我怎么觉得你现在这么女人哪里不对？"

顾栖迟的笑是鲜见的甜美，关羽看她柔得能捏出水的模样，忍不住道："滚。"

顾栖迟还是笑得像午后挥洒温暖的斜阳，手却毫不留情地伸出去掐关羽的胳膊："管好你的嘴，以后跟我说话文明点儿，那不利于胎教。"

关羽愣了两秒，而后开始嗷嗷叫："你真是——"

她顿了半天也没个下文，后面的车子摁喇叭催促才重新起步。

"没见过你这样不仗义的。结个婚搞得严严实实，生个孩子也是毫无征兆。"

顾栖迟打断她的质问："还没生，OK？保密，尤其别对我内人说，谢谢合作。"

关羽嗯嗯啊啊了半天，忍住想骂人的冲动，末了又笑嘻嘻地开口："感情霍帅这地位还不如我。"

顾栖迟没理会她良好的自我感觉，转而说起正事："过些天帮我准备多些玫瑰花。"

关羽觉得奇怪："你要玫瑰花做什么，那恶俗的东西是纯情少男表白用的好吗?"

顾栖迟微微一笑,唇角浮现出幸福的弧度:"我乐意买,你就说帮不帮?"

"自己没长手?"关羽挑眉不怀好意地看着她,目光里都是探究的神色。

顾栖迟"嗯"了一声,竟然罕见地没打击报复:"你的身份预订花比较没那么奇怪,我不想大张旗鼓。"

"那你到底需要多少?"

顾栖迟一回想,给出数字:"十年零十七天,一天算一朵,你自己算算。"

关羽吸了口气:"顾金主,顾伟爷,顾小姐……小爷我弄个晚宴会场装饰都没用那么多,你要狂炫酷霸拽地用花埋了谁?你别随便用玫瑰花去恶俗别人啊,要恶俗地用花砸人你砸我啊!"

关羽的嘴一向逗,顾栖迟嘴角一抽:"别急,等你三十岁生日如果还是孤家寡人的话,我雇三十个花美男砸死你。"

关羽:"……"

敲定了参与微电影,顾栖迟拉来了《念念不忘》的制作班底,晚上在影视基地附近的宾馆里和韩青商讨剧本。

韩青已经转型职业编剧,经验比较丰富,可以在很多细节上给她提供修改建议意见。顾栖迟提出负责编剧任务的时候,韩青还颇为意外,拿到顾栖迟的初稿,她才明白原因。

微电影的名字,顾栖迟定了最没创意的三个字:我爱你。

剧情更为直观,乍看起来像是一个女子叙述自己的暗恋史,描述暗恋的那个让她心心念念的人。

韩青和文字打交道多年,顾栖迟略显生涩的笔墨下勾出的人物轮廓,让整部微电影的剧情看起来实则是一个人的传记。

而这个在顾栖迟的笔墨下风华无双的人,剧情里提到的事情,让她在现实里很显然地对号入座了一个人——霍灵均。

韩青也不是能忍下事儿的人,和顾栖迟敲定二改稿的时候,就在电话里问她："霍帅最近被黑得的确有些惨,可他宣布退圈以后,也有很多人在惋惜。你想借这部片子,替霍帅澄清那些事情?我怎么看这情节都是一个纯良明星的奋斗成长史,里面那些经历连起来,是个人都能看出来你这整得是霍帅的传记,不怕被人说秀恩爱见光死?"

顾栖迟"嗯"了一声："我一没在大街上和霍灵均大张旗鼓地搂抱舌吻半小时膈应单身汉,二没把私生活录成性爱视频弄出来满天飞,三没自我标榜好夫妻、好男人、好女人,我怕什么?"

韩青也觉得她说得很有道理。"我知道你一向护短,下辈子你生成帅哥的话,记得娶我啊。"

顾栖迟被她一句话逗笑,挂了电话才发现窗外下起了雨。

雨滴拍打在玻璃窗上,夜色在她眼前分崩离析,碎成一片片连同那些坠落的雨模糊不见。

她回想韩青提到的下辈子。虽然有些远,可她怎么会舍得和霍灵均之外的别人结缘。

她正想着,被扔到床畔的手机屏幕亮了起来。霍灵均的声音从里面传出来,他所在的环境一定特别安静,顾栖迟甚至能听到听筒里传来的他的脚步声："你开拔的时候答应我什么还记得吗?"

顾栖迟没想到他上来就问这个,不明所以："我答应你什么了?"

"接电话的时间没超过四秒钟,说明你现在没有入睡。工作的时候,除了夜戏没办法,剩下的时间都要早睡好好休息,这话你还记不记得?"

顾栖迟理直气壮："我不记得自己说过。"

霍灵均也不和她争："是我说的,不过你听过后向我做了保证。"

顾栖迟沉默,霍灵均问："心虚了?"

顾栖迟这才冷哼："别揣测我一颗堂堂红心。"

窗外的雨还在继续,她就和他分享自己这边离N市数百公里外的天气："我这边下雨了。"

"是吗?家里的月色很亮。"

他突然问："现在饿不饿？"

顾栖迟刚要回答，霍灵均又笑着提醒她："不饿也要说饿，不然我今晚白来了。"

顾栖迟一怔，差点儿咬到自己舌头。

站在她房间外廊道上的男人等不及她反应过来道："抓紧开门，不然我打道回府了。"

"深蓝色"最近的事务很忙，他也开始接手霍书集团部分的事务。她开拔前，霍灵均就和应耘没日没夜地加班。通常是晚上他回家抱着她入睡，等她睡着了他再起身处理未完的工作，而她清晨清醒时他却又已经回到床上等她醒来给她一个早安吻再离开。

顾栖迟并没有期待他能这样意外现身制造惊喜。

开门后，男人将手中的东西搁在一旁的置物架上，火热的掌心就贴在她腰上，他身上清新的草木香铺天盖地地通过她的鼻尖和唇舌裹挟在她身上。相纠缠的肢体滚烫，他喷薄而来的呼吸，也滚烫地打在顾栖迟脸上。

外面的雨冲刷涤荡着空气，他的气息涤荡着她炽热的灵魂。

小别后的思念，在这久不停息的吻中一一呈现。如此缠绵，如此炙热，如此恋恋不舍。

深吻结束以后，霍灵均才打横抱起她往里走。

顾栖迟将套房弄得一团乱，他蹙眉看了几眼，无可奈何地笑了下："这几天你就这样虐待你自己？"

顾栖迟没空回答他，她的手摸着他的眉、他的眼，摸过他的唇、他的发。

全部一一烙下她的印记之后，她又开始感慨："我离开几天而已，你怎么越长越好看了？"

"怎么？"霍灵均被她总是不按常理出牌的话弄得无可奈何，"让你越来越看不够了？"

她不娇羞，他也丝毫不谦虚。真合胃口。

顾栖迟环着他的脖颈啄了他侧脸一口："不是来喂我的吗，我的食呢？"

霍灵均把她放在沙发上，才将自己适才放在门口的东西拿过来。

四层的保温桶，一层层掀开，每一层都内容丰富，看着就让人胃口大开。有她最喜欢的N市那家甜品店的慕斯，有她夸过他做的石斑三吃……

每一种食物，都在告诉她眼前这个男人的细心和用心。

她的心瞬间软润如室外被雨浸湿的土地，拿着筷子的手已经不知道先往哪一个菜戳更好。

她咳了一声，自己还没动，霍灵均已经拿起另外的一双竹筷来喂她。

不管他递什么过来，她都很乖巧地吃下。男人此时却吝啬起来，每一样都让她尝过，就停了下来没有让她吃多。

他耐心解释："天气不好，飞机晚点，不然这会是你的晚餐。现在拖成了消夜，不要贪吃，晚上你消化不掉，明天脸会浮肿，肠胃也不舒服。"

顾栖迟望着他澄澈的眼："工作都搞定了，怎么会有时间过来？"

霍灵均把她抱到自己腿上，拥住她的上半身："工作永远都有，我努力工作是为了让你们生活得更轻松，不是为了证明我能做到多好。时间挤挤总是有的，不然我不就成了那些拿工作忙当作理由疏远家庭的男人了，那可是出轨的前兆。"

"道理有，但是你是从妈那里听来的吧？"

霍灵均也不否认，而是问："明天有几场戏？"

"如果雨不断的话，全转内景戏，大概有三场。"

男人脸上露出遗憾的神情，抱着她去洗刷："这样的话，我们今晚只能文明地相拥入睡。"

其实她还担心如果他欲火旺盛，她要怎么将瞒了数日的事情继续瞒下去。

闻言顾栖迟松了口气，反而摸着他的侧脸轻佻地问他："不然呢，你千里迢迢过来，该不会就为了睡本姑娘一次？"

很久没有相拥卧谈。顾栖迟虽然很困，可也舍不得浪费时光。

"我和乔樾去看过流沙了。"霍灵均火热的身躯和她相贴，近距离下，连说出的话，都像紧贴在她耳畔一样，"我知道你想见她，等你忙完了，我和你再去看她。"

他说着她离开这几日家里的变化:"我已经告诉乔樾商陆的事情,乔樾说暂时不想回去,虽然有些自私,但是我挺喜欢他这个决定的。"

他清润的声音似乎有催眠的作用,顾栖迟还想问他细节,却撑不住眼皮,沉沉睡去。这一晚,她最后的印象,是霍灵均提到棉花糖近日有些躁动,大概是萌春,乔樾和他正考虑是要替它找只公猫,还是绝育。

她带着这一大家的好消息陷入美梦,这一夜是离开他这些天,前所未有的安宁平和。

霍灵均来得快去得也快,此后顾栖迟接连几天的工作都很顺利,精神也更饱满起来。

微电影拍摄的日程和《江山如画》的拍摄进程有所冲突。她向商陆告假倒也很痛快地得到批准,把那三日的戏前提或者后移,尽量不耽误全组的进度。

微电影的演员,选用的还是《念念不忘》里的男女主角。

两个演员拍完《念念不忘》后已接拍了其他的作品,如今合作更为默契,拍摄进度非常快。

这部微电影早在网上传出了拍摄消息,场地里围观的人不在少数。

她向霍灵均提起过这个电影,并且告诉他成品出来以后,会请他第一个观看。

微电影拍摄完毕,她没来得及在N市多做停留,就赶回了《江山如画》的片场。

Wakaka对这部打头阵的微电影投入众多资源进行宣传,可公布的预告片里没有提起微电影的具体情节。反反复复就是男女主的几个唯美清新的画面,和那句女主角的旁白:我在有生之年,有幸爱过一个让我因为爱他而更加热爱自己的人。

片方的三缄其口,再加上尹半夏等演员急蹿的人气,让大家对这部微电影充满期待。

微电影上线的前一天,顾栖迟终于赶拍完了《江山如画》的戏份,赶回了

N市。

她很少提什么要求，所以霍灵均对她提议去看电影异常配合。等她从机场抵达关家所属的私人影院，霍灵均已经等在一楼的服务大厅了。

她匆忙牵着霍灵均进了二楼一个只有最后排的座椅那里亮起一盏壁灯的影厅。

前方光线晦暗，让人丝毫看不清楚屏幕那边的事物。

等大屏幕随着舒缓的钢琴声亮起，大厅才明亮了些许。微电影里女声旁白非常温婉，娓娓道来爱慕之心。电影里的男主角，从学生时代身为天之骄子时的谦逊，到通过数年奋斗获得影帝站上领奖台时的诚恳，再到数年后面对非议时的淡泊……

短短半个小时的时间，顾栖迟紧张地盯着面前的屏幕，不敢去看身旁霍灵均的表情。

影片最后定格在女声旁白柔肠百转地念出那三个字：我爱你。

影厅里此前暗下去的灯，在这一刻被重新点亮。幕布前方的舞台此刻缓缓升了起来，连同静置其上的近四千朵红玫瑰。

"这是什么？"霍灵均的声音有些抖。

顾栖迟的声音同样因为紧张有些颤："我们虽然结过婚了，可是跳过了求婚啊！别人求婚的时候，不都用这个嘛，我这难得随众一回，你收不收？"

霍灵均的笑此刻绽放在她眼前："你想用这些玫瑰收买我？"

他的手紧紧地攥着顾栖迟的手。

眼前最普通不过的灯光，此刻斑斓了起来，顾栖迟眼一眨，投怀送抱："不，是用子逼婚，那些玫瑰是附赠品。对不起，瞒了你很多天，我想让这一天对我们来说变得更有意义一点。满月来了，你要做爸爸了。母凭子贵，娶我吗？"

她感觉到他骤然颤抖震动的身躯，更听到男人压抑类似低吼的声音："顾栖迟，有没有人说过，你有时候特别——"

顾栖迟打断了他的话："你倒是说过我特男人，你想说这个？"

霍灵均闻言唇角纹路更深，没再继续那个话题。他此刻很想将眼前这个女人抱起来捧到天上，可今晚他计划中的事情还有很多没做。

"坐在这里等我一下，我下去买几朵你送给我的花。"

顾栖迟不是很满意他的反应："我的问题呢？"

偏偏脚步已经迈出去的男人给她泼了又一盆冷水："答案现在还重要吗？"

顾栖迟哑火，开始考虑是否要使用家暴这个问题。她有些生气地别开视线不去看霍灵均，直到亮起的灯光，再度暗了下去。

这个上一秒还寂静的只有霍灵均脚步声的影厅，响起了一段旋律。

是那首老歌《She》。

然后是霍灵均依然有些抖的声音："还记不记得这首歌？我第一次见到你的时候，曾经在你面前唱过。"

她开始回想，隐隐猜到他要做什么，为自己适才被他的冷静骗过而懊恼。

"不记得也没关系，你忘第二次，我会第三次让你记得。"

室内的光线再度被点亮。她看到霍灵均手里拖着的那块儿纸板上写的字。

年近而立为亲口说出这些话感到脸红的男人在上面写道："你嫁给我以后，我就在想什么时候，你能真的想嫁给我。"

她看完，他又翻了一页：这几年，我们也曾经有过争吵、冷战、分离。每一次你因为我而生气，我虽然有些难过，可也会恶劣地想你生气的时长要是一辈子也挺好的。每当你在我眼前笑，我就希望下一次，你笑的时间能更长一些。我在努力让自己变得成熟，希望不会因为自己不会爱而拖累你。

她渐渐笑得欢快，眼底潮湿。

男人翻动的页面上又出现了一句话：虽然你一直很坚强，但也不是万能的。你不会做饭没关系，有我；你将房间弄乱没关系，我会收拾整齐；你开车的时候总是飞蹿，以后能不能小心一点，我知道你车技好，可我最希望你安全。

她一步步向他走近，看到霍灵均又打开新的一页：这几年我唯一不想你的时候，就是你在我身边时。等满月出生，学会走路，我们带满月去我们曾经一起走过的地方好吗？我们一家人一起再去看看艾格峰下的景色，再去造访天空之镜，带着满月走过我们两个曾经一起走过的路。好不好？

顾栖迟加快了脚步，扑到眼前的男人身上。

她的热泪涌出来滴到男人肩头。那些涌出的热泪里有爱、有心动、有感激、有庆幸、有难以言喻的幸福。

"愿意嫁给我吗？"霍灵均的声音此刻依旧颤抖，并不平静。

顾栖迟抹掉那些汹涌而出的眼泪："刚刚你去找那些玫瑰花，不理我的时候，我以为最近分开时间长了，你开始厌倦睚眦必报的我了。"

"关羽骗我。"她有些委屈，以一种告状的语气，"这是她关家的地盘，你一定提前和她打过招呼，可是她没有告诉我你今晚也要做些什么。"

霍灵均轻轻地摸她的脑袋，力道极其柔和："她也骗了我，没有告诉我你连求婚都要和我抢，还信誓旦旦地告诉我，你一定会惊喜到无以复加。"

顾栖迟听了这句话就不乐意了："谁规定求婚是男人的专利！我这不叫抢，我在行使我的正当权利。"

霍灵均掰开她伏在他肩头的脑袋，热吻贴在她额间。他的臂膀温暖而有力，是她最可靠的港湾："嗯，那你到底嫁不嫁？"

顾栖迟往上一挺身，掌心拖住他的侧脸，狠狠地亲上了他的唇。不断地辗转蹂躏，如何都索求不够。

没有人知道，此刻他和她的心跳动得多么虔诚。

她的吻，是最确切的答案。她用先他一步的求婚，将那个答案提前告诉了他。她选了那样不加遮掩的片名，已经在向世界宣告，她爱他。

她爱他带给她的满月。

她爱一路和他一起路过的风景。

她热爱他的姓名，热爱他手植的树，热爱他养大的棉花糖和咆哮。

这一生，她遇到了这样一个人。她因他而成长，因他而成为一个更好的更加热爱生活的人。

她尝到了这世上最好的感情。忠贞、坚定、热烈、唯一。

她遇到了这样一个人。她因他而望不见幸福的终点，她因他的存在，不再横冲直撞地去面对那些生命中的坎坷风雨。

她会做一个如他一般的人。将来他们一起摇着摇椅讲故事给儿孙听。

最亲爱的你们，若你遇见爱情，请勇敢去相信。这世上会有一个人如你热爱自己一般热爱你。

他会妥帖地将你放在心底，让你知道爱情最纯、最持久的一味是甜、是宠、是忠贞、是坚定不移的信任。

是唯一，是生死不离。

（完）

— 番外
圆月弯弯

院里的红豆杉发出了嫩绿的细芽,整个庭院葱茏一片,配着晴好的日光,显得格外娇俏。

《江山如画》杀青之后,顾栖迟就拒绝了一切工作,闲在家里。整日看着这些静好的景色,人也越来越慵懒。

即便棉花糖和咆哮都做过防疫检查,纪倾慕还是不放心,让他们先将一猫一狗寄养在别处,或者弄回霍宅。

顾栖迟觉得叨扰长辈不好,便和霍灵均商量,将还没做绝育的温驯的棉花糖交给了颜淡,把调皮的"恐怖分子"咆哮寄养在 Albert 那里。

家里就剩下她和乔樾。她公寓里的东西几乎都搬到了霍灵均购置的别墅里,两个人也开始着手布置婴儿房。

霍灵均从来不让她插手,可她无法置身事外。那个连通半层别墅的书房套间被打通,霍灵均差人将里面的书架都搬了出来,归置到阁楼。

他幼时除了修习软笔书法,也练过一段时间的素描。决定装婴儿房之后,便每日尽早从公司回来,坐在卧室一侧,一边等她醒来,一边勾勒婴儿房的内装样式。

尚不知晓满月的性别。

霍灵均决定将二楼书房分割成两部分,装成两间婴儿房,一间风格偏向男孩,一间风格偏向女孩。婴儿房和乔樾居住的房间相邻,二楼完全服务于孩子们。

他凡事亲力亲为,连墙纸都和工人一起张贴。

顾栖迟见他过于认真的模样,总会看着看着就出神。上一次孩子来得很安静,她后知后觉。现在想起,总觉得特别遗憾。

想到韩青怀孕初期被折磨得很是憔悴,可自己每日依旧食欲旺盛,总能安眠。她担心自己再度失去了才知晓,检查的时候总是特别谨慎,不断重复地问医生满月是否会健康成长,能否平安地来到这个世界上。

她细微的表情,霍灵均都很熟悉,自然能看出她的不安,一连数日,未出家门。她半夜醒来,手边的角柜上总有温度适宜的清水,她躺上床,就能发觉自己那侧的铺位已被他暖热。

而她从未发现他在什么时候做了这些事情。大概是恃宠而骄,顾栖迟也觉得自己这段时间有些过于骄纵。没过几日,胃口也被他养刁。

有时半夜醒来,会突发奇想想吃一些口味重的东西。他也从不提要她忍着等次日清晨再让她吃上。需要外出买回的,他就夜半驱车去买,能在家里做的,他就立马进厨房点火。

最后是乔樾看不下去,三个人一起吃早餐的时候,乔樾坦率地表达了自己这段时间的感受:"阿均,她要被你惯坏了。"

顾栖迟拿着竹筷就敲乔樾的额头:"食不言,寝不语。"

"我小时候生病了,带我的阿姨才会那么哄我,我说什么,她都替我办到。"乔樾觉得自己有必要让顾栖迟提高思想觉悟。

霍灵均也只是拍拍他的发顶:"樾樾,你还小,等你长大有了妻子就明白了,等你长大做了爸爸就懂了。"

想起近来商陆几次邀约,乔樾都平静地应下,但商陆每次送乔樾回来时脸色都阴沉可怕，想必是乔樾次次冷处理他。

霍灵均希望乔樾能正视和商陆的关系："如果商陆知道你的存在，知道你会降生在这个世界上，他会和我现在一样高兴。"

"他不知道。"乔樾却不买账，"这个假设不成立。"

"下次再见他，对他笑一笑？"霍灵均看着他别扭的模样，抓着他肩膀拎到自己身侧，他宽厚的掌心摸向乔樾的眉心，"别随便皱眉，不酷也不帅，你如果觉得不开心，可以直接打他，冷处理是最不能解决问题的办法。"

"樾樾。"他并不希望乔樾离开自己的生活，可也希望他能做个有爸爸的孩子，"试着多和商陆聊一聊，他不是坏人。最初你见到我的时候，不也脾气很臭地懒得理我吗？"

乔樾反驳："那是我害羞。"

一边喝粥的顾栖迟听到这里差点儿被粥呛到："行了，别秀恩爱了，组织命令你们，第一要务是抓紧吃早餐。"

霍灵均闻言松手，乔樾也自己爬上高脚凳继续吃早餐。

任务完成得高效及时。

乔樾转学进N市这边已经一段时间，早餐结束，霍灵均就送他去学校。

霍灵均在家已经盘踞数日，每日电话和邮件不断，顾栖迟知道他忙，便劝他送乔樾回学校之后回公司上班。

怀孕尚不足五个月，她已经圆润起来了，他的手搁上去，触感是软软的。

霍灵均离开之前握了她的手很久，久到布置了大半部分的婴儿房，顾栖迟都觉得手上还有他的体温。

他答应了回公司，可顾栖迟在婴儿房里待了没多久，就透过大开的窗户听到外面的引擎轰鸣声。

他又折返了回来。她在心底默数到五，回眸温柔一笑时，正撞上他推门而入。

就像当年第一次以顾栖迟和霍灵均的身份在顾青峦那里，他和她一上一下，在某一刻同时抬眸四目相对。

很是凑巧。婴儿床很大。

顾栖迟摸着床畔的小栏杆问霍灵均:"生几个好?"

她自己没觉得有什么可羞涩的:"至少要两个,再多我也都可以努力。"

她从来坦荡,白净的面庞闪着认真的态度,安静、柔和、甜美。

他靠得更近一些,吮吸着她身上的奶香:"生多少我都养得起,只要你不怕他们争宠。"

她的小腿有些浮肿,霍灵均话落小心地将她抱起来,离开尚有些杂乱的婴儿房,回到阳光普照的主卧,将她放在床上,自己也躺了上去。

很早之前,曾幻想过这样的日子。

有一间大房子,里面住着他放在心上的唯一的女人,他们一起在里面养育像他也像她的孩子。

如今,顾栖迟让这一切都成了真。

因为满月的存在,这些时日两个人也规矩了很多。

此刻室内静好,他一脸淡泊,顾栖迟却突然动了捉弄的心思。她慢慢地一点点向他蹭过去。霍灵均熟悉她撩拨他的套路,只是不动声色。

"乔樾不在。"她的腿攀在他身侧,"快五个月了,应该安全了。"

她的脚背轻轻在他体侧磨蹭,将他的手拉扯过来覆在自己凸起的小腹上:"满月也很乖。"

许久没有抵死缠绵的感觉,顾栖迟觉得自己的话已经表达得很是露骨。她推了推他:"你该不会忍了这些日子,那个……不行了吧?"

她清脆地笑,荡在霍灵均耳边像是引人犯罪的魔音。

他怕伤到她和满月,可她这样坦诚地邀请,他并非不想念她的味道。

利落地翻身勾起床头的薄毯披在身上,他弓起身双臂撑在她身畔两侧,以一种近乎俯卧撑的姿势欺在她身上。

"进去之前。"他顿了一下,"我想许个愿。"

顾栖迟听他这话像是突发奇想:"什么?"

他随口胡诌:"祝我永远在上面。"

他突然觉得真话有些难以启齿。他希望她和他们的满月一世平安。

顾栖迟眯眼明显不信服他这句话，刚想驳斥，他已经慢慢地侵袭，突破她的第一道防线。极度熨帖的感觉消磨了她组织言语的精力。

她只能手臂紧紧攀住他的后背，沉沦在他盛满欲念的双眸之中。

两人的世界总是幸福的，接手棉花糖的颜淡却有些繁忙。

她养了棉花糖没几天，见棉花糖依旧躁动，就带着猫小主去配种。棉花糖也争气，一击即中。颜淡算了算日期，没准棉花糖产一堆小猫崽的时间比满月降临的时间还要早。

她将这个消息带给顾栖迟，才知道前些时日一直在家陪顾栖迟待产的霍灵均刚刚出差去澳洲。

霍灵均一走，顾栖迟安稳了好几个月的日子被迟来的孕吐打破。颜淡一大早刚到别墅，就见周末在家的乔樾站在卫生间的门口纠结着是该前进还是后退。

顾栖迟吐得脸色泛白，双唇失色，额上也覆了一层冷汗。

颜淡扶着她回床边，忍不住念叨："霍帅就不能换别人出远差吗？一共就几个月而已。"

顾栖迟见她有些义愤填膺的模样，禁不住就想笑："移情别恋了？不喜欢他了？怨念这么大。"

颜淡给她倒了杯温水："我是个有原则的人，女人最辛苦的时候，男人不在，就是渣男。"

顾栖迟瞪她一眼："那是指一般的男人。"

颜淡极细微地哼了一声："棉花糖猫崽的爸爸我都关笼子里一起带回家养了，陪产是义务。"

顾栖迟觉得颜淡这样看着很可爱："是我踢他走的，他在的话，我会总想睡他，不安全。"

颜淡不知道她为什么总能云淡风轻地说出这样……让人听了无法云淡风轻的话。她的眉毛抖了几抖，最后放弃了吱声。

和颜淡说的那句话，顾栖迟只是一时兴起。霍灵均在的时候，很多事情并不觉得多完备。他离开,她一方面会想念,另一方面也确实觉得冷清。他这去澳洲,已经有五日了。整张床她如何睡都不温暖。

他的电话每日准时拨回来,到第六天,她忍不住问他的归期,霍灵均却没给她确切的答案。

她想善解人意。

他的工作并不只是代表他一个人。他认真负责,是对下面的员工负责。可他离开之后,迟来的磨人孕期反应,在日渐消磨她的坚强独立。

一周过去,顾栖迟觉得霍灵均再不回来,她就会忍不住在电话里对他说七百遍"我想你",勾他回来。

可她到底只是想想,做不出来这样的事情来。

乔樾瞧出她的郁郁寡欢,也觉得她这些时日时不时呕吐,食欲不振有些可怜,不管她是不是有无气力回应,乔樾都不断地跟她说话,力图提起她的兴致。

这样又过了两天,春日的第一场雨来临时,她终于在每日不时望过去的窗户里,发现了霍灵均撑伞归来的身影。

他不是一个人。

天色已进入傍晚时分,加之阴雨更为晦暗不明。顾栖迟揉了揉眼睛,还是看不分明他引领着进入别墅院内的那两个人是谁。

她的腿这几日肿得更加厉害,走路小心许多。念及霍灵均温热的体温,她等不及他上来,慢慢从二楼挪下去。挪到一半,就见他笑着迎上来,眉目英俊一如往昔。

情绪剧烈波动,一时又有些恶心,顾栖迟巴巴地站在原地可怜兮兮地看着他。她从来以坚强的模样示人,这样充满依赖的模样让霍灵均顺时心软如泥。他快步上前扶住她的手臂,湿热的吻轻轻在她额角贴了一下,而后有些严肃地对她说:"我带了两个人回来。"

顾栖迟顾不上看楼下大厅内的人,拉扯了下他的衣袖。

霍灵均微微一笑看着她:"我知道。"

不需要她说。

"这几天我也很想你,见到我激动到快哭也先等等。"他搀着她往下走,"外公和外婆在下面等你。"

这两个称呼,是她的生命中从未接触过的东西。她有些迟疑。

可他的眼神里都是鼓励,贴在她耳侧轻声说:"外婆惦记你和满月,他们都是很好亲近的人,我这样没有血缘关系的人,他们几天就能接纳,他们一定会喜欢你。"

他告诉她是去出差。她就这样信了。她开始回想自己近来什么时候提起迟归年和大洋彼岸多年未有联系的长辈们。好像只是数日前翻到她出生时的老照片,她提到过一句。

她这一生,是有多幸运,遇到这样一个男人。

她只一想,提及没见过外公、外婆,他已经在她没有察觉的时候,将他们带到她身边。

他远赴澳洲一周多的时间。迟归年远赴中国数十年的时间。纵有血缘,轻易接纳谈何容易。

如若轻易,迟归年便不必离家不回;如若轻易,他又怎会滞留在那里那么长的时间。

在顾栖迟的印象里,对外婆章如枝和外公迟之礼的唯一印象,是年幼时见过的迟归年夹在相册内的一张老照片。

照片上的中年女子娴静安好,男子则英武如松。

那张照片存放的位置不算隐蔽,没有直接插在那些空余的相格里,也说明将照片放在那个位置上的人有所避忌。

早些年,顾栖迟慢慢开始接受迟归年和顾时献畸形的婚姻。

迟归年离世之后,顾时献抢骨灰的做法反而让她无法理解。

迟归年在很多问题上缄默不语,她无从探知原因,只知道结果。例如顾时献后来的出轨,例如迟归年和大洋彼岸的迟父迟母多年不曾碰面。

迟归年曾经说过她长得像外婆章如枝。但这对于顾栖迟而言并不算是令人开心的事情。

从初次见到照片上的迟章夫妇到现在已间隔十几年，如今这两个人从照片上、从顾栖迟遥远的记忆里走出来，让她格外想念已经离世的迟归年。

霍灵均的手握得很紧，给她力量。

那两个称呼跑到嘴边，但她没有将它们说出来的能力。她只想到四个字：为时已晚。

如果迟归年还在，章如枝和迟之礼地出现，也许意味着大团圆。

这次会面对迟归年来说最有意义，可她已经远离尘世，无缘得见。

她思索着愣在当场，最后还是章如枝上前两步说："你妈妈说得对，你像我。"

章如枝那一句话，打破了尴尬的气氛。她的手很暖，顾栖迟被她牵着坐到客厅内的沙发上。

章如枝支开两个男人，细细地打量她，不断地找些话题："上周墨尔本的天气并不好，阿均很有耐心。你比你妈妈幸福很多。孩子取名字了吗，想要男孩子还是女孩子？"

顾栖迟点头，每一个字符都说得很慎重："乳名已经有了，至于性别……男或者女对我和阿均都没什么分别。"

章如枝双眼一笑眯成长长一条。

两人都不说话时，寂静便迅速蔓延，让人无端紧张。没有感情基础，纵有很多话题，可提起哪一个都似乎难免尴尬。

还是年迈的章如枝更为主动："阿迟，我知道你可能会怨我们，我早些年也无法想象，父母和儿女能有什么样的仇怨半生不见。这些年你妈妈发来的邮件，背着你外公，我都看过，里面都是关于你和你哥哥的琐事。"

有些话题并非三言两语能解释得清，章如枝并不知该从何处说起："不知道你妈妈有没有向你解释过和我们的关系。"

顾栖迟对此的认知仅仅是他们之间隔着一个不被迟家接纳的顾时献。

"她有一点和你外公很像，自己认定的事情，别人说再多，也很难转圜。"章如枝牵起顾栖迟的手，"你妈妈年轻时聪明、独立、勇敢，唯一的不足是看人的眼光有问题。"

顾栖迟猛地抬头。

后来的迟归年软弱、不独立、不勇敢。她下意识地咬唇，拒绝去想令迟归年改变的原因。

章如枝表情并无大的变化，似乎在说一件再普通不过的事情："我们并不喜欢你爸爸，时至今日，我和你外公依然坚持当年的看法。你妈妈也为自己的选择付出了代价，我们试过劝说她，但是结果你自然能猜到。也许我坦白这个想法，你会不开心，毕竟他和你有血缘关系。"

"仅仅是因为她选择了一个你们不满意的女婿？"顾栖迟微往回抽手，握拳。

章如枝似乎叹了口气，很轻很淡："不是。"

她顿了下，拒绝再说下去："你现在不是一个人，心情平静很重要，那些过去的事情，外婆以后再说给你听。"

真相摆在眼前，顾栖迟怎会放弃："那些我并不知晓的事情，对我很重要，我不想等更久。"

"你原本有一个舅舅。"和适才平和冷静的语气不同，章如枝眼底的情绪也开始破碎起来，"是我们收养的，他是邻居夫妻遭遇意外事故留下的儿子，他比你妈妈大一岁，从小和你妈妈一起长大。"

"他喜欢妈妈？"顾栖迟声音压得很低，询问的语气却没几分。

"是。"章如枝语调一紧，"在顾时献出现之前，我们以为那会是你妈妈的归宿。"

"我以为父母对孩子的爱里，也应该包括尊重她个人的想法和选择。"

顾栖迟说的是人之常情，章如枝并未否认："道理是这样，所以他们自己登记之后，我和你外公虽然并不高兴，可那时事情并非到了永不能接受的地步。"

"后来……"章如枝的笑有些惨淡，"你舅舅到大陆来看你妈妈，和顾时献乘游艇在浅海坠船溺水。我从来不相信世上有这样的巧合，何况我们见过顾时献面对你舅舅时，表现出的对你妈妈的占有欲。"

这样的结果和顾栖迟自己曾经做过的千百次的猜测有太过遥远的距离。

她的心口绷得发紧，在这一刻突然想替她恨了许多年的顾时献说一句话：如果你们有什么猜想，报警警方会调查，是不是你们主观地将犯罪动机套在了他身上？既然他没有受到法律制裁，那么"杀人犯"这样的头衔安在他身上就可能是误伤。

"你妈妈在岸边见过他们争执，阿迟，并不是只有我和你外公这么想。"

这几个字，在顾栖迟脑海里掀起惊涛骇浪。不只是他们，还包括迟归年？

她怀着对顾时献这样的不信任留在顾时献身边那么多年。这是怎样的爱情？顾栖迟猛地起身，觉得室内的光线更晦暗了几分："抱歉，我去找阿均。"

她觉得难过。很多泪水似乎要从眼睛里渗出来。

她深吸一口气走到露台，见到霍灵均和迟之礼并立的背影才觉得镇定一点。

她的脚步声明明很轻，可霍灵均还是在她出声之前敏锐地转过身来，迎面向她走来。

她的眼眶被骤然翻涌的情绪逼红，她并不想将失落的情绪带给他，可她没有别的选择。

她拽着他的手，不吭声。霍灵均眸光深深地看着她的眼睛。

几秒过后，替她做出选择，先送章如枝和迟之礼去酒店，隔日再叙。

等安顿好章如枝和迟之礼，霍灵均回到卧室的时候，却见此前并未露脸的乔樾站在他们的房间里。

他勾勾手引乔樾出来，然后关上门。

乔樾一见他就笑："你离开这几天我很讲义气，我有好好照顾她。"

霍灵均屈指敲他鼻梁一下："做得好。"

"这几天她不太舒服，我和颜阿姨看着也没什么办法，你回来就好了，你进去吧，我也要回房睡第二觉了。"

几日不见，乔樾似乎也更懂事，更可爱了一些。霍灵均没和他多聊，放他去睡，就去找顾栖迟。

她的身体紧绷，一看就知道并未睡着。

又外出一趟，回室内待的这段时间，身上的凉气似乎还未散。

他坐在床畔,手心是热的,所以敢去碰她的脸:"刚刚外婆说了什么?好像你不开心。"

顾栖迟睁开眼睛:"只是让我知道生活集万千狗血于一身。如果现在你领个小孩子回来告诉我,是你在外面的私生子,我估计也能保持平静。"

"那种情况下,你可不能保持平静。你得先批评我——开玩笑要有限度。"

顾栖迟唇微翘:"说通两位长辈到大陆是不是很艰难?"

霍灵均回复她:"婿凭子贵,不算难,比起八年抗战和万里长征,是再小不过的小事。"

他这样云淡风轻,顾栖迟便不再问。

她的男人还未学会分担他的忧愁给她,而且屡教不改。

次日清晨,章如枝和迟之礼来了别墅,顾栖迟下楼的时候,章如枝已经在钟点工的帮忙下,做好了早餐。

很精致的餐点,看着章如枝期待的眼神,顾栖迟开始反省昨夜自己和她交谈时的态度过于冷硬。

一餐饭因为乔樾和霍灵均的关系,倒也并不沉闷。可她没想到,早餐刚结束,便有不速之客登门。

看到顾时献那张脸时,室内的数人换了脸色。那股来自顾时献注视的目光太过强烈,顾栖迟望过去,他却又将视线转移。

从院门到客厅门的距离并不算遥远,这短短的距离随着顾时献的走近,也不知耗尽了谁的气力。

顾时献看章如枝和迟之礼的眼神,和这对夫妻的眼神一样带些枪药的味道:"我以为以迟先生的骨气,这辈子,都不会涉足有我在的地方。"

顾栖迟从未见过他这样阴凉萧索的面庞,他说:"去年我过路墨尔本求你们来看她的时候,如果你们回来,大概还来得及见她最后一面。"

自从碰面后一直未曾说过什么的迟之礼忍不住低斥:"顾、时、献!"

"在你们眼里,大概觉得我说的话,只有骗人的份儿。"顾时献自嘲,"不过你们应该很有成就感,不信任那根刺从归年那里扎向我……百口莫辩那种滋味,大概不比你们死了儿子更加好受。"

顾栖迟听着顾时献这几句话,也这三言两语化成几乎要将室内烧成灰烬的火,且越燃越旺。

他脸上的表情似乎是心有不甘:"别忍着。"

他对迟章夫妇重复:"别忍着。用你手里那根拐杖打,即便气力不如当年,打死也不是没可能的。"

顾栖迟看得到迟之礼颤抖的手臂,像是再不能支撑,怒火即将喷薄而出。

顾时献话里的用词,更让她觉得心惊。他说他曾经前往墨尔本求迟之礼和章如枝夫妇回来看望病弱的迟归年。

他用到了"求"这个字。

那是用顾栖迟近三十年的人生阅历来考量,都觉得不可思议,不可能发生在顾时献身上的东西。顾时献是自我的、自私的,是无情凉薄的,怎么可能为了他已经放弃的女人去恳求别人。

顾栖迟脑海里嗡嗡作响,像是浓雾中振翅起飞的蝴蝶。翅膀已经扇动,却没有方向。那些陈年往事,似乎有很多她并不知晓的隐情。

两辈长者当前,尤其是彼此之间父女关系早就陷入僵局的顾时献当前,顾栖迟因为那些未知而彷徨。相比她已经接受的那些破碎的结果,她更怕那些即将爆出的隐情会颠覆她的认知。比如,她如果恨错了人,该怎么办……

那些过去的时间已经追不回来了,已经因为恨而匆忙过去的时日,没有办法重过一遍。她需要离开这个让人觉得窒息的空间,她下意识地循着霍灵均的身影看了他一眼,这才发现他已经迈步向她走来。

这是此刻唯一让她觉得欣慰的事情。

她需要他,不需要她开口,他已经了然。

顾家的家事远比霍家复杂,顾栖迟遗憾自己将霍灵均拖入了这样艰难的境地,让他一次次陪她面临这些总是濒临崩溃的亲情。

人总是想活得简单开心一点,可是这些年,她却好像越活越复杂。

顾栖颂，迟归年，顾时献……她生命中的人，没有给她一个简单的生活环境。

关羽曾经问过她，为什么在知晓左丘要谋害顾栖颂之后，她不生气，没有为霍灵均没跟左丘划清界限而愤怒。

韩青也给她出过主意，认为她最好去和介入迟归年和顾时献之间的郑杉叶谈谈人生。

在爱情和亲情的角力中，她曾经是被人选择，并且最终被放弃的那个。

她知道被放弃的人会经历怎样一段艰难的人生。

郑森林在这两者之间，最终选择了郑杉叶。而她只是不想将另一个人变成曾经的她自己。

她并非不生气，经历得多了，她只是知道自己撒气的对象应该是谁。

她开始变得更为理智。这些时日，她连之前那些启唇就会牙尖嘴利的习惯，都渐渐扔掉了。

左丘不得善终是一定的。而顾栖颂因此早日发现了身体上的隐患，那次左丘预谋许久的事故，带来的并不都是可怕的结果。

可能是心已初老。那个时候她关心的只是顾栖颂和霍灵均的安危，装不下更多的东西。

此刻夹在长辈之间，她没办法有任何的立场，纵然她和其中的一方——顾时献，多年来关系冰冻难解。

送顾栖迟上楼，霍灵均再下楼时，顾时献已经和迟之礼面对面站在客厅内。

霍灵均不希望自己将顾栖迟的外公、外婆说服，让他们前来 N 市的这个决定，最后带来的结果是搅乱现今他和顾栖迟已然安定的生活。

顾时献见他下楼，便起身要离开。上次他见到顾时献，还是他前去拿回迟归年的骨灰那天。

那次算是不欢而散。

迟归年的葬礼他们未曾举办仪式，所以也未曾在那时和顾时献碰面。他从没见过顾时献沉不住气的模样，这是第一次。

顾时献向外走，他便对迟之礼点点头跟着顾时献的脚步出来。一入院落，顾时献便点起一根烟，他吸了一口，夹在指尖没再动过。

"是不是觉得顾时献这个人不可理喻，前后不一。"顾时献抢先开口，语气淡淡的，让人听不出他的意思来。

霍灵均没否认，顾时献的作为，的确总是矛盾的。他虽然从未说起过，但对于顾时献金屋藏娇的事情总是有些不齿。

人生须尽欢，但每个人在生活中总要有道德底线。

"如果夏至不相信你，认为你杀了人，而你并没有做过，你会怎么想？本来就面对很多的质疑，当你最需要信任的时候，你最信任的人选择不相信你，你会怎么做？"

听到顾时献的话，霍灵均想起很久之前顾栖颂被撞那天，左丘在医院里对顾栖迟所说的话。

左求告诉顾栖迟，是霍灵均驾车撞向顾栖颂。那个时候，顾栖迟没有丝毫犹豫，选择了不相信左丘。

如果她信了，他该怎么解释？顾时献的这个问题他很难给出答案。

这个世界在很多时候都是滑稽的。

几张嘴就可以给一个人"定罪"，这些人给人定罪的时候不需要提供证据，仅凭借他们以为、他们觉得就言之凿凿去"审判"别人；而被污蔑的人，却需要为那些莫须有的事情受累，想尽办法证明自己的清白。

顾时献掐灭了手头的烟："大概是血缘关系更为强大，我的妻子选择更为相信她久未谋面的父母的猜测臆断。更可笑的是，他们认为我杀了他们的养子却没受到法律的制裁，不是因为我没有做过，而是因为我抹掉了所有的证据，精心地策划了，所以无法抓到我的把柄。"

他加快了往外走的步伐："这些事情你可以选择不相信，没关系，这二十多年的时间，我已经习惯了不被信任。不过我也是个有情绪并且不能自己消化的人，我恨里面那对夫妻，所以我不吝啬表达这种厌恶。"

可他也曾经去求这对夫妇回国来探望迟归年，这是怎样复杂的感情……

顾时献又问起当时没从他这里得到的答案："她到底留下了什么话？"

从前也许开口要简单些，如今得知了更多的内情，霍灵均却觉得更难启齿。

山高水长，再无来日。这八个字，沉甸甸地压在他舌尖，差一点儿滚到唇边，却又被他的犹豫挡了回去。

"郑小姐是什么？"他仍旧没有回答，只看着顾时献打开车门的动作，赶在他上车之前这样追问他。

顾时献闻言停下动作："你以为她是什么，她就是什么。"

顾时献的这句话有些不负责任。想起顾栖迟如今对于事关亲情的一切事情慎重的模样，他不自禁继续追问眼前这个男人。

"大哥和夏至有什么错？你放弃做一个好丈夫，连父亲的角色也不要了？你真的一点都不在意他们的感受？"他的语气急厉了起来，顾时献侧身回看他。

"阿均。"顾时献笑了下，"到今天你还对一个众人眼里婚内出轨，对妻子不忠、心狠手辣、草菅别人生命的人抱有期待？我在很用心地恨她，你以为我去求里面那两个古董来看她，去挪她的骨灰，今天跑来疯言疯语几句是因为什么？都是因为恨。"

他没有提及迟归年的名字。

他重复："我恨她，我只会做这一件事情，只擅长这一件事。"

何苦？

萧索的情绪向霍灵均侵袭。

"顾时献。"霍灵均突然直接唤他的名字，"你今天到这里来，想没想过夏至见到你和她的外公、外婆对峙，会难堪？你知不知道，她怀有身孕。你知不知道，这会对她有什么样的伤害？哪怕只是存在伤害她的可能。"

顾时献已经躬身坐进车内，霍灵均替他摔关上车门，车门关闭的声音很响。

"你刚刚问过的那个问题，我的答案和你不一样。"

顾时献抬眸看他，霍灵均继续平静地叙说。

"我会解释，不断地解释，哪怕依旧没有任何效果。既然我爱她，那么我是做了一辈子和她在一起的打算。一辈子有几十年那么长，从里面拿出一部分来，解释十年或者二十年都没有关系，既然是误会，万一有一天就解释清楚了呢?如果继续纠缠在一起,真的对她而言是种折磨,那么我会选择离开。"

他转过身背对顾时献的座驾:"如果以后见面,您还不能为她着想,那么暂时请您不要出现在我们周围。对外公、外婆,我的态度也一样,如果他们顾虑不到夏至的想法,我既然能请他们回来,自然也能送他们离开。"

引擎声渐渐飘远,大开的窗口传来的声响持续的时间很短 很快便消失。

顾时献离开了。章如枝和迟之礼,也被 Albert 送走。

再上楼的时候,霍灵均开始反省自己。

他和顾栖迟的婚姻,曾经出现过如迟归年和顾时献遭遇过的一样的波折,近乎相同的变故开场,但故事的结局却截然不同。

左丘那件事,是他对她最抱憾、最愧疚的部分。她表现得并不介意,他却没有释怀。

他此生遇到的这个女人——坚强、独立,虽然偶尔毒舌,但是感情却很纯粹,爱憎分明。她能完全信任一个人,能投入全身心去爱一个人。

他感谢她的信任,给了他们更加坚定的未来。

此刻,那些未来更清晰地在他眼前呈现。

顾栖迟站在窗口。他走过去伸出手臂从背后抱住她。

"我好像没那么恨他了。"顾栖迟的声音有些缓。

霍灵均温热的掌心贴在她隆起的腹部,感受满月的成长。

"这些年,我和霍岐山也总是抬杠,他对我很是凶狠,但是他爱我我一直知道。"

"你是想说,顾时献对我也是这样?"

"有我和满月在做你的后盾,你如果愿意,就多给他一次机会。如果不想,就不要勉强自己。"

顾栖迟并不清楚自己的想法:"我忘不了过去那些事情,我妈一辈子过得怎么样,我再清楚不过。我甚至不知道该如何对他和颜悦色。"

她话还没落,霍灵均感觉到掌下的异动,似乎是满月踢了一下。

顾栖迟便收了话题,在他的搀扶下往床侧走,却渐渐觉得那种异动的节奏快了起来。她搭在霍灵均手臂上的手指尖压了下去，那种满月即将出世的预感，越来越强烈。

距离预产期还有两周的时间。满月已经这般迫不及待了吗？

接下来的事情，在顾栖迟的印象里是一片兵荒马乱。

那一日匆忙赶往医院，刚到没多久，羊水就破了。她从日上中天，努力到月色铺满地面，才等来了满月响亮的哭声。身体上那种蚀骨的痛，都通过她手指的力量传递给全程陪伴她的霍灵均。

她感觉到自己全身汗津津，额发都被打湿粘连在一起。

她听到霍灵均的声音："是儿子。"

她更听到他在她耳畔的低语，是他说的不算多的三个字："我爱你。"

那一晚，她最后的印象定格在霍灵均满是笑意的双眼上，身体便进入了极度疲倦过后的自我休眠。

她喜欢如霜的月色。他们在圆月高挂的日子里有了满月，如今又在月上中天的时候，等来他的降临。

这一轮圆月饱满晶亮，照亮了他们此后更多个相守相携的人生。

千里共婵娟，人必定长久。

爱永恒，人永远。

番外——
吹不散眉弯

　　签下离婚协议的时候,正值寒冬。

　　霍之汶带着女儿商流沙搬出了过去住的地方,住进了一间公寓。签字的时候商宴清没有多说什么,她走在前面,他就一直跟在后面。

　　霍之汶知道自己留给他的是一个离开的背影,无情、漠然。

　　离开商宴清之后,许多过去的回忆总是跳出来,打乱她的生活。

　　她总会想起她和商宴清的初遇。

　　那个时候,他还叫席宴清。那也是一个冬天。

　　霍之汶刚从部队退役,去牺牲的一个战友的老家——平遥古城。

　　她和战友的弟弟杜飞龙很合得来,留在那里的日子长了些。战友牺牲前想送杜飞龙一个无人机航拍仪,她替战友完成了心愿。

　　杜飞龙对此爱不释手,整日放它出去拍摄。航拍仪拍到了一个连续四天摔倒在同一位置的男人。

　　杜飞龙摁下暂停键,拉着霍之汶看。霍之汶眼前的画面定格在男人长手长脚、扶墙而立的身影上。

长街人不多，他的身影被夕阳拉长，像一棵笔直修长的乔木，尽情恣意地舒展。霍之汶突然就想到野外训练时，在绿荫蔽日的森林里，曾经栖身倚靠的笔直的树干。

她将视线从男人身上移向一旁未融的雪。眼底的温度淡了几分。

这次连年纪小的杜飞龙也觉得奇怪，侧身看向霍之汶："这人得了绝症？"

霍之汶戳他额头："思想要积极向上，爱国、爱党、爱人民。"

杜飞龙被她逗笑，但这并没有阻止他进一步揣测："难道是到这里来自杀的吗？"

"你怎么不猜他是来杀人的呢？"霍之汶眼沉如水，"说不定他已经杀人抛尸，尸体就埋在他每天摔倒的地方的石板下。"

杜飞龙眼神闪烁，似乎被惊到："霍姐姐，你这也……"

他有些犹豫，霍之汶替他开口："重口？"

她笑："没错，我就是这么一个人。"

她坦荡直接得让杜飞龙不知道该怎么接话，话题又绕回了这个奇怪的男人身上："杀人不可能吧，但是真的很奇怪啊！"

他伸手关上笔记本的屏幕："算了，路人甲怎样跟我们没什么关系，晚上我带你去看演出——又见平遥。来我们这里的人，都要排队看上一场。"

霍之汶点头，问他："所以，有多好看？"

前面他邀请的每一个人的第一反应都是谢谢，杜飞龙不太善于回答这种看似简单实际上却大有难度的问题。

霍之汶认真地看着他的眼睛，是真的在等一个答案，而不是随口一问。

杜飞龙抱着笔记本，思考了半晌最终只说："别担心，我出钱，不好看也没什么损失的。"

他笑得有些腼腆，霍之汶突然觉得这个小弟弟很善解人意，很像她弟弟霍灵均。

古城夜间只有中心街道上两边的店铺常亮，街边挂着一串灯笼，红光映入眸底,带些温暖的气息。

她没有完整地看完演出,临到毛声就撤了出来。

杜飞龙更是先她一步离开,因为家里来了不常走动的亲戚。

霍之汶一个人在街上走。昨晚因为失眠休息得并不好,杜家来了客人,她也不想过早回去叨扰。

夜里的古城静谧,连走动的游客也没有制造出过多的声响。

杜家客栈所在的长街中间,有一家酒吧,下午和杜飞龙经过的时候,她看到门前挂的那支匾就想走进去。

木匾上写着一个烫金字——津。取这样名字的酒吧,她此前从未见过。

她有些好奇。

额前的发有些长。

她的脸未加任何的修饰,黑色宽松的羽绒服内,是一件低领白色毛衣。

这几年穿的总是简单的迷彩或者冲锋衣,她已经失去了对衣服最基本的审美。姣好的身形隐在那些并不出众的衣服里。只顾长雪白的脖颈露出,弧线很是优美。

剪了短发,加上清亮且锐利的眼睛,让她简单干净到和酒吧内那些浓妆艳抹的人分外不同。

内里的音乐并不嘈杂,她在吧台摸过酒水单随意指了一下,而后选了最角落的沙发落座。她不喝任何一种酒,并不介意饮品的味道和卖相,只是需要点一种摆在自己眼前,以便安坐。落座后她才发现,前方的卡座旁,蹲坐着一只大型犬。她不识品种,全天下的犬,她都觉得一个样。

黯淡的光线下只见犬脖颈处略粗的项圈,和项圈那里牵连的不知伸向卡座内的锁链。间或有服务生或者混迹这些娱乐场所提供特殊服务的人前来搭讪,都被她三言两语的漠然拒绝了。

这种氛围下,反而睡意上涌。直到她被前面卡座里交谈的声音吸引。

身着白色紧身裙且后背镂空的女人正一手撑在前排的沙发上,语调暧昧,应该是和前面的男人搭话："一个人？"

霍之汶没听到回复的声音。

可女人热情并未减退，自动默认了她需要的那个答案："巧，我也是一个人。"

从霍之汶所在的角度，能够看到女人慢慢俯下身，身体弯曲，紧实的臀翘起。

如果人的身体能说话，霍之汶觉得这个女人的身体正在直白坦率地说——睡我。

"滚。"霍之汶的手刚碰到自己身前色彩纷的高脚杯，耳边又钻入了一个清冷的男声。冷淡、疏离，比她刚刚拒绝人时更甚。

女人闻言俯下去的身躯慢慢直立起来："清高？我见过的男人比你吃过的——"

女人的话没说完，低沉的男声再度响起："到我对面坐。"

酒吧内炫彩的灯光一闪，霍之汶看到女人的脸立刻扔掉满脸鄙夷，换上了欣喜，就要在男人身前落座，可这时刚刚蹲坐在一旁的犬先一步赶在她之前跳起爬上了男人对面的座位，蹲坐在上面摇尾巴。

霍之汶隔着沙发后背看到，这只大型犬头顶熨帖的绒毛。

刚刚男人的话是对这只犬说？犬的名字叫"滚"？

他从头到尾根本没搭理那个搭讪的女人？她唇角一扯，忍不住翘起。

有意思。霍之汶听到后知后觉的女人冷哼了一声，骂道："呵，不过一个小白脸，装什么装！当我日了狗。"

没想到这时男人突然再度开口："道歉。"

女人踩着高跟鞋趾高气扬，面色不愉："神经病！"

"道歉！"男声重复，甚至补充，"没人能日我的狗，向它道歉。"

女人即刻便准备迈步离开。

"滚。"男人现在的语调倒不像前面那般急厉，更像是在唤一个名字，"这人一动，你就扑上去咬。"

女人一脸惊怕，没想到搭讪不成还要被反咬一口："你刚从精神病院出来吗？疯子！"

她离开的步伐极快,好像身后真会有狗追来一样。

不过三秒,女人已经重新钻进人潮,彻底消失。

霍之汶又坐了一会儿,前排的位置很安静,再没有人靠近。她看到那只犬重新从卡座上跳下来,蹲回适才的位置。

男人的身形隐在黑暗中,大部分被沙发遮挡,不在她的视线范围之内,她仅能看到一个不完整的后脑,以及精短的头发。

她看了眼时间,已经差一刻十一点整。她站起身准备离开,突然一侧过来一个陌生男人。

身高和她一七五的身高相仿,她看过去,只见男人手里攥着一张名片,要往她羽绒服胳膊一侧的口袋里插。

她下意识地抬臂捏住男人的小臂。她没怎么用力,男人却蹙眉想要挣脱。

她看起来训练有素,身手不错,这让男人很是意外,眼底的光染上更浓厚的兴趣。他已经观察了半个多小时,这女人坐在角落里不动、不焦、不燥。肤色雪白,整张脸精致到扎眼。

看上去不容接近,可正因为如此,他才有挑战的欲望。

霍之汶并不知晓名片男心里绕过的这些弯。她放开他的手臂,将名片从他手里抽出来。

原来是职业"鸭"。她冷笑了声。

名片男问:"今晚约吗?"

她扫了一眼将卡纸一撕两半扔回他胸前:"炮不约,架约。"

"什么意思?"

她斜了男人一眼,仅一眼就移开了视线:"和你一样,我也在等时机约某个女人,你抢我生意,你说什么意思?"

同性恋?面前的男子瞬间变了脸色。

不用出手问题得以解决,霍之汶乐见其成。

她离开时下意识地往前面卡座里看了一眼。只一眼,便记清了适才清冷的拒绝人的男人的长相。

他的脸在光线下,一半隐于晦暗,一半被灯光点亮,整张脸带些神秘的色彩。

轮廓清隽,侧脸弧线锋利,和她想象的近乎相同。冷而傲。

她又看了一眼,没见男人的眸光有丝毫的波动。她直接而细致地审视,而他似没有察觉般无丝毫反应。

奢华的外装,淡漠的人格,连同他的犬,整个是"活人勿近"的广告。

她顺手拎起羽绒服的连帽扣在头上,唇一翘迈步离开。她刚抬腿,突然感觉到有什么东西拖着她的腿,带着不轻不重的力道。她低下头,看到适才端坐的那只犬,正咬住她的裤子,向后拖她。

并不凶残,只显得忠诚而坚持。

她耳边突然回荡起适才男人的声音:"这人一动,你就扑上去咬。"

这犬是……反应迟钝?

那是他们的初遇。这些记忆在霍之汶心里扎根很深。

女儿流沙时常向她提及爸爸,霍之汶没有给女儿回应。

她们的日子按部就班,继续着。

有一日,霍之汶从租住的公寓送女儿出门时,突然发现对面的大平层公寓里搬来了一个新租户。

她下楼的时候,看到了搬家公司正在搬运行李。其中一件行李很惹眼,是一张巨幅照片。

照片上的人很熟……是她和流沙。